JEAN-MARC SOUVIRA

W0330638

LE VENT T'EMPORTERA

Fleuve Noir

Le Code de la propriété intellectuelle n'autorisant, aux termes de l'article L. 122-5, 2e et 3e a, d'une part, que les « copies ou reproductions strictement réservées à l'usage privé du copiste et non destinées à une utilisation collective » et, d'autre part, que les analyses et les courtes citations dans un but d'exemple ou d'illustration, « toute représentation ou reproduction intégrale ou partielle faite sans le consentement de l'auteur ou de ses ayants droit ou ayants cause est illicite » (art. L. 122-4).
Cette représentation ou reproduction, par quelque procédé que ce soit, constituerait donc une contrefaçon sanctionnée par les articles L. 335-2 et suivants du Code de la propriété intellectuelle.

© 2010, Fleuve Noir, département d'Univers Poche.
ISBN : 978-2-265-08918-1

Est-ce
Que l'homme
Descend
Du songe ?

Miss.Tic

PROLOGUE

Août 2002

L'homme est assis face à son miroir qu'il scrute intensément. Les yeux plantés dans les yeux. Il se voit. Ni beau, ni laid, des traits réguliers, un visage qui aurait pu être avenant, des yeux sombres. Pourtant, l'homme a peur du miroir, et baisse les yeux. Il revient à ses préoccupations, parfaitement conscient de l'enjeu, il mesure les dangers à venir. Il a mille fois réfléchi à la proposition complètement insensée formulée par le miroir. Néanmoins, il se risque une nouvelle fois à poser la question, et relève son regard vers le miroir.

— Je comprends ce que tu ressens, dit-il calmement. Je le partage comme tu le sais. Mais es-tu sûr que ça va marcher ?

— Comme deux et deux font quatre, répond le miroir.

— Écoute, tout bien réfléchi, ce n'est pas aussi simple. C'est tenter le diable, et risquer de tout perdre, poursuit l'homme.

— J'aime bien cette expression ! rétorque le miroir en souriant étrangement. Fais-moi confiance, les choses doivent être ainsi faites.

L'homme est agacé, il se veut persuasif, parle lentement et avec conviction.

— Ce n'est pas une question de confiance, tu le sais bien, même si j'en ai eu envie autant que toi. Maintenant, je n'en vois plus l'utilité. Les années sont passées. À quoi ça sert ? Nous serons toujours confrontés aux mêmes problèmes.

Le reflet dans le miroir est vacillant. L'homme ferme les yeux pour atténuer le vertige qui s'empare progressivement de lui.

Il espère seulement un autre message du miroir, mais s'entend dire froidement :

— Nous l'avons dit mille fois. C'est ce qui nous a guidés et nous a encouragés quand nous faiblissions. Nous ne devons pas nous laisser humilier ! Je ne peux plus le supporter, quand je les vois.

L'homme plonge de nouveau son regard dans son miroir. Ce n'est plus le même regard ni le même homme.

— Comme tu voudras. Mais alors, je le ferai à ma façon.

L'homme tourne le dos au miroir et avale quatre comprimés d'un puissant antalgique pour tenter d'enrayer le mal de tête qui a commencé de lui broyer les tempes. Une douleur qu'il connaît parfaitement bien et qu'il redoute va bientôt le pulvériser. L'homme s'allonge, résigné. Il l'attend, sachant que les antalgiques n'atténueront que les effets dévastateurs de cette crise. Elle arrive, fulgurante, aiguë, toujours de la même façon. Comme si la mèche d'une perceuse lui vrillait le tympan et, en même temps, pulvérisait son œil gauche.

1

L'HOMME

1

Un an plus tard

Dimanche 3 août 2003

Parfois, on se demande comment peut dormir un tueur. C'est simple. Un tueur dort du sommeil du juste, et pour lui la question ne se pose pas.

L'homme dort sur le dos. Il s'est endormi tard, au petit matin, trouvant avec difficulté son sommeil, terrassé de fatigue par son travail et par la canicule qui frappe Paris en ce début août. Cette chaleur étouffante fait suite à des mois de juin et de juillet qui ont déjà battu des records. L'homme a laissé la fenêtre de son meublé ouverte pour avoir un semblant d'air. Il a en retour le bruit de la circulation, celui des gens qui parlent et rient fort sur le trottoir devant les quelques bars et restaurants qui fonctionnent la nuit dans sa rue.

L'homme a changé de position, il dort en chien de fusil sur le côté gauche. En face de son lit, une table ordinaire sur laquelle se trouvent divers objets sans importance et un emballage en carton au couvercle entrouvert. Dans cette boîte, une araignée. Une mygale femelle d'une quinzaine de centimètres d'envergure, noire et velue qui agite tout d'abord rapidement ses pattes de devant comme pour chasser un engourdissement, et, en silence, se déplace dans son habitacle. Elle détecte bien vite l'interstice qui lui apporte un peu d'air chaud. En quelques secondes, l'araignée sort du carton, le couvercle a glissé sans bruit sur la table. La mygale reste immobile à appréhender son environnement. Puis elle avance doucement, atteint le bord de la table et descend, d'une traite, le long d'un pied. Arrivée au sol, la mygale file rapidement vers le centre de la pièce et s'arrête net. Son système sensitif a localisé une source vivante à proximité, sur sa gauche. Méfiante, elle s'oriente lentement dans cette direction, et grimpe sur un tissu blanc, le drap de lit rejeté par l'homme. La mygale est maintenant à moins d'un mètre du visage du dormeur. L'homme, dérangé dans son sommeil léger, ouvre les yeux. Il voit alors la grosse araignée noire qui s'avance vers lui.

Au moment où la mygale saute sur la tête de l'homme, celui-ci l'écrase d'un violent coup de poing et bondit hors du lit sous l'effet d'une terreur absolue.

L'homme a le cœur qui cogne fort, très vite, et les jambes en coton. Il s'agrippe au montant de la fenêtre pour ne pas tomber, et s'essuie la main sur son caleçon. Après quelques minutes passées à retrouver son calme et une respiration régulière, il tâtonne à la recherche de l'interrupteur et allume. Une ampoule de quarante watts pend du plafond au bout d'un fil électrique torsadé. Elle éclaire passablement une petite chambre meublée de bric et de broc. L'homme regarde son lit et peut enfin s'y asseoir.

C'est la troisième fois qu'il fait ce rêve terrifiant.

À la tête de son lit, posés sur un vieux lino imitant le parquet, un épais cahier à spirale, un stylo ordinaire et quelques Kleenex couverts de sang.

Il feuillette son cahier dans lequel sont consignés scrupuleusement tous ses songes et les moments importants de sa vie. Il en est au cinquième, les autres sont soigneusement cachés, rangés ailleurs. Il retrouve les deux précédents rêves avec l'araignée, qu'il relit avec application. Ce sont exactement les mêmes, à quelques semaines d'intervalle. Fasciné par les songes, il a lu un tas de bouquins sur leurs significations et interprétations. Mais ce qu'il aime par-dessus tout, c'est avoir la conscience de rêver. Cela se passe en général au petit matin. Il rêve, mais, en même temps, il perçoit les bruits de la réalité, de la rue. Il essaie alors de prolonger cet état le plus longtemps possible pour tenter de contrôler le rêve et savoir jusqu'où il va le conduire.

D'une écriture fine et régulière, il note en détail la date, le lieu où il se trouve et décrit précisément son rêve.

La mygale est revenue pour la troisième fois en deux mois. C'est la peur qui me réveille et c'est ce qui me permet de l'écraser. Je me demande ce qui se passerait si elle arrivait à sauter sur ma tête. Je n'ai pas la maîtrise nécessaire, ni la conscience que je rêve, pour laisser faire l'araignée. Je suis absolument terrorisé. Ce rêve m'empêche de me rendormir. J'en connais le symbole, je l'ai lu plusieurs fois. Il faudra que je l'analyse en profondeur.

Il note ensuite dans la marge :

Je dors très mal, il fait une chaleur épouvantable dans la pièce, presque 30°C dès le matin, il paraît que ça va continuer. Mais le plus difficile arrive, l'erreur est impossible, je préfère ne pas penser aux conséquences si ça devait foirer. Maintenant, je dois commencer, je dois y aller. Je le sais, je le sens, c'est tout. En fait, je crois que cette canicule peut m'y aider.

Il est 5 heures du matin, l'homme est certain qu'il ne dormira plus. La violence de son rêve lui a déclenché un formidable mal de tête. Sujet à des migraines carabinées, il prend un traitement lourd. Il verse une dose de café soluble dans un verre qu'il remplit d'eau chaude au robinet de sa cuisine et retourne s'asseoir dans son lit pour le boire et absorber des comprimés de Tégrétol. Il écoute en sourdine sa radio, les infos annoncent que la canicule qui frappe l'Europe et la France s'est installée pour de nombreux jours. L'homme soupire en pensant que le surcroît de travail occasionné par cette chaleur hors norme ne va pas s'arrêter de sitôt.

Vers 5 h 30, le jour se lève. Il jette ses mouchoirs en papier tachés de sang et gagne la minuscule salle de douche contiguë à sa chambre. Au-dessus du lavabo, une armoire de toilette à trois portes avec miroirs, fixée par le logeur. L'horreur absolue. L'angoisse. Il a peur des glaces, et les dissimule sous des linges. Il déteste son visage qui le fait tellement souffrir. Pour calmer sa douleur et ses nausées, il demeure debout, immobile, cramponné au lavabo, la tête légèrement inclinée vers le bas. Quelques instants après, agacé, il sent un liquide chaud qui coule de son nez. Du sang. Lentement, mais régulièrement, goutte à goutte, toc, toc, toc, le sang tombe dans le lavabo. Des gouttes qui ressemblent à des étoiles rouges quand elles éclatent sur l'émail blanc. Il passe son visage sous l'eau froide, enfonce des petits morceaux de Kleenex dans ses narines, les yeux fermés et retourne s'allonger. Le week-end lui permet de ne pas se raser et lui évite le calvaire du rasoir. Depuis que son visage le fait autant souffrir, il utilise un rasoir électrique, sa peau ne tolère plus la lame du rasoir à main.

Deux heures plus tard, il pratique son exercice quotidien, des séries de pompes et d'abdominaux qu'il enchaîne avec une série de dix minutes de sauts à la corde. À toute vitesse. La corde fuse au ras du sol, l'homme décolle légèrement, de quelques millimètres, pour laisser passer la corde. Épuisé et en sueur, il sort d'un petit réfrigérateur trois œufs durs qu'il mange rapidement puis avale un grand verre de lait de soja. Il se tient ensuite une vingtaine de minutes sous la douche froide. L'homme est mince, mais extrêmement musclé, les cheveux très courts, bruns, et le reste du corps entièrement rasé. Il se sèche avec soin, s'habille d'un bermuda beige, léger, d'un tee-shirt blanc et enfile des chaussures de sport. Dans un sac à dos, il place deux grandes bouteilles d'eau, ses médicaments et une serviette.

Avant de sortir, pendant une vingtaine de minutes, il range et nettoie minutieusement son studio puis ferme à double tour les verrous et la serrure de la porte. Il descend, en souplesse, l'escalier en bois de son immeuble.

Dire que cet homme est méticuleux est très en dessous de la vérité. Il est en fait complètement obsédé par l'ordre et la propreté. Il a aussi une phobie. Celle du toucher. Il ne supporte pas de toucher ou d'être touché, et se lave les mains cinquante fois par jour. Il cultive toujours de bons prétextes pour ne pas serrer les mains de ses collègues le matin ou le soir et, dès qu'il le peut, porte des gants en tissu de couleur chair pour la discrétion. Sitôt qu'il commence à faire froid, les gants ne le quittent plus du matin au soir. Ainsi, il est tranquille, et n'est pas obligé de tripoter les mains des gens qui le révulsent, c'est-à-dire tous, sauf lui.

Il loue un studio avec douche, « un meublé au centre de Paris », a indiqué l'agence immobilière, au sixième et dernier étage sans ascenseur d'un immeuble vétuste. Un long miroir a été fixé par le propriétaire derrière la porte d'entrée « C'est pratique, au moins vous pouvez vous voir entièrement pour vous habiller, et puis les miroirs agrandissent les pièces. » Il a fait simplement « oui » de la tête, et quand il s'est retrouvé seul, il s'est précipité pour le recouvrir de papier journal.

Cela fait quelques mois qu'il habite dans cette rue grise, triste et sans âme du IXe arrondissement, dans le quartier de la gare Saint-Lazare. La rue de Budapest. Rue pavée pas très nette, coincée entre la très passante et bruyante rue Saint-Lazare et la place de Budapest. Autrefois, haut lieu d'une prostitution ordinaire, les Parisiens l'avaient d'ailleurs surnommée par dérision la rue des « putes à peste ». Elle ne compte plus maintenant que deux ou trois prostituées, plus vraiment dans la fleur de l'âge, mais qui ont encore leurs clients attitrés, surtout les timides : ceux qui sont effrayés par les prostituées africaines et celles d'Europe de l'Est qui ont envahi les trottoirs européens et que certains estiment trop agressives ou trop voyantes.

Au cinquième, habite un couple de retraités, qui n'a pas assez d'argent pour partir en vacances et que la famille appelle deux fois par semaine pour se donner bonne conscience. Ils ont tous deux quatre-vingts ans et sont complètement exaspérés par le bruit de la rue, par la canicule qui n'en finit pas, par l'ennui et par l'indifférence. Leur nouveau voisin leur tape sur les nerfs. Tous les matins, ils l'entendent sautiller et se demandent ce que ce type solitaire peut bien faire. Quotidiennement, la femme presse son mari d'aller dire au voisin de cesser ce bruit, mais son mari lui répond que demain il le fera.

Et puis, ce matin, sans savoir pourquoi – peut-être la chaleur qui met les nerfs à vif de tout le monde, peut-être la femme particulièrement crispante, peut-être le mari plus à cran que d'habitude, sans doute un cocktail des trois sources d'agacement –, le retraité choisit de râler. Il sort d'un pas décidé et tombe nez à nez avec l'homme qui descend l'escalier. Surpris, il ne s'attend pas à le trouver là, subitement devant lui. Il était en train de tourner une phrase dans sa tête, mais là tout s'accélère, et il perd de sa vindicte.

— Bonjour. Je suis votre voisin du dessous. Ma femme et moi, on est réveillés tous les matins par votre bruit. On ne sait pas ce que vous faites, mais on dirait que vous sautez… et… euh…

L'homme regarde le vieux monsieur, sans manifester le moindre intérêt. Il attend qu'il s'arrête de parler, ce que fait très rapidement le retraité, impressionné par le visage de l'homme, qu'il n'a jamais vu d'aussi près et qui le dérange.

— Oui ? Désolé, je vais faire attention. Vous avez bien fait de me le signaler, bonne journée.

Le ton se voulait enjoué, mais il est complètement tombé à plat. L'homme poursuit son chemin, légèrement agacé par la remarque. Le retraité, soulagé par le départ de l'homme, referme la porte et se tourne vers sa femme, fanfaronnant.

— Ça tombait bien, le gus sortait de chez lui. Je lui ai dit ma façon de penser, et je peux t'assurer que le gars, il n'a pas mouftė ! Mais alors, si tu voyais son visage de près ! C'est pas croyable, on dirait qu'il...

Le vieux bonhomme est interrompu par la sonnerie bruyante du téléphone que sa femme s'empresse de décrocher.

— Ça doit être ma sœur...

Arrêté dans sa phrase, le mari, vexé, hausse les épaules et fonce monter le volume du poste radio, pour manifester son mécontentement en forçant son épouse à se boucher une oreille et à parler fort.

Dans la rue, l'homme enfonce sa casquette à large visière et couvre ses yeux de lunettes de soleil. Il ressemble à n'importe quel touriste qui va arpenter le bitume surchauffé de la capitale. L'homme a pu garer sa voiture dans la rue de Budapest, Paris au mois d'août, c'est plus relax pour trouver des places. Il possède une Ford Sierra bleu foncé, un modèle d'une vingtaine d'années, parfaitement entretenue. L'homme est extrêmement soigneux avec elle, et ne peut se permettre la moindre panne. Mais aujourd'hui, il ne court pas le risque de l'utiliser. Ce sera pour plus tard ; moins on voit la Ford, mieux c'est. D'autant que les rues où il va chasser sont très calmes, et une personne qui s'ennuie a vite fait de remarquer ce qui est inhabituel. S'il passe au ralenti deux ou trois fois dans la rue, le danger d'être repéré existe. Son dernier parcours de reconnaissance se fera en métro et à pied.

En fin d'après-midi, l'homme quitte les jardins du Trocadéro où il a regardé les Parisiens et les touristes, écrasés par la forte chaleur, se baigner dans les bassins. Il traverse le pont d'Iéna, file sous la tour Eiffel et poursuit sa longue balade vers le VIe arrondissement. Il se dirige d'un pas nonchalant vers des destinations bien précises. Tout d'abord, il s'arrête devant un immeuble de la rue

Monsieur-le-Prince, une rue relativement calme près de l'Odéon, dans le périmètre du boulevard Saint-Germain. C'est un vieux bâtiment, très beau, avec une gigantesque porte en bois sculptée à double battant qui ouvre sur la rue. Il aperçoit, satisfait, que les fenêtres de l'appartement du premier sont ouvertes. Il hésite quelques instants, puis avec une clef passe-partout, de celles que possèdent les postiers et qui ont été des milliers de fois reproduites par les livreurs de pizzas et autres distributeurs de journaux publicitaires, il pénètre dans le hall. La loge de la concierge est « fermée pour vacances » comme l'indique une écriture malhabile tracée sur un carton fixé à la porte vitrée. Il grimpe les escaliers sans bruit, les marches sont recouvertes d'un tapis rouge. Puis il bloque sa respiration, colle son oreille contre la porte et écoute.

À l'intérieur, de la musique classique en sourdine, une femme parle au téléphone. Quand elle raccroche, on n'entend plus que la musique. Après avoir passé quelques minutes à écouter afin de bien s'assurer qu'elle est effectivement seule, l'homme redescend les escaliers calmement.

Au même étage, Léonce Legendre, quatre-vingt-sept ans, navigue entre sa fenêtre et l'œilleton de sa porte d'entrée. La fenêtre de son salon est située pile au-dessus de la porte monumentale de l'immeuble, et il peut voir de son poste d'observation la rue Dupuytren qui donne dans la rue Monsieur-le-Prince. Il s'ennuie ferme en ce début de mois d'août et souffre de la chaleur. Ses seules distractions sont les deux appels téléphoniques qu'il reçoit quotidiennement de sa fille, insistant pour qu'il n'oublie pas de s'hydrater. L'aide ménagère qui lui apporte ses repas et fait semblant de nettoyer l'appartement ne l'amuse pas beaucoup. Vers 20 heures, il allumera la télévision pour écouter le « communiqué » comme il a l'habitude de le dire. Mais en attendant, il est assis derrière sa fenêtre et a entendu entrer un homme qu'il ne connaît pas, il l'a vu arriver de la rue Dupuytren. Bon pied, bon œil, il traverse son appartement et colle son œil contre le judas et découvre l'homme silencieux l'oreille plaquée contre la porte de sa voisine d'en face. Léonce, rendu encore plus curieux par l'ennui, l'observe. « *C'est bizarre,* se dit-il, *je ne l'ai pas entendu sonner. Mais je crois que la jeune femme est là pourtant.* » Léonce ne se sent pas le courage d'ouvrir et de demander des comptes à l'individu. « *C'est peut-être un amoureux, et je n'ai pas à me mêler de ce qui ne me regarde pas.* »

L'homme se prépare à repartir. Léonce le guette à travers l'œilleton. « *On dirait qu'il regarde vers chez moi* », se dit Léonce, puis il file à sa fenêtre pour savoir quelle direction il va prendre.

L'homme s'est arrêté net et observe la porte de l'appartement de Léonce. Le léger frottement de la main du vieil homme qui manipulait son judas a mis l'homme en alerte. Une porte d'appartement à un étage supérieur qui s'ouvre brusquement, des voix qui claironnent et des pas qui descendent décident l'homme à partir. La porte du hall se referme en claquant, il quitte tranquillement les lieux, sans se retourner, sentant planté dans son dos le regard du curieux. L'homme intègre cet imprévu. Léonce a trouvé que le visiteur avait mis du temps pour ressortir. En haussant les épaules, il cherche un autre centre d'intérêt dans la calme rue Dupuytren, en enfilade depuis sa fenêtre. Parfois, il s'intéresse aux clients qui entrent et sortent d'un salon de coiffure qu'il peut voir, mais le dimanche il n'y a rien, sauf des touristes.

Tout en marchant, l'homme boit longuement au goulot de sa bouteille d'eau. Ce doit être le troisième litre qu'il avale. À midi, il s'est contenté d'un sandwich, d'une bière, et a pris de nouveau son Tégrétol. Il a l'impression d'avoir constamment la bouche sèche avec ce médicament qui est censé enrayer ses douleurs.

Une vingtaine de minutes plus tard, il arpente la rue Madame toujours dans le VIe arrondissement. Au moment où il parvient devant l'immeuble, il voit la jeune femme qu'il a déjà repérée, plusieurs jours auparavant, marchant sur le trottoir vers lui. Il n'a aucune réaction.

Elle le croise sans un regard. Elle est seule, épuisée par la chaleur. Il ne se retourne pas sur son passage, et s'arrête une cinquantaine de mètres plus loin, s'appuyant contre une voiture. Un peu plus tard, la jeune femme apparaît à sa fenêtre, fumant distraitement une cigarette.

Satisfait, l'homme continue son chemin. Il a conservé sa casquette, rabattu la visière un peu plus sur ses yeux et ôté ses lunettes de soleil. Il s'essuie le visage une nouvelle fois avec sa serviette, et sent que les saignements de nez vont reprendre. Il rejette la tête en arrière et déchire des morceaux de Kleenex qu'il enfonce dans ses narines. Cela l'oblige à respirer par la bouche. C'est contraignant, mais il n'a pas le choix.

Il termine enfin son périple par la rue de Seine. L'immeuble est ancien et occupe l'angle de la rue des Beaux-Arts. Le ravalement vient d'être terminé et les échafaudages sont pratiquement démontés. Les volets de l'appartement qu'il surveille sont fermés, ce qui le plonge dans des abîmes de perplexité et lui fait se poser mille questions. Il décide alors de rester dans le quartier, s'attable à la terrasse d'un bar du boulevard Saint-Germain et prend plaisir à boire de la bière fraîche. Une heure et six bières plus tard, il revient de nouveau rue de Seine et observe avec soulagement les fenêtres ouvertes de l'appartement de sa cible. Il use du même stratagème que rue Monsieur-le-Prince. Avec sa clef, il déverrouille la commande électrique de la porte d'entrée. La jeune femme habite un troisième sans ascenseur. L'homme monte silencieusement les marches deux par deux. Il atteint le palier sans être essoufflé, bloque sa respiration, colle son oreille contre la porte et écoute longuement. Il entend une personne qui se déplace dans une pièce et des bruits divers. Puis le téléphone sonne, et il a la confirmation enfin que c'est bien la jeune femme, seule, qui se trouve dans l'appartement. Elle parle fort et rit souvent. En redescendant lentement, il fait en sorte que la visière de sa casquette lui masque complètement le visage.

Il regagne son domicile, en métro et à pied, harassé par la chaleur et nerveux à cause de la tension grandissante. Après avoir mangé des œufs durs et s'être longuement douché à l'eau froide, il prépare, avec attention, son sac pour le lendemain. En premier lieu, ses vêtements et affaires de travail, puis, enroulés dans un linge, une boîte contenant une centaine de paires de gants en latex, *« fournis par mon administration et donc réglementaires »*, pense-t-il en souriant, une matraque lestée de plomb, une boîte de préservatifs, dans une enveloppe un carré de papier blanc recouvert d'une fine écriture et un bonnet de bain en caoutchouc. Il ajoute, pour finir, un miroir d'une trentaine de centimètres de côté qu'il brise en plusieurs morceaux.

Avant de s'installer sur son lit, il absorbe des comprimés contre la douleur, et les mains croisées derrière la nuque, ferme les yeux et attend le sommeil et les rêves, évitant de penser à la semaine où tout va basculer.

2

Lundi 4 août 2003

Huit heures. Ludovic Mistral roulait calmement vers le Quai des Orfèvres. Pas de circulation, chaleur encore supportable, les infos à la radio qu'il écoutait distraitement. Après sa blessure – il était passé à deux doigts de savoir si un après existait vraiment –, il avait repris son travail en pointillé d'abord en mai, et pris ses vacances en juillet. Il considérait ce début de mois d'août comme son véritable retour.

Clara et Ludovic avaient passé juillet en Provence, faisant le tour des amis et quelques incursions au Festival de jazz d'Antibes : un mois de juillet réservé à la fin de la convalescence de Mistral. Les premières insomnies étaient arrivées pendant ces vacances. Tout d'abord des difficultés à l'endormissement, puis des réveils vers 4 heures du matin sans pouvoir se rendormir une minute, attendant que le jour se lève. Il avait compensé les fatigues dues au manque de sommeil par des siestes, et préféré ne pas en parler à Clara, attribuant à la chaleur le fait de mal dormir, même s'il savait qu'autre chose de plus insidieux, sans qu'il sache réellement quoi, était en arrière-plan.

Leurs deux garçons étaient restés dans le Sud au mois d'août, d'abord chez les parents de Clara du côté de Grasse, avant d'aller chez ceux de Ludovic à proximité d'Aix-en-Provence.

Paris, l'été, est relativement calme, durant la première quinzaine d'août. La circulation plus fluide à certaines heures de la journée et la présence des touristes donnent encore une atmosphère de vacances à la capitale. Ce n'est qu'après le 15 août que l'activité des services de police reprend progressivement.

Vers 8 h 30, Ludovic Mistral gara sa voiture dans la cour du 36, quai des Orfèvres. Contrairement à son habitude, il monta les vénérables escaliers marche après marche, et non deux par deux. Il commença par le secrétariat pour récupérer son volumineux courrier de juillet et fit le tour des bureaux. Le personnel était clairsemé, et comme dans tous les services de la police judiciaire, la brigade criminelle fonctionnait en ce début août avec à peine la moitié de ses effectifs. Il échangea quelques mots avec les collègues présents sur la canicule.

Le commandant de police Vincent Calderone téléphonait quand Mistral passa la porte de son bureau. Il lui fit signe de le rejoindre devant la machine à café. Indépendamment d'une relation hiérarchique, Vincent Calderone et Ludovic Mistral se connaissaient depuis plus d'une dizaine d'années et entretenaient une relation amicale, fondée sur leur origine provençale et sur une très bonne entente personnelle et professionnelle. Calderone n'ayant pas d'enfant, il prenait ses vacances hors saison, en septembre ou en octobre, en fonction du choix de la destination de Madame. Au sein du service, Mistral souhaitait que Calderone s'occupe des dossiers présentant une sensibilité ou une complexité particulières, et pour lesquelles une discrétion absolue et un savoir-faire professionnel étaient impératifs.

— Franchement, je trouve que vous n'avez pas le visage de quelqu'un qui rentre de congés. Vous avez pris assez de repos ?

Calderone glissa dans le monnayeur de la machine à café des pièces de 20 centimes.

— C'est cette chaleur inhabituelle, c'est tout. Alors, ce mois de juillet ? demanda Mistral. Comme je n'ai reçu aucun appel téléphonique, je me suis douté que l'activité n'avait pas été particulièrement tendue.

— On peut dire ça, rien de transcendant pour le service. Trois affaires, banales, en cours et qui devraient sortir. Le chef du groupe trois vous fera le point tout à l'heure. Comme vous le savez, le directeur PJ est parti en vacances en Italie, c'est donc l'adjoint, Bernard Balmes, qui tient la boutique. Vous avez surtout pas mal de questions d'ordre administratif à régler, mais bon, en août, c'est plus relax pour s'en occuper.

— C'est-à-dire ?...

Mistral n'était pas franchement emballé par le sujet.

— Tout d'abord le personnel avec les notations et les évaluations. Je vous ai fait des propositions, vous me direz si vous les validez. Il y a aussi une demande d'entretien avec un syndicat d'officiers, et ensuite le budget et les priorités d'achat de matériel.

— Merci, Vincent, pour le coup de main ! Pour le matériel, je connais la règle, c'est « dis-moi ce dont tu as besoin, je vais t'expliquer comment t'en passer », plaisanta Mistral. Mais bon, je vais m'y astreindre le plus rapidement possible. D'autant que les notations prennent du temps. Maintenant, on nous demande au minimum quarante-cinq minutes d'entretien avec chaque personne. Quoi d'autre ?

— La forte chaleur. Trop de gens dehors tard dans la nuit. Certains picolent, un mot entraînant un autre, ça dégénère en bagarre. Quelques-unes finissent mal, des mecs se font planter. Ce sont les commissariats de la PUP[1] qui encaissent tout le bordel, remarqua Calderone fataliste.

1. Police urbaine de proximité. Schématiquement, il s'agit de la police en uniforme.

— Et ce n'est pas terminé, ajouta Mistral avec un bref sourire, la météo annonce encore des jours et des jours de canicule. Au fait, le capitaine des RG qui est arrivé fin juin, après avoir permuté avec un de nos gars, comment est-il ?

— Paul Dalmate ?

— Oui, celui qui a l'air triste en permanence.

— Bonne présentation, rigoureux, notation excellente dans son ancien service. Pas très expansif et assez silencieux. C'est vrai, il n'est pas gai.

— Ça va le changer, l'ambiance PJ ! Nous, c'est plutôt le village gaulois que les phrases feutrées ! Qu'est-ce qu'il faisait aux RG ?

— Il était à la section sociale et passait ses journées à rédiger des notes.

— Mais il ne connaît rien à la procédure, c'est ça ?

— Non, pas vraiment. Il a débuté en commissariat de quartier, où il est resté deux ans. Pour ça, il a été à bonne école. Vous savez comment c'est. Le matin, vous prenez votre service, les cellules de garde à vue sont pleines, et le soir quand vous partez, vous avez tout traité. Et le lendemain, ça recommence !

— Je connais, j'ai démarré ma carrière au commissariat Saint-Georges, rue Ballu, dans le IXe. Bon alors, qu'est-ce qui cloche avec Dalmate ?

— Rien de particulier. Il a tenu à être muté à la crim pour enquêter sur des assassins. Savoir ce qu'ils ont dans le crâne, prendre leurs auditions, etc. C'est un pote des RG qui me l'a dit.

— Il ne va pas être déçu. Il est en vacances ?

— Non. D'ailleurs, c'est lui qui dirige son groupe en août, le chef est en vacances.

— Bon, je vais aller au rapport, et en sortant, je le verrai.

Tous les jours à 9 h 30, le directeur de la police judiciaire, Françoise Guerand, ou son adjoint, Bernard Balmes, passait en revue les différentes affaires avec les sous-directeurs et le chef d'état-major. En août, Balmes changea un peu les règles et convia les chefs de service des autres brigades. La décontraction vestimentaire était de mise pour tout le monde, les cravates rangées dans les placards des bureaux, prêtes à ressortir au cas où… Les chefs de service appréciaient le directeur adjoint. Originaire de Lyon et bon vivant, Bernard Balmes, fidèle à la réputation de sa région, aimait les bons restaurants et concluait souvent les réunions en recommandant une ou deux adresses qu'il avait testées.

Balmes expédia la réunion en vingt minutes. Alors que tout le monde pensait que le rapport arrivait à sa fin, le directeur adjoint aborda un autre sujet.

— Il semble, dit-il sur le ton de la confidence, que la vague de chaleur qui touche la France commence à occasionner des dégâts et notamment à Paris. La BSPP[1] a tiré la sonnette d'alarme, relayée discrètement par les pompes funèbres. En gros, ça meurt beaucoup et surtout chez les personnes âgées.

— Et alors ? questionna le chef d'état-major, étonné.

— Alors ? reprit Balmes. Ce matin, j'ai eu le directeur adjoint de la PUP qui a demandé à tous les commissariats d'arrondissements de recenser quotidiennement les enquêtes décès, pour informer en direct le préfet qui transmet au ministre. Il va nous en adresser une copie.

— C'est sûr, ajouta Mistral, il ne faut pas passer à côté d'un crime. Avec ce type d'hécatombes, c'est le risque, un meurtre peut être maquillé en mort naturelle.

Balmes termina ensuite la réunion en recommandant un restaurant à Paris qui servait des vins blancs d'Alsace, des vendanges tardives, absolument extraordinaires. Pendant ce temps, un des sous-directeurs dessinait des instruments de musique sur son bloc-notes, des batteries de toutes les tailles.

En regagnant son bureau, Mistral croisa Calderone, lui résuma en deux mots ce qui s'était dit au rapport et lui demanda de faire venir Paul Dalmate.

1. BSPP : brigade des sapeurs-pompiers de Paris.

Mistral était plongé, sans passion, dans la lecture d'une circulaire sur le budget quand la secrétaire annonça Calderone et le capitaine de police. Mistral regarda entrer un grand type très mince, cheveux ras, visage anguleux, marqué, pantalon noir, chemise blanche et cravate noire. Il ne se souvenait plus très bien à quoi ressemblait le policier issu des RG.

— La cravate n'est pas indispensable au mois d'août, et surtout avec cette canicule, commença Mistral en souriant pour le mettre à l'aise, d'ailleurs la mienne est dans la penderie.

— Ça ne me gêne pas, j'ai l'habitude.

— Comme vous voulez, mais on en reparlera. Avez-vous eu le temps de lire quelques procédures rédigées par le service ? C'est le meilleur moyen de comprendre comment marche la crim, la répartition des rôles, etc.

— Oui, j'en ai lu quelques-unes et j'ai discuté avec les gens du groupe.

— Tout se passe bien ? C'est ce que vous attendiez ?

— C'est ce à quoi je m'attendais, je ne suis pas déçu.

Mistral est à la fois surpris et légèrement agacé par la brièveté des réponses et le ton neutre employé par Dalmate. Aussi conclut-il rapidement :

— Bon, en cas de difficulté quelconque, n'hésitez pas à en parler à Vincent. Je pense que le mois d'août, généralement tranquille, vous permettra de vous familiariser avec le service.

Dalmate sorti, Mistral ne put s'empêcher de souligner le peu d'enthousiasme que lui inspirait le capitaine.

— Ne vous arrêtez pas à cette première impression. C'est vrai, il est très réservé et son manque de communication est parfois plombant. Mais je dois dire qu'il a réellement mis les bouchées doubles en juillet et qu'il sera très rapidement opérationnel.

— J'espère ! Je pense aussi que l'ambiance PJ va le décoincer, d'autant que, dans son groupe, il y a de joyeux drilles qui vont s'en charger.

Les deux hommes partirent déjeuner à deux pas du Quai des Orfèvres, dans un restaurant tenu par un Grec rue Saint-André-des-Arts. Une adresse inscrite dans de nombreux répertoires de policiers.

Mistral parlait et mangeait peu. Il regardait Calderone déjeuner consciencieusement, couper sa viande avec méthode, mastiquer posément ses aliments.

— Vincent, savez-vous à qui vous me faites penser ?

Mistral esquissa un sourire en posant cette question.

— À Lino, c'est ça ? Ma femme me le dit souvent.

— Elle a raison votre femme. À Lino Ventura. Vous mangez avec le même calme et la même présence que lui. Et puis, franchement, vous avez sa corpulence, la même manière de parler et de regarder les gens. Prenez ça comme un compliment, Vincent, parce que Lino Ventura, c'était un sacré bonhomme !

— Je le prends comme tel, d'ailleurs j'en rajoute parfois un peu pour faire marrer les collègues dans les groupes, et je sais qu'en aparté, ils m'appellent Lino.

Pendant le café, Calderone observa Mistral et lui posa simplement la question.

— Pardonnez-moi de revenir sur le sujet, mais je n'ai pas l'impression que vous êtes en grande forme. Je me trompe ?

Mistral ne chercha pas à fuir la question, il déclina de la main les digestifs que le patron apportait.

— Pas vraiment, Vincent. Je n'ai pas d'entrain. Petite condition physique, pas tellement d'appétit. (Il désignait du menton son assiette à peine touchée.) C'est sûrement la canicule qui m'assomme, et en plus je dors mal.

— Vous avez bien récupéré depuis l'affaire du Magicien[1] ?

— Oui. C'est oublié.

Calderone hocha la tête, pas du tout convaincu malgré le ton affirmatif de Mistral.

Le reste de la journée se termina sans grand événement. Mistral avait hâte de rentrer chez lui. Vers 19 h 30, il

1. Voir le précédent livre de l'auteur, *Le Magicien*, Fleuve Noir, 2008 et Pocket, 2009.

sauta dans sa voiture, la climatisation au maximum, la radio calée sur FIP. Le générique de jazz à FIP, un titre de Joe Zawinul, résonna dans l'habitacle.

C'est à 19 h 30 que l'homme entra en action. Il avait terminé son service, éreinté, avait poliment refusé d'aller boire un verre avec ses collègues, puis était passé récupérer sa voiture. Après une brève réflexion, il avait choisi de modifier son programme. Le vieux de la rue Monsieur-le-Prince le perturbait. Il décida de se montrer discret et de commencer par la rue Madame. Il se gara derrière une camionnette, pas très loin de l'immeuble, prit dans le coffre un sac de voyage en toile, vide, les affaires préparées la veille rangées dans un sac à dos qu'il glissa sur l'épaule. D'un pas nonchalant, il se dirigea vers l'appartement de la jeune femme. Il écouta quelques instants, l'oreille collée contre la porte et, satisfait, sortit de sa poche un étui en cuir noir qui avait déjà souvent été porté. Un coup de sonnette assez long. La jeune femme entrouvrit la porte bloquée par une chaînette, mimiques interrogatives. L'homme, d'un geste d'habitude, présenta son porte-cartes d'une main montrant à la jeune femme un document tricolore portant le mot POLICE en caractères noirs avec sa photo.

— Bonsoir, Madame, c'est la police, je peux entrer ? Je fais une enquête sur un de vos voisins et je préférerais ne pas parler sur le palier.

L'homme était à la fois souriant et autoritaire, et la carte qu'il tenait à bout de bras masquait le bas de son visage.

Clara déclina poliment une invitation à dîner chez leurs nouveaux voisins. Elle savait Ludovic peu enthousiaste, et désirait aussi éviter les éternelles questions que les personnes ne manqueraient pas de lui poser sur son métier. Les phrases qui commençaient inéluctablement par « Puisque vous êtes policier, je voudrais juste avoir votre avis. Voilà, figurez-vous que l'autre jour alors que je conduisais normalement, je me suis fait arrêter », etc. Ludovic répondait toujours avec amabilité à ces questions qui l'agaçaient prodigieusement. Et c'est cela que Clara voulait lui épargner.

Elle avait préparé un repas léger et leur discussion porta sur des futilités. Après le repas, Clara continua d'observer son mari avec attention. Ludovic, assis dans un fauteuil du salon, feuilletait distraitement un album de photos prises en Patagonie, quelques mois plus tôt, tout au début de sa convalescence. Elle le trouvait beaucoup plus silencieux que d'habitude. Préoccupée, elle choisit de ne pas aborder la question pour l'instant.

L'homme conduisait lentement, les vitres ouvertes, dans le flot de la circulation qui se raréfiait. La voiture était bien trop ancienne pour être climatisée. Il n'y avait aucun souffle d'air frais. Sa chemise, trempée de sueur, était plaquée contre sa peau, à cause de la chaleur et de ce qu'il venait de commettre. Il se remémora les derniers instants dans l'appartement. Une « check-list » en quelque sorte ! Avant de quitter les lieux, il avait vérifié que rien ne clochait, et s'était assuré que les fenêtres étaient légèrement entrouvertes.

Pas besoin de simuler la fatigue : il était complètement épuisé, physiquement et nerveusement. Depuis que cette histoire avait commencé, il se demandait sans cesse s'il pourrait aller jusqu'au bout. Des mois de contrôle ! Il entendit les mots de son miroir et ne voulut pas le décevoir, c'était aussi trop risqué.

Son autoradio était branché en permanence sur FIP. Vingt et une heures trente, l'émission de jazz se termina, il attendit avec impatience la reprise de la programmation. Ce qu'il aimait par-dessus tout, c'était le ton et la voix des animatrices de FIP. Elles le faisaient décoller, et ça ne datait pas d'hier. Souvent il rêvait que ces voix ne s'adressaient qu'à lui. Il avait téléphoné plusieurs fois à la station, quelques années auparavant, pour demander à parler à une des jeunes femmes, mais il avait toujours essuyé des refus polis. Il se promit de recommencer. Dès demain.

Extrait des cahiers « Journal et rêves » de J.-P.B.

Année 1975

Pour mes dix ans, j'ai eu un chien. Il s'appelle Tom, il est marron et petit. Ma mère dit qu'il grandira avec moi. Je n'ai pas de père, et ni frère ni sœur à qui je peux raconter mes journées et mes histoires. Je crois que ma mère s'en fout de ce que je fais. Elle n'aime pas quand je lui demande où est mon père. Elle n'aime pas non plus quand je veux savoir pourquoi je n'ai ni frère ni sœur. Elle répond en haussant les épaules : « Toi, c'est déjà bien suffisant, un autre comme toi, je n'y arriverais pas. Laisse-moi tranquille avec tes questions. » Je connais par cœur ses réponses, ce sont toujours les mêmes. Parfois, elle hurle.

Quand je suis à la récréation, je vois ma mère assise sur un banc, dans la rue, derrière la grille de l'école. Elle fume des cigarettes et m'observe, elle veut que je vienne lui parler. Je ne peux pas jouer avec mes camarades. Elle vient avec mon chien, comme ça, elle est sûre que je vais m'approcher de la grille.

Ma mère ne veut pas que je discute avec les parents de mes copains. Elle dit qu'ils cherchent à me tirer les vers du nez. Je ne sais pas ce que ça veut dire. Je regarde tous les jours dans le miroir si j'ai des vers dans le nez.

J'aime bien écrire. Personne ne sait que j'écris en cachette, après l'école. Surtout pas ma mère. C'est mon secret.

J'ai souvent mal au ventre. Ma mère dit que je me raconte trop d'histoires. Elle m'en raconte jamais.

J'ai rêvé que je me noyais. Cela fait plusieurs fois que je fais ce rêve. Au début, je me réveillais en sursaut parce que je m'étouffais, je ne pouvais plus respirer. Maintenant, je n'ai plus peur, j'ai l'impression d'aller de l'autre côté. Je ne sais pas l'expliquer. J'aime bien écrire mes rêves, même si c'est difficile d'expliquer comment c'est de l'autre côté. Je parle à des gens que je ne connais pas, et puis ils disparaissent. Un copain m'a dit que c'est normal. Dans tous les rêves, c'est pareil. Parfois, je ne me souviens pas de mes rêves, j'essaie, mais je n'y arrive pas. J'ai demandé à ma mère pourquoi, elle a haussé les épaules et a dit : « Qu'est-ce qu'on en a à foutre, les rêves c'est que des conneries pour les grands, alors pour les mioches de ton âge, ça me passe au-dessus. »

Quand je relis mes rêves, j'ai moins peur des cauchemars. Un soir, ma mère m'a dit : « Quand tu étais plus petit, tu avais des terreurs nocturnes et tu hurlais. Je n'arrivais même pas à te réveiller, et au matin tu ne t'en souvenais plus. Et puis c'est passé en grandissant. De temps en temps, tu hurles, mais ce n'est pas pareil. »

J'ai réfléchi. Je crois que je ne raconterai pas à ma mère mes rêves. Je les garde pour moi, j'ai peur de sa réaction. Je cache mon cahier, et quand je l'aurai fini, j'en prendrai un autre, je dirai que c'est pour l'école. Souvent, je fais presque le même rêve. Quelqu'un m'observe, mais je ne sais pas qui. Je devine une ombre qui me regarde, de loin, mais dès que je m'approche, elle se sauve. Je voudrais savoir qui c'est. Je n'arrive pas à décrire ce que je ressens, c'est trop compliqué.

Ma mère m'a emmené au manège. J'étais assis dans une voiture de course bleue, derrière moi il y avait un cheval qui montait et descendait. C'était un cheval noir, avec de gros yeux blancs, fixes, qui me faisaient peur. Je ne voyais pas qui était dessus, seulement des mains qui serraient fort les rênes. Quand je passais devant ma mère, elle ne me regardait pas, elle parlait à d'autres mamans et à leurs enfants. J'avais peur.

Je l'appelais, mais elle ne se retournait même pas. Dans la nuit, j'ai fait des cauchemars. Quand le manège s'arrêtait, les mamans venaient chercher leurs enfants, mais pas moi. Le cheval partait au grand galop avec l'ombre dessus.

L'autre soir, ma mère était dans sa chambre, assise sur le lit, face à son armoire ouverte. Elle lisait, je crois, une grande lettre, et ne m'a pas entendu. Je lui ai demandé ce qu'elle lisait, elle a eu tellement peur quand je lui ai parlé qu'elle m'a hurlé de m'en aller. C'était la grande lettre qui lui faisait peur, surtout. Pas moi.

3

Mardi 5 août 2003

Mistral en avait assez de mal dormir et de tourner dans tous les sens dans le lit. À 4 h 30, il s'installa dans le jardin, attendant que le jour se lève, écoutant sur son iPod, au volume minimum, le blues de John Lee Hooker, les mains croisées derrière la nuque, les yeux clos. La voix et la musique du vieux bluesman le bercèrent. En fait, Ludovic navigua entre le sommeil léger et l'éveil, et n'arriva pas à avoir deux pensées cohérentes d'affilée.

Clara venait de se lever, un petit reproche dans la voix.

— Si tu ne dors pas plus, tu risques de ne pas tenir le coup dans la journée.

— Non, tout va bien. Avec le rythme du service, je n'ai pas sommeil.

France Info s'attarda sur la canicule installée sur la France et la météo prévoyait des pics de pollution, notamment sur Paris, compte tenu de l'absence de vent. Avant de partir, Ludovic proposa à Clara de la rejoindre pour déjeuner. Elle travaillait près des Champs-Élysées comme nez chez un parfumeur célèbre. Unanimement reconnue par la profession, elle était la créatrice de deux parfums réputés.

Mistral gagna rapidement le Quai des Orfèvres. Il prit le temps de discuter avec l'équipe de l'état-major qui avait débuté son service à 7 heures pour un non-stop de vingt-quatre heures. Nuit relativement calme. Rien pour la police judiciaire. Bernard Balmes plia le rapport en vingt minutes avec, de nouveau, un commentaire sur la situation préoccupante concernant l'augmentation importante du taux de mortalité chez les personnes âgées. Les policiers quittèrent le bureau de Balmes par petits groupes.

— C'est quand même ahurissant, observa l'un d'eux, quand tu suis les infos et les canards, on n'a pas l'impression que ça existe. OK, c'est la canicule, là on sait. Mais personne ne parle des morts ! On dirait qu'il n'y a que les pompiers, les flics et les urgences à être au courant !

— C'est ce que je me suis dit, approuva Mistral. Mais tu verras, quand la presse aura vent de l'histoire, ça va ronfler pour ceux qui auront trop réfléchi avant d'agir !

De retour dans son bureau, Mistral reçut un chef de groupe pour parler d'un dossier ancien et compliqué. « Rien de particulier, on ferme les portes[1] », cette phrase clôtura l'exposé du policier.

Après son départ, Mistral réfléchit quelques instants, puis décrocha son téléphone et composa rapidement un numéro qu'il connaissait par cœur.

— Bonjour, Ludovic Mistral à l'appareil, je vous dérange ?

Réponse négative de son correspondant.

— J'envisageais de venir échanger quelques mots… Ce matin ? Pourquoi pas ?

Mistral passa par la permanence de la brigade criminelle pour indiquer qu'il était joignable sur son mobile.

Une vingtaine de minutes plus tard, Mistral gara sa voiture le long du trottoir d'une rue calme du XVe arrondissement. C'était la première fois qu'il se rendait au domicile de son interlocuteur, même s'ils se téléphonaient

1. Expression de la PJ signifiant que toutes les pistes d'une enquête ont été exploitées.

régulièrement depuis quelque temps. Au premier coup de sonnette, une voix répondit à l'interphone « quatrième gauche » et la porte en verre du hall se déverrouilla dans un bourdonnement bruyant.

Quand Mistral sortit de l'ascenseur, Jacques Thévenot, psychiatre de profession, l'attendait sur le palier. Les deux hommes se serrèrent longuement la main. Thévenot habitait un grand appartement, meublé avec goût. Peintures modernes accrochées aux murs et luxueuse bibliothèque.

— Je suis heureux de vous revoir !

— Et moi donc, poursuit le psychiatre, cela prouve que nous sommes vivants tous les deux. Je dois dire que nous l'avons échappé belle ![1] Café ?

— Avec plaisir, sans sucre. J'espère que je ne bouleverse pas votre emploi du temps.

— Pas du tout. Ma femme est partie à son bureau, et je n'ai rien de prévu ce matin.

— Combien de temps avez-vous passé dans le coma ?

Mistral regretta sa phrase un peu abrupte. Le médecin ne lui en tint pas rigueur.

— En gros, un peu plus d'un mois.

— Des séquelles ?

— Je ne pense pas. Mais j'ai encore un peu de mal à renouer avec mon rythme précédent, et je n'ai repris les consultations, à l'hôpital et à mon cabinet, qu'à mi-temps. On verra plus tard. Et vous ?

— Eh bien... plutôt moyennement. Je pensais avoir récupéré mais je me traîne et je n'ai pas vraiment goût aux choses, je dors très mal, et la forme est proche du zéro. Je pense que la canicule y est aussi pour quelque chose.

— Laissez tomber les effets de la canicule sur votre forme, elle a bon dos ! C'est un coup de blues qui vous a poussé à venir ici ?

— Pas vraiment... Je voulais aussi prendre de vos nouvelles... Mais c'est vrai, je ne suis pas au top, et le mot blues me convient assez, répondit Mistral en souriant.

1. Cf. *Le Magicien*, Fleuve Noir, 2008 et Pocket, 2009.

— Est-ce qu'au moins, vous avez profité de votre convalescence ? Au début, on est K-O, mais après, quel bonheur de ne rien faire et de se laisser porter !

— Il y a eu de ça. Ma femme et les petits étaient contents de me voir tous les jours. Les devoirs en rentrant de l'école et les jeux avec eux m'ont bien occupé. J'ai eu aussi pas mal de visites. Pourtant, à la fin, c'était épuisant de raconter mille fois les mêmes choses ! Et vous ?

— Quand j'ai commencé à réellement me sentir mieux, je suis allé au cinéma l'après-midi. C'est formidable d'être au cinéma pendant que les autres travaillent. Vous devriez essayer, on apprécie encore plus le film !

— Je n'y ai jamais pensé ! Mais oui, pourquoi pas ! Il faudra que j'en fasse l'expérience.

Les deux hommes parlèrent longtemps. Mistral quitta Thévenot deux heures plus tard. En conduisant, il repensait aux dernières phrases du psychiatre, quand il l'avait raccompagné à l'ascenseur : « Il va vous falloir du temps pour digérer, mais ça se fera, croyez-moi ! Passez me voir, les choses ne se font pas toutes seules. Moi aussi j'ai besoin de discuter avec quelqu'un qui sait comment s'est déroulée cette histoire ! À défaut, j'irai en parler avec un de mes confrères. »

Cette dernière confidence avait surpris Mistral mais il s'était gardé de poser des questions. Avant de partir, il refusa tout d'abord de prendre l'ordonnance qui prescrivait des « petites pilules pour dormir, ça ne peut vous faire que du bien ». Puis il l'avait acceptée quand le psychiatre avait laissé échapper : « Moi, j'en prends. Gardez cette ordonnance avec vous, si le besoin s'en fait sentir, vous serez content de la trouver. Mais attention, les médicaments aident seulement. Quand on se casse une jambe, ce n'est pas la béquille qui guérit l'os ! »

Après avoir quitté le psychiatre, Ludovic rejoignit Clara dans un restaurant des arcades du jardin du Palais-Royal. Clara était enthousiaste et volubile, elle préparait une conférence sur le métier de nez qu'elle ferait à la rentrée. Ludovic écoutait avec plaisir sa femme évoquer sa passion pour les parfums. De son côté, pas un mot de sa visite chez Thévenot. Il y avait bien réfléchi, mais il ne savait pas parler de lui et craignait d'être maladroit. Il préféra attendre pour trouver les mots, les gestes, et éviter des inquiétudes inutiles à Clara.

De retour Quai des Orfèvres, Mistral, en soupirant, se plongea dans ce qu'il appelait l'« administratif » et s'y astreignit tout l'après-midi. Dans le vieux bâtiment de la police judiciaire parisienne, pas de climatisation ; tous les bureaux étaient équipés de ventilateurs sur pied brassant l'air chaud plus qu'ils ne rafraîchissaient, et qui faisaient voler les feuilles sur les tables.

Le soir, en regagnant son domicile, il en arriva à la conclusion que les seuls moments agréables de la journée étaient ceux passés dans la voiture climatisée, à écouter de la musique. Chez lui, il fit semblant de ne pas remarquer le regard soucieux que lui jetait Clara. Il s'attarda contre elle en respirant ses cheveux, en silence, ce qui signifiait « tout va bien ».

— Je t'attendais pour téléphoner aux enfants. Je suis sûre qu'ils s'en donnent à cœur joie, et je pense qu'on ne doit pas trop leur manquer.

— Tel que je connais mon père, il a toujours des inventions pour occuper les garçons.

Effectivement, les enfants étaient ravis de bavarder avec leurs parents. Clara s'attardait sur les recommandations d'usage. L'aîné, six ans, voulut de nouveau parler à son père.

— Papy nous a fait voir avec quoi tu construisais les cabanes, et, dans la caisse, il y a ton couteau Opinel. Je peux le prendre pour tailler des bâtons ?

— Passe-moi papy.

Ludovic Mistral prononça cette phrase d'un ton sec qui surprit Clara. Elle était attentive quand Ludovic s'adressa à son père.

— Mathieu m'a dit que tu leur as montré l'Opinel. Je ne veux absolument pas qu'il touche à ce couteau. Ils peuvent se blesser ! Même si tu es à côté d'eux, ce genre d'accident arrive vite, et une lame fait des dégâts.

En raccrochant, Ludovic sentit le regard de reproche de Clara.

— Tu sais, ils sont rapides les loustics, même avec un adulte à côté.

Ludovic s'exprima plus doucement, pour tenter de justifier sa brutalité.

— Je sais, je sais, poursuivit Clara, conciliante, mais ne transmets pas tes angoisses à ton père et aux enfants.

Mistral ne releva pas la phrase de sa femme, même s'il savait à quoi elle faisait allusion.

Écroulé de fatigue après toutes les interventions de la journée, l'homme conduisait au ralenti, bercé par la voix chaude de Paolo Conte que diffusait FIP. La voix, à la fois sensuelle et légèrement moqueuse, de l'animatrice prit le relais du crooner italien et s'attarda sur le climat. « Vous avez eu chaud, et vous avez été nombreux à vous presser sur les quais de Paris Plages la bien nommée. N'oubliez pas de vous protéger du soleil et de boire beaucoup d'eau, d'autant que la canicule qui touche Paris n'est pas près de s'arrêter ! Demain, ça continue, les panamas et les verres fumés seront de la partie ! Qu'on se le dise ! »

L'homme était presque arrivé chez lui. Il écouta encore un peu la station tout en réfléchissant. Brusquement, il se décida, pénétra dans un bar et se dirigea vers le « point phone ». Il composa le numéro de FIP qu'il connaissait par cœur. Par prudence, il n'utilisa pas son téléphone mobile, qu'il laissait en permanence éteint.

— Bonjour. Je suis un auditeur quotidien de FIP, et j'aimerais parler à la dame qui vient de passer le message.

— Bonjour, répondit une voix féminine polie, je suis désolée, mais c'est absolument impossible. On ne peut déranger les animateurs pendant leur travail.

— Mais après, je peux appeler ?

— Non plus. Merci monsieur de ne pas insister. Nous ne prenons aucune conversation pour les animateurs. Au revoir.

L'homme écouta la tonalité d'occupation. Il sentait la colère le gagner. En remontant vers le bar, il avala des comprimés de Tégrétol avec deux grandes bières. Quand il entra dans son meublé, il fut saisi par l'effroyable chaleur qui régnait, ce qui l'empêcha de se reposer. Une douche froide lui octroya quelques minutes de répit. Un peu plus tard, il était de nouveau dans sa voiture roulant au hasard, à faible vitesse, toutes vitres ouvertes. Minuit passé. Il n'avait pas mangé, seulement vidé des verres de bière au hasard des quartiers. Les premiers signes de l'ébriété étaient bien installés, la tête qui tourne, la démarche hésitante, la difficulté d'aligner deux réflexions cohérentes. L'affluence ne faiblissait pas dans Paris, les gens retardaient l'heure pour rentrer chez eux et affronter leurs appartements étouffants et cela ne l'arrangeait pas.

Vers 2 heures du matin, il fut de nouveau chez lui, ivre mais relativement lucide. Toujours avec le même soin, il prépara ses vêtements de travail puis, comme précédemment, ajouta un miroir qu'il brisa d'un coup de poing et un carré de papier blanc recouvert d'une fine écriture. Il vérifia la boîte de gants en latex et de préservatifs, nettoya la matraque avec un tissu imbibé d'alcool et rinça le bonnet de bain en caoutchouc.

— Prêt pour l'acte deux, murmura-t-il.

Extrait des cahiers « Journal et rêves » de J.-P.B.

Année 1978

Tom, mon chien, a trois ans, il a grandi, mais pas trop. Tant mieux. Les gros animaux me font peur. Tom reste avec moi tout le temps, et la nuit il vient coucher dans ma chambre. C'est rassurant. Il ne veut manger que quand c'est moi qui lui donne. Ma mère a dit : « Explique à ton abruti de chien que je ne vais pas l'empoisonner, même si ce n'est pas l'envie qui me manque. »

Elle a décidé, du jour au lendemain, que je devais quitter le collège. Pourtant je travaille bien, je suis le deuxième de ma classe, et le premier en rédaction. De loin, a précisé le prof de français. Elle dit que les autres enfants se moquent de moi. C'est vrai, mais à cause d'elle, qui reste toujours plantée devant le collège. Un jour, le directeur est allé lui parler, ça a mal fini. Elle a pleuré. Elle a hurlé : « Tout ça, c'est ta faute. » Je n'ai pas compris. J'ai pris une baffe cinglante parce que j'avais demandé pourquoi.

Le prof me prête des livres parce qu'il sait que j'aime lire. Un soir, avant de sortir de la classe, il m'a dit : « La lecture, c'est le rêve et l'évasion. J'ai vu combien tu aimais les livres et l'écriture. Lis et observe comment sont écrites les histoires, je suis sûr que tu pourras bientôt en écrire toi-même. » Je suis parti en courant, parce que ma mère vient me chercher, et elle ne veut pas que je la fasse attendre. Pour lui expliquer mon retard j'ai répété à ma mère ce que m'avait dit le prof de français. Elle a haussé les épaules : « Qu'est-ce qu'il en sait ce con ? » C'est sûr, maintenant, je ne lui raconterai ni ne lui montrerai jamais mes cahiers.

Ma mère est entrée dans ma chambre, j'étais debout devant la fenêtre. C'est comme si un aimant m'attirait. Elle m'a dit : « Que fais-tu sans bouger ? » Je n'ai pas osé mentir. « Là-bas, quelque chose m'attire, je ne sais pas ce que c'est, j'aimerais aller voir. » Je m'attendais à prendre une beigne. Elle a fermé la fenêtre lentement. « Que veux-tu qu'il y ait ? Laisse ton imagination au repos, couche-toi. »

Elle ne sait toujours pas que j'écris mes rêves, ni autre chose. J'ai déjà trois gros cahiers bien planqués. Je sais que c'est bourré de fautes, mais je les corrigerai plus tard quand je serai grand.

J'en ai marre, j'attends la nuit avec impatience. Si je ne vais plus au collège, qu'est-ce qui va me rester comme ailleurs, à part la nuit ? Et même la nuit, maintenant c'est devenu difficile. L'ombre est souvent là, je la devine, mais jamais à mes côtés. Je l'appelle, elle ne se retourne même pas. Elle ne se laisse toujours pas approcher. Pourtant, j'ai l'impression qu'elle m'attend. Je ne sais pas qui c'est. Peut-être qu'un jour, je parlerai avec elle. Elle ne me fait pas peur. J'ai hâte de m'endormir pour essayer de la retrouver. Je dis l'ombre, parce que je ne sais pas si c'est un garçon ou une fille. Parfois, le matin, je me réveille sans l'avoir vue, j'ai peur qu'elle ait disparu pour de bon, et toute la journée je ne suis pas bien. Le plus long, sans la voir, ça a duré au moins trois mois. C'était terrible. Et puis je l'ai revue, mais c'était pareil, elle partait dès que je marchais vers elle. Parfois, j'en ai marre, je ne veux plus la voir. Mais ce n'est pas moi qui commande les rêves.

J'ai trouvé un nouveau jeu. Dès que je peux sortir de chez moi, j'essaie de trouver des trucs qui font peur.

Le jeu que je préfère, c'est de traverser les rues au dernier moment quand les bagnoles arrivent. Plusieurs fois, j'ai failli être renversé, j'ai senti l'aile de la voiture me frôler. Les types freinent, des grands coups de patins, après je les entends *m'insulter, hurler. L'autre jour, j'ai manqué m'étrangler de rire. Un type a planté un coup de frein incroyable, et la caisse derrière l'a encadré, le bruit a été épouvantable. Le conducteur a essayé de me courser, mais j'avais de l'avance et du jus dans les jambes. Je suis revenu, en me planquant, un quart d'heure après, et les deux chauffeurs s'insultaient. C'était trop marrant. Mais, en fait, je crois mourir chaque fois que je fais ce jeu, j'ai des frissons dans le dos. La nuit, je rêve que je marche sur les toits des autos et les conducteurs n'arrivent pas à m'attraper.*

Je vais trouver d'autres jeux qui collent la frousse.

En ville, y en a plein. Quand je relis mes cahiers, j'ai des frissons.

Chaque fois que ma mère ouvre sa boîte à courrier, elle fait gaffe que je ne sois pas à côté. Je l'ai revue quand même une autre fois sortir la grande lettre. Elle est rangée dans une épaisse enveloppe marron qui se ferme avec une ficelle. Ça n'a pas loupé, elle m'a fait dégager de la pièce. Un jour, j'étais seul dans la maison, j'ai voulu voir la lettre, mais l'armoire était fermée à clef.

Des fois, un homme vient passer la nuit avec ma mère. Ce n'est pas souvent le même. Quand c'est le même, il vient trois ou quatre nuits, mais pas plus, et quelque temps plus tard c'est un nouveau. Je me souviens, quand j'étais plus petit, j'entendais ma mère chuchoter avec les hommes. Ma chambre n'a pas de porte, celle de ma mère non plus. Je faisais semblant de dormir, et je les observais passer devant ma chambre en marchant sur la pointe des pieds pour rentrer dans celle de ma mère. Pour être sûre que je ne les voyais pas, elle remontait le drap sur mon visage. Je ne bougeais pas, je respirais à peine, mais j'écoutais. Des dizaines de nuits, j'ai eu un drap sur mon visage, et je détestais absolument ça. Quand je l'entendais entrer dans ma chambre, je savais qu'elle allait me couvrir le visage. J'aurais préféré qu'elle me tienne dans ses bras, mais je ne me souviens pas qu'elle l'ait fait une seule fois. Je n'arrivais pas à dormir, j'entendais les bruits qu'ils faisaient et j'en avais horreur. Si je m'endormais tard, je cauchemardais.

4

Mercredi 6 août 2003

Ludovic Mistral passa une partie de sa nuit à regarder l'affichage numérique vert du radio-réveil, et l'autre partie à faire de mauvais rêves. Résigné, il se leva vers 5 heures et récupéra dans son bureau un livre usé, corné, qu'il appréciait tout particulièrement, *Du monde entier au cœur du monde* de Blaise Cendrars. Il l'avait lu à de nombreuses reprises et il en possédait également un exemplaire à son bureau. Il ouvrit le livre au hasard et se laissa bercer par la magie des phrases de Cendrars. Ce matin-là, c'était le poème *Rio de Janeiro.* Mistral enchaîna la lecture jusqu'à 6 h 30. Il prépara le petit déjeuner et attendit que Clara se lève.

— J'aimerais bien aller au bord de la mer ce week-end. .

— Si on faisait une balade à Honfleur ? proposa spontanément Ludovic.

— Bonne idée ! Je te laisse réserver l'hôtel.

Au même moment, l'homme venait de terminer sa série d'exercices physiques. Il entra dans la salle de bains pour se raser, et cette simple idée le révulsa.

Le café et la climatisation de la voiture réveillèrent peu à peu Ludovic Mistral, lui apportant un illusoire semblant d'énergie. Un reportage d'Europe 1 s'interrogeait sur les conséquences sanitaires de cette canicule qui durait. Le journaliste évoqua la fragilité des personnes âgées seules confrontées à ces fortes chaleurs et termina en ajoutant que Météo France prévoyait une hausse des températures. Ce qui n'améliorera pas la situation. Mistral fit défiler rapidement les différentes radios d'information. Elles abordaient toutes le sujet de la canicule installée en Europe. *« C'est parti ! Rien d'autre dans l'actualité, voilà le thème de l'été 2003 »*, songea Mistral.

La matinée démarra par le rituel état-major, café, rapport. Rien de bien extraordinaire pour la PJ, rien de surprenant non plus. Les mois d'août ne sont pas particulièrement chargés, comme si les criminels et autres malfaiteurs prenaient également leurs quartiers d'été, ailleurs. Mistral regagna son bureau en se promettant de commencer les entretiens d'évaluation du personnel dès ce matin. *« Autant le faire rapidement,* se dit-il, *puisque tout est calme. »*

Vers 10 h 30, après avoir passé près d'une heure de discussion avec un des officiers du service, et alors qu'il s'apprêtait à rejoindre Calderone pour boire un café, Mistral reçut un appel de l'état-major.

— Les pompiers sont intervenus dans un appartement, rue Madame, dans le VIe arrondissement, après réception d'un appel téléphonique d'un type disant qu'une de ses amies, Mme Élise Norman, ne répondait pas au téléphone. Comme la dame en question n'a pas donné signe de vie à son travail, les pompiers sont allés chez elle, ont pété la porte et découvert la personne morte. Assassinée.

— C'est-à-dire ?

— D'après le brigadier de police secours de l'arrondissement qui est sur place, elle aurait des morceaux de miroir plantés dans le cou et le visage.

— Bon, je vais aller sur place. Prévenez le substitut de permanence et dites à Balmes que je me déplace.

Mistral enfonça la touche du téléphone intérieur de Calderone.

— Qui est de permanence ?

— Le groupe de Gérard Galtier. Pourquoi ? On est saisi d'une affaire ?

— Pas encore, mais ça se pourrait.

— Galtier a pris un meurtre la semaine dernière, une histoire qui devrait rapidement sortir, mais il a un maximum d'auditions programmées ces jours-ci. Le mieux est de prendre le groupe de renfort.

— D'accord. Qui est-ce ?

— Dalmate.

— Dalmate voulait voir un crime ? Ça tombe bien ! C'est aujourd'hui que ça commence. Combien sont-ils dans son groupe ?

— Avec Dalmate, cinq. Les lieutenants José Farias et Ingrid Sainte-Rose, et les brigadiers Roxane Félix et Sébastien Morin.

— C'est un effectif jeune, le plus ancien a un peu plus de deux ans de brigade ! Mais si ça merde, vous faites venir Galtier.

— Pas de problème, je cadrerai Dalmate et sa bande pour ne pas les laisser patauger. Je les ai vus à l'œuvre, ils manquent encore un peu de pratique, mais ce sont de bons flics. Je sais qu'ils feront ce qu'il faut.

Moins de dix minutes plus tard, Mistral, Calderone, Paul Dalmate et son groupe filaient vers le VIe arrondissement. Comme d'habitude, il était facile de se repérer dans la rue, grâce aux premiers véhicules d'intervention garés en double file, ce qui était le cas de la voiture de police de l'arrondissement et du fourgon des sapeurs-pompiers.

Un gardien de la paix avait disposé des cônes de protection pour signaler la prudence aux automobilistes toujours prompts à vouloir voir ce qui se passe. Devant la porte d'entrée de l'immeuble, deux jeunes gardiens de la paix étaient en faction. Avant d'entrer dans le hall, Mistral reçut un message de Bernard Balmes, le directeur adjoint : « Dis-moi ce qu'il en est dès que tu peux. »

Morin et Félix s'arrêtèrent pour échanger quelques mots avec les deux jeunes gardiens en faction. Ils portaient sur leurs épaulettes un simple chevron signifiant qu'ils étaient dans la police depuis moins d'un an.

— Alors, ce sont les bleus qui prennent le soleil ! ironisa Morin.

— Ben oui, le chef est dans la voiture avec la clim. Il dit que la chaleur, ça lui donne mal à la tête.

Les deux policiers saluèrent Mistral et l'un d'eux indiqua simplement : « C'est au troisième droite, sans ascenseur. »

— Je l'aurais parié, remarqua Mistral. Neuf fois sur dix, quand on se prend un macchabée on a droit aux escaliers. Et puis on ne risque pas de se tromper, avec l'odeur de la mort dès le rez-de-chaussée.

— Je me suis fait la même réflexion. Cette puanteur, trois étages en dessous, le corps ne doit pas être beau à voir ! Et la canicule n'arrange pas les choses.

Calderone avait prononcé ces paroles sur un ton fataliste, sans montrer qu'il était lui-même incommodé, malgré de nombreuses années passées à la brigade criminelle à côtoyer la mort. En s'engageant dans les étages, Mistral se retourna vers lui :

— Le parfum de la mort ne laisse personne indifférent, Vincent, et il est difficilement supportable ! Mais c'est surtout en fonction de la distance que l'on arrive à prendre avec la mort qu'on l'accepte à peu près ! Il paraît que cette odeur nous renvoie à notre fin et pour beaucoup à l'horreur de la mort.

— Je ne connaissais pas cette théorie, mais ça se tient !

Pendant que Mistral grimpait dans les escaliers, Calderone s'adressa aux policiers de la crim.

— Paul, tu entres avec moi dans l'appartement ; les autres, vous restez en retrait pour l'instant.

— Ça pue un max ! observa sobrement Sébastien Morin, une fois j'ai cru que j'allais gerber tellement ça fouettait.

— Faut t'y faire, Seb, tu fais comme moi, tu prends un peu de baume du tigre et tu t'en mets au bord des narines, comme ça tu tiens le choc.

Roxane Félix prit dans son sac un petit pot de crème qu'elle agita sous le nez de Sébastien.

— À mon avis, ça va puer le cadavre au camphre et le mélange doit être costaud, mais donne toujours, j'expérimente.

Les policiers arrivèrent sur le palier, attendus par les pompiers et deux gardiens de police secours. L'odeur, absolument intenable, les avait obligés à fuir l'appartement. Une puanteur indescriptible, mélange de pourriture et de viande avariée, semblait figer les hommes et les empêcher de parler. Mistral jeta un rapide coup d'œil à Dalmate, blanc comme un linge, qui ne prononçait pas un mot.

Mistral reconnut l'officier des sapeurs-pompiers, un capitaine avenant. Les deux hommes s'étaient déjà croisés lors d'enquêtes précédentes, et s'appréciaient. En termes précis, sans fioriture, le capitaine expliqua aux policiers son intervention.

— Le coup de fil est arrivé au 18, passe d'une cabine. Un homme a appelé pour dire qu'une de ses amies, Mme Élise Norman, ne répondait pas au téléphone et n'était pas à son travail depuis au moins deux jours. Il a donné l'adresse et a raccroché. C'est tout. Mais compte tenu de la mortalité des personnes âgées dues à la canicule, on intervient systématiquement. À l'odeur présente dans l'escalier, on a de suite compris, je ne vous fais pas un dessin. Mais là, ce n'est ni une mort naturelle, ni une personne âgée, venez voir.

— L'appel passé par le type a été enregistré ?

— Oui, comme tous les appels. Le numéro de téléphone s'est affiché sur le terminal du standardiste qui l'a immédiatement identifié. Il provient d'une cabine de la gare Montparnasse.

— Il faudra que vous nous passiez l'enregistrement.

— Pas de problème, on vous remettra le CD.

Les trois policiers enfilèrent des gants en latex et des surchaussures en tissu et suivirent l'officier des pompiers. Mistral utilisa son dictaphone pour enregistrer la description des lieux et les constatations. Le pompier laissa passer les policiers. Voyant la scène de crime, ils prirent leurs précautions pour éviter de détruire des indices en entrant dans la pièce. Indépendamment de l'odeur intenable et de la chaleur étouffante, il y avait ce bourdonnement incessant. Des milliers de mouches affairées sur le corps. Attirées par l'odeur du cadavre, elles étaient venues pondre leurs œufs. Des larves étaient déjà apparues. Elles se transformeront en mouches qui, à leur tour, viendront pondre.

Les policiers, au bord de la nausée, chassaient ces insectes qui se posaient sur eux et repartaient vers le cadavre.

Mistral s'approcha du corps, concentré sur les paroles qu'il enregistrait : « Il s'agit d'une femme allongée sur le dos, mesurant environ 1,65 mètre, les bras repliés sous elle. Son corps est gonflé, violacé, des morceaux de miroir sont plantés dans la bouche et dans la gorge. Le visage est boursouflé, méconnaissable, les paupières entrouvertes laissent apercevoir les yeux vitreux. Du sang coagulé est étendu sur et autour du visage de la femme. Elle est entièrement nue. Suspicion de viol. »

— C'est terrible cette chaleur ! Il fait combien dans la pièce ? demanda Dalmate.

— Je dirais... pas loin de 40. Je ne me souviens pas d'avoir eu aussi chaud à Paris, répondit Calderone.

Mistral, de la main, continuait de chasser la nuée de mouches. Geste inutile. Pris d'une violente nausée, il se retint de vomir. Calderone et Dalmate, appuyés contre le mur, un mouchoir sur le nez, ne se laissaient pas approcher par les mouches dans leurs allers-retours incessants et répugnants sur le cadavre Les trois policiers rejoignirent les pompiers sur le palier.

— C'est abominable ! s'exclama Mistral. Qu'est-ce que vous avez fait en arrivant ?

— On a forcé la porte. Ce n'était pas difficile, elle était juste claquée. Quand on est entrés, on a vu le corps à moitié nu, le visage dissimulé par une serviette pleine de sang séché. J'ai enlevé la serviette. La figure était mutilée par les morceaux de miroir plantés. Il y avait aussi un carré de papier posé sur sa poitrine avec un truc écrit dessus, mais je n'ai pas regardé. Je l'ai simplement mis sur la table. Et toutes ces mouches qui volent de partout, c'est vraiment répugnant !

— Vous avez touché le corps ? Vous avez déplacé des objets ?

— Non. À part ce que je viens de vous dire, rien d'autre. Quand j'ai vu de quoi il s'agissait, j'ai fait faire illico demi-tour à mes gars. On avait tous des gants en latex et personne ne s'est attardé dans la pièce.

Mistral était mécontent que la curiosité l'ait emporté.

— Il faut éviter de remuer des éléments aussi importants sur une scène de crime !

— Oui je le sais. J'avoue que c'est tellement abominable, ce que nous venions de découvrir quand nous sommes entrés dans l'appartement, que nous avons eu le mauvais réflexe !

— N'en parlons plus ! Je vais avoir besoin de vos déclarations et celles de vos effectifs. Vous pouvez vous libérer dans l'après-midi ?

— Pas de problème. Vers 15 heures ?

— Parfait, et n'oubliez pas l'enregistrement.

Mistral se tourna vers Calderone et Dalmate :

— C'est évident, on garde cette affaire ! J'attends le substitut du procureur pour régler ce point. Pendant que j'appelle Balmes et ensuite l'état-major, essayez de trouver une pièce d'identité de la dame et vérifiez, approximativement, étant donné l'état du visage, qu'il s'agit bien d'Élise Norman. Paul, briefez votre équipe pour qu'elle démarre, sans tarder, l'enquête dans l'immeuble !

Une vingtaine de minutes plus tard, la machine était lancée. Les techniciens de scène de crime, entièrement cagoulés, gantés et revêtus d'une combinaison, s'affairèrent dans l'appartement. Le substitut arriva. Une jeune magistrate qui devait avoir trois ou quatre ans d'ancienneté et qui ne voulait pas paraître inexpérimentée face aux policiers de la brigade criminelle.

Elle rattrapa Mistral d'un pas décidé sur le palier. Au fur et à mesure qu'il parlait, elle changea progressivement de couleur.

— C'est l'odeur qui vous incommode ?

— Je dois dire que je n'ai jamais rien senti d'aussi fort, et ces mouches qui volent de partout, ce bourdonnement ininterrompu, ça me révulse !

— Venez voir à quoi ressemble la scène de crime.

Dans la pièce, les trois hommes travaillaient en silence et avec précision, concentrés. Répartition des tâches. Prélèvements. Flashes des appareils photos numériques. Ils étaient littéralement en sueur dans leur combinaison blanche. La cagoule de protection pour les cheveux, les surchaussures, le masque devant leur bouche et les gants en latex rendaient leur activité éprouvante avec cette chaleur extrême. Mais c'était la condition élémentaire pour ne pas polluer une scène de crime en y déposant leur propre ADN. Après avoir effectué les prélèvements sur les poignées des fenêtres, ils les ouvrirent enfin en grand, et un air chaud s'engouffra dans la pièce, apportant un semblant de courant d'air, la porte de l'appartement étant maintenue ouverte. Des mouches en profitèrent pour partir à la recherche d'autres cadavres. En apercevant Mistral, l'un des techniciens lui tendit une petite pochette transparente.

— C'est le papier trouvé sur le corps et que les pompiers ont posé sur la table. On a fait des prélèvements, il y a peut-être des traces à récupérer.

— *Le soleil se lève aussi* lut à haute voix Mistral. C'est le titre d'un bouquin de Hemingway. Encore un malade des énigmes !

— Je crois que je ne me sens pas bien du tout, je dois redescendre. Appelez-moi dans l'après-midi pour que l'on fasse le point.

La jeune magistrate, complètement livide, prononça ces quelques mots du bout des lèvres.

— Je vous raccompagne.

Mistral n'était pas mécontent non plus d'aller prendre l'air. Il croisa une dame âgée, les traits tirés par la fatigue et l'angoisse de respirer l'odeur de la mort qui, du coup, semblait dire qu'elle était présente dans l'immeuble, et n'avait pas fini son boulot. La vieille dame n'osait pas dépasser le pas de sa porte, craignant d'être cueillie à son tour. Elle tenait dans sa main un gant de toilette trempé d'eau de Cologne à la lavande, qu'elle se passait de temps à autre sur le visage et le cou.

— C'est vrai qu'on l'a tuée ? Une si gentille dame, et bien jeune pour mourir...

— Ne vous inquiétez pas ! On arrêtera celui qui a fait ça.

— Vous savez, toute seule j'ai peur. Et s'il revient ?

— Il ne reviendra pas. Ce genre d'individu est loin maintenant.

Mistral tenta de rassurer par ces quelques mots la vieille dame terrorisée à l'idée que la mort frappe de nouveau dans son immeuble. Elle pensait aussi à cette odeur terrible, et sut qu'elle ne pourrait plus l'oublier.

Sur le trottoir, Calderone, Dalmate et son équipe échangèrent quelques impressions sur les premières investigations.

— Pour résumer, Élise Norman était une femme discrète qui ne recevait jamais personne et sortait rarement. Trente-huit ans, célibataire, apparemment pas de petit ami, mais il faudra creuser la question.

Ingrid Sainte-Rose referma son carnet.

— C'est maigre ! Profession ? demanda Mistral.

— Juriste chez un notaire du faubourg Saint-Honoré.

— OK. Roxane et Sébastien vous faites un saut chez le notaire, qu'on en sache un peu plus. Il faut retourner dans l'appartement finir les constatations, et essayer d'en apprendre davantage sur cette dame.

— Voici le document qui était posé sur le corps avec l'inscription *Le soleil se lève aussi.* Si vous avez des idées sur la signification, je suis preneur.

Mistral agita en parlant le petit sachet transparent dans lequel le carré de papier était protégé.

— « Une génération s'en va, une autre lui succède et la terre lui subsiste perpétuellement. Le soleil se lève aussi, le soleil se couche ; il soupire après le lieu d'où il se lève de nouveau. » Ce sont, à peu près, les paroles de l'Ecclésiaste. Je cite de mémoire. Le titre du bouquin de Hemingway est tiré de cet extrait.

Dalmate récita ces phrases lentement, calmement, les yeux dans le vague. Silence autour de lui Ses équipiers se regardèrent, interloqués.

— D'où tu sors ça ? demanda Calderone.

— J'ai été séminariste, reprit Dalmate. J'ai étudié l'Ecclésiaste.

— Séminariste, c'est apprenti curé en quelque sorte, non ? interrogea Sébastien, rigolard. C'est pour ça que t'es aussi sérieux et habillé de noir ?

Mistral interrompit sèchement la discussion.

— Je crois qu'on vous a sollicités pour aller en vérif chez l'employeur.

Sébastien et Roxane quittèrent les lieux, comprenant que les vannes n'étaient pas du goût de tout le monde.

— Si on développe la phrase que vous venez de citer, on peut la relier à notre enquête ?

— Je n'en sais rien, cela demande réflexion. Il y a presque dix ans que j'ai quitté le séminaire.

— Bon, on en reparlera plus tard. Mais il faut savoir que, parfois, certains se croient malins de faire comme dans les séries américaines. Ils laissent traîner des mots, qui n'ont jamais aucun lien avec quoi que ce soit. Un conseil, on se concentre sur l'enquête et on laisse tomber les devinettes, pour l'instant.

— D'accord. José et Ingrid, vous continuez à tirer les sonnettes et vous élargissez l'enquête de voisinage. On se retrouve aux voitures. En cas de besoin, vous nous appelez.

Dalmate agitait son téléphone portable en parlant. Un homme, roux, débonnaire, gros, débraillé, avec d'énormes sourcils, des auréoles de transpiration marquant sa chemise, suant à grosses gouttes, remonta la rue en direction du groupe de policiers.

— Tiens, voilà « poil aux yeux », murmura en souriant José Farias.

— Qui ça ? Comment l'as-tu appelé ? l'interrogea Dalmate.

— Le type qui arrive, c'est le légiste, toute la PJ le surnomme « poil aux yeux », tu as vu la taille de ses sourcils ?

Le médecin, transportant une grosse sacoche, s'arrêta près du groupe.

— Salut la police, on a un mort sur les bras ?

— Il ne manquait plus que vous ! Voici le légiste le plus célèbre de Paris ! C'est au troisième sans ascenseur.

Calderone accueillit avec sympathie le médecin qui lui donna une tape amicale sur l'épaule.

— Je l'aurais parié ! Alors Vincent, toujours fidèle au poste, je vois !

— Pas de raison pour que ça change. Pour l'instant, personne n'a manipulé le corps, nous vous attendions.

Mistral, Calderone et Dalmate retrouvèrent les techniciens de scène de crime, exténués par la chaleur, qui remballaient leur matériel, pas mécontents d'aller bientôt ôter leur équipement à l'extérieur de l'appartement.

— Nous avons prélevé tout ce qui pouvait l'être, précisa le chef de l'équipe au toubib. On reste à proximité, si vous avez besoin de nous. Mais il faut qu'on aille prendre l'air, on ne se sent vraiment pas bien !

Le médecin enfila une paire de gants en latex, s'agenouilla en soufflant pour examiner le corps. Paul Dalmate et Vincent Calderone parcouraient l'appartement avec un caméscope, filmant avec minutie les pièces, les meubles, les objets, le corps. L'odeur effroyable redoubla quand le légiste, aidé de Mistral, manipula le cadavre.

— Ce sont les gaz qui se déplacent, commenta sobrement le médecin en regardant Mistral, livide. Tiens, vous avez vu, elle a les mains attachées !

— On les détachera à l'IML[1] après avoir photographié en gros plan les liens. C'est du Serflex. Peut-être que sur le plastique il y aura des traces exploitables. Depuis quand est-elle morte ? Approximativement ?

— Rapidement, je dirais... environ deux ou trois jours maxi. Ne vous fiez pas trop à la putréfaction du corps, la canicule accélère le processus de décomposition, et son visage est absolument méconnaissable. Vous voyez, les membres ont perdu leur rigidité, ce qui intervient au bout de deux jours.

En parlant, le médecin manipulait les jambes de la jeune femme, comme s'il faisait une démonstration dans un amphi d'étudiants. Mistral enregistrait les commentaires du médecin au dictaphone.

— Et il y a les grosses mouches bleues à viande qui ont déjà pondu leurs œufs. Tout bon flic de criminelle le sait, les insectes se succèdent à partir des premières minutes de la mort et pendant trois ans.

— Exact. Les huit fameuses escouades de la mort, et ces mouches sont les premières à venir. Elles ont déjà pondu, d'autres mouches sont nées, donc, *grosso modo*, ça fait un peu plus de deux jours.

Le médecin hocha sa grosse tignasse rousse.

— On croit toujours que les insectes sont attirés par l'odeur du cadavre. Les premières mouches arrivent souvent quelques minutes avant la mort, attirées par l'agonie, alors qu'aucune odeur ne se répand !

Calderone et Dalmate, un mouchoir plaqué sur le nez et la bouche, venaient d'achever de filmer l'appartement. Calderone poursuivait l'enregistrement vidéo pendant les constatations du légiste.

— Je peux aussi vous dire qu'elle est morte ici, affirma le médecin. Elle n'a pas été transportée ou retournée depuis. Les lividités cadavériques sont là où elles doivent être...

1. IML : Institut médico-légal.

— Oui, je connais. Arrêt du cœur, plus de circulation du sang qui stagne dans les parties basses.

Le toubib chaussa ses lunettes, détailla avec attention le corps, et s'attarda sur le visage, les membres, les mains liées.

— Faudra vérifier à l'autopsie, mais la dame s'est débattue et a pris des coups. Les bras sont abîmés. Elle a aussi une marque sur l'avant-bras gauche comme si elle avait voulu protéger son visage. C'est caractéristique des blessures de défense.

Mistral, attentif aux observations du médecin, examina longuement les traces de coups portés sur le corps qui se confondaient avec les taches bleuâtres de la mort. Calderone filmait.

— Vous voyez sous ses ongles, le légiste fera des prélèvements habituels. Je parie qu'il va trouver de la cire incrustée.

Le médecin désigna à Mistral un ongle cassé avec de fines particules marron.

— Et c'est possible qu'en cherchant bien, vous découvriez des marques sur le parquet. Votre victime a dû tenter de s'agripper à tout ce qu'elle pouvait pour résister à son assassin.

Le légiste désigna des lésions à l'intérieur des cuisses et sur le sexe.

— Elle a été violée. L'autopsie dira si c'est ante ou post mortem.

Mistral trouvait évidentes les observations du médecin.

— Vincent, appelez l'état-major, qu'ils nous envoient les pompes funèbres pour transporter le corps à l'IML. Ensuite, quand il n'y aura plus personne dans l'appartement, on regardera si on trouve quelque chose sur le parquet. L'IJ attend également pour passer le Blue Star.

Pendant que Calderone s'éloignait pour téléphoner, Dalmate développa ses premières observations avec Mistral.

— Le type s'est servi dans la chambre. Elle avait un ordinateur et un téléphone portables. Il ne reste que les câbles des appareils et l'imprimante. Le sac à main était retourné sur le lit, il n'y a plus aucun objet de valeur. On tient peut-être un des mobiles du meurtre.

— Bonne observation pour le vol, mais sans doute pas pour le mobile. On ne massacre pas quelqu'un de cette façon pour simplement le voler. Je pense que le meurtre a une autre explication. Les morceaux de miroir plantés dans la gorge et la bouche, le visage recouvert, les liens, le petit texte, encore un truc compliqué. Il va falloir passer au tamis la vie de la dame.

— C'est juste, approuva Calderone. De quoi est-elle morte ?

— D'après les premières constatations du médecin, strangulation. Les morceaux de miroir plantés dans le visage et le viol viennent après. Mais l'autopsie sera sans doute plus précise.

Le légiste rangea ses affaires, salua « les vivants » et partit « prendre l'air et fumer un cigare pour tuer les miasmes ».

Les policiers étaient encore sur le palier de l'immeuble quand quatre types des pompes funèbres se présentèrent, se plaignant, comme tout le monde, de la chaleur et de l'absence d'ascenseur. Ils portaient une épaisse housse de plastique noir. Calderone donna ses instructions, Dalmate était attentif, Mistral avait hâte de quitter l'appartement. Les quatre types bossèrent en silence. Le corps de la femme, une étiquette attachée à sa cheville avec son nom et celui du service de police enquêteur, fut glissé prestement dans la housse et la fermeture Éclair remontée bruyamment. Avec des gestes mille fois exécutés, les employés des pompes funèbres saisirent les poignées du sac, et d'un même effort, le soulevèrent. Soufflants et suants, ils descendirent l'escalier.

Deux spécialistes en scène de crime, de nouveau revêtus d'une combinaison blanche, avec juste le visage qui émergeait de leur capuchon, assombrirent l'appartement en tirant les rideaux, après avoir reçu le feu vert de Mistral pour commencer. Puis, avec une sorte de pistolet à peinture, ils vaporisèrent un liquide autour de l'endroit où avait été découvert le corps d'Élise Norman. Ils élargirent les recherches aux autres pièces. Dalmate, curieux, regardait.

— C'est un produit qui permet de mettre en évidence du sang qui aurait été lavé, expliqua Mistral. Si c'est positif, une réaction lumineuse bleue apparaîtra, soulignant la trace effacée.

— Oui, mais quel intérêt ici ? s'étonna Dalmate.

— Il faut être sûr de ce que l'on fait, de ce que l'on voit et de ce que l'on ne voit pas. Peut-être que la scène de crime est simple, peut-être que non. Imaginez que le type s'amuse à écrire un truc avec le sang, qu'il se ravise et le nettoie. Ça peut donner des indications.

Les techniciens venaient de terminer. C'était négatif, pas de trace de sang effacé.

Avant de partir, Calderone apposa les scellés sur la porte. Deux sceaux de cire rouge maintenaient une ficelle entre la porte et le chambranle. Une étiquette qui portait le cachet de la brigade criminelle y était attachée.

Le fourgon noir des pompes funèbres, les portières arrière ouvertes, reçut le corps d'Élise Norman. Farias et Sainte-Rose regardèrent sans y croire les six cadavres emballés rangés dans des casiers.

— Ce sont des personnes mortes ? questionna, incrédule, Ingrid.

— Évidemment, qu'est-ce que vous croyez ? Qu'on les balade pour notre plaisir ? Je ne sais pas si vous êtes au courant, mais les morgues sont pleines à ras bord. On est à bloc. On sait même pas où on va les caser ceux-là, sauf le vôtre, bien sûr, qui prend la direction de la table à découper.

Celui qui parlait d'un air désabusé sous le regard ébahi des deux policiers était le chef d'équipe des pompes funèbres. Voyant l'effet produit, il prit son temps avant de poursuivre la discussion. Il alluma une cigarette blonde avec un briquet Zippo qui sentait l'essence à trois mètres, en faisant attention de ne pas mettre le feu à sa moustache en forme de guidon de vélo.

— Les autres, les petits vieux dans le camion (il désigna du pouce le véhicule derrière lui), eh bien, le boss doit donner les instructions pour nous indiquer où les transporter. Des familles ont été prévenues, on attend ce qu'elles ont décidé pour les obsèques. Mais comme elles sont en vacances, elles n'ont pas l'air de se précipiter.

— Mais c'est complètement dingue ce que vous racontez, personne ne le sait !

Farias réagit au quart de tour en prenant à témoin alternativement Ingrid et le chef d'équipe.

— Ben ouais, c'est comme ça ! On charrie des tas de macchabées tous les jours, avec l'impression d'être en première ligne sans que ça dérange qui que ce soit. Allez, salut, faut vider le camion, et heureusement qu'il est réfrigéré !

José et Ingrid regardèrent le fourgon partir, encore éberlués par ce qu'ils venaient d'entendre.

— Tu ne trouves pas qu'il en rajoute le mec ?

— À mon avis, c'est sa façon de se blinder. Imagine-toi transporter des morts toute la journée : si tu ne déconnes pas, tu disjonctes.

Les policiers regagnèrent le Quai des Orfèvres. Il était midi passé. Mistral écouta distraitement France Info. La BSPP confirma une augmentation de la mortalité de 180 % à Paris. Fidèle à son habitude, Mistral enfonça les touches préréglées de l'autoradio sur les stations d'information. La tension était montée sensiblement d'un cran. Les journalistes reprirent les chiffres des pompiers, enregistrèrent les commentaires des urgentistes sur l'accroissement du nombre de morts, mais ne s'aventurèrent pas davantage dans les explications, comme s'ils étaient incrédules face à ce que, plus tard, ils appelleraient « une catastrophe nationale ».

5

Même jour

Après avoir expédié le déjeuner, Mistral et son équipe se retrouvèrent dans son bureau pour faire le point, gobelets de café, bloc-notes, stylos posés sur la table de réunion. Calderone brancha le caméscope sur la télévision. Les policiers observèrent en silence le film enregistré dans l'appartement d'Élise Norman. Les pièces défilaient lentement, sous tous les angles. Calderone qui tenait le caméscope commentait. De temps à autre, la caméra saisissait les techniciens de la police technique et scientifique occupés sur la scène de crime. Peu de gens parlaient, concentrés qu'ils étaient sur leur travail. Le silence était parfois interrompu par les crachotements des radios et quelques rares sonneries de téléphones portables. Gros plan sur de fines griffures sur le parquet, près d'un pied de la table, qui pourraient correspondre aux observations du médecin lorsqu'il examinait les mains d'Élise Norman.

Les policiers autour de la table scrutaient les moindres détails. Des grimaces apparurent quand la caméra s'attarda sur le corps, les gros plans du visage tuméfié, les mains fermement attachées dans le dos.

— Au moins, il n'y a ni l'odeur ni les mouches.

José Farias, avec cette remarque lapidaire, exprima tout haut ce que les policiers autour de la table ressentaient.

— Bon, on vient de voir plusieurs fois le film. Des interrogations particulières ?

Moues négatives des policiers. Ingrid Sainte-Rose balança une évidence.

— L'idéal aurait été de filmer avant que les pompiers et les policiers de l'arrondissement ne se pointent. Je suis sûre que des traces ont été effacées ou que des objets ont été déplacés.

— Vous avez sans doute raison, Ingrid, mais c'est rare que le service enquêteur se pointe en premier sur les lieux d'un meurtre. Les pompiers regrettent d'avoir soulevé le linge et enlevé le carré de papier sur lequel figure le texte. On en saura davantage quand ils viendront. Il ne faudra pas oublier de relever leurs empreintes digitales et recueillir leur ADN. Pas la peine de se lancer sur une fausse piste si les traces laissées appartiennent aux pompiers ou aux policiers de l'arrondissement.

Mistral enchaîna.

— Mais pour l'instant, les seuls éléments que nous possédons sont incompréhensibles. Je résume : une femme assassinée, violée, le visage recouvert d'un tissu posé sur des morceaux de miroir plantés dans la gorge, un message avec quelques mots qui sont déjà source d'interprétations diverses. Une référence soit au roman de Hemingway, soit aux paroles de l'Ecclésiaste. La porte de son appartement n'était pas fracturée. Ou bien elle a ouvert volontairement à son assassin, ou alors il possédait la clef. Une enquête de voisinage qui pour l'instant ne donne rien. Voilà le bilan !

— Qui a bien pu commettre un acte aussi ignoble ?

Tous les policiers braquèrent leur regard sur Paul Dalmate, particulièrement silencieux jusque-là, qui venait de prononcer cette phrase avec dégoût, en détachant bien chaque mot.

— La bonne question, ce n'est pas qui, mais pourquoi. Le qui sera plus simple à trouver ensuite, répondit Calderone.

— OK, OK, je n'ai pas encore l'habitude des bonnes questions !

Dalmate fut vexé d'avoir été repris devant tout le monde. Mistral calma le jeu.

— Pas de problème. Pour l'instant, on ne cherche ni le qui ni le pourquoi, mais à déchiffrer les infos que nous possédons. Ingrid, vérifiez auprès de SALVAC[1] à la DCPJ[2] si ce type de meurtre a déjà été répertorié. Vincent, appelez l'IML pour connaître la date de l'autopsie. José, téléphonez à l'équipe qui est chez le notaire pour obtenir le numéro de téléphone portable de Mme Norman, son employeur doit l'avoir. À partir de là, on essaiera d'en savoir un peu plus sur cette personne, qui elle a appelé, etc.

À 16 h 30, la secrétaire annonça l'arrivée de l'équipe des pompiers qui était intervenue au domicile d'Élise Norman. Mistral désigna Dalmate et Farias pour prendre leurs dépositions. Une heure et demie plus tard, les pompiers s'apprêtaient à repartir quand Mistral les rejoignit pour échanger quelques mots avec l'officier. Les trois autres pompiers demeurèrent légèrement en retrait.

— Je ne vous cache pas que je serais intéressé de connaître les résultats de l'enquête, on est toujours curieux de savoir qui peut tuer de cette façon.

— J'espère vous appeler rapidement, sourit Mistral, cela voudra dire que l'enquête a été rondement menée, mais au vu de ce que l'on a, j'en doute. Au fait, j'ai écouté France Info en revenant de la rue Madame, votre état-major annonce 180 % d'augmentation des décès à cause de cette chaleur hors norme. Vous ne forcez pas un peu la dose ?

— Pas du tout, on est en pleine catastrophe sanitaire, et le public ne le sait pas encore ! Les morgues des hôpitaux sont à bloc, sans compter les personnes âgées complète-

1. SALVAC : Système d'analyse des liens de la violence associée aux crimes. Logiciel qui permet de faire des rapprochements entre des crimes ou des violences sexuelles non élucidés dans toute la France.

2. DCPJ : Direction centrale de la Police judiciaire.

ment déshydratées qu'on leur dépose en permanence et qui restent dans les couloirs faute de place. Ajoutez là-dessus le sous-effectif partout dû aux congés d'août...

L'officier laissa volontairement sa phrase en suspens pour souligner la gravité de la situation. Pendant que le capitaine parlait, Mistral regarda les trois pompiers qui attendaient leur chef. L'un d'eux attira son attention.

— Vous avez un de vos gars avec le visage salement amoché. Qu'est-ce qui lui est arrivé ?

— Il a eu un accident de voiture, d'après ce qu'on sait. Il est passé au travers du pare-brise et les morceaux de verre lui ont laminé le visage.

L'officier des pompiers parlait à voix basse, pour ne pas être entendu de son équipe.

— Pendant une intervention ?

— Non, pendant ses congés. C'est un marin pompier qui vient de Marseille. Il est chez nous depuis quelques mois. Il a préféré quitter sa région, problèmes familiaux, etc., et comme Paris et Marseille sont les deux seules villes avec des pompiers militaires, il a pu obtenir une mutation. C'est un homme valable, très balèze physiquement même si on ne le remarque pas immédiatement, et qui a mentalement morflé.

— Il va en avoir pour un moment pour être complètement rétabli ! Au fait, avez-vous remis l'enregistrement de l'appel téléphonique du type qui vous a prévenus au sujet d'Élise Norman ?

— Oui, je l'ai donné à un de vos officiers.

Mistral regagna son bureau avec un gobelet de café, le capitaine des pompiers ayant décliné l'offre.

— Ce n'est pas terrible le café après 17 heures. Il paraît que c'est celui qui empêche de dormir, observa Calderone.

— Avec ou sans, je ne dors pas. Et comme on a du taf, autant être en forme.

— J'ai l'impression que l'action vous manquait, je me trompe ?

— Peut-être pas, Vincent.

L'homme était en colère. Une fois de plus, il venait d'être sèchement éconduit par la standardiste de FIP. Pourtant, il ne souhaitait qu'une seule chose, toute simple. Parler. Parler à ces femmes aux voix mystérieuses et envoûtantes, à ces femmes sans visage. Il avait une envie folle qu'elles ne s'adressent qu'à lui. Uniquement à lui, et non aux autres milliers d'hommes qui, il en était sûr, désiraient la même chose. Il ne voulait qu'un instant de paroles chuchotées, entendre son prénom de leurs voix feutrées, bavarder de tout et de rien, pas longtemps, mais de temps en temps, comme avec des amis. Mais non ! Ce petit rien lui était interdit par un cerbère, qui détenait le pouvoir de dire NON. L'homme, une fois de plus, était confronté à l'interdit qui ne cessait de le poursuivre.

L'homme était mort de fatigue. Il en avait assez de son métier, toujours au service des autres. Encore heureux que le véhicule de service possède la clim, sinon il se demandait comment il tiendrait le coup. Les vannes de ses jeunes collègues l'indisposaient particulièrement. Il faisait semblant de rire avec eux, mais évitait de relancer la conversation. Dès qu'il le pouvait, il se lavait les mains et s'aspergeait le visage d'eau froide. Quand il ne pouvait faire autrement que toucher quelqu'un, et s'il n'y avait pas d'eau à proximité, il s'essuyait longuement avec un mouchoir en papier. Parfois, il interceptait des regards furtifs entre ses collègues qui l'observaient surpris.

L'homme roulait au ralenti, allant vers l'*acte 2* comme il l'appelait. Il avait travaillé toute la journée avec une courte pause déjeuner, et une autre en fin d'après-midi. Des sandwichs et des bouteilles d'eau. L'urgence n'attendait pas, surtout en ce moment. Il rentra chez lui pour se changer et se doucher à l'eau froide, longuement. Il récupéra ensuite son matériel pour l'*acte 2*.

L'homme était au volant de sa Ford. Après la rue de Budapest, il descendit à faible allure la rue d'Amsterdam, longea la gare Saint-Lazare, fila tout droit vers l'église de la Madeleine qu'il contourna pour se diriger vers la place de la Concorde. Il écoutait d'une oreille distraite l'émission de jazz qui venait de débuter sur FIP depuis une quinzaine de minutes. Il laissa sur sa droite l'Assemblée nationale et remonta, à petite vitesse, le boulevard Saint-Germain en écoutant John Coltrane. Les quatre vitres ouvertes de la voiture faisaient circuler un courant d'air chaud sans la rafraîchir. Sur sa gauche, avant la rue des Saints-Pères, un bar et un stationnement sur un emplacement réservé aux livraisons. L'homme haussa les épaules en estimant qu'il n'y avait pas de livraison au mois d'août. Il s'octroya une pause, attablé devant une grosse omelette et trois demis de bière. Il avait relégué au second plan le meurtre de la rue Madame et n'y pensait même plus. Et préféra ne pas penser à celui qu'il allait commettre. Après avoir bu un double café et payé une addition astronomique, il repartit, toujours lentement. « Jazz à FIP » se terminait.

Tout à coup, l'homme éprouva la sensation qu'une pointe de feu lui traversait l'œil gauche. Il sut qu'une crise allait l'anéantir, et ce n'était pas le moment. Paniqué, il s'arrêta, coupa le moteur, et saisit à toute vitesse ses médicaments qui, il le savait, ne le soulageraient que faiblement. Il avala des comprimés de Tégrétol avec un demi-litre d'eau. Il devait prendre ce médicament à heure fixe, ne jamais doubler les doses, mais ne tenait absolument pas compte des prescriptions du médecin.

Il connaissait par cœur cette douleur qui démarrait du côté gauche du dos, au niveau de l'omoplate, avec une contracture musculaire qui lui faisait mal à pleurer, remontait le long de la colonne vertébrale, lui vrillait le crâne, l'oreille, et explosait dans son œil. Diagnostic : névralgie d'Arnold. Douleurs : au-delà du supportable. Traitement : antalgiques puissants.

Il devrait patienter. Les antalgiques n'agiraient pas avant une trentaine de minutes. Il avait appris que réduire la contracture musculaire, en la pressant fortement contre l'arête d'un mur ou d'une porte, pouvait le calmer, ce qu'il faisait quand il était chez lui ou dans un endroit discret. La douleur était intolérable, à la limite de l'évanouissement. Mais c'était le seul moyen qu'il estimait efficace pour diminuer cette boule de muscle qui lui comprimait les nerfs et lui occasionnait ces souffrances dans le crâne et l'œil. Il se tortilla, cala son dos contre l'angle du siège de voiture pas suffisamment dur, mais c'était mieux que rien. La douleur dans le dos fut terrible quand il pressa fortement son dos contre l'arête du siège. Un coup frappé à sa vitre le ramena à la réalité. Un policier lui faisait signe de baisser la vitre.

— Monsieur, il est interdit de stationner sur les emplacements réservés aux livraisons.

— Oui, oui, je sais, balbutia l'homme. Je repars de suite. J'étais en train de ramasser ma bouteille d'eau qui vient de tomber derrière mon siège et je craignais qu'elle ne se vide.

« Je ne sortirai ma carte de police qu'en dernier ressort, sinon je vais avoir droit aux questions du genre : Dans quel service es-tu ? À quelle brigade ? Les questions de base, mais je n'ai pas envie de parler, j'ai trop mal », pensa l'homme.

Le policier hocha simplement la tête, mais resta planté au bord du trottoir attendant que la voiture parte. L'homme démarra aussitôt, l'œil en feu, le crâne au bord de l'explosion et la boule dans le dos qui continuait de lui comprimer les nerfs. Quelques centaines de mètres plus loin, il s'aperçut qu'il était près du domicile de l'*acte 2* et chercha une place où il ne risquait pas la fourrière.

Le VIe arrondissement de Paris est un quartier toujours animé et très prisé par les Parisiens et les touristes. Les rues sont petites, avec quantité de boutiques de luxe, de restaurants et de terrasses de cafés. L'homme, physiquement à bout, savait comment atténuer cette douleur. Il se dirigea vers le parking souterrain de la place Saint-Sulpice et enfin s'arrêta au troisième sous-sol. Des gens pressés rangèrent leur voiture à côté de la sienne, ne le remarquant même pas. Il les laissa s'éloigner.

L'homme ouvrit sa porte entièrement, descendit et s'agenouilla pour caler son dos contre l'arête de la portière. Les larmes aux yeux, il poussa de toutes ses forces pour écraser la contracture. La trop forte douleur le fit gémir et il manqua s'évanouir. Il dut s'interrompre à deux ou trois reprises quand il entendit les pas de personnes qui venaient récupérer leur voiture. Il en profita pour s'asseoir et reprendre son souffle. Cet automassage dura une demi-heure. Il fallut une demi-heure de plus pour être à peu près lucide. Ce laps de temps écoulé, l'homme ressortit du parking, épuisé par sa crise, mais sa douleur atténuée. Il emprunta le boulevard Saint-Germain sans dépasser les 30 kilomètres/heure. Au carrefour de la rue de Buci, devant le kiosque à journaux, une voiture quitta son stationnement, qui n'en était pas vraiment un. Immédiatement, il s'y gara, sans se soucier du coup de klaxon rageur d'un Parisien qui lorgnait la place. Après 21 heures, le risque de voir partir sa voiture en fourrière était pratiquement nul. Il se dirigea vers la rue de Seine, son sac à dos pendant à l'épaule droite, et un sac marin plié dans la main gauche. L'appartement de l'*acte 2* était situé à quelques centaines de mètres. Il croisa des dizaines de vacanciers en short et en tee-shirt qui se gavaient de crème glacée. Le quartier était animé, les touristes déambulaient sur la chaussée, la circulation en voiture était impossible. Cela lui convenait parfaitement. Plus il y avait de gens dans les rues et moins il y aurait de témoins potentiels qui pourraient le décrire.

Il entra facilement dans le hall avec sa clef qui déverrouillait toutes les serrures des portes d'immeubles. Il grimpa les marches de l'escalier recouvert d'un tapis rouge en se tenant à la rampe, d'un pas lent, la bouche sèche. Sa tête tournait, son cœur cognait fort. Il avait appris à identifier les effets secondaires du Tégrétol. Il devait absolument réussir. Arrivé devant l'appartement de sa future victime, il respira profondément pour se calmer, colla l'oreille contre la porte, attentif aux bruits. Il n'en perçut aucun et ferma les yeux pour se concentrer. Enfin, il entendit des petits bruits ménagers, sans pouvoir les identifier, mais ne distingua aucune parole. Il prépara sa carte de police et sonna. Des pas à l'intérieur s'approchèrent de la porte, puis une voix féminine interrogative.

— Oui ?

— C'est la police, madame.

Les bruits des verrous manœuvrés par la femme claquèrent sèchement, la porte s'entrouvrit ; une carte tricolore tenue à bout de bras masquait le bas du visage de l'homme. D'un violent coup d'épaule, il fit chuter la femme en arrière. Il referma la porte d'un coup de pied. L'homme était dans la place, et enfin il respira. La femme était tombée à la renverse, à demi assommée et le nez fracturé. Dans une vision brouillée, elle vit l'homme enfiler des gants en latex puis revêtir un bonnet en caoutchouc. Elle le trouva effrayant, et tenta de se relever. Elle avait la tête baissée quand la matraque plombée s'abattit violemment sur l'arrière de son crâne. Elle cessa de bouger. L'homme se laissa pratiquement tomber à côté d'elle et essaya de calmer sa respiration pour éloigner la douleur qui s'apprêtait à lui envahir de nouveau le crâne.

Clara entendit la voiture de Ludovic qui rentrait dans le garage. Elle fut surprise, puisqu'il avait l'habitude de la laisser à l'extérieur, devant leur maison. Quelques minutes plus tard, apparut Ludovic complètement nu. Clara fut partagée entre l'envie de rire et l'inquiétude.

— Tu es parfait dans ce costume. Justement j'ai invité les voisins à prendre un verre, ils arrivent dans quelques secondes.

— Sérieux ?

— Non, c'était pour voir la tête que tu ferais. Tu es très bien dans cette tenue, mais je te trouve amaigri. Tu as eu si chaud que ça aujourd'hui ?

— Oui, mais surtout je sens la mort à plein nez. Je me suis déshabillé dans le garage et j'ai mis tous mes vêtements dans un sac. Je vais prendre une douche et je te raconte.

Une demi-heure plus tard, Ludovic fit le récit, sans trop de détails, de la découverte du meurtre de la jeune femme, de cette odeur qui s'insinuait de partout et qui lui collait à la peau.

— Je vais te donner un petit flacon de ton eau de parfum, respire, et tu verras, tu te sentiras mieux. L'expression vient de là, se sentir mieux, c'est retrouver son odeur. C'est chouette d'être parfumeur, non ?

— Tu es formidable ! (Mistral regarda sa femme en souriant.) Au fait pourquoi as-tu dit que j'étais maigre ?

— Parce que c'est vrai. Tu dors mal, tu manges peu et ça se voit, je crois que tu n'es pas trop en forme et tu ne veux pas m'en parler, je me trompe ?

— Pas vraiment. Mais bon, rien d'alarmant, et je ne suis pas le seul dans ce cas. Pas mal de mes gars sont eux aussi épuisés par la canicule.

— Oui, oui, bien sûr ! Cette canicule a bon dos ! Ludo, n'oublie pas que j'ai vécu et partagé des moments difficiles avec toi à l'occasion de ta dernière affaire. Pense que tu peux me parler, je comprendrai très certainement.

— Clara, tu te fais des idées, cela n'a rien à voir avec ça !

Extrait des cahiers « Journal et rêves » de J.-P.B.

Année 1980

Pour mes quinze ans, je me suis acheté une mob d'occase. Au début j'économisais l'argent que je gagnais en lavant des voitures le mercredi et le samedi. Mais quand j'ai compris qu'il allait me falloir deux ans pour l'avoir, j'ai préféré voler de l'argent un peu partout. C'était facile et je ne me suis jamais fait choper, trois semaines plus tard j'avais ma mob.

Mon chien Tom me suit partout. Il écoute tout ce que je lui raconte. C'est le seul à qui je dis tout et surtout les pires horreurs que je commets. Il ne doit pas être déçu, le pauvre clebs, s'il comprend.

J'ai posé, une fois de plus, à ma mère LA *question, celle que je lui pose, depuis je crois, l'âge de dix ans. En réponse, j'ai eu droit à la super baffe, celle qu'elle devait garder en réserve, parce que j'ai cru que ma tête allait s'arracher. Elle a hurlé : « Me fais plus chier pour savoir si t'as un père, qui c'est et où il est. » Message reçu, m'man, je me suis dit, quand je serai grand, je le saurai, je le jure, et si tu continues à me frapper comme ça, un jour je me vengerai.*

Je suis content. Enfin, je refais le rêve qui m'a quitté depuis deux ans. J'étais malheureux et à deux doigts d'en parler à ma mère. Le rêve est revenu, mais en plus clair. Je ne sais toujours pas si l'ombre est un garçon ou une fille, je suis trop loin pour le deviner. Dans mon rêve, il y avait une foule gigantesque dans un parc, et je sentais qu'on m'observait, je cherchais et j'apercevais une silhouette qui me fixait. Je courais derrière la silhouette, qui était loin devant, dans un pré, le long d'une falaise. Tout était flou, plus j'accélérais, plus elle courait vite. La distance entre elle et moi ne diminuait jamais. Et puis j'ai trébuché et je suis tombé du haut de la falaise. Je me suis réveillé en sursaut pendant que je tombais. Je me suis juré de la rattraper.

J'ai quelquefois mal à la tête. Le docteur a dit que ce n'était rien. Mais j'ai dû me taper des tas d'examens médicaux. Et le toubib a confirmé d'un air satisfait : « Ce n'est rien. » Alors si ce n'est rien, pourquoi j'ai mal à la tête ? Cet idiot de médecin n'a rien répondu. Je ne vais plus en classe depuis deux ans, je reçois les cours par correspondance. Ces cours m'ennuient, ma mère préfère et dit qu'elle est capable de me faire travailler. Moi je n'aime pas, je ne vois presque plus personne, et elle m'engueule tout le temps. En classe, je travaillais bien, maintenant tout m'ennuie. De temps à autre, je rencontre mes anciens camarades de collège. Heureusement que j'ai cette mob, je peux me déplacer et, parfois, aller les retrouver.

Je trouve que voler c'est facile. C'est ce qui me distrait. Je vole un peu de tout, des fournitures scolaires, des friandises, des disques, des jouets, des pièces pour ma mob. C'est variable, je ne vole pas tout le temps. J'ai failli être gaulé par un vigile au supermarché, maintenant je me calme ou je vais ailleurs. Un copain, qui zone pas mal, m'a donné une clope.

Je fais du roller et je me laisse tirer par des bus ou des camions, c'est speed. Les bagnoles klaxonnent aux chauffeurs pour dire que je suis accroché à leur bahut. Une fois, je me suis fait allumer. Une seule fois. Par un mec qui a freiné en douceur son camion. Je ne comprenais pas pourquoi. Il est descendu de son bahut, est arrivé en courant et m'a tiré deux baffes qui m'ont laissé K-O. Depuis, dès qu'il y a un ralentissement, je lâche tout et je me barre. Mais le plus flippant, c'est d'arriver à s'agripper entre le camion et la remorque. Si les roues du roller se bloquent, t'es mort. J'adore.

Ma mère n'a toujours pas découvert mes cahiers de rêves. J'ai remarqué que si je ne les notais pas immédiatement, dès mon réveil, je les oubliais. Mais si je fais des cauchemars, ils me poursuivent toute la journée, parfois sur plusieurs jours. J'ai toujours réussi à bien planquer mes cahiers. Je les relis souvent, et parfois je les annote. Je commence à comprendre mieux maintenant certaines choses, même si c'est encore compliqué et que je n'arrive pas à l'exprimer.

Il y a toujours ce brouillard dans mes rêves et cette course qui n'en finit pas. Je cours vers un but, je ne sais pas lequel, je ne sais pas si je vais y arriver. Relire ce que j'écris depuis quelques années m'aide et me fait patienter. Je fume presque tous les jours, j'ai volé de l'argent, acheté des cigarettes et un briquet. Je les cache aussi.

Je ne supporte plus les types qui viennent coucher avec ma mère. Ma mère continue de me couvrir le visage. Je suis sûr qu'elle sait que je ne dors pas et se permet exprès, maintenant, de faire davantage de bruit. Une nuit, elle est rentrée avec un nouveau mec. Quand ils sont passés devant ma chambre, à la faible lumière du couloir, j'étais sûr qu'il s'agissait d'un autre inconnu. J'étais fou de rage à l'idée d'avoir le visage couvert. J'ai posé mes bras sur les draps et j'ai gardé les yeux fermés. Quand ma mère a voulu me couvrir, j'ai bloqué mes bras. Ma mère n'a pas insisté. Plus tard, je me suis levé et j'ai regardé depuis l'entrée de sa chambre. Elle était allongée sur le dos, le type sur elle. Elle a tourné le visage vers l'ouverture, je suis sûr qu'elle m'a vu. Je me suis habillé, le chien m'a suivi, et j'ai vomi dehors. Après j'ai marché, et je ne suis revenu à la maison qu'après son départ pour le travail. Le soir, on a dîné devant la télé, et elle ne m'a fait aucune remarque.

L'armoire est toujours fermée à clef. J'ai cherché partout cette putain de clef, mais je n'ai pas réussi à mettre la main dessus. Je suis certain, elle la garde dans son sac.

Avant de me coucher, je reste toujours à regarder vers l'extérieur, c'est plus fort que moi.

6

Jeudi 7 août 2003

Mistral acheva la lecture du bulletin météo que l'état-major lui avait transmis dans son parapheur. Il se fit la réflexion que « la canicule s'aggravant n'allait pas faciliter le travail des enquêtes sur les morts ».

« Communiqué météorologique de presse de Météo France rédigé ce jeudi 7 août 2003. Poursuite de la canicule sur la France. L'air très chaud qui s'est installé sur la France se maintiendra durant les sept prochains jours (jusqu'au jeudi 14 août). Mis à part les régions littorales, où les températures peuvent s'abaisser localement du fait des brises marines, des températures très élevées continueront à régner sur le pays. Les températures minimales seront, sur de nombreuses régions, voisines ou supérieures à 20 degrés, atteignant localement 24 ou 25 degrés. Les températures maximales s'élèveront, elles, jusqu'à 36 à 40 degrés. »

« La persistance de cette situation, qui conjugue températures minimales et maximales élevées, est exceptionnelle et constitue un risque sanitaire pour les personnes sensibles (personnes âgées, personnes malades et nourrissons). Par ailleurs, même si des orages d'été isolés sont prévus, notamment sur le relief, il n'est pas prévu d'épisode pluvieux significatif sur le pays ; en conséquence, l'état de sécheresse persistera sur les nombreuses régions déjà concernées. »

Ingrid Sainte-Rose avait apporté des croissants, et il n'en restait plus un seul. Mistral en avait mangé un du bout des lèvres, et bu trois ou quatre cafés, pendant qu'il lisait le bulletin météo et les rapports de la nuit. Calderone, Dalmate, Farias, Félix et Morin y avaient, en revanche, largement fait honneur. Ils étaient assis autour de la table de réunion dans le bureau de Mistral. Le ventilateur tournait à plein régime.

— Alors, sans déconner, c'est vrai, tu as été séminariste ?

Sébastien relançait la discussion, Mistral parcourait les derniers comptes rendus d'enquête sur le meurtre d'Élise Norman. Il écouta en même temps, d'une oreille, les échanges entre les jeunes policiers.

— Oui, pourquoi ça te choque ?

Dalmate est sur ses gardes, pensa Mistral.

— Ce n'est pas que ça me choque, mais t'avoueras que c'est plutôt original dans la police. Pourquoi on entre et pourquoi on sort du séminaire ?

— Et si je te disais que ça me regarde ?

— T'es susceptible comme mec, ne le prends pas mal ! Mais bon, je me disais que…

Mistral intervint avant que la discussion ne dérape en arrêtant Morin dans sa phrase.

— Sébastien, vous poursuivrez cette conversation un autre jour. On se recentre sur l'affaire Norman. Ingrid, qu'est-ce que ça donne le SALVAC ?

— Je dois aller à Nanterre[1] en fin de matinée. D'après le collègue que j'ai eu hier soir, ce mode opératoire a déjà été répertorié. Des meurtres ont été commis sur trois femmes retrouvées avec des morceaux de miroir plantés dans le visage et la gorge. Elles ont été violées post mortem.

1. Siège de la Direction centrale de la Police judiciaire.

Quand Ingrid livra ses informations, le silence s'installa immédiatement dans le bureau.

— À quelle période ? demanda Vincent Calderone.

— Je garde le meilleur pour la fin. Ça s'est passé en septembre dernier, dans une petite ville de l'Oise. Le tueur a été identifié grâce à son ADN et rapidement arrêté. Autre détail, les victimes ont été assassinées à des intervalles de deux à trois jours. Ce qui signifie que le type a tué dans l'espace d'une semaine. C'est pour ça que je vais à Nanterre, pour avoir plus de précisions.

— Quel est le service qui a enquêté ? demanda Mistral.

— La brigade de recherche de Pontoise. Les crimes sont en zone rurale, c'est la gendarmerie qui a été saisie.

— Prenez leurs coordonnées, il faudra les appeler quand vous reviendrez de Nanterre.

— Qu'est-ce que ça signifie ?

Dalmate sortit de son silence, interrogeant alternativement Mistral et Calderone du regard.

— Tant que nous ne sommes pas sûrs de ce qu'il y a exactement dans les dossiers des gendarmes, on ne peut rien dire. Tu peux avoir un type qui a lu le compte rendu dans la presse ou sur Internet, qui s'est échauffé la bile tout seul et qui reproduit ce type de meurtre. Ou plus simplement les deux affaires se ressemblent au départ, et à l'arrivée c'est tout autre chose.

Mistral acquiesça d'un hochement de tête à la réponse de Calderone.

— C'est vrai, ce type d'info est à manier avec des pincettes. Ce qui va être intéressant, c'est de lire la procédure, les constatations, comment le type s'est fait arrêter, de qui il s'agit, ses auditions, etc. Ça peut nous être utile, pour voir si ça cadre avec notre dossier. Sinon ?

— La seule chose qu'on a obtenue chez le notaire où travaille Élise Norman, ajouta Sébastien, c'est son numéro de portable. J'ai demandé une géolocalisation, mais cela n'a rien donné. La dernière position relevée du téléphone était la borne proche de son appartement. Depuis, plus rien, disparu, envolé. J'attends la facture détaillée de tous ses appels, pour voir qui elle appelait. À part ça, c'était la collaboratrice modèle, toujours ponctuelle, discrète, sérieuse. Elle faisait tourner l'étude. Une vie privée bien réglée, les vacances dans la famille, et des soirées à l'Opéra. Elle n'avait aucune crainte particulière. C'est tout, et on ne va pas bien loin.

— Peut-être, mais elle a été choisie par le meurtrier, observa Mistral. Donc il y a quelque chose que l'on ignore, qui fait que le type s'est intéressé à cette femme, apparemment insignifiante. Elle a eu la gorge plantée de morceaux de miroir et les mains attachées avec du Serflex. Ce qui veut dire que l'assassin est venu la tuer chez elle en apportant son matériel. Nous sommes face à un criminel organisé et méthodique. Rien à voir avec un rôdeur quelconque. Vous avez convoqué la famille ?

— Ses parents et son frère. Ils seront là dans l'après-midi, répondit Dalmate. Farias et Morin sont prévus pour prendre les auditions.

Après le départ de Dalmate et d'une partie de son équipe, Mistral et Calderone continuèrent de parler de l'enquête.

— Je vais appeler en fin de journée le chef du labo, pour lui mettre doucement la pression et savoir s'il y a de l'ADN ou des empreintes digitales exploitables.

— Je ne veux pas jouer le rabat-joie, mais les gars me demandent quand ils peuvent signer leur évaluation et leur note. Je sais c'est moins exaltant que les enquêtes, mais il n'y a que vous qui pouvez le faire.

Calderone, connaissant le faible enthousiasme de Mistral pour ces exercices administratifs imposés, ne put s'empêcher de sourire en disant cela.

— D'accord, Vincent. Dès que j'ai un créneau, je continue. Mais avant je voudrais savoir où nous mettons les pieds dans l'affaire Norman. Je souhaiterais reprendre l'enregistrement de la voix du type qui téléphone aux pompiers.

Quelques minutes plus tard, les policiers écoutaient, dans un silence absolu, l'appel enregistré :

« Bonjour, je vous appelle pour vous signaler qu'une de mes amies, Mme Élise Norman, ne répond pas chez elle au téléphone. J'ai appelé à son travail et on m'a répondu qu'elle était absente depuis deux jours. Je suis inquiet, elle devrait être normalement sur Paris. Elle habite rue Madame, au 108. »

Une fois le message diffusé, la personne avait immédiatement raccroché, ne laissant pas le temps au standardiste de poser les questions d'usage.

Calderone repassa plusieurs fois l'enregistrement.

— On dirait que la voix est comme masquée, mais pas du tout angoissée.

— Oui, elle était atténuée, assourdie. Et puis, il y a un truc qui me gêne, ça ne ressemble pas à un appel au secours. Le type n'hésite pas quand il parle. Il débite son message, comme s'il le lisait ou l'avait appris par cœur. Et c'est vrai, il n'a pas le ton d'une personne inquiète.

— Exact. On a l'impression que l'homme sait que la femme est morte, mais qu'il veut que les pompiers se déplacent pour que le corps soit découvert. Une sorte d'annonce, un faux appel de secours.

— Possible. Le bonhomme est dans une cabine téléphonique de la gare Montparnasse. Ce serait intéressant d'avoir tous les numéros passés avant et après l'appel du type sur 24 heures.

Mistral s'adressa à Farias.

— José, vous prenez le premier TGV pour Lyon et vous donnez le DVD en expertise au laboratoire d'analyse du traitement du signal de la PTS[1]. Leur service est très pointu, et si le gars a un accent caché, ou s'il a travesti sa voix, on va le savoir.

— Il y a quelqu'un en particulier à demander au labo ?

1. Le siège de la Police technique et scientifique se trouve à Écully, près de Lyon.

— L'idéal serait de voir le chef, Élisabeth Maréchal, une jeune femme dynamique et très compétente. Si elle n'est pas partie en vacances, transmettez-lui mes amitiés.

Une fois balayées les diverses hypothèses sur l'affaire Norman, Mistral se concentra sur les entretiens d'évaluation du personnel de son service. C'est aussi un moment privilégié que le chef de service possède, pour pouvoir parler longuement avec ses effectifs et sentir ce qui va ou ne va pas. En fin d'après-midi, Mistral était satisfait de la tournure prise par les quelques entretiens qu'il avait eus et de la franchise avec laquelle ils s'étaient déroulés.

Il se replongea dans l'affaire Norman et téléphona ensuite au labo pour savoir quand les résultats des tests ADN seraient disponibles. La réponse « Pas avant plusieurs jours, on a du retard, on est débordés, c'est le mois d'août, les ordinateurs n'aiment pas la canicule, on manque d'effectifs » rendit Mistral de mauvaise humeur et il échangea des considérations aigres-douces avec le chef du labo.

Le groupe de Dalmate termina sa première journée d'investigation sans aucun résultat positif. Ingrid Sainte-Rose avait préparé la synthèse des infos obtenues au SALVAC de la DCPJ, et fit durer le suspense. Avant de commencer à parler, elle but un grand verre d'eau.

— Pour résumer : en septembre dernier, trois jeunes femmes ont été assassinées et violées. Elles ont été assommées, étranglées, puis le visage, la bouche et la gorge transpercés de morceaux de miroir. Elles ont été découvertes nues, le visage dissimulé sous une serviette et les mains liées dans le dos avec une cordelette. Toutes les trois avaient sur le ventre un carré de papier où étaient retranscrites des phrases de lettres de Sénèque portant sur la crainte de la mort et sur les combats de gladiateurs. Les trois crimes se sont déroulés dans trois petits villages, dans l'Oise, pas très loin de Creil. Les meurtres ont bien eu lieu en l'espace d'une semaine, à un intervalle de deux jours pour chacun. Sur les trois scènes de crime, le même ADN a été retrouvé, une petite trace de sang sur une des scènes de crime et des traces de contact. Les femmes ont été violées, mais l'agresseur utilisait des préservatifs, donc pas de sperme prélevé à analyser. Ces précisions proviennent du gendarme, directeur de l'enquête. Et ce n'est pas fini.

Pendant qu'Ingrid Sainte-Rose parlait, un silence plomba le bureau de Mistral, personne ne se plaignit de la chaleur. Ingrid but un autre verre d'eau et poursuivit.

— Deux mois plus tard, en novembre, les gendarmes arrêtent un type, ivre, pour un vol d'outillage sur un chantier. Prélèvement ADN et bingo ! C'est le même que celui trouvé sur les trois meurtres. Le type est interpellé chez lui, il avait été remis en liberté après le vol d'outillage. En perquisition, les gendarmes découvrent la même cordelette qui a servi à attacher les victimes et le bloc de papier au format 5 × 5 sur lequel étaient écrits les messages.

— Bon, eh bien, c'est parfait. Encore une équation à vingt-cinq inconnues, je ne sais pas si ça existe, ayant été nul en maths, mais ça promet d'être coton. (Mistral venait de résumer ce que tout le monde pensait tout bas.) À voir votre visage Ingrid, je sens qu'il y a autre chose.

— En effet. Le type hurle son innocence. Il reconnaît être allé chez les trois femmes, d'où la présence de son ADN, sur les portes et fenêtres. C'est un jardinier homme à tout faire qui travaille pour des particuliers. La cordelette provient d'une grande surface de bricolage du secteur qui en vend des kilomètres, *idem* pour le bloc de papier. Il n'a pas d'alibi à proprement parler, et dit qu'il n'a pas bougé de son domicile les soirs de cette semaine. Mais personne ne peut le confirmer ou l'infirmer.

— Qu'est-ce qu'ils en pensent de notre meurtre, les gendarmes ? demanda Calderone.

— Ils sont ennuyés, parce que l'avocat du lascar va monter au créneau quand notre enquête sera ébruitée, pour demander une libération du gars. Même s'ils sont persuadés qu'ils ont le bon mec.

— À part l'histoire du jardinier, quels sont les traits communs aux trois femmes ?

— Toutes les trois âgées de trente à trente-huit ans, célibataires, cheveux châtain foncé, mi-longs. C'est tout. Sinon, elles avaient des professions différentes, ne fréquentaient pas les mêmes lieux de loisirs, et surtout elles ne se connaissaient pas. Le seul point commun, c'est le jardinier bricoleur sous les verrous.

Ingrid termina sa démonstration en refermant son cahier de prise de notes.

— Il y a une autre différence aussi, ce sont les liens. Ils ont une cordelette et nous du Serflex. Et pour les phrases de Sénèque, ils ont creusé la question ?

— Ben non. Comme ils ont interpellé l'auteur présumé rapidement, ils ne se sont pas penchés sur l'énigme. C'est le juge d'instruction qui va s'en charger.

— Que disent les trois phrases ?

La jeune femme ouvrit de nouveau son carnet.

— Elles sont assez obscures : « Endurcis ton âme contre tous les accidents, possibles même chez les maîtres du monde » ; « Entends-moi bien : du jour où tu es né, c'est à la mort que tu marches » ; « L'homicide dans sa crudité. Le corps n'a rien pour se couvrir ; il est tout entier exposé aux coups, et pas un ne porte à faux. »

— Effectivement ! Nous ne sommes pas chargés de ces homicides. Nous allons laisser de côté Sénèque, pour l'instant.

Calderone avait noté, comme à son habitude, les réponses d'Ingrid sur un carnet.

— Si un type s'amuse à reproduire les meurtres, on sera fixés rapidement, puisque normalement, demain vendredi puis dimanche, il aura tué. Un conseil : ne prévoyez rien pour ce week-end. (En disant cela, Mistral pensait au week-end à Honfleur, qu'il devrait probablement annuler.) Au fait, comment s'appelle le type qu'ils ont serré ?

— Jean-Pierre Brial, célibataire, trente-huit ans. Connu des services de police pour divers délits. Il a commencé à inaugurer son casier le jour de ses dix-huit ans en volant une mobylette, après il s'est distingué dans des vols de voitures, quelques tentatives d'incendie, des escroqueries, mais aucune agression connue sur des personnes.

— Où est-il détenu ?

— À la maison d'arrêt de Liancourt, dans l'Oise.

L'homme jeta un rapide coup d'œil à sa montre. Vingt-deux heures. La jeune femme de la rue Monsieur-le-Prince venait enfin de rentrer. Léonce Legendre était resté derrière sa fenêtre jusqu'à 21 heures, observant les allées et venues des uns et des autres, avant de quitter son point d'observation. L'homme, agacé par ce vieux bonhomme, sorte de vigie permanente, l'avait vu disparaître avec soulagement. Quelques secondes plus tard, il sortait de sa voiture avec les objets préparés pour l'*acte 3*, et marcha d'un pas rapide, pour être presque sur les talons de sa future victime. Il rasa le mur pour ne pas être repéré par le vieux au cas où il se pointerait derrière ses carreaux.

L'homme a pris soin de boucher ses narines avec des morceaux de Kleenex. Chez l'*acte 2*, il avait été surpris par ses saignements de nez, et avait frôlé la catastrophe. Il pénétra dans le hall avec sa clef qui déverrouillait la porte, et monta, sans stress particulier, les escaliers.

Léonce Legendre entendit la porte d'entrée claquer bruyamment. À plusieurs reprises, sa fille avait signalé au gardien que le système qui retenait la porte était cassé, et que ce bruit incommodait son père. Léonce se promit de le lui rappeler une nouvelle fois. Mais ce claquement de porte lui permettait aussi de connaître les allées et venues dans l'immeuble, et Léonce était curieux. Aussi, il se précipita derrière son œilleton et observa la jeune dame, sa voisine, ouvrir la porte de l'appartement, chargée de paquets. À l'instant où il cessa son observation, il entendit de nouveau la porte claquer. Il fila prestement vers son judas et pensa, sans être absolument certain, reconnaître l'homme de l'autre jour qui portait un sac à dos et se déplaçait silencieusement. Cette fois l'homme sonna, la voisine ouvrit, il lui montra un document. La minuterie de l'escalier qui s'éteignit, la lumière faiblarde du couloir de l'appartement de la voisine et l'action du type qui, en même temps qu'il entrait très vite, refermait bruyamment la porte en la claquant, firent que Léonce retint : « Il avait l'air pressé le gars ! »

Léonce Legendre retourna s'asseoir devant son poste de télévision et monta le volume du son pour profiter pleinement des variétés. Il n'entendit pas l'homme repartir, pour la simple raison qu'il était profondément endormi dans son fauteuil. La télévision diffusait un reportage animalier sur les crocodiles.

L'homme était atteint de tremblement, de fatigue, de peur, d'énervement quand il quitta l'immeuble de l'*acte 3*. Il en avait fini. C'est ce qu'il avait dit et promis devant son miroir. Maintenant, s'il respectait les consignes, il devait s'enfuir de Paris. Sur-le-champ. Partir. Loin, ne plus exister, et attendre. C'était la chose la moins compliquée. Pourtant, une force invisible le retenait, le contraignait à rester pour être l'observateur des événements. Il argumenta et parvint à se convaincre : « *Si je pars brusquement, ça risque de me retomber dessus. Autant profiter de l'observation. Si ça sent le roussi, j'arriverai à le savoir et je m'enfuirai. Mais nous n'en sommes pas encore là.* »

7

Même jour.

L'homme n'avait pas faim, ou très peu. Il n'avait qu'une seule envie, quitter le VIe arrondissement, lieu de ses trois meurtres. Il roula sans but, lentement, dans les rues de Paris. FIP balançait sur les ondes un programme cool, Stan Getz au sax ténor. L'autoradio diffusait en sourdine une bossa, les quatre vitres ouvertes brassaient de l'air chaud. Il se laissait porter par la circulation fluide d'une banale nuit d'été parisienne, bercé par la musique. Il se retrouva du côté de la place de la Nation sans se souvenir un instant de l'itinéraire emprunté depuis le départ, comme si la voiture avait filé, seule, en pilotage automatique. Il venait d'assassiner trois personnes de plus cette semaine, il y avait été en quelque sorte obligé, c'était sa conclusion et il n'éprouvait rien, aucun sentiment.

Un bar ordinaire éclairé par la lumière blanche des néons, quelques types seuls à l'intérieur, une place de stationnement devant attirèrent l'homme. Il ressentit une petite alerte, son mal de tête se réveilla et sans réfléchir, il absorba un comprimé de Tégrétol et un antalgique avec le fond d'une bouteille d'eau. Il découvrit avec surprise un paquet plus ou moins froissé avec une cigarette et un briquet à l'intérieur. Il l'avait oublié. Il réfléchit, et se souvint que ce paquet de cigarettes et ce briquet avaient été achetés, quelques mois auparavant, du côté de Pontoise. À la fin de la première série de trois. Il alluma avec plaisir la cigarette, en avala longuement la fumée, comme si le tabac aspiré le projetait dans les cris et violences passés.

L'homme fuma, debout, appuyé contre sa voiture, les yeux dans le vague. Il revit, avec plus ou moins de détails, les endroits où il avait assassiné les femmes, près de Pontoise et à Paris. Sa cigarette terminée, il l'écrasa du pied en même temps que ses souvenirs, il ne voulait plus y penser. Il laissa les portières et les vitres ouvertes, sachant que personne ne volerait une voiture aussi démodée. Le coffre était bien verrouillé, il l'avait vérifié au moins trois fois. À l'intérieur, se trouvaient l'ordinateur et un disque dur qui y était relié, deux téléphones portables éteints, des carnets, une grosse sacoche renfermant des cahiers et deux ou trois babioles provenant de chez sa dernière victime. En revanche, il fut particulièrement attentif à ne rien laisser dans l'habitacle de la voiture. Il cala sur une de ses épaules le sac à dos noir, qui contenait les gants en latex, les bonnets de douche en caoutchouc, les morceaux de miroir non utilisés, un petit bloc de papier, une boîte de préservatifs entamée, un stylo-bille et les attaches en plastique Serflex, tout le reste du matériel dont il n'avait désormais plus l'usage, et dont il devrait se débarrasser. Après réflexion, il décida également de rajouter les deux téléphones portables, pour jeter le tout dans la Seine. Il savait qu'il n'y avait rien de pire que des mobiles pour être localisé par la police. L'ordinateur et son disque dur, ce serait pour plus tard, il voulait lire ce qu'ils contenaient.

En s'asseyant dans le bar, il observa son entourage, des clients de tous âges qui s'ennuyaient à mourir, écrasés de fatigue par cette chaleur accablante en attendant le dernier moment pour regagner leur appartement. « *Un peu mon cas* », pensa-t-il. Il était perdu dans ses pensées et n'avait ni vu ni entendu le serveur qui était devant lui. Le garçon éleva la voix, l'homme fut tiré de sa rêverie. Il commanda un demi et un sandwich. Il expédia la bière d'une traite et en commanda une autre aussitôt. Le sandwich, il eut plus de mal, du pain caoutchouc avec une tranche de jambon triste, du beurre qui dégoulinait et des cornichons desséchés. Le garçon déposa une coupelle de cacahuètes, que l'homme ignora.

Les coudes sur la table, un troisième demi liquidé, l'homme promena son regard sur le bar. La déco était années soixante-dix pur jus : des dessins géométriques orange et marron, quelques grandes glaces ternes et écaillées au mur, dans lesquelles se reflétait la solitude des clients. En voyant arriver la quatrième bière, l'homme remarqua les doigts rougeauds aux ongles sales du garçon de café. À leur vue, il réprima un haut-le-cœur. Il essuya avec application le bord du verre avant de le porter à ses lèvres. Il adopta exactement le même comportement pour les verres cinq à huit.

Les bières firent que l'homme dut aller aux toilettes. L'escalier était près du comptoir. Couché derrière celui-ci, un gros berger allemand qui avait dû être impressionnant du temps de sa splendeur, mais qui, maintenant, passait son temps à pioncer dans la sciure, une gamelle d'eau à côté. L'émanation d'ammoniaque dégagée par les toilettes négligées saisit l'homme à la gorge. Les urinoirs remplis de mégots éclatés, ballottés par le jet d'eau permanent, le repoussèrent. Autant de saletés, d'odeurs aussi fortes, ajoutées à celle de la mort dont il était imprégné, lui donnèrent une sorte de tournis. Il renonça à utiliser les toilettes et remonta lentement. Devant le taxiphone avec ses annuaires écornés, malmenés, aux couvertures arrachées, il fit une halte de quelques secondes, songeant un instant à téléphoner à FIP. Il en abandonna vite l'idée. Si on lui passait une des animatrices, il savait qu'il ne serait pas en état de lui parler, et préféra ne pas penser qu'il serait une nouvelle fois éconduit.

Il hésita à partir, se rassit lourdement, et expédia les bières neuf et dix. Il laissa une quarantaine d'euros sur la table, deux billets de vingt pliés en deux glissés sous le verre vide, et quitta le bar, la démarche incertaine. L'homme reprit le volant de sa voiture, et, conscient de son ivresse, roula avec prudence vers sa chambre meublée du IXe. Aucune place de stationnement cette nuit, rue de Budapest. Après avoir effectué plusieurs fois le tour de son quartier, il trouva enfin à se garer, à quelques centaines de mètres de chez lui, rue Moncey. Il descendit difficilement de la Ford, les paupières lourdes, les idées plus très claires et ce mal de crâne insidieux, tapi, qui ne voulait pas se déclarer, mais qui ne régressait pas non plus. L'homme commença à marcher en se tenant aux voitures. Mais avant il devait uriner, c'en était devenu douloureux, à force de se retenir. La rue était sombre. Il s'installa entre deux camionnettes et enfin se laissa aller longuement. Un véhicule passa au ralenti, il l'entendit s'arrêter quelques dizaines de mètres plus loin, et entamer une marche arrière. Une rampe de gyrophares bleus illumina la rue. L'homme comprit sans lever les yeux. Il se rajusta, laissa glisser son sac à dos de son épaule, et discrètement le poussa du pied sous une voiture.

Des portières qui claquent, et puis une voix forte.

— Monsieur, s'il vous plaît, retournez-vous lentement, nous allons contrôler votre identité.

Une torche l'éblouit, il s'avança, levant ses mains pour les intercaler entre la lampe et ses yeux.

— Pièce d'identité, s'il vous plaît.

L'homme s'exécuta et s'appuya contre une des camionnettes pour ne pas montrer son ivresse. Le policier baissa sa lampe pour regarder la carte d'identité, pendant qu'un autre effectuait une palpation de sécurité. L'homme se laissa faire, et pensa : *« Où est-ce que j'ai mis ma carte de police ? Ça ne me va pas de boire, même pour fêter un événement. »*

— Il est interdit d'uriner sur la voie publique, c'est une infraction, vous allez venir avec nous au commissariat.

— Oui, je sais, bafouilla-t-il, je ne comprends pas ce qui m'a pris, je ne le fais jamais.

La radio en sourdine d'un des flics crachota un message.

— OK, on fait mouvement, répondit le radio.

L'homme entendit les deux autres policiers s'adresser, à voix basse, à celui qui venait de le contrôler.

— Le central nous demande de rentrer. Laisse tomber ! On s'en tape d'un mec qui pisse dans la rue. On devra le mettre en cellule de dégrisement et remplir tout un tas de paperasses pour pas grand-chose. Viens, on se casse.

— Moi aussi, je m'en fous, mais on l'embarque. C'est une interpellation. Ça fait un bâton[1]. Et puis il sera toujours temps de savoir ce qu'ils veulent au central.

L'homme monta dans la voiture de police, réfléchissant à ce qu'il allait dire. Les gardiens de la paix étaient jeunes, inexpérimentés et riaient d'un rien. Il observa, en moins d'une seconde, que le simple galon argenté qu'ils portaient sur les épaulettes, une sorte de V, indiquait qu'il avait affaire à des bleus. Le chauffeur conduisait vite, l'homme avait la nausée à cause de toutes ses bières ingurgitées avec un seul demi-sandwich. Il passa, d'une main tremblante, un mouchoir sur son visage pour essuyer la sueur qui lui piquait les yeux, malgré la climatisation poussée à fond de la voiture de patrouille. Il avait hâte d'arriver et de pouvoir parler pour arranger les choses.

En entrant dans le commissariat central, il reconnut des lieux familiers, identiques dans toutes les villes, les mêmes bruits, les mêmes mobiliers, les mêmes affiches, les mêmes odeurs. Des flics, fatigués par le travail en cycle de nuit, discutaient de tout et de rien, appuyés contre le bat-flanc. Le chef de poste, un brigadier major, annota le registre de main courante. L'homme se fit la réflexion que ces registres aux couvertures cartonnées noires, épaisses, malmenées, étaient dans le même état de délabrement au bout de quelques semaines de pratique, quel que soit le commissariat.

Les registres de mains courantes étaient remplis de ces fragments de vies écorchées, écrits dans des styles administratifs et signés par les uns et les autres.

1. Expression qui signifie : une personne interpellée, intéressant pour les chiffres statistiques.

L'homme fut conduit dans un bureau d'audition par le jeune gardien qui avait décidé de son interpellation. Il s'efforça de ne pas fixer son attention sur ce qui l'entourait, tellement les lieux étaient négligés et en désordre. *« C'est absolument impossible de rester là-dedans »*, pensa l'homme. Le mobilier était restreint. Un bureau fatigué, trois chaises dans le même état, un ordinateur, une imprimante, utilisés par des policiers de passage qui travaillaient sans discontinuer. L'homme remarqua toutes les traces noirâtres laissées par des doigts sur le clavier et autour de l'écran. Sur le plateau du bureau, une rame de papier destinée à être chargée dans l'imprimante, un stylo en plastique sans capuchon, qui révulsait l'homme, complétaient le tableau. Le tout était éclairé, en permanence, par des néons qui diffusaient une lumière verdâtre plate. Aux murs, rien.

Le policier prépara l'alcootest. L'homme assis, passivement, attendait, tête baissée. Le mélange Tégrétol et bières multiples était à proscrire. Il se devait d'être cohérent dans ses explications. Les deux autres policiers les rejoignirent avec des canettes de Coca-Cola, en proposèrent une à l'homme qui refusa poliment.

— Pourquoi nous ont-ils fait rentrer ? demanda le flic en s'asseyant.

— La PJ va organiser des contrôles d'identité dans des bars à hôtesses et a besoin de monde pour sécuriser les abords et transporter les gonzesses interpellées. Le chef doit nous donner les consignes dans une heure. Tu as un peu de temps avec ton mec, mais bon, t'es pas obligé.

Le jeune gardien but quelques gorgées de Coca, et se mit à la déposition avec toute la litanie de questions. À la question « profession », l'homme commença, d'une voix réellement ennuyée, la phrase qu'il avait préparée.

— Ben, voilà, justement… je bosse au service…

Des hurlements se firent entendre dans le poste de police. Les deux gardiens, qui écoutaient passivement les réponses de l'homme, sortirent précipitamment du bureau. Les vociférations duraient, du mobilier était manifestement renversé. Le jeune gardien, curieux, brûlait d'aller voir ce qui se passait. Quelques minutes plus tard, le calme revenu, les deux policiers rejoignirent enfin leur camarade.

— Qu'est-ce qu'il y a eu ? On aurait dit une grosse bagarre.

Le fort accent marseillais du jeune policier, qui arborait fièrement un petit bracelet bleu et blanc, en tissu, aux couleurs du club de football de l'Olympique de Marseille, fit sourire l'homme.

— Ce n'est rien, c'est un dément que police secours vient de ramener, il doit aller à l'I3P[1]. Mais il s'est détaché et a renversé deux ou trois bureaux. La vie des fous ! Au fait, il fait quoi le monsieur comme métier ?

— Justement, lis !

Le gardien fit le tour du bureau et regarda l'écran de l'ordinateur.

— T'as enregistré le document ?

— Pas encore.

— T'as bien fait.

Le jeune policier observa l'homme, indulgent.

— Effectivement, je comprends. C'est dur en ce moment, hein ? Qu'est-ce t'en penses ?

Le tutoiement signifiait : on arrête là les frais. L'homme respirait, ça s'arrangeait. Rassuré, il pouvait se permettre de répondre et discuter un peu avec les jeunes flics.

— Tu l'as dit !

— Et franchement, t'as pas l'impression d'être seul dans ce merdier ? Ici, c'est le sentiment général qui domine !

— Ce n'est rien de le dire. Avec mes gars, on se posait la même question l'autre soir. Mais quand les gens seront-ils réellement mis au courant de la situation ? Ça ne peut pas durer !

— On en est tous là. Et donc, t'as picolé, parce que t'en as marre !

1. I3P, ou IPPP : jargon de la police parisienne qui signifie : Infirmerie psychiatrique de la Préfecture de police, où sont conduites les personnes pour des examens de comportement.

L'homme sentit qu'il valait mieux abréger sa présence dans le commissariat, il estima qu'il en avait fait assez dans le registre politesse. Et c'était préférable que les jeunes flics l'oublient.

— Bon, en tout cas merci, j'apprécie !

— Si, entre nous, on ne se serre pas les coudes, surtout en ce moment, c'est cuit. Où tu habites ?

— Rue de Budapest.

— On va te ramener, vite fait. Allez, c'est parti.

Arrivés devant chez lui, les policiers tendirent la main pour saluer l'homme. Pendant trois secondes, il resta immobile, n'osant pas les toucher car il les devinait sales et moites. Mais il se força, remercia et regarda démarrer la voiture de patrouille en trombe. Il s'essuya longuement les mains sur son pantalon et repartit récupérer son sac à dos.

Commentaire des jeunes flics entre eux, lorsque l'homme ne put plus les entendre :

— Quand même, il a une sacrée tronche ! Une vraie tête de guerrier !

— Je n'aimerais pas tomber entre ses mains.

L'homme retrouva facilement la rue où il avait été interpellé, les deux fourgonnettes, celle où il avait dissimulé son sac à dos. Il se baissa pour le récupérer, et ne le trouva pas. Il sortit un briquet de sa poche, et à la lumière de la petite flamme, regarda plus attentivement sous la voiture. Rien. Sous l'autre camionnette, rien non plus. Il lui fallut se rendre à l'évidence, plus de sac. Il rentra chez lui, inquiet, en colère et dégrisé.

8

Vendredi 8 août 2003

Nuit blanche pour l'homme. La disparition de son sac à dos l'avait fortement perturbé. Il mesura le désastre imminent et analysa les différentes hypothèses. Celui qui avait trouvé le sac allait vouloir se servir des téléphones, donc il sera localisé par la police, interpellé et fournira des explications. La catastrophe. Il dira ce qu'il y avait dans le sac. Les flics mettront le paquet à partir du lieu de découverte, même si ce n'était pas vraiment à côté de chez lui.

Penser à cette éventualité rendit l'homme malade d'angoisse. Il tenta de se rassurer avec une autre possibilité. Celui qui avait fouillé le sac aura deviné une embrouille, et, craignant d'être contrôlé par la police, jeté le tout. La meilleure solution, à ses yeux ! Mais la plus infime aussi. Il voulait y croire, et se raccrocha à cette dernière perspective, même s'il n'était pas convaincu de son analyse.

Dès 6 heures, fidèle à ses habitudes, il pratiqua ses exercices de gym, mais de mauvaise humeur. La longue douche froide le détendit, puis, avec des précautions infinies, il s'injecta un produit par petites doses dans certaines parties du visage, sans jamais se regarder dans le miroir. Ensuite, il absorba ses comprimés avec un grand verre de lait de soja froid.

Nuit totalement blanche pour Mistral. La première à ne pouvoir fermer une seule seconde les yeux. Même si la canicule l'empêchait de dormir correctement, cette insomnie n'avait rien à voir avec la météo, et il en était agacé. Il fit défiler l'affaire Norman, pour occuper son esprit. Pour l'instant, il n'avait que des questions et aucune réponse. Il pressentait que l'histoire était loin d'être simple.

À 4 heures, Mistral décida que sa nuit était définitivement terminée, avala un grand verre d'eau froide, puis fit une incursion dans son bureau. Il avait envie de prendre un livre. Il avait une affection particulière pour les bandes dessinées d'Hugo Pratt, celles qui racontaient les aventures de Corto Maltese. Il collectionnait l'ensemble des BD sur les aventures du marin, celles en noir et blanc, et celles aussi en couleur pastel. Il fut tenté de reprendre une des BD, mais un petit livre de poche attira son regard, situé sur l'étagère du dessus. *Vol de nuit* de Saint-Exupéry.

C'était un roman qu'il avait étudié en classe de 4e, au lycée Mignet d'Aix-en-Provence. Il ne put s'empêcher de le tenir, de le sentir, et retrouva en souriant des souvenirs. En le feuilletant, il revit son écriture d'adolescent qui avait annoté le chapitre II. « Un chef », avait-il tracé au crayon, en guise de titre, sans doute pour une explication de texte demandée par le professeur. Avec un sourire, il s'assit en repensant au roman et à l'enseignant. C'était un grand type, en fin de carrière, une sorte d'excentrique qui leur faisait faire cinq minutes de détente et de décontraction avant le début du cours de français ou de latin. Ils devaient rester debout, les yeux fermés, en essayant de faire le vide dans leur esprit. Et bien sûr, immanquablement, l'un des élèves prenait le fou rire, ou un autre faisait du bruit avec ses chaussures, bref, il y en avait toujours un ou deux qui avaient droit à un devoir supplémentaire. Le professeur observait, les yeux mi-clos, les déconneurs, et, sans bouger, murmurait par exemple, « Mistral, devoir supplémentaire ». Les élèves appelaient cette séance « le yoga ». Souvent, d'autres élèves qui passaient dans le couloir hurlaient des bêtises destinées à donner le fou rire à ceux qui étaient en séance de « yoga », censée renforcer la détente et la concentration. Mistral, en repensant à ce professeur, se faisait la réflexion qu'ils étaient bien trop jeunes en classe de 4e pour apprécier cet homme, véritable puits de sciences et d'humour.

Dans la première page du premier chapitre de *Vol de nuit,* le jeune Mistral qui devait avoir presque quatorze ans avait lu les mots Buenos Aires et Patagonie. Buenos Aires, il savait vaguement que c'était la capitale de l'Argentine, mais alors la Patagonie, il n'en avait jamais entendu parler. À la fin de la lecture du roman, il voulut en savoir davantage sur la Patagonie et le cap Horn. Il décida, sur-le-champ, d'être marin.

Quelques semaines plus tard, alors qu'il visitait le port de commerce de Marseille avec sa classe, il avait faussé compagnie à tout le monde pour grimper dans un navire marchand. Pendant deux ou trois heures, panique absolue du surveillant qui accompagnait la classe. Ludovic, repéré par un membre d'équipage, avait été conduit à la capitainerie du port. Le surveillant avait déclenché l'alerte pensant que le gamin était tombé à l'eau. Soulagé de le retrouver vivant, mais se sentant un peu ridicule, il lui avait infligé quinze heures de retenue. Le soir même, son père lisait le sévère courrier adressé par le directeur du lycée. Ludovic s'attendait à une « remontée de bretelles » pour reprendre l'expression paternelle.

Dans un premier temps, son père avait pris un grand atlas où figurait l'Amérique du Sud, et il raconta à Ludovic l'histoire de la Patagonie, du Chili, de l'Argentine et du cap Horn. Ludovic n'en menait pas large et ne voyait pas où son père voulait en venir. Puis il lui demanda s'il avait désiré se comparer à Jules Verne, qui à quinze ans avait tenté de s'embarquer pour aller chercher un collier à une amoureuse. Ludovic rougit et bredouilla une vague réponse. Son père, amusé de l'audace de son fils qui était allé jusqu'à grimper sur un navire, lui parla longuement des dangers d'un tel coup de tête.

Au mois d'août suivant, le père et le fils prirent l'avion pour l'Argentine, descendirent en bus jusqu'en Patagonie, montèrent dans un bateau à Ushuaïa, doublèrent le cap Horn et touchèrent terre à Valparaiso au Chili. De là, avion du retour vers la France. Ludovic avait conservé de ce voyage avec son père un souvenir extraordinaire, et toutes les discussions qu'il avait eues avec lui, pendant ce voyage, étaient profondément gravées dans sa mémoire.

Deux heures plus tard, Ludovic reposa le roman qui lui avait valu mille souvenirs. Il se dit qu'il ferait bien ce même périple, avec ses deux garçons.

Il s'installa dans le jardin pour écouter en sourdine les infos avec une tasse de café. Douche, petit déjeuner. Clara échangea le week-end à Honfleur contre un samedi au marché aux puces de Saint-Ouen. Compréhensive pour les impératifs professionnels de Ludovic, elle s'était décidée à aborder, ce soir, la discussion sur les insomnies, même si elle se sentait impuissante. Ludovic ne voulait pas recevoir d'aide.

Mistral téléphona à l'état-major PJ en conduisant, RAS pendant la nuit, puis appuya sur la touche préréglée de l'autoradio calée sur FIP.

L'homme percevait le vide après l'action. Il était à la fois pressé de voir les effets du bordel qu'il avait planté, et malgré tout, inquiet du résultat. Il retourna rue Moncey. Peut-être qu'il avait mal vu hier soir, et que son sac à dos s'y trouvait toujours. Il se baissa sous les voitures, regarda avec attention et dut se rendre à l'évidence, il n'y avait rien. Il monta dans la Ford avec le sentiment d'avoir une pierre dans l'estomac. En démarrant, il se brancha sur FIP. Un quart d'heure plus tard, depuis une cabine téléphonique, il demandait à parler à une animatrice. La standardiste le reconnut, il en était sûr, lui dit de ne plus rappeler et raccrocha sèchement. Il se jura de les harceler, tant qu'il n'aurait pas gain de cause.

Mistral resta, après le rapport des chefs de service, avec Bernard Balmes pour lui expliquer la complexité de l'affaire Norman, et les enquêtes, apparemment identiques, de la gendarmerie. Réponse laconique et pragmatique de Balmes.

— Si le gus appelle aujourd'hui pour s'étonner qu'une de ses amies soit aux abonnés absents, t'es reparti pour un tour. Et ensuite, si tu as un troisième meurtre sur les bras, alors là ce sera le cirque. Le vrai, avec les lions et les clowns, et toi au milieu.

Mistral aimait le vocabulaire et les expressions de Balmes. Très urbain en public, il avait un langage imagé en privé, déroutant pour les jeunes commissaires qui le rencontraient pour la première fois.

— À vrai dire, je m'y attends. C'est aujourd'hui ou jamais. Ou alors c'est n'importe quand, et là on sait quand ça commence…

Le briefing avec Dalmate et son équipe dura plus d'une heure. Calderonc demanda à Dalmate de rester après le départ de son groupe.

— Tu as pu creuser la question sur le texte récupéré chez Norman ?

— J'ai essayé, mais je n'ai pas réussi à trouver de lien entre la mort de cette femme et « le soleil se lève aussi ».

— Peut-être qu'il n'y en a pas, soupira Mistral. Je ne suis pas fana des énigmes et de ces trucs à la con. Si ça se trouve, le type écrit ça comme il écrirait autre chose !

— L'Ecclésiaste n'est pas un truc à la con, rétorqua Dalmate.

— Ne démarrez pas au quart de tour, je ne suis pas en train de parler de religion, j'évoque le comportement de l'assassin. Essayez de faire le distinguo !

Le ton de Mistral était cinglant.

Calderone, d'un signe de tête discret, fit comprendre à Dalmate de quitter le bureau.

— Ne lui en voulez pas. Je suis sûr qu'il regrette d'avoir laissé échapper, l'autre jour, qu'il avait été séminariste. Il s'attend à des plaisanteries pas très fines. Je vais passer le mot aux autres pour qu'ils restent discrets.

— Vous avez sans doute raison, Vincent. Quand le moment se présentera, j'irai discuter avec lui en tête à tête.

Vers 13 heures, Mistral déclina la proposition de déjeuner avec Calderone. Il n'avait pas faim, mais uniquement besoin de dormir. Il s'endormit rapidement, les pieds posés sur le bureau. Le ventilateur, réglé sur la puissance maxi, pulsait de l'air chaud. À peine quarante minutes plus tard, la sonnerie du téléphone réveilla Mistral d'un sommeil profond. Il lui fallut quelques secondes pour reprendre pied avec la réalité et décrocher.

— Je venais aux nouvelles, pour savoir comment tu allais. Je te dérange ?

Ludovic reconnut la voix de sa femme. Il entendit son inquiétude et choisit d'y répondre avec un peu d'humour et par la technique de l'évitement.

— Tu viens de me réveiller, mais à part ça tout va bien. Comme j'ai inversé mon rythme de sommeil, je dors au bureau, et la nuit, je suis en pleine forme, essaya-t-il de plaisanter.

— Je sais très bien que tu n'as pas dormi de la nuit, je voulais attendre ce soir pour t'en parler. Je suis inquiète. Quel est le problème ?

— Je t'assure, il n'y en a pas, mais je ne sais pas pourquoi je fais des insomnies.

— Ludo, je te connais. J'imagine pourquoi tu ne dors pas. Et je sais que tu n'as pas envie d'en discuter. Je me trompe ? Ne t'enferme pas dans tes angoisses. Je suis à tes côtés !

Le téléphone portable de Mistral se mit à sonner. « *Sauvé par le gong !* » pensa-t-il.

— Clara, il y a mon portable qui sonne, je te promets d'en parler ce soir.

— Ne t'inquiète pas pour ça, je te le rappellerai, dit-elle d'une voix douce, mais ferme.

Avant de prendre l'appel, Mistral regarda machinalement le cadran et nota que le numéro qui s'affichait lui était vaguement familier. Aux premiers mots, il identifia la voix du capitaine des pompiers qui ne s'embarrassa pas de préliminaires.

— Je vous appelle en direct pour faire vite. On est rue de Seine, dans le VIe. Même chose que pour la rue Madame, on vient de découvrir une femme assassinée, le visage dissimulé par un linge et des morceaux de miroir plantés. On n'a strictement touché à rien. Nous ne sommes rentrés qu'à deux dans l'appartement, mes gars sont restés sur le palier. On vous attend ?

— Où est-ce exactement ?

— C'est l'immeuble qui fait l'angle avec la rue des Beaux-Arts, l'entrée se fait d'ailleurs par le numéro 2 de cette rue. Mais vous n'allez pas nous rater, le fourgon est visible.

— Vous avez le nom de la victime ?

— D'après l'appel au 18, ce serait une certaine Chantal Colomar.

Mistral, avant de poser la question à l'officier, connaissait déjà la réponse.

— Selon vous, c'est la même voix et le même message que pour la rue Madame ?

— Oui. Complètement identique. C'est la tuile ?

— Ça en a tout l'air ! Bon, j'arrive tout de suite. J'envoie le car PS[1] de l'arrondissement pour faciliter la circulation dans la rue de Seine.

Mistral sortit précipitamment de son bureau, prévint Calderone de prendre le groupe de Dalmate et celui de renfort, et fila informer Balmes qui eut ce simple commentaire :

— Tu as intérêt à border les voiles, il y a le gros temps qui pointe son nez à l'horizon ! Ne prends pas les vagues de travers, sinon tu bois la tasse. Appelle-moi pour me dire ce qu'il en est quand tu en sauras davantage !

1. Police secours.

Malgré la situation, la phrase imagée mais tellement juste de Balmes, exprimée avec détachement, fit sourire Mistral qui fonça à l'état-major demander l'envoi des équipes de l'identité judiciaire pour les scènes de crime, et de prévenir le magistrat de permanence. Il dévala ensuite les escaliers du 36 pour rejoindre sa voiture. Calderone l'attendait. Quelques minutes plus tard, et quatre feux rouges passés au gyro deux tons[1], les voitures de la PJ pénétraient en trombe dans la rue de Seine, distante du Quai des Orfèvres d'à peine onze cents mètres. Le capitaine des pompiers avait dit vrai, le fourgon rouge était à cheval sur l'étroit trottoir de la rue.

Mistral, Calderone et Dalmate rejoignirent les pompiers qui les attendaient devant l'appartement du troisième étage. À mesure qu'ils gravissaient les marches de l'escalier, les trois hommes respiraient de nouveau l'odeur forte du cadavre en décomposition. Instinctivement, ils vérifièrent qu'ils n'avaient pas oublié leur mouchoir. Les pompiers, stoïques, se tenaient devant la porte ouverte.

— On prend les mêmes et on recommence !

La phrase d'accueil du capitaine et son sourire traduisaient, en quelque sorte, la dose de fatalisme qui existe dans les métiers de l'urgence.

— Quand finissez-vous votre permanence ? demanda le capitaine.

— Quand on est chef de service, on est toujours de permanence, commenta, amusé, Mistral. Mais le groupe qui vient de prendre les deux affaires termine dimanche. Et je suis prêt à parier que dimanche, on y aura encore droit.

— Arrêtez, vous allez nous porter la poisse ! Mon équipe finit également dimanche.

— Vous n'êtes entrés qu'à deux dans l'appartement ?

— Affirmatif. La porte était simplement claquée, on a pu facilement l'ouvrir avec un pied-de-biche. Quand j'ai

1. Expression qui signifie l'emploi du gyrophare et de l'avertisseur sonore de police.

vu de quoi il s'agissait, on a de suite fait demi-tour, et strictement rien n'a été touché.

Les policiers terminaient d'enfiler les gants et les sur-chaussures. Mistral entra le premier, décrivant les lieux dans son dictaphone. Il s'arrêta en voyant le corps de la jeune femme, déformée par le début de putréfaction. Elle se trouvait dans le séjour, allongée sur le dos, les bras repliés sous elle, le corps dénudé. Un linge blanc, raidi de sang coagulé, recouvrait son visage, les pointes des morceaux du miroir brisé tendaient le tissu. Mistral examinait la pièce où était le corps lentement, comme une vue panoramique qui partait de la gauche vers la droite.

Passé la porte palière, une grande entrée claire, avec toute une collection de masques de carnaval soigneusement accrochée aux murs, laissait voir sur la droite une cuisine et, dans le prolongement de l'entrée, une grande pièce servant de séjour et salon, aux murs également tapissés de masques. Sur la gauche, un petit couloir desservait deux chambres et une salle de bains. Mistral contourna le corps et se plongea dans l'observation attentive de cette pièce. Des murs tendus de velours rouge, sur lesquels étaient accrochées aussi des dizaines de photographies en couleur et en noir et blanc représentant des mannequins pendant des défilés de mode. Deux grands canapés en cuir blanc, une table basse en verre avec des livres de photos de mode, une grande télévision, une chaîne hi-fi et des étagères contenant des dizaines de CD et DVD meublaient cette pièce. Au sol, des tapis recouvraient du parquet.

Parlant sans discontinuer dans son dictaphone, Mistral parcourut les autres pièces. La chambre de Chantal Colomar était complètement retournée, comme si un ouragan l'avait traversée. Le matelas était relevé et adossé au mur, les portes de l'armoire grandes ouvertes et les vêtements jonchaient le sol.

Maintenant, les policiers observaient en silence, pratiquement sans respirer et sans bouger le corps de la jeune femme suppliciée. Ils fixaient cette scène sachant que, dès l'instant où ils commenceraient les constatations sur le corps, ils allaient, en quelque sorte, rompre l'agencement voulu par le tueur. Ils retenaient presque leur respiration. Tous trois avaient leur regard braqué sur le carré de papier blanc, recouvert d'une écriture fine, posé sur le ventre de la femme, où était écrit : « Et j'ai haï la vie, car ce qui se fait sous le soleil m'a déplu, car tout est vanité et poursuite du vent. » Mistral et Calderone interrogèrent du regard Dalmate, qui acquiesça sans parler. Ce simple et bref mouvement du visage signifiait « oui cela provient de l'Ecclésiaste ».

Essayant de faire abstraction des milliers de mouches bourdonnantes au vol lourd se déplaçant en zigzaguant, Mistral s'accroupit à la hauteur du visage qu'il savait martyrisé, distendu, prêt à éclater, recouvert d'un linge, de Chantal Colomar. Il essayait d'imaginer ce qui avait pu se produire dans cette pièce, et quelles étaient les dernières visions que la jeune femme avait emportées de ce monde.

L'extrême concentration des policiers les avait isolés du bruit. Soudain, l'animation de la rue, la circulation automobile, les rires des touristes qui se rendaient sur les quais et allaient se photographier sur la passerelle des Arts s'engouffrèrent brusquement dans la pièce. Ils reprirent alors conscience de la chaleur inouïe qui emplissait le séjour comme une masse compacte et palpable. Et puis l'odeur, involontairement escamotée par la vision du corps supplicié, s'insinuait partout. Mais ce furent les mouches qui tirèrent définitivement les policiers de leur mutisme. Calderone filmait la scène de crime, Dalmate prenait des notes. Mistral était pensif.

Des pas lourds dans les escaliers, les expressions à haute voix « Ça pue fort, ça veut dire qu'on est presque arrivés ! Il fait chaud à crever ! J'ai jamais vu ça un mois d'août, se prendre deux meurtres d'affilée, en moins d'une semaine ! Heureusement qu'on a mangé, c'est des trucs à vous couper l'appétit ! » annonçaient l'arrivée des policiers chargés du matériel pour l'examen de la scène de crime. Avant de rentrer dans l'appartement, ils s'équipèrent des pieds à la tête de leur combinaison blanche, et lancèrent un regard de reproche aux trois policiers qui n'avaient que des gants et des surchaussures.

Après les photos et prélèvements divers, les spécialistes de scène de crime soulevèrent avec soin le tissu maculé de sang séché posé sur les pointes des morceaux de miroir. Mistral jeta un coup d'œil à Dalmate. Celui-ci, impressionné, regardait fixement le visage tuméfié, gonflé, distendu de la victime. Mistral comprenait. La jeune femme avait les yeux mi-clos. Son regard mort filtrait entre ses paupières, des yeux voilés et inexpressifs. Ce regard éteint perturbait Dalmate.

— C'est toujours bouleversant la première fois Ne vous bloquez pas sur ce regard, sinon il va vous hanter pendant des nuits. Je sais de quoi je parle, j'ai déjà donné.

Mistral, compréhensif, avait murmuré ces mots, ne pouvant être entendu que de Dalmate, qui le remercia d'un hochement de tête.

Après les premières constatations sur le corps de la victime, les trois policiers en profitèrent pour descendre respirer dans la rue, même s'il s'agissait d'un air chaud et pollué. Mistral s'isola pour téléphoner à Balmes et lui confirma les ressemblances avec le premier meurtre. Calderone et Dalmate échangeaient, à voix basse, leurs premières impressions.

Les gardiens de la paix de l'arrondissement facilitaient la circulation. Sébastien Morin discutait avec l'un d'eux. Mistral entendit la fin de la conversation.

— C'est toujours le chef qui reste dans la voiture avec la clim ?

— M'en parlez pas ! Il paraît que c'est le privilège des anciens. Vivement que cette canicule s'arrête.

Mistral envoya en faction deux policiers en uniforme devant la porte de l'appartement de Chantal Colomar afin de prévenir l'entrée d'intrus. Il réfléchissait, appuyé contre sa voiture restée à l'ombre, à ces deux meurtres peu ordinaires commis manifestement par le même tueur. Quels liens existait-il entre ces deux femmes, pour qu'elles soient assassinées de cette façon ? Il était également indispensable d'aller rencontrer les gendarmes de l'Oise pour étudier à la loupe leurs procédures afin d'examiner si des liens existaient entre les deux séries de meurtres. Perdu dans ses pensées, il ne vit tout d'abord pas la jeune femme qui était devant lui. Il comprit qu'il s'agissait du magistrat qui avait été à deux doigts de tomber dans les pommes dans l'appartement d'Élise Norman. Il enleva ses lunettes de soleil et serra la main qu'elle lui tendait.

— Alors, l'affaire Norman se répète ? Je n'ai rien d'un devin, rassurez-vous ! Votre état-major me l'a laissé entendre.

— Oui, c'est vraisemblable. Apparemment, le mode opératoire est le même ; reste à savoir s'il y a un ou plusieurs tueurs. Venez, le corps n'a pas encore été déplacé.

— Est-ce que c'est... euh... comme l'autre..., je veux dire, l'odeur, les mouches, la chaleur ?

— Presque pire.

— Bon, on y va, mais je sais que je ne pourrai pas rester longtemps.

La jeune femme s'arrêta quelques instants sur le palier, très pâle, tentant de s'habituer à l'odeur. Mistral avait laissé sa veste de costume dans la voiture et pensait qu'une fois de plus il devrait mettre ses vêtements dans un sac avant de rentrer chez lui.

Les techniciens de scène de crime sortaient peu à peu de l'appartement, dégoulinant de sueur et proches du malaise. L'un d'eux s'adressa à Mistral.

— Y a un truc à creuser. La clim est installée dans l'appartement, elle fonctionne, j'ai vérifié, mais elle était en position arrêt.

— Et la canicule accélère la décomposition du corps, je m'en suis rendu compte.

— Oui, une horreur ! La fenêtre était à peine entrouverte, suffisamment pour que les mouches puissent entrer, ce qui plombe vos constatations sur le corps. Le type a de la suite dans les idées. La chaleur et les mouches, le grand massacre pour les observations.

— C'est sûr ! Il ne laisse rien au hasard.

Mistral entendait le médecin légiste qui montait pesamment l'escalier. Il posa le pied sur la dernière marche en soufflant comme s'il venait de vaincre l'Everest en solitaire.

— Alors, on est dans la copie conforme, ou dans une autre variante ? s'enquit-il, débonnaire, en serrant la main à tout le monde.

— La même chose, sans se tromper, affirma Mistral.

— Ça promet ! Comme tordu, il est pas mal votre mec ! Bon, montrez-moi le corps. On peut rentrer et tout toucher, ou les prélèvements sont en cours ?

— Vous pouvez y aller, on vient de terminer à l'instant. Il ne manque que le passage de l'équipe avec le Blue Star.

La jeune magistrate prenait des notes. Elle s'éloigna avec Mistral pour pouvoir parler plus discrètement.

— Vous confirmez le lien avec l'affaire précédente ?

— Oui, il s'agit du même tueur. Plus ennuyeux, d'après nos recherches, il y a une série de trois meurtres identiques dans l'Oise. Mais avec un problème de taille, ils ont été élucidés et un type est au placard.

— Comment l'expliquez-vous ?

La jeune femme trouva intéressante l'information de Mistral. Enfin un cas mystérieux qui allait la changer des meurtres monotones et des règlements de comptes entre truands.

— Aucune idée.

— Surtout, tenez-moi au courant ! Vraiment ! Vous pouvez m'appeler à n'importe quel moment de la journée ou de la nuit, ce n'est pas un cas banal !

La jeune femme tendit à Mistral une carte de visite sur laquelle étaient inscrits ses différents numéros de téléphone.

— Vous savez, la nuit ce n'est peut-être pas utile. En général, les infos peuvent attendre le lendemain matin, sauf si, bien sûr, on doit interpeller notre type. Mais on n'y est pas encore !

Vingt minutes plus tard au pied de l'immeuble, le légiste allumait un énorme cigare, entouré des policiers et du magistrat qui avait tenu le coup grâce à un mouchoir parfumé qu'elle avait plaqué en permanence sous son nez. Il confirmait les premières constatations des policiers.

— Pas de problème les gars, vous êtes bien confrontés au même assassin. Mais cette fois, il a dû sécher rapidement la dame, parce qu'elle ne possédait pas de blessures de défense aux avant-bras ou aux mains. Comme s'il avait voulu agir sans fioriture.

— Vous en pensez quoi ? demanda Calderone.

— Je n'en sais rien. C'est vous qui me l'apprendrez quand vous aurez le type..., si jamais vous lui passez les menottes.

— Et le fait d'avoir arrêté la clim ?

— Si c'est votre tueur qui l'a fait, il se doutait de l'accélération de la décomposition du corps avec cette fournaise, c'est tout ce que je peux vous dire. D'ailleurs, les avant-bras, mains et poignets, sont tellement gonflés que j'ai eu du mal à voir comment étaient liées les mains. C'est également avec du Serflex. Il a éteint le climatiseur certainement pour compliquer la datation de la mort. Je dirais, à vue de nez, parce que ça pue vraiment, qu'elle a été assassinée il y a deux à trois jours, mais ne me demandez pas à quelle heure !

Le toubib, satisfait de sa plaisanterie, quitta le groupe en riant et toussant fort, le cigare entre ses doigts.

Les pompiers finissaient de ranger leur matériel sous le regard des touristes qui, à tout hasard, photographiaient avec leurs appareils numériques ou leur téléphone portable. L'officier s'adressa à Mistral.

— On passe en fin d'après-midi pour les dépositions ? Et, bien sûr, je n'oublie pas le CD de l'enregistrement de l'appel.

Mistral acquiesça et remercia l'officier des pompiers.

Le fourgon des pompes funèbres s'arrêta au milieu de la rue des Beaux-Arts, bloquant la circulation dans cette voie. Les employés descendirent rapidement, l'un d'eux tenait la housse en épais plastique noir qui allait servir à emballer le cadavre. Un des policiers devant l'immeuble brandit trois doigts pour indiquer que c'était au troisième étage que se trouvait le corps. Le chef alluma une cigarette avec son Zippo et, reconnaissant Farias et Sainte-Rose, se dirigea vers eux, s'essuyant le visage couvert de sueur, et lissant sa moustache.

— Alors, toujours les mêmes qui se font baiser, je vois.

— Ouais, mais en fait on s'en fout, on aime mieux ça plutôt que de se taper de l'ordinateur toute la journée avec des anciennes procédures. Et vous, ça se tasse les macchabs ?

— Pas vraiment, tout le contraire. On a de plus en plus de problèmes pour stocker les cadavres pour lesquels les familles ne se sont pas encore manifestées. En deux jours, rien n'a été réglé, ne rêvons pas ! Je dirais même que ça s'aggrave !

— Comment ça, des gens qui ne sont pas manifestés ? Qu'est-ce que ça signifie ?

Sébastien Morin, qui avait rejoint ses collègues, était absolument indigné.

— C'est simple, soit la famille est inconnue, soit injoignable. En attendant, on se garde les corps, et certains iront à la fosse commune. C'est le plus beau club des allongés de France ! J'ai l'air de déconner, mais en fait c'est triste ! Les morgues des hôpitaux sont à bloc, les nôtres aussi ; si ça continue, on va devoir trouver des solutions pour stocker les corps ailleurs. Tous les jours, on charrie soixante-dix cadavres ! Tous les jours ! Faut se les coltiner ! Si j'étais payé au poids de la viande transportée, je serais riche.

Morin et Sainte-Rose échangèrent un regard qui disait « il fait fort dans l'humour noir ».

L'équipe des pompes funèbres venait de redescendre, chacun des quatre hommes tenait serrée une poignée du sac en plastique en noir dans lequel était ballottée Chantal Colomar. Ils marchaient lentement, au pas, tentant d'éviter tout balancement inutile du sac. Avec des gestes mille fois accomplis, et parfaitement synchronisés, ils le soulevaient sans effort et chargeaient le corps de la jeune femme dans la camionnette pour la conduire à l'IML.

Dans l'appartement, les spécialistes IJ avaient tiré les rideaux de la pièce pour l'assombrir et vaporisaient du Blue Star. Ils commencèrent par l'endroit où avait été découvert le corps. Il y avait essentiellement du sang séché autour du visage de la jeune femme. Une luminescence bleue attira leur attention au milieu du salon. Du sang avait été lavé sur le sol. Cela prouvait que la femme avait été assassinée au centre de cette pièce, puis tirée par les pieds vers le couloir. Le sang s'étirait, sur trois mètres environ, depuis le lieu probable des coups, jusqu'à celui de la découverte. Les techniciens continuèrent à vaporiser le Blue Star dans les autres pièces, mais en vain.

Quand le jeune gardien de la paix alla à la rencontre de Mistral et dit : « L'Identité judiciaire demande si vous pouvez remonter », Mistral devina sans peine que les types avaient du positif. Il grimpa rapidement l'escalier et arriva essoufflé au troisième étage. Les deux techniciens étaient accroupis, effectuant un prélèvement.

Le chef d'équipe désigna du doigt à Mistral la trace bleue qui partait du centre du salon pour rejoindre le visage de Chantal Colomar.

— Les traces ont été lavées à l'eau, c'est curieux, les autres taches de sang non. Je ne comprends pas pourquoi laver cette trace, alors que c'est, apparemment, le même sang ! Des trucs m'échappent. Les mecs sont vraiment tordus ! On a retrouvé dans la cuisine l'éponge qui a servi au nettoyage. Elle était parfaitement rincée, à l'œil nu on n'aurait rien vu.

Le technicien montrait une éponge dans une pochette transparente, où subsistaient les traces bleues fluorescentes du réactif.

— J'avoue que je n'y comprends rien, avoua Mistral, qui observait « *Les experts* » photographiant les traces révélées par le Blue Star.

9

Même jour

Mistral buvait une bière glacée dans le bureau de Balmes et venait de terminer le compte rendu de l'affaire Colomar pour le directeur adjoint.

— Tu penses quoi au final ? demanda Balmes.

— Je suis sûr qu'il y a un sac de nœuds avec le dossier des gendarmes qui va nous revenir en pleine tête. Un type qui commet des homicides à la même fréquence, avec un mode opératoire identique, des textes mystérieux, je m'attends à tout. Je suis prêt à parier que dimanche, on a un nouveau meurtre.

— Tu as envoyé une équipe chez les gendarmes de l'Oise ?

— Oui, dans la matinée. Ce soir, on devrait avoir une idée de leur enquête et la comparer avec nos deux assassinats.

— As-tu une idée de la raison pour laquelle les deux meurtres se sont déroulés dans le même arrondissement ?

— Non, pas pour l'instant, on patauge. S'il y a un lien entre les deux victimes, il est bien planqué. Le type habite ou travaille dans le VIe, je n'en sais rien. Il peut aussi être de passage. Mais ce qui m'inquiète le plus, c'est son mode opératoire. Les morceaux de miroir plantés dans le visage et la gorge, je ne l'avais jamais encore vu.

— Tu me parlais de dimanche ? Pourquoi ?

— Parce que si on reste sur la série des trois meurtres observée dans l'Oise, avec le même intervalle de découverte, dimanche, on y a droit. Mais ce qui signifie aussi qu'une femme a déjà été tuée, puisque le type prévient deux jours après un meurtre. Tu mesures l'angoisse, si ça se sait ? S'il vient de tuer, nous avons été incapables d'empêcher un meurtre. J'imagine les commentaires de la presse : « La police savait qu'un meurtre allait être commis, mais n'a pas pu le déjouer ! »

— Quel bordel ! Oui, mais tu n'y peux rien, ne rentre pas dans cette logique. Et si ça se passe encore dans le VIe arrondissement, tu y as pensé ?

— Oui, bien sûr. Mais hélas, ce serait logique ! Pendant une quinzaine de nuits, je fais tourner les gars à la fois sur tout l'arrondissement et dans l'environnement proche des domiciles des deux victimes. Parfois, on rencontre des gens qui ne sont dehors que sur certains créneaux horaires et qui échappent aux enquêtes de voisinage.

— Tu as raison, c'est une bonne idée. Pour l'instant, la presse est braquée vers les morts de la canicule et cherche à en savoir le nombre. La polémique enfle. Tant mieux pour nous, le tir est dirigé ailleurs. Tu veux qu'on demande à la PUP d'intensifier les patrouilles sur le secteur ?

— Non, parce qu'il faudrait expliquer le contexte avant qu'ils n'y aillent, et franchement je n'ai aucune info à leur donner. On ne sait même pas à quoi ressemble le suspect ! Sinon, il y a autre chose dans les tuyaux, pour les autres services ?

— Rien de bien extraordinaire, mais il y a un truc marrant. Une espèce de malade mental qui appelle la radio FIP depuis une huitaine de jours. Le type a téléphoné au moins cinquante fois.

— Qu'est-ce qu'il veut ?

— Parler à une animatrice. Ce n'est pas nouveau comme phénomène, et en général, les personnes ne rappellent pas quand elles sont éconduites. Mais là, il faut reconnaître que le type a de la constance ! À mon avis, le gus a pris un coup de chaud.

— Il y a des billes ?

— Pas vraiment. C'est la BRDP[1] qui est chargée de l'enquête. Demain samedi leur permanence recevra les déclarations du directeur de la station. D'après les premières infos, le standard de la station a enregistré tous les appels, c'est gravé sur un CD. On va analyser la voix dans un premier temps, après on essaiera de le piéger.

— Ils peuvent identifier le numéro appelant ?

— Facile et pas simple à la fois. Le type utilise toujours une cabine téléphonique, mais jamais au même endroit. On en saura davantage lundi.

En attendant que les équipes rentrent, Mistral appela ses enfants. Mais avant, il parla un long moment avec son père sur les précautions à prendre avec les deux garçons.

— Non, tes garçons ne jouent pas avec l'Opinel, ne grimpent pas dans les arbres ; oui, ils mettent une casquette pour sortir, boivent de l'eau, restent à l'ombre et ne courent pas au soleil.

Mistral sentait de l'ironie dans la voix de son père.

— Tu dis ça pour me tranquilliser ?

— Ludovic, tes fils font exactement la même chose que toi au même endroit et au même âge. Ils enlèvent leur casquette quand ils en ont assez de la porter. Quand on a le dos tourné, ils sont dans les arbres, ne restent pas à l'ombre et courent toute la journée. Mais j'ai caché le couteau. Ils ont fabriqué des arcs et des flèches, je ne sais trop comment, et ont dans l'idée de tirer des oiseaux. Mais comme leurs flèches ne dépassent pas la distance de deux mètres, nous sommes tranquilles, et les oiseaux aussi. La nuit, ils dorment bien.

1. BRDP : brigade de répression de la délinquance contre la personne.

Ludovic sourit en entendant parler son père.

— Cette nuit, j'ai relu *Vol de nuit.*

— Tes garçons sont comme toi, Ludo, attends-toi à les accompagner au bout de leurs rêves quand ils en auront l'âge. Et tu en seras très heureux !

Ludovic bavarda ensuite avec ses deux enfants, il poursuivit sur ses recommandations de prudence, mais savait que les enfants n'écoutaient pas et n'avaient qu'une seule hâte, celle de retourner jouer.

Il téléphona après à Clara pour dire qu'il rentrerait vraisemblablement tard, et qu'elle ne l'attende pas pour dîner.

— On peut aussi dîner dehors. Je passe vers 22 heures te chercher, et tu m'emmènes dans un endroit que tu aimes.

Ludovic ne fut pas étonné par la suggestion de sa femme, à laquelle il s'attendait presque, sachant qu'elle avait de la suite dans les idées, et voulait discuter avec lui.

— Écoute, on a un autre meurtre sur les bras, et j'ai mes vêtements qui sentent la mort. Je ne peux pas sortir comme ça, je vais terrifier les gens.

— Ce sont des idées. Tes vêtements ne sentent rien du tout. L'odeur de la mort est dans ta tête et dans ton nez, c'est tout ! Tu peux te changer, rien n'y fera !

Un appel téléphonique interne tira de sa concentration Mistral, qui relisait les constatations sur les corps d'Élise Norman et Chantal Colomar. C'était Dalmate qui le prévenait que les auditions des pompiers étaient terminées. L'officier attendait Mistral. Les deux hommes échangèrent quelques banalités sur la mort, la canicule et les interventions à répétition qui épuisaient tout le monde. Mistral se retint de dire aux pompiers qui partaient : « À dimanche. »

Mistral passa dans le bureau de Dalmate où se trouvaient Calderone et d'autres policiers.

— On vous attendait pour écouter l'enregistrement.

José Farias enclencha la touche Play :

« Bonjour, je vous appelle pour vous signaler qu'une de mes amies, Mme Chantal Colomar, ne répond pas chez elle au téléphone. J'ai appelé à son travail et on m'a répondu qu'elle était absente depuis deux jours. Je suis inquiet, elle devrait être normalement sur Paris. Elle habite à l'angle des rues de Seine et des Beaux-Arts. »

Le policier appuya sur la touche Stop.

— Les pompiers ont identifié la cabine téléphonique, elle se trouve boulevard Edgar-Quinet. J'ai envoyé à France Télécom une demande pour les appels passés depuis vingt-quatre heures dans cette cabine, douze heures avant et douze heures après l'appel.

Calderone approuva d'un signe de tête.

— José, remets-nous l'enregistrement de l'appel Élise Norman, pour comparer.

Changement de CD, touche Play, écoute attentive :

« Bonjour, je vous appelle pour vous signaler qu'une de mes amies, Mme Élise Norman, ne répond pas chez elle au téléphone. J'ai appelé à son travail et on m'a répondu qu'elle était absente depuis deux jours. Je suis inquiet, elle devrait être normalement sur Paris. Elle habite rue Madame, au 108. »

Touche Stop à la fin de l'enregistrement.

— Il ne se fatigue pas le gars, il change le nom et l'adresse et, hop, c'est parti ! résuma Farias laconique.

— Je pense même qu'il n'en a rien à foutre de nous. *Grosso modo*, il fait ça pour amuser la galerie. Il n'a qu'à nous appeler en direct, on fera l'économie d'envoyer les collègues de l'arrondissement et les pompiers ! À part péter la porte, ils ne font rien d'autre ! conclut un autre policier.

Vers 20 h 30, les équipes qui enquêtaient sur le meurtre de Chantal Colomar regagnèrent progressivement le Quai des Orfèvres. Mistral écouta attentivement leurs informations. Il jetait un coup d'œil, de temps à autre, à ses notes et ne trouvait aucun point commun avec le meurtre d'Élise Norman. Autant Élise Norman avait une vie calme et sans surprise, autant Chantal Colomar avait une vie plus trépidante. Elle dirigeait un salon de coiffure à la mode, passait ses vacances à l'étranger, n'avait pas de petit ami fixe, fréquentait un club de fitness, sortait souvent le soir. Quelques ressemblances physiques avec Élise Norman. Toutes deux brunes, cheveux longs, minces, même tranche d'âge. Habitant le VIe arrondissement de la capitale et célibataires étaient leurs autres points communs. Et un tueur les avait choisies.

Mistral fixa les photos des deux victimes sur un tableau aimanté et ajouta quelques observations sous chacune des deux photos. Il entoura le sigle ADN, au feutre rouge, sous la photo de Chantal Colomar.

— Lundi, je mets la pression au labo, dit-il d'un ton déterminé.

— Vous connaissez les délais ? demande Calderone. Je crois que c'est plusieurs jours !

— Oui, je m'en doute, je vais avoir encore droit à « C'est l'été, y a moins de monde, c'est les vacances, y a du boulot, plus la canicule ». Si on était dans une série télé, on aurait eu la réponse en cinquante-deux minutes, pub comprise !

Une heure plus tard, Roxane Félix et Sébastien Morin, qui avaient passé une partie de la journée avec le groupe d'enquêtes de la gendarmerie de l'Oise, entrèrent dans le bureau de Mistral où Calderone et Dalmate travaillaient. Les trois hommes avaient préparé une liste d'investigations à entamer en priorité, pour essayer de débloquer les enquêtes.

— Alors ? demanda simplement Mistral aux deux policiers.

Morin posa sur la table de réunion de Mistral trois épais dossiers cartonnés fermés avec une sangle.

— Les gendarmes nous ont transmis une copie intégrale de la procédure, y compris les photos des scènes de crime et celles des victimes quand elles étaient en vie. Pour eux, c'est la bouteille à encre cette enquête, mais ils sont convaincus d'avoir arrêté l'auteur. Cependant, ils reconnaissent que notre série de meurtres les perturbe.

— Quel est son profil, hormis son passé judiciaire ?

Roxane Félix ouvrit son sac, une sorte de besace, où figuraient pêle-mêle des objets personnels, son brassard fluorescent POLICE, une paire de menottes et un petit cahier d'écolier à spirale, qu'elle parcourut rapidement.

— Les gendarmes ont fait une audition très complète de Brial. En résumé, c'est un fils unique qui porte le nom de sa mère. Le père, il ne l'a jamais connu. Des études très moyennes, vite ralenties par quelques déboires judiciaires quand il était mineur, les faits sont maintenant prescrits. Il est célibataire, sans petite amie.

Pendant que les policiers parlaient et sortaient les divers documents, Dalmate ouvrait des Coca puisés dans le réfrigérateur de Mistral. Calderone fixait à l'aide d'aimants les photos des trois victimes de l'Oise à côté de celles des deux Parisiennes.

— Pour les éléments à charge, enchaîna Sébastien Morin, après avoir bu une longue gorgée, les gendarmes ont découvert chez lui, pendant la perquisition, la même cordelette ayant servi à attacher les victimes, le même bloc de papier, et un stylo identique à celui utilisé pour écrire les phrases de Sénèque. À décharge, ces objets sont fabriqués à des milliers d'exemplaires et on les achète dans toutes les boutiques de la région. Les gendarmes ont fait des sondages dans le village, et quantité de gens en possèdent.

— Et l'histoire de l'ADN, interrogea Dalmate, rien de plus précis ?

— Non, on trouve l'ADN du type et ses empreintes digitales dans les maisons des victimes, mais le bonhomme est jardinier et il avait les trois femmes comme clientes. À l'occasion, il réparait aussi des trucs, faisait du petit bricolage, donc rien d'exceptionnel à ce que son ADN se retrouve dans les maisons, ça se tient comme argument !

Moue sceptique de Mistral et de Calderone.

— Il avait d'autres clients dans le coin ? s'enquit Mistral.

— Oui, de toute nature, pas uniquement des femmes seules. Tous ont déclaré que le jardinier se comportait normalement, et qu'il n'y avait jamais eu de problème avec lui. En deux mots, un bonhomme sérieux et rigoureux, bourru, qui s'est installé dans la région il y a deux ans environ, comme artisan indépendant.

— Les phrases de Sénèque ?

— Le type refuse de s'expliquer sur quoi que ce soit, puisqu'il nie être le tueur. Système de défense logique. On a les photocopies des phrases.

— Alibi ?

— Il ne veut pas s'exprimer sur ce sujet. Il dit simplement que, tôt ou tard, la vérité finira par éclater, qu'il est l'innocente victime d'une justice aveugle. Des phrases à la con, risibles, toutes faites !

— Quel est le sentiment du juge d'instruction ?

— Selon les gendarmes, il est prudent. Il pense aussi que c'est le meurtrier qui est sous les verrous, mais avec moins de conviction. Mais entre le penser et en avoir la preuve, ça fait deux. Donc, en ce moment, c'est tempête sous les crânes.

Mistral s'adressa à Calderone et Dalmate :

— Il ne faudra pas trop tarder pour rendre une visite de courtoisie au juge et lui raconter ce que nous avons dans les dossiers.

— À quoi ressemble le type ?

Dalmate prenait des notes, il venait de se relire et avait naturellement posé la question.

Roxane Félix saisit une grande enveloppe marron siglée « Gendarmerie nationale » portant un tampon « Ne pas plier ».

— Voilà les photos.

Deux clichés anthropométriques classiques, en noir et blanc, de format 13 x 18. L'une présentait l'homme debout avec une ardoise à ses pieds, sur laquelle étaient inscrits ses nom, prénom, Jean-Pierre Brial, sa taille, 1,76 mètre, la date de l'interpellation, 2 novembre 2002, et le motif, homicides volontaires. L'autre le figeait en gros plan, assis, de face et de profil. Ces deux photos retinrent l'attention des policiers. En les scrutant, ils voulaient se faire une opinion du bonhomme.

Sur la photo où il figurait debout, Jean-Pierre Brial semblait s'ennuyer. C'était un homme d'assez forte corpulence, le visage gras, pas rasé de deux ou trois jours, les yeux petits et enfoncés dans les orbites. Des doigts boudinés aux ongles sales tenaient l'ardoise. Il portait un pantalon taché de graisse et une chemise froissée. Sur la photo où il était présenté de profil, le double menton de Brial était marqué, ses cheveux longs, bruns, tirés en arrière, étaient attachés par un catogan.

Au bout de quelques minutes, Mistral se leva et fixa la photo de Jean-Pierre Brial à côté des trois victimes de l'Oise. Au-dessus des deux victimes parisiennes, il dessina un gros point d'interrogation.

Les policiers examinaient maintenant les photos des scènes de crime. Silence autour de la table. Concentration. Calderone intercala les photos des trois meurtres de l'Oise avec celles des deux Parisiennes.

— À première vue, la mise en scène est identique. Même position du corps, tissu sur le visage, morceaux de miroir plantés dans la gorge et la bouche. Je reconnais que c'est quand même troublant.

Mistral venait de briser le silence dans lequel se trouvaient les policiers attentifs aux cinq scènes de crime identiques.

— Ça laisse rêveur, observa Calderone. Sans savoir qu'un criminel a été arrêté dans la première série de trois, je dirais que le meurtrier de l'Oise est arrivé à Paris.

— C'est aussi mon sentiment, reconnut Mistral. Je lirai ce soir la procédure de la gendarmerie et verrai ce qu'ils racontent du type.

Après avoir terminé les canettes de Coca et abordé des généralités, les policiers quittèrent le bureau de Mistral. Dalmate s'apprêtait à sortir et se tourna vers Mistral et Calderone qui finissaient d'échanger quelques mots. Mistral l'interrogea du regard.

— Je sais que nous sommes sous pression avec les deux meurtres. La permanence s'achève dimanche avec le risque possible que nous soyons saisis d'un troisième meurtre. Enfin, c'est une éventualité. Voilà, je suis ennuyé, j'ai une obligation familiale prévue de longue date, est-ce que c'est gênant si quelqu'un me remplace ?

— Rien ne dit qu'il va y avoir un troisième meurtre, répondit Mistral. Vincent, qui est disponible pour ce week-end ?

Calderone regarda sa montre.

— Vendredi 22 h 15. Pas évident de trouver un remplaçant au pied levé. En cas de pépin, je viendrai. Je reste à Paris ce week-end, donc pas de problème. Paul, passe à l'état-major pour leur dire que je prends ta permanence jusqu'à lundi matin, et qu'ils inscrivent mon numéro de portable sur le tableau.

Mistral rangea ses documents dans un vieux cartable de cuir et la procédure de l'Oise dans un grand sac en plastique. Au moment où il pensa à téléphoner à Clara, son portable sonna, Clara était au bout du fil. Elle entrait dans le parking de Harlay, à côté du Quai des Orfèvres. Ludovic, en descendant rejoindre son épouse, réfléchissait aux discussions possibles pour l'empêcher d'aller sur le terrain des insomnies.

Vingt-deux heures quinze. L'homme achevait une lecture attentive de la presse et n'avait remarqué aucune mention des deux meurtres. Il plia méticuleusement les journaux et les rangea avec les autres papiers pour le tri sélectif des ordures ménagères. Il n'avait pas sommeil, et depuis la disparition de son sac à dos, le poids sur l'estomac qui ne le quittait plus pouvait passer pour de l'angoisse. L'homme s'installa sous la douche froide et laissa couler l'eau pendant de longues minutes. Son appartement était absolument irrespirable de chaleur. Il décida de ressortir, et avala des antalgiques par précaution. Un tee-shirt et un bermuda pour seuls vêtements, l'homme s'assit au volant de sa voiture et ouvrit l'autoradio :

« Vous écoutez FIP à Paris, sur 105.1, il est 22 h 45 et la nuit sera chaude, très chaude. Vous avez de la chance d'être avec nous, surtout quand Diana Krall vous emmène en balade sur *Autumn Leaves*. Nous sommes encore loin de l'automne, profitez de cette belle nuit d'été. »

La sensualité de la voix de l'animatrice et celle de la chanteuse clouèrent l'homme sur son siège.

Il démarra lentement, se mit en code, descendit la rue Saint-Lazare, longea les grands magasins du Printemps et s'arrêta au feu rouge pour laisser débouler les gens pressés qui remontaient le boulevard Haussmann, vitres des voitures fermées et climatisations poussées au maximum. Il jeta un coup d'œil à la devanture du grand magasin. Une gigantesque affiche d'un top-modèle nu, vantant un produit de beauté, mais qui, jambes croisées et bras sur sa poitrine, prenait bien soin de ne rien dévoiler de son corps, laissa l'homme rêveur. À proximité de l'église de la Madeleine, un bar. L'homme stoppa sa voiture sur un emplacement réservé aux taxis et attendit la fin de la chanson. Il entra dans le bar, commanda un demi au comptoir et se dirigea vers les toilettes qui sont le plus souvent en sous-sol avec le « point phone » à côté. Il composa le numéro de la station. Une femme décrocha. Espoir.

— Bonsoir, vous êtes l'animatrice ?

— Non. Que désirez-vous ?

— Parler à l'animatrice, tout simplement et pas longtemps, lui dire que j'aime bien ses messages et qu'ils sont trop rares, et puis aussi la musique. C'est tout…

— Je vais lui faire part de votre appel et…

— Non, hurla pratiquement l'homme, laissez-moi le lui dire, laissez-moi l'entendre.

Mais ayant conscience de son brusque changement de ton, il se calma et poursuivit.

— Pardonnez-moi, j'en ai marre de cette chaleur qui me plombe, je n'ai personne avec qui discuter en dehors de mon travail. Juste trente secondes, s'il vous plaît, après vous couperez la communication si c'est trop long.

— Monsieur, je vous comprends, mais c'est absolument impossible. Pensez que nous avons de nombreux appels en ce sens toute la journée.

La voix posée de la standardiste calma l'homme.

— Je vous en prie, juste une seule fois, après je ne téléphonerai plus jamais !

— Je vais transmettre votre demande, mais cette nuit ce n'est pas possible.

— Et demain, ce sera possible ?

— Je n'en sais rien monsieur, mais nous avons comme consigne de ne pas passer les appels la nuit. Bonsoir.

La standardiste raccrocha. L'homme resta deux ou trois secondes l'écouteur plaqué contre l'oreille, écoutant le silence, puis il reposa le combiné sur le socle, doucement, avec un faible espoir, et essuya son oreille. C'était la première fois que l'on s'adressait à lui plutôt poliment, et cela le rendit légèrement optimiste.

La standardiste se tourna vers son technicien :

— Tu crois que c'était le malade qui appelle tout le temps ?

— Oui, d'ailleurs j'ai enregistré toute la communication, et son numéro d'appel s'est affiché sur l'écran.

— Il va rappeler ?

— Sans aucun doute. Les consignes de la direction étaient de dire que tu transmettrais sa demande.

— Je l'ai trouvé triste, désespéré. Étrange. Tu fais quoi de l'enregistrement ?

— Les flics viennent demain récupérer le CD de ses appels, il y en a un paquet. Ils vont s'amuser pour retrouver le lascar !

— Espérons que ça marche. J'ai toujours peur de ces types anonymes qui se planquent derrière le téléphone, il n'y a rien de pire qu'une voix angoissante sans pouvoir lui coller un visage. Ce sont des nuisibles ces types !

— Mais il n'y a rien à craindre ! Les dangereux ne parlent pas, ils agissent. Lui ne fait que parler. Donc pas de panique, et puis je suis là si tu as peur…

— Toi, je te vois venir avec tes gros sabots... Mais, si je respecte ta théorie, il n'y a aucun risque, donc je ne dois pas avoir peur, et pas la peine d'être protégée !

L'homme remonta dans sa voiture, à peu près apaisé par l'espoir minime que lui a laissé entrevoir le « je vais transmettre votre demande ». Il se souvint d'un jour, il n'y avait pas si longtemps, où il avait eu une brusque envie d'aller se mettre en planque devant la Maison de la radio, pour tenter de trouver quelles pouvaient être les animatrices de FIP. Mais quand il avait vu la taille de l'immeuble rond avec toutes ses portes d'entrée, ses vigiles, ses allées et venues incessantes, il en avait conclu que c'était impossible, et qu'il pouvait se faire repérer avec son manège. Et c'était bien la dernière des choses qu'il souhaitait.

Ludovic et Clara étaient attablés à la terrasse d'un restaurant italien du VIe arrondissement. Ludovic, volubile, vantait les qualités de la cuisine italienne, parlait des enfants, de *Vol de nuit* qui lui avait valu une des plus belles balades avec son père, de ces assassinats qui le préoccupaient, justement dans cet arrondissement où ils étaient en train de dîner. Ludovic faisait tout son possible pour que sa femme n'abordât pas le sujet épineux des insomnies. À la fin du repas, il se retint de commander un café afin d'éviter de donner un prétexte pour ouvrir la discussion sur le sommeil. Il évoqua aussi le marché aux puces et des touristes qui payaient les objets hors de prix. Il estima que la partie était presque gagnée quand Clara, de son côté, l'entraîna avec passion vers les parfums et les odeurs. Et puis silence de quelques secondes : Clara but un peu d'eau, s'essuya discrètement les lèvres et observa son mari. Changement de ton.

— Ludovic, je te connais. Tu m'as raconté mille histoires ce soir. Tu as de la suite dans les idées, moi aussi. Tu as les yeux qui te sortent de la tête et tu es blanc comme un linge.

« Nous y voilà, pensa instantanément Ludovic. Quand elle m'appelle par mon diminutif, tout va bien ; ça se gâte quand elle emploie mon prénom. » Il choisit de faire une moue significative : « Tu te fais des idées », puis il attendit la série de questions qui n'allait pas manqué d'arriver, en faisant rouler distraitement la salière de la table entre ses doigts.

— Combien tu mesures ?

— Un mètre quatre-vingt-deux.

— Combien tu pèses ?

— Je n'en sais rien ! Je ne m'intéresse pas particulièrement à mon poids, ce n'est pas un truc d'homme.

— Ludo, je t'ai entendu monter sur la balance de la salle de bains, tôt ce matin. Alors ?

— Soixante-dix kilos. Tu devrais venir bosser avec moi, je crois que tu serais redoutable dans les enquêtes et les interrogatoires.

Mistral riait franchement devant la finesse de sa femme.

— On verra plus tard. Donc soixante-dix kilos pour un mètre quatre-vingt-deux, ça veut dire que tu es maigre. Je ne t'ai jamais connu comme ça mon chéri, tu entends ? Tu flottes dans tes vêtements ! J'ai vu que tu faisais des efforts pour terminer ton assiette alors que d'habitude tu manges trop vite.

— Je n'ai jamais été gros !

— Peut-être, mais jamais, non plus, dans cet état-là. Qu'est-ce qui ne va pas ? Qu'est-ce qui t'empêche de dormir ? demanda-t-elle avec davantage de douceur dans le regard et dans la voix.

Mistral se dit qu'il devait lâcher un peu de lest et donner à sa femme quelques explications.

— À dire vrai, je n'en sais trop rien. J'ai eu quelques insomnies pendant les vacances. Mais c'est depuis que j'ai repris mon travail qu'elles sont plus présentes. Comme si j'étais préoccupé, alors que je n'ai aucune raison de l'être. La journée, je suis un peu vaseux, mais bon ça va. La nuit, je n'ai pas réellement sommeil. Je dors en fait en pointillé.

— Fais attention, Ludovic, si tu tires trop sur la corde, là, oui, tu risques la casse ! D'autant me semble-t-il que je peux t'aider.

— Oui…, oui…, je sais, j'y ai pensé, mais je ne suis absolument pas dans cette spirale où je risque la casse, comme tu le dis.

— À quoi penses-tu quand tu ne dors pas ?

— À rien de particulier, vraiment. Ce qui s'est passé dans la journée, les enfants, toi, mais rien de bien précis. Tu sais que tu as une belle voix ?

— Ludo, ne détourne pas la conversation, s'il te plaît. Comment s'appelle déjà le psy que tu avais rencontré lors de ta dernière enquête ?

— Jacques Thévenot. Pourquoi ?

En prononçant le mot « pourquoi », Ludovic, déjà, s'attendait aux questions qui allaient suivre. Il connaissait sa femme, et sous son aspect doux, souriant et conciliant, il savait qu'elle ne lâcherait pas prise.

— Tu avais sympathisé avec lui, je crois ?

— Oui. C'est un type intéressant qui a de l'humour. Et alors ?

— Tu l'as revu ?

— Non, et je ne vois pas quand j'aurais pu, avec l'emploi du temps de ces derniers jours ! Juste un ou deux coups de fil, rapides. Pour prendre de ses nouvelles.

« *Et maintenant*, se dit Ludovic, *je vais avoir droit à* LA *question.* »

— Pourquoi n'irais-tu pas discuter avec lui ?

— Mais je ne suis pas dingue !

— Ludovic, arrête ! Tu m'as habitué à de bien meilleures réponses, et tu le sais très bien ! Ce ne sont pas seulement les dingues, comme tu le dis, qui consultent des psychiatres.

— Hors de question. Bon, demain, les Puces. On va se promener main dans la main. Je connais un petit restau au marché Serpette très bien. Il faut y aller vers 14 heures, avant c'est complet, et puis ça nous laisse le temps de flâner.

— Nous n'irons que si tu as dormi.

Ludovic fit un signe de la main au garçon pour demander l'addition, en pensant qu'il ne s'en était pas trop mal sorti. À condition qu'il n'y ait pas d'autres fois, parce qu'il n'avait vraiment pas envie de lui dire pourquoi, toutes les nuits, il avait les yeux ouverts. Elle ne comprendrait pas.

Clara et Ludovic regagnèrent leur maison à La Celle-Saint-Cloud, chacun dans leur voiture respective. Clara suivait Ludovic qui roulait à allure modérée.

L'homme rentra chez lui en maudissant la prostituée qui avait passé un quart d'heure dans sa voiture. Au moment crucial, elle s'était aperçue que son client portait des gants en tissu fin. Elle a commencé par flipper. Les gants servaient à ne pas laisser de traces. Et quand on ne voulait pas laisser de traces, il y avait toutes les chances qu'une connerie imminente était en cours de préparation. Elle savait tout ça la petite Nigériane d'à peine dix-sept ans qui se prostituait depuis deux ans sur les trottoirs de Paris. Alors non ! Elle n'avait vraiment pas envie de se prendre un coup de lame, ou de finir sa vie dans une bagnole pourrie à des milliers de kilomètres de chez elle, avec un détraqué sexuel, comme ultime vision de la vie. L'homme, d'une voix posée et rassurante, avait répondu qu'il suivait un traitement pour la peau et ne voulait pas salir le volant de sa voiture. Ce qui était resté sans effet sur la jeune fille qui ne connaissait que les quatre ou cinq mots de français nécessaires dont elle se servait au quotidien pour annoncer les prix et les prestations aux clients.

Après en avoir terminé, laborieusement, avec ce client dont elle avait peur, la jeune prostituée n'avait qu'une seule envie, quitter cette voiture au plus vite. Ce qu'elle fit à la première occasion. À un feu rouge, elle en profita pour sauter sur le trottoir. Enhardie, elle insulta l'homme dans son dialecte en le traitant de « pauvre malade, incapable de baiser normalement ». L'homme démarra lentement au feu vert. Il ne comprenait pas les mots de la prostituée, mais il en saisissait le sens. En croisant le regard de la jeune fille, il passa d'un geste sec et rapide son pouce sous sa gorge, signifiant « Je t'aurai ». La jeune fille, soulagée, regarda partir cette voiture, sans pouvoir retenir la marque, et encore moins déchiffrer sa plaque d'immatriculation.

L'homme écoutait FIP. La rue La Fayette était vide de circulation, clignotant gauche, la Ford s'engagea sous le double porche qui donnait accès à la rue de Budapest. À droite se trouvait un vendeur de colifichets pour touristes. Une place à deux cents mètres de chez lui. Le groupe Eagles commença le *Live Hotel California* avec intro à la trompette. L'homme monta le son, rangea la voiture, éteignit les phares, coupa le moteur, ferma les yeux, alluma une cigarette et attendit la fin de la chanson pour rentrer chez lui. Dans 7 minutes et 51 secondes.

Mistral écoutait la même chose, il augmenta le volume. La voix de Don Henley remplissait l'habitacle après la longue intro musicale, « *On a dark desert highway, cool wind in my hair…* ».

Au volant de sa voiture, Clara n'écoutait pas de musique, elle suivait son mari et réfléchissait, soucieuse. Elle composa le numéro d'appel des renseignements depuis son portable. Voix féminine à l'autre bout de la ligne.

Bonsoir, je souhaiterais avoir le numéro de téléphone de M. Jacques Thévenot, psychiatre à Paris, s'il vous plaît.

— Vous désirez être mise en relation ? interrogea l'opératrice.

— Non, compte tenu de l'heure, simplement ses coordonnées.

— Vous allez les recevoir par SMS. Bonsoir, madame.

Extrait des cahiers « Journal et rêves » de J.-P.B.

Année 1983

Mars 1983

Aujourd'hui, j'ai eu dix-huit ans. Je suis majeur. Une journée de merde. Quelques potes que je connais, des barjots pires que moi, m'ont souhaité mon anniversaire en rigolant. Ils ont tiré une mob, et me l'ont offerte. Ce qu'ils m'ont pas dit, c'est que la mob, ils l'avaient arrachée à un mec qui était dessus, arrêté à un feu rouge. Évidemment, je me suis fait contrôler quinze jours plus tard par les condés, et bingo ! mob volée, conduit au poste. « C'est un vol avec violences, c'est plus cher », a dit le chef des bleus. J'y peux quoi, moi ? Je n'étais pas dans cette embrouille. Le jeune qui a été dépouillé de sa mob est venu au commissariat, mais ne m'a pas reconnu, et pour cause ! J'ai dit aux condés que j'avais acheté cette bécane une misère. Ils ne m'ont pas cru, et ils ont eu raison. Mais je m'en suis tenu à la version achat de la mob à des lascars que je ne connaissais pas.

J'ai été poursuivi pour recel et je m'en suis sorti avec, comme sanction, un rappel à la loi. Derrière ces quatre mots qui sont censés te faire flipper, il n'y a rien. Les juges te font les gros yeux, te menacent du doigt, et disent d'une voix solennelle :

« Attention, cette fois-ci vous avez joué votre joker parce que vous n'avez jamais été condamné, la prochaine fois, ce ne sera plus pareil, n'oubliez pas que vous êtes majeur maintenant. » J'ai fait semblant d'avoir peur, juré bien sûr que j'allais filer droit, et terminé par « Merci, monsieur le juge, de votre bienveillance, vous m'avez bien aidé. » En fait, j'ai pensé « Faudra plus que je me fasse gauler, mais les conneries je vais les continuer. » D'ailleurs, je ne sais faire que ça, et c'est ce qui m'occupe.

Bref, tout ce bordel allait se passer dans un mois, mais je l'ignorais, bien entendu.

Ensuite, avec les potes, on a bu de la bière tiède au goulot. À la troisième, j'avais la tête qui tournait. Mais la grosse connerie, c'est quand on a attaqué les pétards de shit. Je savais ce que c'était, mais n'en avais jamais fumé. J'ai sauté le pas. Expérience à la con, parce que j'ai vomi à crever.

Avril 1983

Un mois plus tard, je m'y suis habitué, je fume deux ou trois pétards par jour. Le meilleur, c'est celui du soir avec quelques bibines et mes copains cinglés, des mecs qui zonent toute la journée, et qui ramènent le shit. J'ai découvert que ça calmait le mal de tête, ma mère ne m'emmène plus chez le médecin : « Ça sert à rien. » Après les pétards et la bière, je me couche tard. Souvent ma mère est au plumard avec un type, j'allume la lumière, je fais du bruit, j'en ai plus rien à foutre. Elle a installé un rideau à la place de la porte de sa chambre, c'est à mourir de rire. Le lendemain matin, si je la vois, j'ai droit à l'engueulade maison. Je bâille fort pendant qu'elle parle, et en général ça finit mal. Elle ou moi, on quitte la maison en claquant la porte. Elle a voulu me tirer une beigne, je l'ai regardée dans les yeux, elle a baissé son bras.

Mai à septembre 1983

Vitesse de croisière, pour les pétards, à environ cinq ou six par jour avec un peu de bière. Évidemment, ça coûte du fric, et je n'en ai pas assez pour acheter ma consommation quotidienne.

J'ai trouvé deux ou trois plans pour en avoir, mais ils se sont vite épuisés. Voler dans les supermarchés devient chaud, surtout quand on est seul. J'ai une dégaine qui attire les vigiles comme les mouches sur le sucre. Du coup, je suis neutralisé, je bouge plus une oreille. Quand je ressors, je leur tends un doigt d'honneur sans me retourner. Autre plan qui a foiré, et là j'ai morflé. Quand ma mère et son type du jour pioncent, je rentre en rampant dans la chambre, et vide le portefeuille du mec. Trois ou quatre fois, ça s'est bien passé. Le coup suivant, j'ai été réveillé par ma mère qui hurlait : « J'suis pas une pute, j'ai pas pris ton fric, espèce de connard ! Et en plus, tu baises mal. T'as qu'à fouiller partout, et tire-toi d'ici vite fait ! » Le type s'est barré, ma mère est entrée comme une folle dans ma chambre. Pas besoin d'un dessin. Elle avait compris. Là, j'ai dérouillé, elle me tapait de toutes ses forces, il a fallu que je me retienne de lui en coller une.

L'autre plan a duré un peu plus longtemps, mais il a fait long feu aussi et de façon violente. Il consistait à dépouiller les voitures des amoureux d'une nuit de ma mère. Autoradio, cassettes, des tas de trucs oubliés dans les bagnoles, tout y passait. Et puis quelques mecs ont dit à ma mère que son quartier n'était pas tranquille. Elle a été incrédule la première fois, surprise la deuxième, moins la troisième, suspicieuse la quatrième, avec de forts doutes la cinquième, elle m'a pris en flag la sixième, et rebelote, j'ai morflé.

Le plan de sauvetage que j'ai trouvé et qui m'assure mon approvisionnement pour la semaine, c'est le vol de mobs ou de petites motos que je fourgue à des dealers d'une cité à côté. Deux semaines de came pour une mob en bon état, et de un à deux mois pour une moto nickel. Pour l'instant, c'est le meilleur plan qui fonctionne sur la durée.

J'ai remarqué que mes rêves n'étaient pas altérés par la came. Enfin, un peu quand même. J'ai des cauchemars complètement incohérents, je les note en pleine nuit, quand ils me réveillent, sinon le matin dès que j'ouvre les yeux. J'ai beau les relire, je n'arrive pas à les raccrocher à la réalité.

Ce sont les mêmes rêves qui me hantent depuis l'enfance, mais j'ai fait des progrès depuis. D'abord, j'ai pris mon mal en patience, je ne sais toujours pas pourquoi je cavale après quelqu'un depuis près de quinze ans. Ce rêve est, maintenant, partie intégrante de moi-même, et je suis surpris et angoissé quand je ne le fais pas. Au début, je courais derrière une ombre, ensuite l'ombre est devenue une silhouette humaine qui était loin, puis je l'ai distinguée plus nettement, jusqu'à ce je devine que c'était un garçon que je voyais toujours de dos, loin devant. Maintenant, je suis à environ une quinzaine de mètres de lui, quand j'accélère, il accélère, quand je ralentis, il ralentit, et quand je marche, il marche. La distance entre lui et moi ne varie pas. Il devine, mais sans jamais se retourner, ni me donner des signes d'encouragement. Plusieurs fois, je suis tombé en courant après lui, je fais tellement de gestes brusques quand je tombe que cela me réveille. J'écris mon rêve puis je me rendors, quelquefois pas. C'est plus fort que moi.

10

Samedi 9 août 2003

Trois heures du matin. Mistral était dans son bureau, chez lui, la procédure des meurtres de l'Oise sous les yeux. En professionnel, il la lut avec attention, un carnet et un stylo à ses côtés. Au final, il releva sur son bloc de longs commentaires ponctués de points d'interrogation, sur le type, Jean-Pierre Brial, présenté comme l'auteur. Les photos des trois scènes de crime le dérangeaient, quelque chose ne collait pas, mais il ne le voyait pas. Il n'y avait qu'une intuition. Il écrivit sur une feuille, en l'encadrant de plusieurs de traits de stylo : « Comparer les photos des scènes de crime de l'Oise avec celles de Paris. Il y a un truc qui ne colle pas. » Il relut ensuite ce qu'il appelait ses notes d'ambiance, qui étaient des réflexions qui lui traversaient l'esprit au moment où il lisait la procédure et examinait les photos des scènes de crime. Il compara les deux séries de meurtres, celle de l'Oise et celle de Paris. Les observations étaient écrites sur une colonne, attendant la réponse sur une autre colonne.

— Je me demande à quoi sert tout ce cirque, surtout si le mec ne connaît pas les victimes (Paris).

— Le tueur s'est attaqué au visage = normalement, ça signifie qu'il connaît suffisamment bien ses victimes, où qu'elles le connaissent. C'est le cas pour celles de l'Oise. Mais pour Paris ?

— Il couvre le visage des femmes. Dans l'Oise, il a agi de la même façon. Gênant, d'autant que cette info n'aurait pas été divulguée à la presse = est-ce que dans l'Oise ils ont arrêté le bon ?

— Les deux victimes de Paris sont trop différentes pour avoir un lien commun. Mais il ne faut pas l'exclure. Lequel ?

— Le type apporte son matériel pour tuer = tueur organisé.

— Si organisé = choisit ses victimes, pas n'importe comment. Prend du temps pour les trouver. Ne laisse rien au hasard, alors pourquoi elles ?

— Si c'est le hasard qui le guide = aucune piste pour le serrer, mais ça ne cadre pas avec l'attaque au visage, puisque dans ce cas un tueur est censé connaître les victimes.

— Demander aux gendarmes s'ils ont des précisions sur le passé familial de J.-P.B.

Mistral reposa sa note d'ambiance sur le volumineux dossier qu'il referma.

Instinctivement, il ressentit la nécessité d'une rupture nette avec ce qu'il venait de voir, de lire, et le moment où il devrait tenter de dormir. Il avait besoin, en quelque sorte, de laver son esprit des visions des scènes de crime, et choisit un livre de photos qu'il affectionnait tout particulièrement, dans lequel étaient rassemblés de très beaux portraits en noir et blanc de Chet Baker. Les photos le conduisirent, tout naturellement, à écouter la musique du jazzman. Écouteurs sur les oreilles, il fit défiler les titres des musiques sur son iPod, et s'arrêta sur *The Touch of your Lips*. Chet Baker jeune chantait, et Mistral s'échappa dans la musique et la voix. Il écouta ensuite d'autres titres du musicien et notamment des duos avec Stan Getz.

Il se surprit à bâiller et à avoir sommeil. Il n'hésita pas, se coucha, s'endormit et se réveilla trois heures plus tard à cause d'un cauchemar, toujours le même. Il tenta de s'endormir à nouveau, n'y arriva pas, demeura immobile pour ne pas réveiller Clara qui, de son côté, ne dormait pas non plus, mais évitait de se manifester pour forcer son mari à rester couché.

En roulant vers les Puces de Saint-Ouen, Mistral, n'ayant pas reçu d'appel de l'état-major, passa un coup de fil par sécurité. Réponse du permanent de la salle de commandement : « nuit calme, hormis quelques agités, mais rien de bien violent ou autre événement important ». Pendant que Mistral communiquait avec l'état-major, Clara, à la dérobée, observa son mari, le visage marqué, qui faisait des efforts pour dissimuler sa fatigue.

Après avoir mis fin à la communication, il monta le volume de l'autoradio. La revue de presse de France Info résuma les principaux titres des journaux. Les médias commençaient à parler de plus en plus de la canicule, évoquant la fournaise et ses conséquences sur la santé des personnes âgées. Une chronique et des interviews de médecins urgentistes déclenchèrent les premiers tirs de barrage sévères sur la mauvaise prise en charge des victimes de la canicule.

La chronique terminée, Mistral pressa la touche programmée sur FIP qui passait le thème principal du film *In the Mood for Love*. Mistral regarda, souriant, Clara. Ils avaient aimé ce film. Clara lui rendit son sourire, et posa légèrement sa main sur la nuque de son mari. Ludovic appréciait parfois ce type de musique, un peu lente, avec une pointe de nostalgie mêlée à de la tristesse.

Malgré les vacances, c'était toujours aussi compliqué de stationner dans le quartier des Puces et, après plusieurs passages dans des petites rues, Mistral choisit la moins mauvaise solution en garant son véhicule à cheval sur un trottoir.

— L'été, il y a moins de PV, dit-il en souriant.

À l'extérieur, Mistral encaissa le choc thermique entre la forte chaleur et la climatisation de la voiture.

Pendant que le véhicule traversait, une fois de plus, le VIe arrondissement de Paris, l'homme assis à la place du passager avant somnolait. Il était épuisé, avait mal dormi, des rêves terrifiants l'avaient assommé. « Se souvenir des rêves c'est dans la minute, un cauchemar qui réveille, on s'en souvient toute la journée. » Il ne se rappelait plus où il avait lu cette phrase, mais avait pu en vérifier le bien-fondé à de nombreuses reprises.

Bien sûr, il avait consigné les cauchemars de la nuit sur son cahier, et il ne cessait de penser à son sac à dos disparu, envolé, avec ses engins de mort à l'intérieur, mais surtout les deux téléphones. Toute la nuit, ses rêves avaient tourné autour de cette disparition. « Des gens, que je ne connais pas, viennent me tourmenter avec des morceaux de miroir brisé, et je parviens à m'enfuir en me tenant la gorge. » L'homme nota cette phrase dans son cahier en guise de commentaire de ses rêves.

Dans le véhicule, silence. Ses trois autres collègues, également perdus dans leurs pensées. Tant mieux, il n'était pas obligé de participer à la conversation qui tournait généralement autour des programmes télé, des transferts de joueurs dans le foot, ou des histoires de cul. La climatisation ne leur donnait absolument pas envie de sortir. Ils venaient de terminer une intervention, et étaient quelque peu fatigués. L'homme gardait ses bras croisés, s'était lavé les mains à plusieurs reprises, et avait bien fait attention de ne toucher personne, surtout pas ses collègues.

« Heureusement qu'il y a la clim. Malgré cela, les types dans la voiture puent la sueur à plein nez. Je trouve que leur sueur possède la même odeur piquante que l'oignon fort. Ils sont répugnants. »

FIP en sourdine dans le véhicule. L'homme, qui avait programmé la station sur l'autoradio, reconnut la musique, il aimait, il haussa légèrement le son.

— C'est pas mal du tout comme chanson. Qu'est-ce que c'est ? Tu connais ? Comme t'es balèze en musique, tu dois savoir, non ?

Le chauffeur se tourna vers l'homme, qui hocha la tête.

— Oui, c'est la musique du film *Arizona Dream*, répondit l'homme du bout des lèvres.

— Et le titre, c'est quoi ?

— *In the Death Car*, c'est Iggy Pop qui est à la manœuvre.

— Ça veut dire quoi en français ?

— « Dans la voiture de la mort », quelque chose dans le genre.

Le conducteur et les deux autres types assis à l'arrière, qui avaient suivi distraitement la conversation, s'esclaffèrent.

— C'est quand même fou des titres aussi nazes, qu'est-ce que t'en dis ?

— À mourir de rire, rétorqua l'homme, sérieux.

— Vivement demain qu'on termine cette permanence. Je n'ai jamais connu de semaine aussi difficile avec autant d'interventions. Cette saloperie de fournaise m'épuise. Mais bon, faut faire avec, balança, fataliste, l'un des passagers arrière.

« Il est 10 h 45. FIP à Paris c'est sur 105.1. Allez, encore un peu de courage, il paraît que la chaleur va régresser dans quelques jours ! Buvez frais, restez à l'ombre et écoutez-nous. »

— Y a pas à dire, enchaîna le conducteur, ces gonzesses, elles ont une voix à tomber raide. Je suis sûr que c'est une brune aux yeux bleus, j'aimerais bien causer en tête à tête avec celle-ci et sa voix langoureuse, je suis sûr..

Le chauffeur n'eut pas le temps de terminer sa phrase. L'homme explosa de colère.

— Ah oui ? Eh bien, tu ne lui diras rien du tout ! Parce que ce genre de fille, ça ne parle pas aux gros cons. T'entends ? Et puis qu'est-ce que t'en sais, si elle est brune, blonde ou je ne sais quoi ? T'as pas écouté sa voix ? Elle est triste. D'habitude, tu entends quand une voix sourit. Là non. Alors m'emmerde plus avec tes commentaires bidons !

Les trois types, surpris par la violence du ton et de la réplique, échangèrent un bref regard. Le chauffeur n'avait pas envie de provoquer son collègue, qui lui faisait un peu peur aussi. Il joua l'apaisement.

— Mais t'es dingue ou quoi ? Reste cool, mec, qu'est-ce qui t'arrive ? C'est qu'une nana de radio. C'est le soleil qui t'a matraqué ? Demain soir, on aura fini la permanence, faudra te reposer un peu et écluser quelques bières. Et arrête de nous prendre pour des cons, tu fais le même boulot que nous.

— Ouais, c'est ça, je vais me reposer. Passe à autre chose, tu me fatigues avec tes histoires !

Ludovic et Clara flânèrent parmi les stands des marchands, sans vraiment être à la recherche d'un objet précis. Clara acheta deux anciens flacons de parfum, qu'elle se hâta de porter à son nez. Les flacons étaient vides, mais subsistaient encore de lointains effluves qu'elle reconnut non sans quelques difficultés. Mistral observait sa femme, avec amusement et tendresse, se livrer à son activité favorite liée à tout ce qui touchait de près ou de loin aux parfums.

Vers 14 heures, ils étaient attablés à la terrasse d'un restaurant, à l'ombre, profitant de ce samedi comme d'une journée de vacances. Mistral, pendant que Clara choisissait son menu, avala discrètement deux comprimés avec un verre d'eau.

— Ludo, cela fait au moins deux fois que je te vois avaler des médicaments, qu'est-ce que tu prends ?

Clara avait lancé sa remarque d'une voix légère, tout en paraissant concentrée sur le choix de son plat.

— De l'aspirine, tout simplement. J'ai un mal de tête qui ne me quitte pas depuis ce matin, et j'espère que ça passera en mangeant.

— Et en dormant surtout.

Mistral, agacé, préféra ne pas répondre.

À la même heure, deux policiers avaient franchi tous les sas de sécurité de la Maison de la radio à Paris, et se trouvaient dans le bureau de la directrice de FIP. Le processus classique de l'enquête s'enclenchait : présentation des uns et des autres, ouverture de l'ordinateur portable destiné à enregistrer les déclarations, remise du CD gravé contenant les appels téléphoniques de l'homme et des numéros de téléphone des cabines d'où étaient passés les appels, impression du procès-verbal d'audition, signatures à la fin du document, fermeture de l'ordinateur, discussion à bâtons rompus autour d'un café, visite de la station. Fin.

Vers 15 heures, l'homme appela FIP. Il tentait de contrôler sa voix, de paraître détendu, mais la discussion avec ses collègues l'avait profondément agacé.

— Bonjour. Est-ce que je pourrais parler à l'animatrice, s'il vous plaît ?

— Bonjour, monsieur. Je crois qu'elle n'est pas disponible pour l'instant. Quel est le motif de votre appel ?

La standardiste signalait qu'elle avait l'homme sur la ligne et le faisait patienter. L'homme avait l'impression de perdre toute notion de réalité, et ne comprenait plus pourquoi il n'était plus rejeté. Il espérait que sa persévérance allait payer. Il n'avait retenu que deux mots : *pour l'instant.* Cela voulait dire que ça pouvait marcher, mais qu'il fallait être prudent.

Les policiers revenaient sur leurs pas, curieux et ennuyés, ils n'avaient pas prévu que l'homme pourrait se manifester aussi subitement, et ils allaient devoir improviser. Les quelques personnes de la station attendaient qu'ils réagissent. La jeune policière fit signe à la standardiste de lui passer l'homme, l'enregistreur tournait. Son équipier s'était mis en retrait pour appeler, depuis son mobile, l'état-major de la PJ afin de localiser la cabine téléphonique d'où provenait l'appel.

L'homme crut s'évanouir de bonheur quand la standardiste prononça ces mots magiques auxquels il ne s'attendait plus.

— Monsieur, vous êtes en ligne ? Je vous passe l'animatrice, je vous demande d'être bref.

L'homme était paralysé par l'émotion, sa voix inaudible, hésitante. Il dut accomplir un effort terrible pour essayer de paraître normal.

— Bonjour, madame... J'étais persuadé de ne jamais pouvoir vous entendre, on a toujours filtré mes appels, et là subitement... excusez-moi, mes phrases vous paraissent incohérentes...

— Bonjour, monsieur, le samedi est une journée plus calme, je suis disponible. Vous désiriez me poser une question ?

La jeune femme possédait une vague idée du ton des voix de la station. Elle s'efforça de parler lentement, d'avoir une voix douce et rassurante.

— C'est vous qui étiez là ce matin vers 10 h 45 ?

La directrice de la station secoua la tête en signe de dénégation. Légère hésitation de la jeune policière, quand elle reprit le téléphone.

— Non... c'était une autre animatrice.

— Je le sais, répondit l'homme. Elle était triste, elle ne semblait pas bien, je ne l'ai pas entendue sourire. Vous, c'est bizarre, il me semble que je ne connais pas votre voix.

— Je vous parle au téléphone et vous m'écoutez à la radio, c'est normal que ma voix soit différente, improvisa la jeune policière.

Son coéquipier qui était en contact avec l'état-major venait de recevoir le lieu d'implantation de la cabine d'où appelait l'homme. Une cabine téléphonique de l'avenue du Maine dans le XIVe arrondissement, à côté du centre commercial Gaîté. Il donnait ses instructions pour envoyer rapidement une équipe interpeller la personne qui téléphonait.

— Je ne sais pas si c'est le téléphone, c'est bizarre, c'est le ton...

— Comment vous appelez-vous ? Ce serait plus simple pour échanger nos points de vue, qu'est-ce que vous en pensez ? Et puis, vous ne m'avez toujours pas dit pourquoi vous m'appeliez.

La jeune policière restait dans le timbre de la confidence. Tout le monde retenait son souffle, sachant combien était mince le lien qui la rattachait à l'homme. Tout passait par la voix. La jeune femme ne voulut pas en rajouter, ressentant l'instabilité de la personne à l'autre bout de la ligne.

L'homme avait enfin l'animatrice qui s'adressait à lui. À lui seul. Et non à tous les autres abrutis, comme ses collègues, toujours prompts à raconter des grossièretés. Elle allait l'appeler par son prénom, il n'était plus un quidam anonyme. Il avait enfin à portée d'oreille ce qu'il avait toujours voulu entendre. L'homme inspira, ferma les yeux et raccrocha sèchement. Ce n'était pas la bonne voix, pas la bonne intonation, pas de sensualité, pas d'émotion. Il sortit précipitamment de la cabine, ce qui fit le bonheur d'un gros bonhomme, petit, aux cheveux noirs, la peau brune et transpirante, qui attendait impatiemment devant la cabine. L'homme traversa l'avenue du Maine en courant. Il sauta les barrières qui séparaient les deux tronçons de l'avenue qui plongeait sous un tunnel. Il s'assit à la terrasse du bar en face et observa. Il venait à peine de commander une pression, lorsqu'il vit débouler quatre policiers en uniforme, arracher le type de la cabine, le plaquer au sol et le menotter, mains dans le dos. Instinctivement, l'homme se frotta les poignets, se félicita de sa réaction, et injuria violemment les responsables de la station, les flics qui lui avaient tendu un piège et la moitié de l'humanité, pour faire bonne mesure. Après la sixième bière, il quitta le bar et descendit la rue de la Gaîté, puis alla prendre le métro à la station Edgar-Quinet, en direction de Charles de Gaulle-Étoile.

Le touriste bolivien fut relâché avec des excuses. Les policiers chargés de l'enquête possédaient, certes, un enregistrement beaucoup plus long que les fois précédentes, mais cela ne les avançait pas à grand-chose, du moins dans l'immédiat. Demain, dimanche, aucune chance d'obtenir des informations. Il était impossible d'avoir des réponses administratives un dimanche. Lundi, il serait toujours temps d'aviser pour savoir comment progresser dans cette enquête, pensèrent-ils quand ils quittèrent l'immeuble de Radio France. C'était inutile d'envoyer l'identité judiciaire faire des prélèvements dans la cabine, le touriste bolivien avait recouvert les traces de l'homme avec les siennes.

En fin de journée, Mistral passa une vingtaine de minutes sous une douche froide, avala deux nouveaux comprimés d'aspirine. Son mal de tête ancré, il accomplissait des efforts pour parler légèrement à Clara. Il avait l'impression d'avoir les mâchoires bloquées et cherchait un stratagème pour éviter le dîner.

En fin de journée, l'homme n'avait toujours pas pris sa décision. Rester ou partir. Il était attablé à une terrasse bruyante des Champs-Élysées, avalait bière sur bière, et laissait son cerveau en roue libre. Au final, il décréta qu'il ferait son choix le lendemain après-midi, qu'il n'avait pas envie, pour le moment, d'envisager quoi que ce soit. Il se sentait comme dans du coton, les bruits lui parvenaient atténués, et il avait la bouche sèche malgré les quantités de bière ingurgitées. C'étaient les effets du Tégrétol mélangé à l'alcool, il le savait, mais n'avait pas envie d'arrêter de boire. La seule chose qui le stoppa net fut la soucoupe que le serveur posa négligemment devant lui. L'addition était vertigineuse. Le prix à payer pour consommer à une terrasse des Champs-Élysées !

En fin de journée, Jeannette Legendre, rentrée le jour même de vacances, fila chercher son père pour qu'il vienne passer quelques jours avec elle, afin de rompre son isolement. Elle trouva qu'une odeur désagréable flottait dans la cage d'escalier, un mélange d'encaustique et de viande avariée. Elle se promit d'en faire la réflexion au gardien quand elle le verrait. Léonce était heureux de partir avec sa fille et de mettre entre parenthèses la monotonie de son existence. En arrivant dans le hall, Jeannette demanda à son père d'où venait cette odeur. Le vieil homme haussa les épaules, affirmant qu'il ne sentait rien.

11

Dimanche 10 août 2003

Huit heures. Mistral peina à se lever, mais ne voulait plus rester couché. Il avait tourné son oreiller dans tous les sens, le trouvant trop chaud. Sommeil en pointillé, mal de tête tenace, irritabilité. Avant de pouvoir parler, il avala un café sans sucre avec deux comprimés d'aspirine, dans l'espoir qu'ils feraient, cette fois, de l'effet, puis il téléphona à l'état-major de la PJ. Compte rendu succinct du permanent. La nuit avait été agitée, la canicule mettait les nerfs à vif de tout le monde. Des fêtards qui balançaient la musique plein pot dans les appartements, fenêtres ouvertes en grand, et faisaient la bringue. Tout le quartier qui en profite et au bout d'un moment, ceux qui veulent essayer de dormir râlent. Disputes, échanges de coups, intervention de police secours. Ainsi de suite, depuis un mois. Mais à part ces affaires sans importance, rien de particulier pour la Police judiciaire.

Après avoir arrosé les fleurs et arbustes du jardin, Mistral prépara le petit déjeuner. Clara observa, avec inquiétude, le visage fatigué, les joues pas rasées et creusées de son mari, mais décida de ne rien dire.

La première chose que s'imposait l'homme en se levant était de noter très précisément les rêves qui l'avaient traversé et dont il se souvenait. Il écrivit : « Je cours sur un pont, je n'en vois pas la fin, des gens me poursuivent, je ne sais pas ce qu'ils me veulent, je ne les connais pas. Je devrais voir une porte, mais je ne la vois pas. Les gens vont me rattraper. » Comme d'habitude, les rêves apparaissaient incohérents, et il fallait pouvoir les décoder. L'homme l'avait appris. Aussi, il nota dans la marge ses commentaires, l'écriture était tremblante et pratiquement illisible.

L'homme avait mal dormi. C'était aujourd'hui la découverte du dernier acte, avec tout ce que cela impliquait, et il ne se sentait pas en forme pour en affronter les conséquences. Un stress intense l'envahit. Après ses exercices physiques quotidiens et son petit déjeuner composé d'œufs durs et de lait de soja, l'homme demeura quelques minutes sous la douche froide. Il perçut, à fleur de peau, les signes avant-coureurs de la crise qui aller le laisser K-O debout. Il avait peu de choix : attendre qu'elle survienne, sans doute dans la matinée, ou bien la déclencher maintenant. La prise de médicaments atténuerait la douleur, mais n'empêcherait pas la déferlante.

Il préféra prendre les devants et s'attendait à une douleur d'une extrême violence. Sur son visage, il existait, comme un médecin lui avait expliqué, une zone gâchette, dont la stimulation provoquerait la crise. Elle se trouvait sous la mâchoire gauche, près de l'oreille. Il avait appris à la ménager, notamment lors du rasage. Après quelques secondes d'hésitation, il préféra ne pas l'éviter et glissa la lame du rasoir à plusieurs reprises sur la peau, en appuyant, mais en faisant attention de ne pas se couper. La douleur ne se fit pas attendre, elle arriva à fond la caisse, comme si la mèche d'une perceuse lui vrillait le tympan et pulvérisait l'œil gauche. L'homme se cramponna au lavabo quelques secondes, puis tituba et s'écroula sur son lit. Les comprimés de Tégrétol avalés ne lui furent que d'un faible secours, mais il serait, au moins pour aujourd'hui, débarrassé de la crise, même s'il devait passer la journée complètement défait.

En fin de matinée, l'homme prépara ses vêtements pour prendre son service, et terminer, enfin, sa semaine de permanence. Mais avant de se rendre à son travail, il devait passer un appel téléphonique d'une cabine.

En fin de matinée, Mistral tenta de se replonger dans la lecture du dossier des meurtres de l'Oise traités par la gendarmerie, mais très vite il le reposa. Il n'arrivait pas à se concentrer, ses idées se brouillèrent. Il mit en marche sa chaîne hi-fi programmée sur la station de radio TSF Jazz. Les enceintes envoyaient doucement *Stairway to Heaven* de Gary Moore. En moins de cinq minutes, Mistral, à demi allongé dans le canapé de son bureau, ferma les yeux et s'endormit. Clara le découvrant ainsi, quelques instants plus tard, préféra ne pas le réveiller. Elle s'isola dans une pièce pour téléphoner aux enfants.

À 13 heures, le standard des sapeurs-pompiers de Paris reçut l'appel téléphonique d'un homme signalant qu'une de ses amies, demeurant dans le VIe arrondissement, rue Monsieur-le-Prince, n'avait plus donné signe de vie depuis plusieurs jours. Le jeune pompier qui tenait le standard ce dimanche en début d'après-midi respecta les consignes à la lettre. Il transmit l'appel à l'équipe de permanence qui partit immédiatement sur les lieux, répercuta le message à l'état-major de la police, et sauvegarda l'enregistrement de l'appel.

À 13 h 45, le téléphone portable de Mistral sonna. Il se trouvait dans la chambre, Clara se précipita et prit l'appel à temps. Le permanent de l'état-major souhaitait parler à Mistral. Clara eut comme premier réflexe de demander si c'était important, voulant éviter de réveiller Ludovic pour rien. Le permanent répondit laconiquement qu'il s'agissait d'un meurtre et que « oui, d'habitude, un meurtre c'est important ». À contrecœur, elle alla secouer Ludovic qui dormait profondément. Son réveil fut laborieux, et aux questions qu'il posa à son correspondant, Clara comprit que son mari n'avait pas les idées claires. Il avait besoin qu'on lui redonne des précisions, qu'il notait sur un carnet. Il termina la conversation en donnant comme instructions de prévenir Calderone, le groupe de Dalmate et les techniciens de scène de crime. Mistral renonça à se raser, se passa de l'eau froide sur le visage, mangea un fruit et dit à Clara qui l'accompagnait jusqu'à sa voiture :

— Ne m'attends pas pour dîner. On est dans une affaire compliquée.

— D'accord, mais appelle-moi ce soir, je veux savoir comment tu vas.

— Mais je vais très bien ! J'ai fait la sieste et je suis en pleine forme !

Mistral eut conscience du ton agacé de sa voix. Il sourit à sa femme pour en atténuer les effets.

— Bon, formidable ! Fais comme tu l'entends, dit-elle.

Sur le chemin de la rue Monsieur-le-Prince, Mistral se dit qu'il n'aurait pas dû réagir comme il l'avait fait avec Clara. Elle s'inquiétait de sa santé, mais au fond de lui, il en avait assez qu'on le lui ressasse en permanence. Il se promit de l'appeler ce soir et d'être plus relax au téléphone. La climatisation de la voiture était au maximum et, pour une fois, il renonça aux infos ou à la musique. Mistral était concentré sur sa conduite, il roulait très vite, avec gyrophare, deux tons en action, pleins phares et la plaque police lumineuse du pare-soleil abaissée. Une vingtaine de minutes plus tard, il s'arrêtait derrière les inévitables véhicules des sapeurs-pompiers, police secours et ceux de la brigade criminelle. Il retrouva les mêmes personnes, celles rencontrées depuis le début de la semaine. Pompiers et policiers étaient devant la porte qui venait d'être fracturée, ils attendaient Mistral.

— On peut dire que vous portez la scoumoune. Quand vous avez annoncé le troisième meurtre, vous étiez sûr du coup, ou bien vous aviez une boule de cristal ?

Le capitaine des pompiers, toujours souriant, accueillit Mistral avec cette phrase prononcée sur le ton de l'humour.

— Simple intuition, au regard d'une ancienne affaire qui a beaucoup trop de similitudes avec celle-ci. Sinon, qu'est-ce que vous avez fait ?

— Rien. Moins que pour les autres. On a fracturé la porte, d'ailleurs il y avait un équipage de police secours avec nous, et on ne s'est pas même donné la peine d'aller plus loin. Depuis l'entrée, on voyait le cadavre avec une serviette sur la tête, comme pour les deux précédents crimes. On vous attendait. Et puis rebelote, l'odeur et les mouches, ce n'est pas spécialement attirant.

— Parfait. Eh bien, pour une fois, nous non plus on ne va pas entrer en premier. L'identité judiciaire entrera d'abord et fera son job. Quand tous les prélèvements seront terminés, ce sera à nous de jouer. Vincent, appelez l'IJ pour savoir où ils sont.

Mistral s'adressa au capitaine des pompiers.

— Alors, pour l'appel téléphonique ? Pas de surprise ?

— Le même type, c'est certain. J'ai l'habitude, maintenant, je vous déposerai le CD de son appel au 18 en fin d'après-midi, quand vos gars auront enregistré nos déclarations.

— Merci ! Je vois que vous êtes rodé à notre procédure ! On a écouté attentivement le second appel, celui de la rue de Seine. Le type se moque complètement de nous ! Il a pris le premier texte, celui qui concerne Élise Norman, et l'a dupliqué sur l'affaire Colomar. Je suis sûr qu'il a employé le même procédé pour cette victime.

Calderone descendit d'un étage pour pouvoir parler plus au calme. Il avait déjà envoyé les policiers de la crim commencer les premières investigations, l'exercice numéro 1 de la procédure criminelle, l'enquête de voisinage. Pas grand monde dans l'immeuble, et Léonce Legendre, qui était ce jour-là chez sa fille, aurait réellement apprécié d'être là, pour assister en direct à l'intervention des services de police.

Un des enquêteurs communiqua à Mistral l'identité de la personne qui occupait l'appartement où le corps avait été découvert : Lora Dimitrova, journaliste.

Calderone annonça à Mistral cinq minutes pour l'arrivée de l'IJ, qui en profita pour descendre respirer. La forte chaleur et l'odeur tenace de la mort qui se répandait dans la cage d'escalier lui donnaient la nausée. Effectivement, quelques minutes plus tard, trois policiers de l'IJ débarquaient d'un break Peugeot 406 tout leur équipement.

— Je sais ce que vous allez dire. Que vous avez hâte que votre permanence se termine, et que vous n'avez jamais eu une telle poisse ! Je me trompe ?

— Non, vous avez raison, admit en souriant le chef de l'équipe IJ.

— Je reste dehors, j'attends que vous ayez fini vos récoltes de traces. Prévenez-moi quand vous ferez les photos du corps.

— À quoi ça ressemble en haut ?

— Comme pour les deux autres, apparemment. Personne n'est entré dans l'appartement. Mais on peut apercevoir le corps allongé avec une serviette posée sur des pointes. Sans doute des morceaux de miroir. Et même ambiance, fournaise, odeur et mouches.

— Bon, on y va !

Mistral profita de la climatisation de la voiture pour se sentir plus à l'aise quand il appela Balmes. Il s'attendait aux commentaires imagés du directeur adjoint et ne fut pas déçu. Au téléphone, l'accent lyonnais de Balmes ressortait davantage.

— Eh bien voilà ! Tu y as droit. La tempête se lève, vent de force 10, va falloir tenir le gouvernail ferme ! Le troisième meurtre, celui du dimanche ! C'est copie conforme aux deux autres ?

— Je ne suis pas encore entré dans l'appartement, mais on voit une femme nue, allongée sur le dos et l'on devine une serviette sur le visage avec des trucs pointus dessous. Alors oui, c'est le même meurtrier, à tous les coups.

— Et donc, après celui-ci il n'y en aurait plus ?

— Si c'est le même qui a sévi dans l'Oise, oui, c'est peut-être terminé. Mais, si c'est un nouveau type qui se déplace, on peut avoir le même sketch n'importe où en France, ou bien plus rien du tout. En fait, il n'y a aucune règle.

— Je te remercie pour ta belle réponse de Normand ! Tu as l'identité de la dame ?

— Prudence, l'occupante des lieux s'appelle Lora Dimitrova. C'est soit la victime soit une autre personne. Je n'ai pas encore vu le visage pour le comparer avec une pièce d'identité.

— Elle fait quoi comme job ?

— Tu vas aimer, elle est journaliste !

— Bordel, il ne manquait plus que ça ! À quel canard ? La télé ? La radio ?

— Aucune idée. Pour l'instant, on fait silence absolu sur le sujet.

— Essaie d'avoir des précisions au plus vite, pour qu'on puisse joindre son patron et assurer la confidentialité de l'enquête. Je vais aviser le cabinet du préfet, on ne sait jamais, s'il y a une entourloupe là-dessous.

— Oui, bien sûr ! Mais si on arrive à maintenir le black-out deux ou trois jours, ce sera le maxi.

— Si tu ne serres pas ton type sur ces trois meurtres rapidement, tu devras ramer comme un galérien avec vent contraire pour sortir l'affaire.

— Ce n'est rien de le dire ! Je te tiens au courant.

Après avoir raccroché, Mistral ferma quelques minutes les yeux pour tenter d'endiguer un mal de crâne qui ne l'avait jamais vraiment quitté. Il se décida à avaler deux nouveaux comprimés d'aspirine et but longuement à la bouteille d'eau qu'il avait emportée. Il inclina légèrement son siège, appréciant la climatisation de la voiture.

Quelques coups discrets frappés à la vitre, une vingtaine de minutes plus tard par Calderone, le sortirent de sa somnolence.

— Vous avez récupéré ?

— Oui ! Ça y est, « *Les experts* » ont terminé ? demanda Mistral.

— C'est pour ça que je viens vous chercher, on peut démarrer les constatations.

Mistral croisa deux spécialistes de l'Identité judiciaire qui enlevaient leur masque, cagoule, combinaison, gants et surchaussures, et descendaient respirer. Ils s'essuyaient le visage et les cheveux, dégoulinant de sueur, avec des mouchoirs en papier. L'un d'eux indiqua à Mistral que le photographe était resté pour la prise des photos du corps.

Mistral, Calderone et deux policiers entrèrent dans l'appartement. Calderone filma, Mistral commenta dans son dictaphone, les deux autres policiers examinèrent les pièces.

— Même mode opératoire que pour les deux autres. Le corps est visible depuis l'entrée de l'appartement, observa Calderone.

— *Idem* pour les serviettes posées sur les morceaux de miroir plantés dans le visage et la gorge.

— Je vais ouvrir les fenêtres, puisque toutes les surfaces ont été prélevées. Je ne supporte plus ces putains de mouches qui sont sur le cadavre et qui viennent sur moi ! Et ce bourdonnement incessant me donne la nausée, j'en ai plus que marre de l'entendre !

Mistral leva les yeux, en souriant, sur Calderone qui s'exprima de manière catégorique.

— Vincent, vous me surprenez ! C'est rare de vous entendre vous laisser aller. J'en déduis que c'est vraiment insupportable !

— Ce n'est rien de le dire !

Mistral se concentra sur l'observation des lieux. La pièce principale de l'appartement servait à la fois de bibliothèque, avec des centaines de livres et de revues, et de bureau avec une planche de bois posée sur deux tréteaux. Une petite télévision et un magnétoscope étaient discrètement intégrés dans la bibliothèque. Un très beau tirage photo en noir et blanc de format 24 × 30 représentait une belle jeune femme, très brune, aux longs cheveux. Des lunettes de soleil tenaient lieu de serre-tête. Elle regardait l'objectif avec un léger sourire. Calderone et Mistral scrutaient la photo et la comparaient avec celle du passeport trouvé dans un sac à main. Lora Dimitrova, trente-quatre ans, nationalité bulgare.

Les policiers s'agenouillèrent près du corps. Un carré de papier, posé sur le ventre de la femme, portait l'inscription manuscrite : « Un temps pour chercher et un temps pour perdre, un temps pour garder et un temps pour jeter. »

— On questionnera Dalmate, mais je parie que c'est la même origine que pour les deux autres textes. Vincent, on va enlever le tissu.

Le linge, blanc à l'origine, était recouvert de sang coagulé qui donnait un aspect rigide au tissu. Le visage de la jeune femme apparut, planté de morceaux de miroir. Les longs cheveux noirs renvoyaient à la photo de Lora Dimitrova. Pour le reste, le visage tuméfié, gonflé, était absolument méconnaissable.

— Il y a une différence avec les deux autres victimes, et elle est de taille.

Mistral hochait la tête, sachant ce que Calderone allait dire.

— Le tueur s'est acharné sur les yeux et la bouche, c'est là où il a planté tous ces éclats de miroir.

12

Même jour

La plupart des policiers et pompiers se trouvaient maintenant soit dans l'entrée de l'appartement, soit sur le palier. Ils voulaient tous voir ou apercevoir la scène de crime, d'autant qu'il s'agissait du troisième meurtre identique, et les histoires de tueur en série, il y en avait davantage dans les feuilletons télé que dans la vraie vie. Mistral avait préféré joindre directement le magistrat en charge des deux premiers meurtres, plutôt que celui de permanence qui aurait pris le train en marche. Elle arriva, une demi-heure plus tard, en même temps que le médecin qui sentait la transpiration mêlée à l'odeur de tabac froid du cigare. Mistral fit les présentations, le magistrat et le médecin ne s'étant jamais croisés.

— Vous savez que les policiers me surnomment « poil aux yeux » ?

Cette phrase fit sourire tout le monde, surtout les policiers qui ignoraient que le médecin connaissait son surnom. Celui-ci, après avoir enfilé une paire de gants en latex, fit une démonstration de son savoir-faire auprès de la jeune magistrate qui, livide, tenait un mouchoir sous son nez. Le légiste manipulait le corps rapidement, avec dextérité, faisait de brefs commentaires. Il désignait, avec un stylo, les mains liées avec du Serflex. Comme pour les deux autres meurtres, la jeune femme était entièrement nue, présentant les signes d'un viol. Chaque fois que le corps était déplacé, les gaz se libéraient. Le magistrat, n'y tenant plus, avait filé prendre l'air à la fenêtre, au bord de l'évanouissement, rejoignant trois autres policiers aussi indisposés qu'elle. Mistral, pas vraiment brillant non plus, Calderone dans le même état, et le médecin stoïque étaient toujours autour de la victime.

— Elle présente des blessures de défense aux avant-bras. Le type n'y est pas allé de main morte ! Il s'est acharné ! Les yeux et la bouche surtout. Pour les deux autres, il n'avait pas touché aux yeux, et avait planté moins de morceaux de miroir dans la bouche. C'est peut-être une indication. À vous de voir. Bon, j'en ai terminé. Ce n'est pas que je m'ennuie avec vous, mais je me sauve, un cigare et une pression bien fraîche m'attendent.

Cela faisait plus de dix fois que Mistral entendait les personnes présentes dire : « Il fait chaud. Les mouches, quelle horreur ! C'est la fournaise ! Il y a vraiment une odeur épouvantable ! On ne peut pas faire un courant d'air ? » Aussi, quand il entendit une nouvelle fois cette phrase, ou propos semblables, il cessa de parler avec Calderone, se retourna, excédé, haussa le ton, et s'adressa aux personnes présentes d'une voix cinglante et proche de la colère.

— OK, il fait chaud, OK, y a des mouches et ça pue. On le sait. Je vous rappelle que nous sommes sur une scène de crime, et c'est le contraire qui aurait été surprenant ! Maintenant, ceux que ça incommode, ou qui n'ont rien à faire ici, qu'ils dégagent illico ! Et ceux qui restent la ferment ! C'est clair pour tout le monde ?

Le silence revint dans l'appartement, certains partirent discrètement. L'équipe des pompes funèbres, qui venait d'arriver, se tenait en retrait et attendait muette. Ils suaient à grosses gouttes. L'un d'eux transportait le sac en plastique noir épais, avec fermeture Éclair pour emballer le corps. D'un signe de tête, Mistral leur donna le feu vert. Calderone signa un document que lui présentait un des types et le corps de Lora Dimitrova fut évacué vers l'IML.

Restés seuls, les policiers de la brigade criminelle improvisèrent un briefing avec Mistral et Calderone. Celui qui avait supervisé l'enquête de voisinage prit la parole en premier.

— Elle habitait dans l'immeuble depuis environ cinq ans. Les rares locataires la dépeignent comme une jeune femme avenante, discrète, entretenant de bonnes relations avec tous les occupants de l'immeuble. Le voisin d'en face, Léonce Legendre, est absent aujourd'hui, il faudra qu'on repasse. On en parlait tout à l'heure sur le palier, il paraît qu'il est tout le temps derrière ses carreaux ou à entrouvrir la porte pour voir qui monte ou descend, c'est un secret de polichinelle dans l'immeuble.

— Sur la profession de la dame, on en sait davantage ? demanda Calderone

— Qu'elle est journaliste, mais sans plus.

— On a trouvé sa carte de presse dans son sac. Mais rien n'indique pour qui elle bosse.

— Elle n'a pas des fiches de paie, des trucs administratifs qui mentionnent son employeur ?

— La fouille de l'appartement n'est pas terminée.

— Apparemment, qu'est-ce qu'il manque, comme ça, à vue d'œil ?

Mistral livide, appuyé contre un des murs du salon, posa cette question en faisant un geste circulaire de la main.

— Sur le bureau, il ne reste qu'une imprimante ! D'après moi, un ordinateur portable, un disque dur externe et au moins deux téléphones portables ont disparu, sans compter les éventuelles clefs USB.

José Farias, en parlant, désignait les câbles d'alimentation plantés dans une multiprise, mais reliés à rien.

— José vous rechercherez ses numéros de téléphones mobiles. À part ça ?

— Eh bien, la chambre à coucher a été complètement retournée, mais pour dire s'il manque quelque chose, impossible pour l'instant, intervint Ingrid Sainte-Rose.

— Si on en a terminé, on lève le camp. José, Ingrid et Sébastien, vous faites un dernier tour de piste dans l'appartement, vous bloquez la porte et posez les scellés en partant.

Mistral échangea quelques mots avec le magistrat et décida de rentrer à pied au Quai des Orfèvres. Il était littéralement épuisé, ne voulait pas le dire et avait besoin de marcher. Il y avait des centaines de touristes dans le quartier, attablés aux terrasses des bistrots ou mangeant des glaces en se promenant. Cette ambiance de vacances était en complet décalage avec les préoccupations de Mistral sur les trois enquêtes criminelles. Il fit une pause de quelques minutes avec un café glacé dans la salle climatisée d'un bar de la rue Saint-André-des-Arts. Il n'était qu'à dix minutes de son bureau, et cet intermède piéton, malgré la canicule qui se maintenait, le détendait.

Mistral jeta un coup d'œil à la pendule de son bureau. Vingt heures. Il n'avait pas vu le temps passer. Il prit les devants, appela sa femme, fit un effort pour donner un ton enjoué à sa voix, et termina par « oui, oui, je vais très bien, mais ne m'attends pas pour dîner, on est sur une affaire pas mal compliquée ».

Calderone et les trois policiers qui étaient restés dans l'appartement de Lora Dimitrova firent irruption dans le bureau de Mistral.

— Vous avez l'air sur des charbons ardents tous les quatre, il y a du nouveau ?

— On commence par le plus simple, dit Calderone. Ingrid, Roxane, on vous écoute.

Les deux jeunes femmes échangèrent un bref regard, et Roxane prit la parole.

— Tout d'abord la profession de Lora Dimitrova. Elle exerce bien comme journaliste, mais travaille en free-lance. Elle propose des sujets à des quotidiens ou a des chaînes de télé. On a retrouvé des factures rédigées par divers organes de presse, avec les titres des reportages.

— Sur quels sujets bossait-elle ?

Ingrid poursuivit.

— D'après ce qu'on a pu lire rapidement sur les bordereaux, essentiellement des faits de société, les SDF, les gangs dans les banlieues, les paradis fiscaux, la corruption, etc. Mais nous n'avons pas tous les détails de ses enquêtes, et surtout, comme tout est sens dessus dessous dans sa chambre, on a récupéré sans trier tous ses documents qui, de près ou de loin, touchent à son travail. On a rempli deux grands sacs. Dans le tas, il y a forcément d'autres pièces comptables qui vont nous permettre de savoir quels étaient les précédents médias pour lesquels elle travaillait, ou des contrats sur les thèmes à venir.

— Mais il y a mieux, enfin, façon de parler. José, à toi de jouer.

Calderone avait prononcé ces quelques mots d'une voix sourde. Mistral scruta alternativement les trois policiers aux visages sérieux et tendus.

— Voilà.

José Farias sortit de sa poche un petit objet noir, et le posa sur le bureau de Mistral.

— C'est un dictaphone, je connais. Oui ?

— C'est celui de Lora Dimitrova. Il était posé sur la tranche d'un livre de la bibliothèque de l'entrée, une sorte de gros bouquin noir, et comme l'objet est également noir et petit, ce n'était pas évident à voir. Il était à un mètre environ du corps.

Silence de plomb dans le bureau, Mistral attendait la suite.

— En fait, c'est un dictaphone numérique à déclenchement vocal. Quand il y a du silence, il reste en veille, quand on parle ça tourne. C'est un truc haut de gamme, avec micro ultrasensible, qui peut enregistrer vingt heures d'affilée en très haute qualité.

Mistral sortit du réfrigérateur des canettes. Mistral, Farias et Sainte-Rose ouvrirent des Coca, Calderone un Perrier. Les policiers burent lentement, en silence.

Quelques instants après, Farias poursuivait sa démonstration.

— À tout hasard, j'ai tripoté le dictaphone. Pas de risque d'effacement, je connais très bien ce type d'appareil, j'en utilise un quand je joue de la musique. J'ai écouté la fin du dernier fichier enregistré, il y avait du brouhaha, et j'ai compris que c'était nous qui avions déclenché l'enregistreur. D'ailleurs, on vous entend distinctement quand vous virez tout le monde de l'appartement. Bon, j'ai continué à explorer ce fichier et je suis tombé là-dessus.

Farias appuya sur une touche et monta le volume du son du petit appareil. De la musique en sortit, et des bruits divers. Farias fit défiler en accéléré l'enregistrement, et reposa le dictaphone sur le bureau de Mistral.

— Maintenant.

Le silence dans le bureau de Mistral se fit épais, dense, comme si le bruit de la respiration devenait incongru, ou absurde le léger tic-tac de la trotteuse de la pendule de bureau.

La sonnerie qui émergea du dictaphone fit presque sursauter Mistral. La musique chez Lora Dimitrova s'arrêta. On perçut le bruit d'une serrure manœuvrée, une voix de femme qui prononçait un « oui ? » interrogatif. Puis la porte claqua violemment, une sorte de remue-ménage, des cris étouffés et un bruit sourd, une chute, celui d'un corps. Le silence. Farias arrêta le dictaphone.

— Le tueur vient d'entrer, murmura Farias, comme s'il voulait préserver l'atmosphère d'extrême tension qui imprégnait le bureau. Tout ce que Lora Dimitrova a subi, les paroles qu'elle a prononcées avant de mourir, ce que le type a dit et fait figurent gravés dans ce petit appareil. Il y a dans le dictaphone l'enregistrement d'un meurtre, l'agonie de cette femme. C'est quelque chose que l'on n'a jamais entendu de notre vie de flics !

Mistral était abasourdi par le début de l'enregistrement. Avant que Farias ne lance la suite, il avait besoin de parler, de remettre un peu d'air.

— Est-ce qu'on a une idée de l'heure du meurtre de Lora Dimitrova ?

— D'après le dictaphone, ça s'est passé jeudi soir à partir de 20 heures, début du déclenchement.

— Je me doutais qu'il allait y avoir un troisième meurtre et je n'ai rien pu faire pour l'en empêcher. Strictement rien. On ne connaît toujours pas les liens existants entre les deux premières victimes, l'enquête de gendarmerie ne nous a rien appris, et nous n'avions rigoureusement aucune bille pour avancer. Comment éviter ce meurtre ?

— Vous savez, personne ici n'a rien à se reprocher, le travail a été fait jusqu'au bout. Trois meurtres en six jours, pas de trace apparente ou exploitable, à moins que le type laisse sa carte de visite, il n'y avait pratiquement aucune chance de le remonter en si peu de temps pour l'empêcher de tuer une troisième fois.

Mistral arrêta son regard sur Calderone qui venait de parler avec bon sens et sans passion, rassurant tout le monde. Calderone était assis dans sa position favorite lorsqu'il s'agissait de réfléchir, à cheval sur une chaise les avant-bras croisés appuyés sur le dossier. Il portait une chemise blanche, les manches à peine relevées, une cravate sombre avec le nœud desserré et le col déboutonné. *« Il ne lui manque plus qu'une allumette dans le coin de la bouche et c'est Lino Ventura que j'ai en face de moi »*, se surprit à penser Mistral.

— Allez-y, on écoute.

Farias appuya sur Play et de nouveau les policiers furent plongés dans le meurtre en direct. Ils évitaient de se regarder. L'enregistrement commença par des bruits dans la pièce, difficilement identifiables. Lorsque les gémissements de Lora Dimitrova résonnèrent dans le bureau, Ingrid Sainte-Rose ferma les yeux, Roxane Félix trouva un intérêt subit à examiner le vernis de ses ongles, José Farias s'absorba dans la contemplation de ses chaussures. Mistral et Calderone échangèrent un bref regard.

« Mon Dieu, mais qui êtes-vous, que me voulez-vous ? De l'argent ? Je n'en ai pratiquement pas ici. Vous cherchez ma Carte bleue, le code, c'est ça ?

— Ferme-la !

— Ne me faites pas de mal. (La jeune femme pleure.) *Pourquoi vous prenez mon ordinateur et tout ? C'est mon travail, je n'ai rien d'autre, ça n'a aucune valeur, c'est du matériel ancien. Ne le jetez pas si fort dans votre sac, vous allez l'abîmer.*

— Ta gueule ! Je t'entends encore une fois et je te massacre ! » (L'homme parle calmement sans élever la voix.)

Silence dans l'appartement, ponctué seulement par les sanglots de la jeune femme et le remue-ménage du matériel informatique et des câbles arrachés, jetés sans ménagement dans le sac. Du bruit, des coups sourds, la jeune femme sanglote plus fort, de douleur.

« N'essaie pas de te relever. Où ça se trouve tout ce que tu écris ?

— Dans l'ordinateur portable, le disque dur, les clefs USB, tout ce que vous avez pris. »

Silence d'une vingtaine de secondes.

« JE NE VEUX PAS SAVOIR QUI VOUS ÊTES ! (La jeune femme vient presque de hurler, et pleure de panique.)

— Ne me regarde pas comme ça !

— Vous êtes complètement fou, voilà ce que je pense ! C'est la chaleur qui a dû vous faire disjoncter.

— Je ne suis pas fou ! Je m'en moque de la chaleur. Bordel, maintenant tu vas la fermer ? »

Lora Dimitrova s'enhardit et parle plus fort.

« Quand j'ai ouvert la porte, je ne me suis pas doutée…

— TA GUEULE ! » hurle l'homme d'une voix aiguë, ce qui empêche les policiers de comprendre les mots qui terminent la phrase de Dimitrova.

Des coups s'abattent sur la journaliste. La jeune femme pleure, puis le silence.

« Qu'est-ce que vous écrivez sur ce… »

De nouveau, une série de coups sourds et les cris de rage de l'homme font taire la jeune femme qui s'évanouit.

Les policiers sont abasourdis par leur impuissance face au calvaire subi.

Le remue-ménage est maintenant plus lointain.

L'homme est en train, vraisemblablement, de retourner la chambre de Lora Dimitrova.

Des pas, l'homme revient, la jeune femme gémit.

« Qu'est-ce que tu fous debout ? »

Lora Dimitrova tente de hurler, mais des coups de plus en plus violents la font taire. La jeune femme s'écroule.

Le bruit du corps de Lora Dimitrova qui chute de toute sa hauteur, sur le plancher, et le silence qui s'ensuit, bouleversent les policiers.

L'homme semble ensuite parler seul, mais les mots murmurés sont imperceptibles.

Les policiers perçoivent de nouveau la jeune femme qui gémit doucement et reprend ses esprits peu à peu.

Elle tente de parler, de hurler, les mots qu'elle prononce sont inaudibles, tellement ils sont dits rapidement et de manière aiguë. L'homme revient en courant.

Farias appuie sur la touche Pause. Tous s'observent et respirent, comme s'ils se retenaient de le faire à l'écoute de ce meurtre.

— C'est sûr, elle sait qu'elle va y passer, c'est pour ça qu'elle est dans une angoisse à tout casser.

— José, reste-t-il autre chose à écouter ?

Calderone indique du menton le lecteur de CD.

— Le passage le plus difficile.

Ensuite, l'agitation que les policiers capteront, puis l'accélération des bruits divers, les gémissements, seront identifiés, après plusieurs écoutes, au meurtre, aux morceaux de miroir plantés dans le visage et au viol de la jeune femme.

Quand le tueur repart en claquant la porte, c'est une sorte de soulagement, un point final brutal, glacial et sonore à ce meurtre. Les policiers étaient enfermés dans leurs pensées. Ces quelques minutes, à écouter l'enregistrement, avaient été ressenties avec une intensité toute particulière, par ceux-là mêmes qui connaissaient les lieux et visualisaient la scène. Ils demeurèrent sans parler, figés, pendant quelques minutes. Ingrid et Roxane retenaient leurs émotions, Mistral réfléchissait et griffonnait des lignes géométriques sur son bloc-notes, les autres n'osaient pas et ne savaient pas comment rompre ce silence pour lequel il y aurait un avant et un après. Mistral posa enfin son stylo et se gratta la gorge avant de parler.

— José, vous avez vraiment bien bossé en mettant la main sur cet enregistreur. À part le voisin d'en face, il y avait d'autres personnes dans l'immeuble ?

— Au deuxième étage, personne, et au troisième, les gens étaient à l'extérieur au moment de l'agression.

— Savez-vous copier la mémoire de cet appareil, ou bien je le demande à l'IJ ? Je voudrais en garder une trace pour la brigade.

— Non aucune difficulté, je vais le faire tout de suite.

— Bon. Dès demain matin, vous prenez le premier TGV, et vous filez au labo de la PTS avec les deux CD d'enregistrement des appels chez les pompiers pour Colomar et Dimitrova, ainsi que l'enregistreur. Vous avez l'habitude, maintenant ! Au fait, avez-vous rencontré Élisabeth Maréchal ?

— Oui, elle doit traiter le premier CD rapidement, et elle vous retourne ses amitiés.

— Sinon, des réactions ? Vincent ?

— Je pense qu'il existe quelque chose entre la femme et le tueur, mais je ne saurais dire quoi. J'ai des doutes sur l'interprétation des phrases, il faudrait réécouter plusieurs fois l'enregistrement, même si c'est un exercice excessivement pénible à accomplir. C'est juste une remarque à chaud.

— Vous avez raison, pourtant c'est ce qui nous attend ! José ? Ingrid ? Roxane ? Des observations ?

— Je rejoins Vincent dans ce qu'il vient de dire. Je pense aussi que fouiller davantage en direction des deux premières victimes et trouver la connexion entre les trois s'imposent.

José et Roxane, d'un seul signe de tête, signifièrent qu'ils partageaient l'avis de Vincent et Ingrid.

Mistral et Calderone restèrent ensuite tous les deux à discuter.

— Je n'ai jamais rien entendu de tel. C'est terrible ! Habituellement, la victime est la seule, avec l'agresseur bien sûr, à connaître ce qui s'est réellement passé durant le crime. Excepté aujourd'hui, où nous avons été les témoins auditifs et impuissants d'un meurtre. Demain, c'est lundi. On va avoir besoin de monde pour mettre le paquet sur les trois enquêtes. Des gars rentrent de vacances ?

— Non. Seul Dalmate reprend demain.

— Il ne va pas apprécier d'être passé à côté du début de l'enquête Dimitrova. C'est toujours rageant, quand la procédure s'accélère, de ne pas y être impliqué.

— Certainement ! Mais le meilleur moyen de rester dans la danse, c'est de ne pas quitter la piste.

Extrait des cahiers « Journal et rêves » de J.-P.B.

Année 1984

Parfois, je pense à mon chien Tom. Il est mort, il y a un mois, et j'en suis tombé malade. Le chien était âgé de neuf ans, il cavalait partout. Une camionnette l'a percuté, le type ne s'est pas arrêté. C'était mon seul confident, celui qui m'a accompagné, depuis tout môme. Je n'arrive pas à m'en remettre. Je ressens de nouveau un vide épouvantable, un peu comme celui que j'éprouvais avant de l'avoir, et que Tom avait atténué en me réconfortant, il comprenait tout, ce clebs. Je vais faire quoi maintenant ?

L'autre jour, je suis allé au supermarché avec ma mère. En sortant, je poussais un chariot plein à craquer avec, bien sûr, une roue qui bloquait. Chaque fois c'est pareil, il n'y en a jamais un qui fonctionne impec. Évidemment, je me suis gouré d'allée, et je ne retrouvais plus la caisse. Soudain, sur le parking, entre deux bagnoles, je l'ai reconnu de suite. C'est le type que je vois, toujours de dos, en rêve depuis que je suis môme. Il marchait sans se retourner, comme d'hab, calmement. J'ai dit à ma mère : « Tu vois le type, surtout ne fais pas de bruit, je vais enfin savoir qui c'est. » Elle m'a regardé bizarrement. Je me suis approché sans bruit, j'étais à moins de deux mètres de lui. Je pouvais tendre le bras et le toucher, alors il s'est mis à marcher à la même allure que moi. J'ai démarré à fond, plus vite encore que lorsque je viens de tirer le sac d'une vieille, le gars a sprinté également, il était deux mètres devant moi, et je n'arrivais pas à le remonter. J'ai appelé pour qu'il se retourne, mais je me suis essoufflé et il a continué sans que je puisse rien faire.

J'ai interrogé des gens pour connaître la direction qu'il avait prise. Ces connards me répondaient qu'ils m'avaient vu courir, mais qu'il n'y avait personne devant moi. Je suis revenu en marchant, avec un point de côté. Ma mère me demanda après qui je courais comme ça. Je lui ai répondu : « Le type qui était juste devant nous. » Elle a haussé les épaules, et a dit, d'un ton méprisant qui m'a marqué : « Il n'y avait personne, mon pauvre garçon. Tu devrais arrêter de fumer tes saloperies, si tu crois que je ne sais pas que tu fumes du cannabis, tu te goures. » Je me suis mis dans une rage noire, mais cela n'a rien changé. Qu'est-ce qu'ils ont tous à se liguer contre moi ?

J'ai voulu m'attaquer à la serrure avec les outils de la panoplie du parfait cambrioleur. Ma mère a dû se méfier. À la place de la serrure à la con qui s'ouvre avec un cure-dent, elle avait fait installer un truc plus balèze. J'ai rangé mes outils et je me suis barré, avec l'idée que cette putain de serrure, je me la ferais ou j'exploserais tout, mais je veux savoir ce qu'il y a dans cette enveloppe.

Ma mère, depuis quelques semaines, passe devant ma chambre à poil pour aller à la salle de bains, avec son mec sur ses talons. Je ne supporte pas, mais alors pas du tout, qu'elle se conduise de la sorte, pourtant je ne peux m'empêcher de regarder. Ce mec, ce n'est pas une trouvaille. Un prétentieux qui roule en décapotable, et qui s'habille en rocker. À pleurer de rire, tellement c'est ringard, je crois même qu'il se teint les cheveux.

Quelques jours plus tard, j'ai dit à ma mère que ce type ne me plaisait pas. Elle a répondu simplement : « Il y a le chrono du temps qui tourne. À partir d'un certain âge, il accélère, et tu te réveilles un matin, bonne à jeter. Je sais que ça ne va pas tarder, alors m'emmerde pas avec ta morale à deux balles. »

Ce type, je ne peux vraiment plus le voir. Une nuit, je me suis levé sans bruit, je tenais un rasoir sabre ouvert. Le manche est en ivoire percé d'un petit trou par lequel passe une très fine et longue lanière de cuir que j'ai souvent autour du cou. À deux ou trois reprises, mon rasoir a bondi très rapidement dans ma main et j'ai fait du dégât avec. Depuis, les mecs le savent, et je suis peinard, plus personne ne vient me chercher des embrouilles. La lame est toujours très bien aiguisée et il m'arrive de m'entailler le bout d'un doigt pour le vérifier.

J'ai découpé la capote de sa caisse de frimeur, ce n'était pas une petite entaille de rien du tout. Quand j'ai eu fini, il ne restait pratiquement plus rien qui tenait sur les arceaux. Un vrai carnage. J'étais super content de moi. En revenant, je me suis pointé en silence dans la petite allée de quelques mètres de long qui relie la rue et la porte d'entrée. Le rasoir se balançait dans mon dos. L'allée est complètement sombre en pleine nuit, elle est bordée de chaque côté par des thuyas hauts.

Le mec se tenait devant moi et je l'ignorais. Je n'ai pas eu le temps de voir ce qu'il tenait dans la main, mais quand le premier coup m'a atteint j'ai cru exploser. Douleurs insupportables. Les autres coups m'ont laissé K-O debout, sans réaction. J'ai encaissé son acharnement, sa rage. Ma mère est arrivée en hurlant. Le type a grimpé dans sa caisse, et a fait hurler ses pneus au démarrage. J'ai pensé que sa capote de merde était en train de s'envoler et ça m'a fait atrocement sourire. Par terre, il y avait un tesson de bouteille, celui qui m'avait massacré la gueule à huit ou neuf reprises, le sang pissait de tous les côtés, une vraie boucherie. Ce connard n'y est pas allé de main morte, puisqu'il m'a complètement ouvert les pommettes, le menton, les joues, même les gencives ont été entaillées ! C'est la seule fois où je suis tombé dans les pommes.

13

Lundi 11 août 2003

Mistral, après une petite nuit, arriva dans la cour du 36, quai des Orfèvres, aux alentours de 8 heures. Il était convaincu que la série des trois meurtres était terminée, et que les éventuels indices à récupérer seraient maigres. Vincent Calderone était déjà là, en discussion avec Paul Dalmate, livide, visage émacié, fermé, contrarié, bien au-delà de ce qu'un meurtre pouvait avoir comme impact sur un policier.

— Avant de parler de l'affaire, on va prendre un café, on essaiera d'avoir les idées plus claires après, proposa Mistral.

Calderone avait rapidement évalué Mistral, joues creusées, de profonds cernes sous les yeux. Il le sentait à cran et, spontanément, se dit que la journée allait être mauvaise.

— Je suis vraiment désolé de n'avoir pas été présent hier. Vincent m'en a parlé, c'est absolument ignoble, odieux. Je ne sais pas si je vais être à la hauteur ! Ce sont les meurtres d'un barbare, d'un monstre, des actes hors de l'humanité…

Dalmate parla presque à voix basse, d'un ton bouleversé, qui surprit Mistral et Calderone. Mistral, excédé, réagit instantanément, la voix saccadée.

— Paul, écoutez-moi attentivement ! Vous êtes venu à la crim pour travailler sur des assassins, c'est ce que vous avez dit à Vincent. D'accord ?

— Oui, mais...

— Non, je suis désolé, il n'y a pas de place pour le oui, mais. Ici on ne travaille pas sur de gentils assassins, ou de méchants assassins ! Toujours d'accord ? Les équipes ne choisissent pas entre l'ignoble et le supportable. Les meurtres sont toujours ignobles et insupportables ! Compris ?

— Je comprends bien, mais ces trois-là...

— Ces trois-là quoi ? Il n'y a rien à comprendre ! Trois femmes, un mec qui les massacre avec des morceaux de miroir, qui les tue et qui les viole, voilà le résumé ! C'est simple, Paul, soit vous vous collez illico au boulot avec votre groupe, soit dans les cinq minutes, vous dégagez du service, et vous retournez d'où vous venez ! Mais ce genre d'états d'âme, ici, n'a pas lieu d'être.

Mistral jeta son gobelet de café à moitié plein, et tourna les talons sans attendre la réponse de Dalmate ou de Calderone, que cette réaction n'avait pas étonné.

En regagnant son bureau, Mistral vit, sur sa table, un paquet avec un ruban. Il constata en l'ouvrant que c'était une boîte de chocolats. Avec un sourire, il appuya sur une touche de son téléphone.

— Alors, vous êtes de retour ! J'avais oublié que c'était aujourd'hui. Vous pouvez venir ?

Quelques minutes après, la secrétaire de Mistral entrait dans le bureau.

— Colette, merci pour les chocolats, vous savez que je suis gourmand !

— Tout le monde aime le chocolat, et puis il paraît que c'est bon pour le moral ! C'est ce que je me dis quand je suis au régime et que j'en mange malgré tout, pour me donner bonne conscience. On ne dirait pas que vous êtes allé dans le Midi, vous avez drôlement mauvaise mine, vous devriez vous reposer.

— Non, ça va. Alors ces vacances, elles se sont bien passées ? Avez-vous pu profiter de votre petite famille ?

— Mouais… Cette année, on a loué un mobile-home dans un camping juste en face d'un karting. On ne le savait pas ! Un bruit infernal toute la journée, les gosses ont aimé. Heureusement que la nuit, on pouvait dormir ! Sinon j'ai vu que vous aviez pris trois assassinats horribles, ces pauvres femmes !

— C'est vrai, c'est particulièrement épouvantable ! Colette, j'ai presque terminé les notations, j'ai également validé les propositions de budget, etc., bref, tout ce que j'aime ! J'ai écrit au crayon, il faudrait reprendre les documents pour les remettre en forme, afin que je les signe.

Colette, en sortant du bureau, croisa le directeur adjoint. Balmes, en pleine forme, jovial, répandant l'odeur de son après-rasage dans son sillage, entra comme à son habitude, en trombe, dans le bureau de Mistral.

— Toi, tu n'as pas bonne mine ! T'es sûr que tu dors bien ?

— Comme un bébé. Que me vaut l'honneur du déplacement du directeur adjoint dans mon bureau ?

— Parler de tes trois affaires. Viens, on sort prendre un jus. Ici, il est vraiment trop mauvais, je me demande comment tu fais pour le boire.

— Tu as raison ! Question d'habitude et de facilité.

Les deux hommes choisirent Le Soleil d'or, bar situé à l'angle du boulevard du Palais et du quai du Marché-Neuf, qui présentait l'avantage d'être le plus près du Quai des Orfèvres.

— On va s'asseoir, on sera mieux pour discuter. Tu as vu la presse ce matin ?

— Non, je n'ai pas eu le temps. C'est sorti pour les trois meurtres ?

— Pas encore. C'est la canicule qui fait les grands titres. Et ils n'y vont pas de main morte les journalistes. La une du *Figaro* d'aujourd'hui titre « La canicule tue en France », et celle du *Parisien* « La canicule tourne au drame ». Tu vois l'ambiance ! Tout ça pour te dire que pour les meurtres des trois femmes, si nous ne communiquons pas, tu seras tranquille pour travailler !

— Tant mieux, mais pour l'instant, on rame. Je t'ai fait déposer une copie de l'enregistrement du meurtre de Lora Dimitrova. Tu as eu le temps de l'écouter ?

— Ne m'en parle pas, c'est abominable ! Si tu mets la main sur ce type, quand les jurés de la cour d'assises entendront la mort en direct, le tueur va se prendre le maximum. Pour parler d'autre chose, on va réaliser une économie de billets de train pour aller à la PTS à Écully. Ton gars qui descend les CD d'enregistrement des appels 18 et le dictaphone peut apporter également l'enregistrement du malade qui pourrit la vie de FIP.

— Oui, bien sûr ! J'espère qu'on aura une expertise rapidement ! Je fais confiance à Élisabeth Maréchal pour nous faire du sur mesure.

Balmes fit signe au barman d'apporter deux autres cafés et des croissants.

— J'ai eu Françoise Guérand, le directeur, tôt ce matin. Tu sais comment elle est. Même en vacances en Italie, il faut qu'elle appelle ! Je lui ai parlé de tes trois meurtres. Elle m'a dit texto : « Dis à Ludovic de suivre personnellement ces affaires, je ne veux pas qu'on se vautre. » Tu as capté le message ?

— Ouais, je vois, comme si j'avais l'habitude de rester les pieds sur le bureau à lire le journal ! Je ferai ce qu'il conviendra de faire !

L'homme reposa les quotidiens sur le guéridon de la terrasse d'un bar. Tout sur la canicule, rien sur ses meurtres. Il était songeur, et envisageait de passer un appel anonyme à des journalistes qui traitaient des faits divers. Ce n'était pas difficile de les trouver, leurs noms figuraient au bas de leurs articles. C'était sûr que le bordel prendrait de la vitesse. Mais d'un autre côté, il risquait de ne pas maîtriser l'accélération. Ou alors appeler l'avocat de Jean-Pierre Brial, qui était en taule dans l'Oise, pour lui dire que les meurtres continuaient. L'homme hésitait entre ces deux pistes. Mais il devait agir. Il n'allait reprendre son service que demain mardi, et décida de s'octroyer encore quelques heures de réflexion avant d'ouvrir la boîte de Pandore. Il devait également retourner rue Monsieur-le-Prince, il avait quelques mots à dire au voisin trop curieux, Léonce Legendre.

Mistral avait fixé une réunion dans son bureau à 11 heures. Tous les enquêteurs qui travaillaient sur les meurtres Norman-Colomar-Dimitrova étaient présents, calepins et stylos en main, mais aussi l'ensemble des effectifs de la brigade. Calderone relayait parfois Mistral dans les questions ou les points particuliers qu'ils souhaitaient voir détailler. Paul Dalmate, le visage décomposé, méconnaissable, n'intervenait que très rarement, et uniquement lorsque Mistral le sollicitait. Ce qui avait pour conséquence d'irriter Mistral. Calderone pensait prendre à part Dalmate, à la fin du briefing, pour le secouer et lui dire qu'il faisait une impression désastreuse.

Mistral récapitula brièvement les données essentielles.

— Pour les trois meurtres, il n'y a, dans les rues mêmes où habitaient les victimes ou dans le voisinage, aucune caméra d'établissement bancaire, de bijoutier ou de la circulation sur laquelle on aurait pu glaner des informations, voitures, piétons en repérage, etc. Les familles Norman et Colomar ne nous ont rien appris, si ce n'est qu'il n'y a, apparemment, mais il faut toujours être prudent, aucun point commun entre les deux femmes, ce que l'on pressentait déjà. Les FADÉT[1] sur les six derniers mois n'ont, pour l'instant, strictement rien donné. Appels à la famille, des amis, des commerces, etc. Aucun numéro d'appel en commun entre les deux victimes. Mais bon, rien n'est figé. Sur six mois, les deux femmes ont reçu et envoyé des centaines d'appels, surtout Colomar. D'ailleurs, l'exploitation de ces informations n'est pas

1. FADET : FActures DÉTtaillées des appels téléphoniques émis à partir d'un téléphone fixe ou mobile.

terminée. Depuis les meurtres, les téléphones de Norman et Colomar ont disparu de la surface de la terre. Ils ne se sont inscrits sur aucune borne en France. On peut supposer que le tueur les a détruits. Mais je ne vois pas pourquoi, dans ce cas, il les aurait volés.

Silence dans les équipes, interrompu parfois par une question ou une remarque.

— Venons-en maintenant au meurtre de Lora Dimitrova. Paul, nous vous écoutons.

Dalmate dut s'éclaircir la voix et forcer le ton pour s'exprimer. Il avait les lèvres exsangues, la bouche sèche, et faisait des efforts pour déglutir.

— Il s'agit du meurtre qui a été découvert hier après-midi. Les résultats sont pour l'instant assez faibles. Je pense que nous en saurons davantage ce soir. Le profil...

— J'espère bien, l'interrompit sèchement Mistral.

— Le profil professionnel et personnel de Lora Dimitrova nous est, actuellement, inconnu. C'est la victime pour laquelle nous avons un enregistrement de la voix du tueur pendant le meurtre. Une retranscription écrite a été faite, elle figure dans les dossiers que nous vous avons préparés. Vous aurez une idée de l'échange.

Dalmate avait prononcé ses phrases sans tenir compte de l'interruption de Mistral.

Il y avait des murmures dans la salle, d'indignation et de curiosité. Dalmate poursuivait de son ton monocorde.

— Les factures comportant les numéros des deux téléphones mobiles ont été retrouvées, nous avons demandé une géolocalisation[1] de ces appareils, ainsi que les FADET, c'est Farias qui gère cet aspect de l'enquête. Nous essayons également de trouver les organes de presse avec lesquels elle était en contact pour ses derniers sujets, et savoir si elle travaillait sur quelque chose de sensible ou dangereux. Mais ce n'est que simple hypothèse pour

1. Technique qui permet de déterminer la position géographique d'appareils mobiles (téléphones portables notamment) émettant des ondes.

explorer toutes les pistes. Le lien entre les trois victimes n'a pas encore été fait.

Dalmate s'arrêta de parler. Mistral reprit la parole et décrivit les affaires identiques de Pontoise, le type arrêté, etc.

— On va vous donner une photo de Jean-Pierre Brial, vous la présenterez dans le voisinage des trois victimes. Je n'attends rien de particulier, mais cette similitude de meurtres est gênante.

Les enquêteurs sortaient de la salle de réunion dans un brouhaha de discussions quand la secrétaire annonça à Mistral qu'un ami de Lora Dimitrova était à l'accueil.

Mistral rappela Calderone et Dalmate. Les trois policiers regardèrent entrer un homme d'une trentaine d'années, vêtu d'un pantalon et d'une chemise claire, sacoche en bandoulière. L'homme présenta une carte de presse au nom de Jacky Schneider.

— Je suis allé chez Lora, et j'ai vu les scellés sur sa porte d'entrée avec le nom et l'adresse de votre service. J'ai appris ce qui était arrivé, je ne peux pas y croire.

— Pouvez-vous nous parler de Lora Dimitrova, vos relations avec elle, etc. ?

Les quatre hommes étaient assis autour de la table de réunion de Mistral. C'était Calderone qui avait posé cette question, Mistral avait sommeil, se frottait les yeux, et se retenait de bâiller. Dalmate semblait ailleurs.

— Je suis photographe, et j'accompagne parfois Lora dans ses déplacements. Elle est très pro et j'avais rendez-vous avec elle ce matin pour évoquer *son* sujet, comme elle me l'a dit.

— D'accord, mais avant j'aimerais que nous revenions sur Mlle Dimitrova.

Mistral, les yeux rougis d'avoir été frottés, lui avait coupé la parole.

— Elle est, enfin elle était, je n'arrive pas à parler d'elle à l'imparfait, elle était née en Bulgarie, et installée en France depuis l'âge de quinze ou seize ans, quatre ans après l'effondrement du bloc communiste. Elle était attirée par la France et avait appris le français en classe en Bulgarie. Comme c'était une jeune fille brillante, ses études en France ont été une formalité. Elle m'avait dit que sa vocation était de devenir journaliste, mais sans fil à la patte, c'est pour ça qu'elle exerçait en free-lance.

— Elle avait un petit ami ? Vous ?

— Non ce n'était pas moi, j'aurais bien aimé ! J'ignore qui était l'heureux élu.

— On éclaircira ce point plus tard. Sur quels thèmes travaillait-elle ?

— Sur des faits de société, uniquement. Elle avait d'ailleurs fait trois ou quatre sujets sur la police, qui avaient bien marché ! C'étaient des reportages télé, ça vous dit quelque chose ?

— Strictement rien, répondit Mistral, mais je regarde assez peu la télévision. Vous nous disiez que vous deviez parler de *son* sujet ce matin.

— Oui. Depuis quelques mois, elle montait en parallèle plusieurs thèmes, c'était sa manière de bosser, cela lui permettait d'avoir toujours des avances de financement. Mais apparemment, un est sorti du lot. Elle m'a téléphoné pour fixer un rendez-vous, il y a deux ou trois jours, elle était assez pressée, et m'a dit qu'elle tenait le prix Pulitzer pour septembre. Elle était complètement excitée, elle avait, à tous les coups, un bon truc.

— Elle ne vous a rien dit d'autre ?

Calderone regardait Dalmate en parlant, pour l'inciter à poser des questions.

— Non, rien. Elle ne voulait jamais aborder le sujet sur lequel elle bossait, par superstition. Elle ne le présentait qu'au dernier moment, quand elle avait presque tout ficelé. Mais je pense qu'elle était sur un truc important, elle m'a donné le sentiment d'être pressée. Elle voulait que je filme et que je prenne des photos. C'est tout, mais attention, il ne s'agit que d'une impression de ma part !

— Bon. Le capitaine de police (Mistral désignait Dalmate) va prendre votre déposition. Je vous remercie.

Calderone, Dalmate et le photographe sortaient du bureau quand Mistral rappela Dalmate.

— Paul, j'espère que vous serez plus loquace avec le copain de Dimitrova que vous ne l'avez été autour de cette table. Pensez à ce que je vous ai dit ce matin.

Mistral avait envie de dormir, il était 13 heures passées. Son téléphone portable vibra, il hésita quelques secondes pour laisser dériver l'appel vers la messagerie. Il avait reconnu le numéro, mais avec un soupir il décida de répondre.

— Bonjour docteur, quel bon vent vous amène ?

— J'étais dans le coin, et je me disais que vous seriez peut-être libre pour déjeuner.

— C'est-à-dire que nous sommes sur une serie de dossiers sensibles…

— Bien sûr, je comprends. On peut rester dans le quartier si vous le souhaitez, mais je ne veux pas m'imposer, on peut remettre à un autre jour.

— Je ne sais pas de quoi vont être faits les autres jours, mais ils seront très certainement agités ! Vous êtes devant le Quai des Orfèvres, je parie.

— Oui, je suis en bas.

— D'accord, j'arrive.

Mistral s'arrêta devant le bureau de Calderone.

— Vincent, je vais déjeuner avec Jacques Thévenot, le psychiatre. Sans faire de confidences, je parierais volontiers sur celui ou plutôt sur celle qui me l'envoie.

— Je crois deviner, mais elle le fait parce qu'elle est inquiète, ne lui en voulez pas. Bon appétit.

14

Même jour

L'homme rentra chez lui en marchand lentement, de plus en plus épuisé par cette canicule qui ne semblait jamais devoir prendre fin. Il cherchait tous les coins d'ombre possibles. Il avait une envie démentielle de téléphoner à FIP, mais savait que, pour l'heure, c'était plié, qu'on l'empêcherait à tout jamais de parler à une animatrice. Il avait même failli se faire avoir et, il en était sûr, le piège était toujours en place. Pourtant, il avait tellement besoin de ces voix, qu'il entendait mieux que quiconque. Il faudrait laisser passer du temps, pas trop quand même, trouver une autre méthode, s'inscrire à une visite de la Maison de la radio. Pourquoi pas ? Ce devait être jouable. De là, il improviserait et ne renoncerait pas. Ce n'était pas possible. De toute sa vie, jusqu'à présent, il n'avait jamais baissé les bras.

La rue de Budapest était presque déserte. On y trouvait un sex-shop qui annonçait sur sa vitrine des promos sur des DVD et deux ou trois restaurants. Il avait faim, mais la simple idée de manger une nourriture ailleurs que chez lui le révulsait, plus particulièrement en ce moment. Il imaginait des mains sales tripotant les couverts et des aliments dégoûtants dans des assiettes. En rentrant dans son meublé, il boucla tous les verrous, but une bouteille d'eau d'un trait avec deux comprimés de Tégrétol et mangea sans faim des œufs durs.

Quelques minutes plus tard, il ouvrait l'ordinateur portable de Dimitrova et relisait les textes de ses enquêtes pour la sixième ou septième fois. Aucune émotion ne s'empara de lui. Il referma de manière définitive l'ordinateur et le mit dans un solide sac en plastique vert, ceux utilisés pour les poubelles, et décida d'aller le jeter dans la Seine, comme il l'avait fait pour le matériel des deux autres femmes assassinées.

Mistral et Thévenot déjeunaient à la terrasse d'un restaurant de la place Dauphine, à une encablure du Quai des Orfèvres. La trop grande chaleur laissait les terrasses vides, comme ce quartier d'ordinaire particulièrement recherché de Paris. Les touristes préféraient les salles de restaurant climatisées. Mistral avait esquissé un sourire, en franchissant le porche du « 36 », quand il avait aperçu Thévenot avec un panama et des lunettes de soleil qui lui donnaient l'air d'un mafieux sicilien de cinéma.

Mistral n'avait pas souhaité demander au psychiatre si c'était son épouse qui était à l'origine de ce déjeuner fortuit. Il se sentait excédé, fatigué, et n'avait pas envie de cette entrée en matière qui aurait paralysé la discussion et mis de la distance avec le psy qu'il appréciait. La conversation avait roulé sur tout autre chose, des banalités qui détendaient l'atmosphère. Thévenot n'avait esquissé qu'une légère remarque sur l'état de santé apparent de Mistral. Celui-ci n'avait pas cherché de faux-semblants.

Et puis, Thévenot avait parlé de lui, par petites touches, face à Mistral silencieux et songeur. Il lui confia – c'est le mot que Mistral employa plusieurs mois plus tard en relatant cette discussion à sa femme – combien lui, le médecin expert, était hanté par des cas difficiles qu'il n'avait jamais su résoudre.

Ce fut ensuite Mistral qui parla des échecs, des affaires non élucidées.

Le médecin avait amorcé la pompe et laissait Mistral s'exprimer. Il lui posa enfin une question simple.

— Tout à l'heure, avant de descendre, vous m'avez dit que vous étiez sur une série de dossiers sensibles, c'est du lourd ?

— Trois meurtres de jeunes femmes, à leur domicile. Rouées de coups, étranglées, violées, le visage planté de morceaux de miroir brisés et un linge par-dessus tout ça. Voilà. Alors oui, c'est du lourd !

— En effet. Des pistes ?

— Strictement rien.

— Comment vous sentez-vous pour affronter de telles affaires ?

— Pas au mieux. Je n'ai repris mon travail, réellement, que début août. Et le démarrage se fait tambour battant, c'est le moins que l'on puisse dire ! Pas le temps de se mettre dans le bain progressivement !

— Je crois me souvenir que vous avez de bonnes équipes, c'est plutôt rassurant de porter la charge de l'enquête à plusieurs !

— Oui, bien sûr ! Le flic solitaire ça n'existe pas. En fait, ce qu'il faut savoir, lorsqu'on attaque une série d'affaires difficiles, surtout après une enquête où j'ai failli y rester, il m'est difficile de redémarrer en claquant des doigts, comme si rien n'avait eu lieu. Je suis sans cesse tiré en arrière par ce qui s'est produit quelques mois plus tôt. Je pense que nos concitoyens sont persuadés que nous enchaînons les enquêtes, les unes plus raides que les autres, parfois sans souffler, presque en sifflotant, comme dans les séries télé. Eh bien non, ce n'est pas comme cela la réalité !

— Vous ne pouvez pas évacuer le stress accumulé, dans ces conditions.

— Non. Les affaires criminelles s'empilent comme des millefeuilles. On ne devient pas amnésique en sautant de l'une à l'autre. Fatalement, sur les très gros trucs, les personnes qui y étaient vont en reparler souvent, parfois avec de simples allusions ou un regard échangé qu'eux seuls comprendront, mais ça restera présent dans nos têtes pendant des années.

— Il faut bien que, d'une manière ou d'une autre, vous passiez à autre chose, sinon cela devient vite invivable !

— Ce n'est pas toujours aussi évident. Quelques années plus tard, cette affaire reviendra sur le tapis, parce que vous allez être convoqué aux assises et tout revivre, en expliquant aux jurés, à proximité du meurtrier assis dans le box et qui vous guette, comment ça s'est passé. Et puis ses avocats interviendront pour dire que vous n'avez pas respecté telle ou telle obligation, ou que les aveux ont été extorqués au bout de trente-six heures d'interrogatoire. Bref, en deux mots, mais c'est leur job, pour remettre en cause votre compétence professionnelle. Voilà pourquoi rien ne s'efface de suite.

— Effectivement, je comprends mieux ces strates qui s'empilent. Mais cela fait partie aussi de l'histoire du service et du ciment entre les hommes.

— Oui… on peut dire ça comme ça.

Silence entre le policier et le psychiatre, chacun perdu dans ses pensées. Jacques Thévenot emplit leurs deux verres de vin rosé frais.

— Ludovic, pourquoi vous levez-vous le matin ?

Mistral leva les sourcils, étonné de cette question, et aussi par le fait que, pour la première fois, Thévenot l'appelait par son prénom, rendant l'échange plus intime. Il répondit avec une remarque grinçante.

— Vous connaissez la réponse, je crois. Parce que je ne dors pas. Et ce n'est pas au médecin que je m'adresse.

— C'est bien sur le terrain amical que je place la discussion ! Mais ce n'est pas cette réponse que j'attendais, je parlais du pourquoi de votre travail.

Mistral regardait dans les yeux le psychiatre détendu, qui souriait en buvant son vin.

— J'aime ce métier, je me sens utile, je croyais que vous l'aviez compris.

Mistral n'avait plus très envie de parler, et il balançait des phrases courtes et banales au médecin, pour lui faire comprendre qu'il aimerait changer de sujet. Le psychiatre faisait comme si de rien n'était, et poursuivit, même légèrement plus offensif.

— Une belle réponse bateau, si vous me permettez cette expression ! Qu'est-ce qui vous motive ?

— Les enquêtes, les relations avec les autres policiers, le ciment entre les hommes comme vous l'avez fort justement dit, partager les mêmes tensions, toutes ces choses-là… bref, rien de nouveau sous le soleil des flics !

— C'est mieux, mais encore un peu trop propret à mon goût, trop lisse. Vous cachez vos aspérités. Est-ce que vous vous êtes déjà posé cette question : « Quel flic suis-je devenu ? »

Mistral réfléchit peu, agacé par ces questions, même s'il faisait un effort pour ne pas le montrer. Il répondit d'instinct.

— Un chasseur, en quelque sorte, ce que nous sommes à peu près tous, d'ailleurs. Mais il n'y a là rien d'exceptionnel.

— Un chasseur ? Soit. Sous votre aspect de gendre idéal, bien élevé, poli, élégant, souriant, et j'en passe, vous êtes un chasseur. Mais, quelque part, vous êtes dans le même monde que ceux que vous traquez, même si vous n'êtes pas du même côté de la barrière.

Mistral écoutait attentivement le psy pendant sa démonstration. Il prit presque une minute avant de répondre, même s'il savait ce qu'il allait dire. Il était étonné de la direction que prenait la discussion.

— Dans le métier de flic, il faut savoir chasser. On a parfois en face de nous des types qui ont des comportements d'animaux, violents, pour qui la vie des autres ne représente rien, et qui veulent assouvir leurs besoins. Ces types pourrissent la vie des policiers parce qu'ils les obsèdent. Les rechercher, c'est mener une traque, et la traque c'est la chasse, même si ça se passe dans une ville, l'autre territoire du règne animal !

— Dans ce cas, il faut accepter que le chasseur devienne parfois le chassé. Si vous voyez ce que je veux dire ! N'oubliez pas, nous avons un douloureux passé commun, et c'est pourquoi je m'autorise quelques libertés de langage. Ce n'est pas une discussion entre un patient et son médecin, vous l'avez compris, mais un échange amical ! Je ne peux rien pour vous, vous ne pouvez rien pour moi !

Mistral hocha la tête.

— Bien évidemment, j'avais saisi la nuance ! Soit, j'ai été chassé et je n'ai rien vu venir !

— Allez au bout de votre raisonnement. Vous vous êtes découvert faillible, sans pouvoir réagir immédiatement, ce qui a ébranlé vos certitudes !

— C'est un peu court comme approche ! La réponse n'est pas si simple non plus !

— Continuons. Dans votre dernière affaire, l'arrestation s'est mal passée. C'est vous-même qui le dites !

— J'ai réfléchi, depuis. J'ai manqué de réflexes, je me suis laissé avoir, j'étais trop obnubilé par ce type.

— L'instinct du chasseur et la mise à mort. Tout ça n'est que très naturel en somme ! Pensez-y ! Vous prenez un café ?

— Volontiers.

Les deux hommes s'octroyèrent une pause dans la discussion, qui fut interrompue par les cafés apportés par le garçon. Thévenot s'éclaircit la voix.

— Ludovic, savez-vous ce que c'est que le PTSD ?

Moue négative de Mistral.

— C'est l'acronyme anglais qui se traduit par trouble de stress post-traumatique.

— Ce qui signifie ?

— Je crois que vous en avez une petite idée, mais je vais vous dire de quoi il s'agit. Une personne a été confrontée à un événement traumatique, blessures graves par exemple, entraînant une réaction de peur. Et cet événement est revécu de façon récurrente, par le rêve notamment.

— Et puis ?

— Eh bien, les difficultés à s'endormir surviennent, suivies de l'irritabilité et des accès de colère, des difficultés de concentration, des relations tendues avec le conjoint, par exemple. Le sujet, confronté de nouveau à une situation similaire, ne réagira pas.

— Continuez.

— Ce trouble touche des médecins urgentistes, des médecins légistes, des policiers, etc. La prise en charge par un psychologue ou un psychiatre est indispensable pour en sortir.

— Intéressant, mais je ne me sens pas concerné !

— À votre place, j'y réfléchirais. N'oubliez pas que je ne peux rien pour vous, parce que nous avons vécu des moments difficiles ensemble dans votre dernière enquête. Notre relation n'est pas celle du médecin et du patient, elle s'est déplacée sur un registre personnel.

— Je comprends parfaitement, et loin de moi l'idée de m'ouvrir à vous.

— Ludovic, vous aurez besoin de votre lucidité dans les jours à venir. Ne reproduisez pas les mêmes erreurs ! Si vous souhaitez les coordonnées d'un de mes confrères, n'hésitez pas à me les demander, mais j'insiste sur un point : seulement si vous le souhaitez.

L'échange continua durant une vingtaine de minutes, Thévenot insista pour que Mistral prenne les comprimés qu'il lui avait prescrits, « en médecin, mais à titre amical ».

L'homme avait arrêté sa stratégie. D'une manière ou d'une autre, il ne pouvait pas laisser les choses en l'état. Il vérifia, une fois de plus, que son studio était nettoyé et rangé, et partit à la recherche d'une cabine téléphonique qu'il n'avait pas encore utilisée. Que ce soit pour les appels à la station de radio FIP ou pour les trois messages adressés aux pompiers, il n'avait jamais téléphoné deux fois de la même cabine.

Mistral relisait les procès-verbaux des trois enquêtes quand Dalmate entra dans son bureau avec l'audition de Jacky Schneider à la main.

— Vous avez obtenu des infos supplémentaires ?

— Disons que j'ai davantage développé ce que Schneider nous a raconté tout à l'heure. Il n'avait pas grand-chose de plus à dire. Il m'a communiqué les coordonnées du fournisseur d'accès Internet de Dimitrova, je vais pouvoir vérifier si elle a enregistré des informations sur le serveur. De plus en plus, il existe maintenant ce qu'on appelle des espaces de stockage qui se trouvent chez le fournisseur Internet et qui permettent d'accéder aux données que l'on veut garder ailleurs que sur son ordinateur. Comme ça les risques de perte des infos sont réduits.

Dalmate parlait d'une voix monocorde, plate, sans intonation ni sentiment.

— Oui, bonne idée !

— On a du nouveau sur les recherches ADN ?

— Non pas encore, d'ailleurs je dois joindre le chef du labo.

Lorsque Mistral commença à composer le numéro, Dalmate sortit du bureau.

Après les deux ou trois phrases de politesse, Mistral entra dans le vif du sujet.

— On a eu un troisième meurtre hier, vraisemblablement commis par le même tueur. Trois femmes assassinées en une semaine, ça fait beaucoup. Les derniers prélèvements vous ont été transmis ce matin. C'est très important d'avoir une réponse sur ces ADN, même si c'est négatif, mais il faut que l'on sache.

— Oui, je sais. Mais je n'arrive plus à fournir ! Nous avons plus de trois cents analyses de retard, c'est le mois d'août, je travaille à demi-effectif, et de plus j'ai eu une panne de climatisation qui a failli planter tous nos ordinateurs.

Mistral sentait la colère monter, mais tentait de rester calme.

— Je vais vous délivrer un scoop. À la crim, c'est aussi le mois d'août. C'est août pour tout le monde, et ce n'est pas pour ça que tout doit s'arrêter. On a des ordinateurs qui ont des coups de chaud et pas de climatisation, et mes gars se débrouillent avec des ventilos. Je pense que les familles des victimes apprécieront, quand on va leur expliquer à quoi tient une enquête. À part mes trois meurtres, qu'avez-vous de plus important ?

— On ne peut pas dire que vous facilitez les choses en matière de communication ! répondit aigrement le directeur du labo.

— Je cherche un meurtrier, et vous avez peut-être des indications qui dorment dans les prélèvements. C'est aussi simple que ça la communication.

Mistral entendait le chef du labo souffler dans le téléphone.

— Bon, soyons simples. Quand les voulez-vous ?

— Le plus tôt possible. À vous de voir.

— OK, dans trois jours, pour jeudi. Je vous enverrai les réclamations de vos collègues.

— Pas de problème, je leur expliquerai, et ils comprendront !

Les deux hommes raccrochèrent sèchement.

Paul Dalmate était assis à son bureau, comme d'habitude terne et impénétrable, avec sous les yeux les photos de la scène de crime de Dimitrova. Il relisait les constatations, l'enquête d'environnement, tout ce qui avait été rédigé par ses collègues. Il inséra une copie du CD dans un lecteur, et écouta pour la énième fois l'enregistrement du meurtre de Dimitrova qu'il connaissait par cœur. Quand la voix de la jeune journaliste sortit des haut-parleurs, il ferma les yeux, pour mieux se concentrer sur les sons. Il écoutait le tueur parler, parfois Dimitrova murmurait des mots totalement inaudibles. Quand Ingrid Sainte-Rose entra dans le bureau, Dalmate arrêta précipitamment l'écoute du CD. Il s'était laissé surprendre et n'aimait pas être sur la défensive.

Pourtant, il se sentait plutôt à l'aise et proche de la jeune femme, avec qui il discutait volontiers.

— Reste cool ! C'est dur à entendre hein ! Mais, apparemment, tu y es insensible, je me demande combien de fois tu as écouté cette bande, cinq ? dix ? quinze ? Franchement, tu m'épates. Mais pourquoi entendre cette agonie autant de fois, jusqu'à la nausée ?

Paul Dalmate n'était pas à son aise, son visage rougissait légèrement. Il raffermit sa voix pour répondre.

— Je ne l'ai pas écoutée autant de fois que tu le dis, mais surtout je veux être sûr de ne rien oublier et de ne pas laisser passer un indice, même infime.

— C'est toi qui vois ! Pour ton arrivée à la brigade criminelle, tu démarres fort. Rassure-toi ! Ce n'est pas tous les jours qu'on est en face de meurtriers de cet acabit.

— Heureusement ! Je me demande si je vais pouvoir aller au bout de cette histoire... Pourtant, je t'assure, je suis déterminé à continuer. Mais je crois que Mistral m'a dans le collimateur et qu'il veut me virer.

— Oui, j'ai entendu la rumeur. Ce n'était pas malin de ta part de dire que tu ne serais pas à la hauteur.

— Je sais, mais bon, je m'adressais en fait à moi-même.

— Évite de parler haut, si ça se reproduit ! Tiens-toi à carreau et montre que tu bosses. Mistral, on le connaît, c'est plutôt un patron cool, mais je crois qu'il traverse une mauvaise passe, tu as vu sa tête ? Cela dit, si je peux me permettre, on ne peut pas dire que tu respires la joie de vivre non plus !

— C'est plus compliqué...

— Paul, je peux te poser une question indiscrète ?

— Je sais ce que tu vas me demander, je t'écoute.

— Pourquoi as-tu quitté le séminaire ?

— Je vais te répondre par une autre question. Pourquoi un homme renonce-t-il à être prêtre ?

Ingrid observait Dalmate. Regard sombre, visage émacié taillé à la serpe, de longues mains posées à plat sur son bureau. Aucune émotion apparente, comportement lisse. Puis Ingrid esquissa un léger sourire qui s'agrandit à mesure qu'elle regardait Dalmate, ses yeux riaient aussi.

— Paul, c'est pour une femme ?

Dalmate hocha légèrement la tête en signe d'approbation. Ingrid éclata de rire et tapa dans ses mains.

— Mais ton histoire est très romantique ! On ne le dirait pas à te voir ! Enfin... euh... je veux dire par là que tu es hyper strict, discret. Je ne t'imaginais pas démonté par une histoire d'amour.

— Comme quoi il faut se méfier des apparences.

— Et tu as des enfants, tout ça ?

— Non. Ingrid, j'aimerais vraiment que cette conversation reste entre nous.

— Bien sûr, Paul. Mais ça me plaît bien de savoir que tu as craqué pour une femme.

— Bon, pour en revenir au boulot, Calderone a fait écouter aux proches des deux premières victimes, Norman et Colomar, l'enregistrement du type qui appelle les pompiers. La voix ne dit rien à personne. Apparemment, ce n'est donc pas un familier des deux victimes.

Dalmate montra à Ingrid la photo de Jean-Pierre Brial.

— Des équipes sont parties présenter cette photo dans l'entourage des deux femmes assassinées, Norman et Colomar. Pars avec Sébastien faire la même chose chez Dimitrova, et regarde si son voisin est revenu, Léonce Legendre, il était absent lors de l'enquête de voisinage.

15

Même jour

Dans l'après-midi, l'homme entra dans le métro à Saint-Lazare, changea de ligne à Réaumur-Sébastopol et sortit à Cité, deux stations avant Odéon, casquette beige à large visière enfoncée et grosses lunettes de soleil. Banal. Il savait que toutes les stations étaient équipées de caméras et ne souhaitait pas prendre le risque d'être filmé à Odéon qui dessert la rue Monsieur-le-Prince. Il avait en horreur le métro, uniquement parce que les gens collaient leurs mains partout. En général, il s'efforçait d'ouvrir les portes avec son épaule, pour éviter le contact avec ses mains, quand il n'avait pas de gants. Dans la rame, c'était au-dessus de ses forces de se tenir aux barres, il préférait se caler contre un montant, ou un siège, ou bien sûr s'asseoir, quand il y avait de la place.

Pas question, non plus, d'arriver par la rue Dupuytren. Si Legendre était de retour, il serait immanquablement derrière ses vitres. À partir de la place de l'Odéon jusqu'au début de la rue Monsieur-le-Prince, l'homme observait les véhicules en stationnement et certains piétons. Il tentait de détecter si des voitures de police banalisées se trouvaient dans le secteur, il les connaissait bien. Il n'était pas du tout rassuré au moment où il déverrouilla la monumentale porte d'entrée de l'immeuble.

Quand elle se referma en claquant, l'homme arrivait devant chez Legendre, et Léonce se trouvait l'œil au judas pour voir qui était entré.

Léonce Legendre avait été raccompagné par sa fille, quelques heures plus tôt, et avait appris l'assassinat de Lora Dimitrova par la voisine du dessus. Il regrettait de n'avoir pas vu les policiers pendant leur enquête. La voisine avait raconté, d'un air de « j'y étais, moi », qu'ils étaient restés plusieurs heures et qu'il y avait eu une sacrée animation ! Léonce enrageait de n'avoir pu assister au début de l'enquête, et la voisine, qui s'en était rendu compte, exagérait sa relation aux événements. Léonce pensait qu'il aurait pu tout observer, depuis sa porte grande ouverte. Dire qu'il avait déjà aperçu deux fois un homme devant la porte de Mlle Dimitrova. Si les policiers revenaient, il le leur dirait, et là, sa voisine, qui faisait l'intéressante, en aurait le bec cloué.

Il était à son œilleton, quand il entendit sonner chez lui. De l'autre côté de la porte, un homme tête baissée tenait quelque chose dans une main.

— Qui est-ce ?

Sa fille lui avait recommandé, de manière ferme, de ne jamais ouvrir la porte à des personnes inconnues.

— La police, monsieur.

Là, ce n'était pas pareil ! C'était la police, et il y avait une enquête en cours sur l'assassinat de sa jeune voisine. De plus, il apercevait la carte de police devant son judas.

Léonce Legendre, en confiance, déverrouilla, et ouvrit en grand la porte. La dernière image qu'il emporta de cette terre fut celle d'un homme souriant d'une drôle de façon qui le propulsa en arrière, et le dernier bruit qu'il entendit, celui de la porte de son appartement qui se referma violemment. « Il va décrocher les cadres en claquant si fort la porte », pensa bêtement Léonce Legendre.

Ingrid Sainte-Rose et Sébastien Morin arrivèrent rue Monsieur-le-Prince une dizaine de minutes après l'homme. Les deux policiers étaient venus en moto, le quartier étant absolument impossible du point de vue stationnement.

L'homme sursauta violemment au premier coup de sonnette. Ce n'était pas un son bref, mais plutôt long, de quelques secondes. Il pensa immédiatement à un coup de sonnette de flic, et les imagina derrière la porte. Il venait d'asseoir Léonce Legendre dans son fauteuil, et l'approchait de la fenêtre. L'homme avait pris soin de remettre en ordre les quelques mèches de Legendre et de rétablir de l'ordre dans sa tenue. Le vieil homme paraissait endormi, les bras posés sur les accoudoirs. Son visage ne présentait aucune trace de violence.

L'homme se sentait pris au piège. Il suffisait que les policiers entrent dans l'appartement et c'en était fini de tout ce qui avait été échafaudé depuis plusieurs mois. Quelques secondes plus tard, de nouveau, un long coup de sonnette, des poings qui cognent contre la porte, une voix d'homme, forte : « Monsieur Legendre c'est la police ! On a des questions à vous poser ! » L'homme, mort de peur, s'était peu à peu approché de la porte pour écouter.

— Vous êtes sûr qu'il est là ? demandait un homme.

— Vous me faites douter maintenant ! Ben oui, pourtant… il m'a bien semblé reconnaître la voiture de sa fille mal garée sur le trottoir de la rue d'en face, comme d'habitude, lorsqu'elle vient chercher son père. Elle a une grosse voiture blanche immatriculée dans le 91.

C'était une femme, embarrassée, qui répondait.

« À coup sûr une voisine, pensa l'homme. *Je n'ai qu'une seule chance de m'en sortir, c'est qu'ils se barrent. Si les flics pensent que le vieux est chez lui, ils vont péter la porte, et là c'est plié. »*

— Ça lui arrive de sortir seul ?

— Sa fille ne veut pas, mais vous savez comment sont les personnes âgées, têtues au possible ! Lui se sent en pleine forme, et il aime de temps en temps prendre un café ou une menthe à l'eau dans le bar, à côté, rue de l'Odéon. Après tout, c'est son seul plaisir. Il ne faut pas l'en empêcher. Je n'arrête pas de le dire à sa fille !

— On va aller faire un tour dans le quartier pour voir s'il est là. Vous pouvez nous accompagner quelques minutes ? On ne le connaît pas physiquement.

Ingrid avait posé la question en souriant à la voisine qui accepta « bien volontiers ».

L'homme tendit l'oreille et comprit au son des voix qui décroissait que les trois personnes descendaient l'escalier. Quelques secondes plus tard, la grande porte claquait.

L'homme poussa un soupir de soulagement, ferma les yeux et se concentra sur ce qu'il avait touché, pour effacer ses traces. Comble de malchance, il sentit le mal de tête rappliquer, dévastant tout sur son passage. Il n'aurait aucun répit, aucune pause quoi qu'il fasse ; il allait être broyé, même s'il avalait une boîte entière de calmants. La violente sonnerie du téléphone, réglée au maximum par la fille Legendre, l'acheva. À la quinzième sonnerie, tout redevint silencieux, mais reprit de plus belle une minute plus tard. La personne pensait sûrement qu'elle s'était tout d'abord trompée de numéro, puis l'avait recomposé, et maintenant elle était décidée à alerter l'immeuble, s'il le fallait. L'homme n'avait qu'une idée en tête, « *Il faut fuir* », un leitmotiv qui tournait en boucle dans sa tête, et qui l'empêchait presque de réfléchir.

La douleur devenait tellement intense, avec cette sonnerie qui lui vrillait les tympans et venait s'ajouter à la peur d'être pris – « *Il faut fuir, il faut fuir* » –, qu'il tomba à genoux dans l'entrée. Une main appliquée sur l'œil gauche, l'autre sur la bouche, il se retenait de vomir. « *Il faut fuir* » Et puis, quelques secondes plus tard, il reçut sur sa main droite un liquide chaud qui coulait. Un saignement de nez, déclenché par ce violent stress, le força à se lever. En titubant, il se dirigea vers la cuisine, passa la tête sous l'eau et se sécha le visage avec un rouleau de

Sopalin. Il déchira une feuille en plusieurs petits morceaux et les utilisa pour se bourrer aussi les narines. « *Il faut fuir.* » L'homme avait envie de pleurer, il allait être arrêté, il en était maintenant sûr, il ne savait plus comment s'en sortir. « *Il faut fuir.* » Il essaya de se calmer et d'agir.

Il prit une éponge dans l'évier, ouvrit des placards et se saisit d'une bouteille d'eau de Javel et en versa sur l'éponge. Il effaça les gouttes de sang étalées sur le carrelage de la cuisine, et après trois secondes de lucidité, mit l'éponge dans sa poche. « *Il faut fuir.* » Proche de l'évanouissement, il récupéra également le rouleau de feuilles de papier et une serviette. À toute vitesse, il frotta le chiffon sur les endroits qu'il pensait avoir touchés, peu en vérité. « *Il faut fuir.* » Le téléphone en était à la quarante-cinquième sonnerie quand l'homme ouvrit la porte en tenant la poignée avec la serviette en tissu, après avoir regardé à travers le judas que les policiers n'étaient pas de retour. « *Il faut fuir.* » Il commença à descendre, puis revint rapidement sur ses pas pour essuyer la sonnette, sur laquelle figurait peut-être son empreinte, se maudissant d'avoir oublié ses gants en latex. Enfin, la grande porte de l'immeuble devant lui, le salut ! Attentif aux bruits de la rue, il distingua nettement alors les deux policiers en discussion avec la voisine, qui introduisait la clef dans la serrure de la porte de l'immeuble.

L'homme, complètement paniqué, regarda derrière lui dans le hall, et aperçut trois ou quatre poussettes dans un recoin formé par un pilier. Il se précipita derrière les poussettes, dans l'ombre du pilier, et attendit. « *Il faut fuir.* »

La voisine était en conversation sur son téléphone portable. Elle l'écarta un instant et dit en murmurant aux deux policiers : « C'est la fille de M. Legendre. »

— Vous venez de laisser le téléphone sonner longtemps ? Ah bon, il est là ! Je suis avec deux policiers, ils ont sonné, et votre père n'a pas répondu. On a fait un tour dans le quartier, mais on ne l'a pas vu. Je vais vous passer un des policiers.

La voisine tendit le téléphone à Ingrid.

— Je suis avec mon collègue dans l'immeuble. Nous sommes passés il y a environ un quart d'heure, personne ne nous a ouvert, et nous n'avons entendu aucun bruit. Vous voulez qu'on entre de force ? Bon. Je vous tiens au courant.

Ingrid raccrocha.

— Elle veut qu'on casse la porte ? interrogea Sébastien.

— Oui, mais avant, je vais appeler Mistral. On remonte pour voir à quoi ressemble la porte. Je crois qu'elle ne présente pas de difficulté.

— Si le type est mort ou très mal en point, sa fille doit venir. Savez-vous où elle habite ?

La voisine fermait les yeux pour réfléchir.

— Excusez-moi, mais avec toutes ces émotions, j'en perds mon latin. Elle habite au fin fond de l'Essonne, à environ une heure et demie de Paris, je ne me souviens plus du nom du patelin, mais il suffit de la rappeler, elle nous le dira.

L'homme attendait, tassé sur lui-même, les mains plaquées sur les oreilles pour ne plus entendre ce *« il faut fuir »* lancinant. Il distingua les pas de la voisine et des deux flics qui remontaient vers l'appartement de Léonce Legendre. L'œil gauche en feu, rouge, larmoyant, il se leva en retenant sa respiration, entrebâilla la porte sur la rue, se glissa dans l'espace, la retint pour qu'elle ne claque pas, et choisit de remonter la rue Monsieur-le-Prince vers le boulevard Saint-Michel, plutôt que de tomber sur les équipes de policiers qui ne manqueraient pas d'arriver. Il rajusta sa casquette et remit ses lunettes de soleil qui le protégeaient des regards des autres. Il avait réussi à fuir.

Ingrid s'isola quelques instants pour appeler la brigade criminelle. Elle revint en refermant son téléphone mobile, les deux policiers se trouvaient devant la porte de Léonce Legendre.

— J'ai eu Mistral, il envoie les collègues de l'arrondissement avec du matos pour ouvrir la porte à peu près proprement. Si Legendre est dans l'appartement, décédé de mort naturelle, ce sont les collègues qui gardent l'affaire, si c'est un crime, on reste sur place et on appelle des renforts. S'il n'est pas dans l'appartement, on avisera. En tout état de cause, Mistral envoie l'IJ photo.

Sébastien Morin descendit devant l'immeuble pour attendre les policiers du commissariat du quartier de l'Odéon.

Vers le haut de la rue, l'homme s'accroupit entre deux voitures en stationnement et vomit longuement, de la bile essentiellement. Il s'essuya le visage avec des feuilles de papier, et jeta l'éponge dans le caniveau où l'eau dévalait la pente de la rue Monsieur-le-Prince vers une bouche d'égout. Un peu plus haut, il balança la serviette dans une poubelle. Il s'arrêta enfin dans un bar qui faisait face au jardin du Luxembourg, ôta ses lunettes de soleil et fonça vers les toilettes pour enlever les morceaux de papier qui obstruaient ses narines. Il ne saignait plus. Il demeura un long moment à s'asperger le visage d'eau froide pour tenter de reprendre figure humaine.

Son visage sur lequel la peur venait d'imprimer son empreinte était terrifiant, mais il ne le vit pas, ignorant les miroirs, de face et de côté, qui démultipliaient son visage à l'infini. L'horreur absolue. Il palpa fébrilement les poches de ses vêtements et enfin trouva ce qu'il considérait comme l'arme ultime qu'il ne réservait que pour les grandes occasions, des neuroleptiques, lesquels pouvaient seulement limiter la casse.

En remontant des toilettes, il s'installa au fond de la salle climatisée sur une banquette, le dos à l'immense miroir qui recouvrait tout le mur. L'homme avait gardé la tête baissée de peur de voir son reflet. Il était atteint d'un tremblement qu'il dissimulait en s'essuyant le visage, comme s'il avait transpiré. Quand le garçon déposa la première bière, il continua de se sécher le visage, pour masquer les larmes qui coulaient. Il avala deux comprimés avec la bière qu'il but d'un trait, et en recommanda une autre immédiatement. Il ne pensait pas qu'il serait aussi difficile de s'enfuir, il avait failli être pris dans cette nasse.

L'homme quitta le bar ayant consommé cinq bières, et descendit à pied le boulevard Saint-Michel, complètement étranger aux bruits. À travers ses lunettes de soleil, il scrutait tous les passants et se sentait observé. Il se retournait rapidement tous les dix mètres pour détecter une éventuelle filature. Il n'y avait personne et il en était presque déçu.

Il avait la sensation d'avoir la tête dans du coton, la gorge sèche et les lèvres insensibles. Il l'attribua, à juste titre, au mélange détonant alcool et neuroleptiques. Au milieu du boulevard, il entra dans une cabine téléphonique, dont il nettoya scrupuleusement le combiné et les touches avant de s'en servir. L'odeur de l'appareil lui occasionna une violente nausée, il pensait à tous ces gens qui postillonnaient en parlant, à toutes ces mains moites et négligées qui tripotaient les touches, et aux oreilles sales plaquées contre l'écouteur. Tenant l'appareil avec une feuille de papier, il composa un numéro qu'il avait appris par cœur. Il eut un peu de mal à obtenir son correspondant, mais l'homme était persévérant. Il parla pendant environ trois minutes, éluda la plupart des questions, et raccrocha.

Quand il sortit de la cabine, il dégoulinait littéralement de sueur. Dans le petit espace fermé, aux parois de verre couvertes d'annonces diverses, la température devait avoisiner les 45 degrés. Il resta quelques secondes à déchiffrer les propositions. Ça allait des massages érotiques aux cours de cuisine chinoise, en passant par des demandes de traductions, le tout avec des numéros de téléphones portables détachables de l'annonce.

En haussant les épaules, il poursuivit sa descente du boulevard jusqu'à une station de métro et décida de rentrer chez lui. Après les meurtres, la phase 2 du plan était amorcée. Jusque-là, c'était un parcours sans faute. Maintenant, le jeu se resserrait et les risques étaient immenses. Il envisagea d'aller chez un médecin pour le renouvellement de son ordonnance de neuroleptiques.

Les policiers faisaient cercle autour de Léonce Legendre.

— Je pencherais plutôt pour une mort naturelle, quelques heures tout au plus, les membres ne sont pas encore rigides.

En disant cela, Sébastien Morin remuait le bras du défunt. Les policiers du commissariat avaient apporté une boîte de gants en latex, au grand soulagement de Sainte-Rose et Morin.

— C'est vrai, il ne porte aucune trace de violence ! admit l'un des policiers.

— Mais ce n'est pas possible, encore vous ! Vous avez pris un abonnement, ou ça vous plaît tant que ça les cadavres à répétition, et en plus le voisin de palier de la dame d'hier ! Il doit y avoir un microclimat mortel dans cet arrondissement !

Tous les policiers se retournèrent en reconnaissant la voix de « poil aux yeux ». Le médecin légiste s'adressait plus particulièrement aux deux policiers de la crim, qui, en deux mots, lui expliquèrent la situation.

— Attention les amis, gaffe aux évidences ! Un mort peut en cacher un autre ! On pense que c'est un meurtre et c'est naturel, ou alors vice versa. Ouvrez-moi un peu ces fenêtres et mettez de la lumière !

Les policiers étaient rassemblés, en silence, autour du légiste. Après les premières constatations, ils déshabillèrent le cadavre. Le légiste examinait méticuleusement toutes les parties du corps. Au bout d'une dizaine de minutes, il se releva péniblement avec une moue d'incertitude.

— Je suis partagé entre la mort naturelle et l'homicide. Dans ce cas, il ne faut pas hésiter une seule seconde, l'autopsie.

— Pourquoi hésitez-vous ?

Le médecin avec son stylo désignait des parties du corps de Legendre.

— Ce qui penche pour la mort naturelle, l'absence de violence apparente, mort paisible dans le fauteuil, pas de désordre dans la pièce, possible problème cardiaque lié la canicule, comme tant de personnes âgées en ce moment.

Les policiers observaient le corps pendant que le légiste fournissait ses explications.

— Ce qui plaide pour l'assassinat, les marques autour de la bouche et du nez, qui pourraient correspondre à un étouffement, et ces traces sur les coudes, comme si le bonhomme était tombé en arrière.

Vers 18 heures, Jeannette Legendre entrait dans l'appartement et fondait en larmes en découvrant son père allongé sur le sol, recouvert du drap qu'un des policiers venait d'étendre, après les explications du légiste.

— Mais que s'est-il passé ? Ce matin, il allait très bien ! De quoi est-il mort ?

Jeannette Legendre fixait tour à tour tous les policiers, triturant entre ses mains un petit mouchoir rose. Les policiers hommes se défaussèrent et regardèrent avec insistance Ingrid Sainte-Rose, comme pour lui dire « Tu as plus de tact que nous, et tu connais les mots qu'il faut dire aux femmes ! » Ingrid hocha la tête, ce qui pouvait signifier « OK les gars, je m'en souviendrai, je ne vous louperai pas ! » Les policiers se sentaient toujours impuissants, et n'étaient vraiment pas à l'aise quand il fallait annoncer ou expliquer les causes de la mort à un membre de la famille.

Ingrid Sainte-Rose prit Jeannette Legendre à part, et avec beaucoup de douceur et de délicatesse, précisa que l'autopsie était indispensable pour connaître les causes de la mort.

De son côté, Sébastien Morin appelait les pompes funèbres pour qu'ils viennent récupérer le corps. Quand Léonce Legendre fut emmené dans la traditionnelle housse en plastique, un policier de l'arrondissement bloqua la porte de l'appartement avec un système de fortune et mit les scellés.

Debout, Mistral regardait tour à tour Morin, Sainte-Rose, Calderone et Dalmate tout en examinant les photos numériques prises par l'IJ de l'appartement et du corps de Léonce Legendre.

— Que dit le légiste ?

— Autopsie. Il n'est pas sûr des causes de la mort. Il a dit texto : « *Ce qui penche pour la mort naturelle, l'absence de violence apparente, mort paisible dans le fauteuil, pas de désordre dans la pièce, possible problème cardiaque lié à la canicule, comme tant de personnes âgées en ce moment.* »

— Et je parie qu'il a pensé homicide à cause des traces autour de la bouche et des coudes. Il n'y a plus qu'à attendre, mais j'avoue que je ne crois pas à certaines coïncidences. Des questions ?

Les policiers firent non de la tête, en silence.

Sébastien Morin ferma la boucle du casque, ajusta ses gants et quitta le Quai des Orfèvres en direction de son domicile à Vincennes. Il faisait chaud, mais en moto, avec la visière du casque relevée, c'était particulièrement agréable, à condition de rouler pour que l'air circule dans le casque. Il passa devant le Palais de justice et tourna ensuite à droite sur le pont au Change. Un bateau-mouche bourré de touristes remontait la Seine, éclairant de tous ses projecteurs les façades des prestigieux monuments parisiens qui bordaient les quais du fleuve. Morin regardait les lumières qui se déplaçaient sur le bâtiment de la brigade de protection des mineurs du quai de Gesvres, et de l'autre côté de la rive, sur l'arrière de l'Hôtel-Dieu au fil de la progression du bateau-mouche.

Le feu passa au vert, Morin démarra rapidement. La circulation était fluide, la voie libre et, quand il arriva au croisement du pont Sully, il ralentit légèrement. Il aurait sans doute dû accélérer pour franchir plus rapidement le carrefour. Une grosse voiture déboula à vive allure du pont, sans s'arrêter au feu rouge. Son conducteur était occupé à composer un numéro de téléphone. Morin tenta *in extremis* de se déporter sur la gauche et d'accélérer. Mais c'était trop tard. Le lourd véhicule percuta la moto au niveau de la roue arrière, la propulsant contre un arbre. Morin fut éjecté et atterrit contre la bordure du trottoir. Il ressentit illico des douleurs aiguës dans les jambes. La voiture continua son chemin boulevard Henri-IV.

À 3 heures du matin, l'état-major réveilla Mistral qui était plongé dans un mauvais sommeil, peuplé de rêves désagréables. Il avait le cœur qui cognait fort quand il décrocha son téléphone, ne sachant pas exactement s'il était dans le cauchemar ou la réalité.

— Désolé de vous réveiller. Morin a eu un accident de moto, il est à la Salpêtrière les deux jambes fracturées, des traumatismes un peu partout.

Mistral enregistrait les mots, mais n'arrivait pas à ordonner ses idées.

— C'est grave ?

— Il a eu beaucoup de chance, malgré tout, rien de très grave, mais on ne va pas le revoir de sitôt. Le type qui l'a percuté ne s'est pas arrêté, les équipes de la nuit sont sur le coup.

— Quand pourra-t-on se rendre à l'hôpital ?

— D'après les médecins, pas avant cet après-midi.

Mistral se recoucha, Clara avait saisi les mots « C'est grave » et demanda de quoi il s'agissait. Mistral lui donna une explication à laquelle elle ne comprit strictement rien, et se garda bien de la lui faire répéter, Ludovic venait de se rendormir.

Extrait des cahiers « Journal et rêves » de J.-P.B.

Année 1984

Je fais des rêves épouvantables. Des vrais. De ceux qui réveillent et me laissent haletant, décomposé, les jambes en coton, le cœur qui sprinte et une envie de pleurer qui cesse dès que j'ai conscience qu'il s'agit d'un cauchemar. J'en ai eu deux à quelques semaines d'intervalle. Terribles. Le premier, j'ai cru que mon chien Tom était mort. Je me suis levé, les larmes aux yeux et j'ai cavalé dans le salon où il dormait. Le chien était peinard, il pionçait du sommeil du juste. Quand Tom m'a vu, de ses yeux endormis, il a soulevé sa belle tête, et a remué la queue, toujours content quand je suis là, quelle que soit l'heure ! J'ai réellement eu peur, parce que Tom est mon confident, il m'écoute en me regardant, sans bouger. Parfois, je suis sûr qu'il comprend. Je crois que je ne lui ai pas encore tout dit. Je crains que ce rêve ne soit prémonitoire, et de retrouver Tom un matin, raide mort.

Le second cauchemar m'a fait bondir et tomber du lit, je me tordais de douleur, je me tenais le visage en fonçant à la salle de bains, mais je n'avais rien. Seulement mal, insupportablement mal. Pourtant, en m'examinant devant le miroir, je me suis évanoui. En chutant, ma tête a heurté une première fois le lavabo puis le radiateur en fonte. K-O ! Je me suis réveillé quelques minutes plus tard, il y avait du sang de partout. Le cuir chevelu c'est impressionnant quand ça saigne, mais ce n'est pas grave. J'ai passé une journée pourrie, avec des douleurs qui m'ont cloué au lit.

Ma mère m'a donné des comprimés toutes les quatre heures, de la soupe chaude en disant « Bois, ça fait du bien ! » Au bout d'un moment, j'en avais tellement marre, même si ça partait d'un bon sentiment, que lorsqu'elle entrait dans la chambre, je faisais semblant de dormir. Et puis je me suis endormi pour de bon. J'ai replongé dans mon rêve qui est maintenant partie intégrante de moi. Le seul qui dure depuis des années. La poursuite d'une ombre, d'une silhouette, d'un garçon, qui ne veut jamais se retourner, ni me parler, je ne connais pas son visage. Au fil des années, je me suis rapproché de lui, presque à le toucher, mais, alors que je ne suis qu'à quelques centimètres, je tends la main et j'ai l'impression qu'une glace nous sépare, je ne peux pas aller plus loin.

Peut-être qu'un jour, j'y arriverai. Peut-être pas.

16

Mardi 12 août 2003

Ambiance morose, ce matin à la brigade criminelle, après l'accident de Sébastien Morin. Dalmate et son groupe étaient en discussion avec Mistral et Calderone.

— Il y a peu d'éléments sur la voiture qui a cartonné Morin. Je viens de lire la procédure établie par le service de nuit. Les rares témoins ne sont pas tous d'accord sur le modèle. Ça commence bien ! L'un pense que c'est un break Volvo marron, un autre est sûr d'avoir vu un monospace Chrysler bleu foncé, les deux ou trois autres ne se souviennent pas de la marque. Sinon, la voiture a un phare de cassé, le service de nuit a ramassé tous les morceaux possibles. Avec un peu de chance, en reconstituant une partie du bloc phare, on connaîtra le type de voiture. La moto de Morin est au garage central pour examen du choc, traces de peintures éventuelles, etc.

Mistral venait de résumer le début de l'enquête.

— D'autres nouvelles de Sébastien ?

— Ce matin, j'ai appelé l'hosto et j'ai senti une ambiance survoltée, mais la personne de l'accueil m'a passé le service où se trouve Morin, répondit Calderone. J'ai pu parler deux minutes avec l'infirmière de l'étage. Il n'a aucun organe sensible de touché. Les blessures les plus importantes sont les deux jambes fracturées. Apparemment, il a mal de partout, mais c'est classique dans ce type de choc. Visites autorisées à partir de 14 heures.

— J'aimerais bien avoir un œil sur l'enquête, ce n'est pas une mesure de défiance vis-à-vis des collègues qui l'ont démarrée, mais comme c'est un de mes équipiers, je préférerais, si vous en êtes d'accord, dit Dalmate.

— Oui, bien sûr, Paul. De plus, Morin aura le moral dopé de savoir que ses collègues du groupe sont aussi sur le coup, répondit spontanément Mistral.

Ce dernier poursuivit en s'adressant aux autres policiers :

— Cet après-midi, j'irai avec Paul à l'hosto. Pas la peine d'y aller tous, ça va le fatiguer. Vous irez lui rendre visite dans la semaine. S'il y a quelque chose de chaud pendant qu'on est avec Morin, vous en dites deux mots à Vincent, et vous me laissez un message sur le portable.

Dans un minuscule restaurant du Xe arrondissement, Zahid Khan et Hafiz Jaabar, deux jeunes Pakistanais, accablés de fatigue et écrasés par la canicule, terminaient leur dîner habituel qui se composait de poulet, de riz et de thé. Mieux valait ne pas être trop regardant avec l'hygiène de la cuisine. Les assiettes et gobelets en plastique ainsi que des couverts en métal ordinaire, tordus et redressés tant bien que mal, constituaient l'équipement de base de chaque table. Le sol graisseux collait aux chaussures, et quand une serviette en papier tombait par terre, seuls les téméraires la ramassaient pour s'en servir à nouveau.

Zahid et Hafiz avaient leurs habitudes dans ce bouiboui fréquenté par d'autres Pakistanais issus de la même région. Midi et soir, ils prenaient là leur repas et retardaient le plus possible le moment d'aller se coucher en fumant des cigarettes, buvant du thé, discutant ou regardant la télévision quand il y avait du foot. Travailleurs clandestins, les deux hommes possédaient chacun un diable, précieux instrument de travail, dont les poignées étaient recouvertes de plusieurs couches de ruban adhésif marron pour éviter les ampoules. Ces diables leur servaient à transporter des cartons remplis de vêtements, de fruits ou d'autres produits, en fonction du patron qui les employait à la journée. Ils logeaient à six dans un taudis de treize mètres carrés, sans eau, qu'ils louaient une fortune à un riche compatriote. Des toilettes immondes et un lavabo minuscule se trouvaient dans la cour de l'immeuble insalubre qui menaçait de s'écrouler sur ses occupants. C'était leur seul point d'eau potable.

La pièce qu'ils partageaient était tellement petite et encombrée qu'ils ne pouvaient y ranger leur diable. Hors de question, non plus, de laisser leur gagne-pain dans la cour sans surveillance ! Comme les autres Pakistanais de la chambre, ils attachaient solidement leur chariot avec un antivol de moto à une grille, mais prenaient le soin de démonter, tous les soirs, les roues qui se volaient facilement. Avant de se coucher, ils emballaient la paire de roues dans un sac et la glissaient sous leur matelas.

Ce soir, Zahid et Hafiz étaient particulièrement ravis, ils avaient de l'argent dans les poches. Un commerçant pakistanais, administrativement en règle, pour lequel ils charriaient souvent d'énormes cartons de vêtements, leur devait une trentaine de jours de salaire. Le commerçant tardait à les payer, sachant que des clandestins n'iraient jamais le dénoncer à la police. Un soir où les deux jeunes Pakistanais s'étaient montrés très virulents, il leur avait donné un peu d'argent et, à chacun d'eux, un téléphone portable. Les deux jeunes Pakistanais avaient d'abord refusé, exigeant la totalité de leur dû, mais voyant qu'ils pouvaient joindre leur village natal et parler à la famille, avaient finalement accepté. Les deux téléphones pouvaient aussi leur rapporter de l'argent s'ils faisaient payer les communications aux autres Pakistanais. Depuis deux jours, ils avaient ainsi gagné plus d'une centaine d'euros, sans se poser la question de savoir combien de temps encore ils profiteraient de cette aubaine.

José Farias et Roxane Félix étaient en discussion avec Vincent Calderone.

— Les deux téléphones de Dimitrova fonctionnent plein pot, surtout entre 2 heures et 8 heures du matin. Ils sont accrochés sur une borne d'un opérateur, dans le Xe arrondissement, à côté de l'hôpital Saint-Louis, et n'en bougent pas. Le reste du temps, ils sont éteints.

— Des insomniaques ?

Calderone regardait alternativement Farias et Félix en posant cette question. Félix poursuivit en détaillant les feuillets qu'elle avait en main.

— Non, le décalage horaire. Les téléphones ne fonctionnent qu'à destination du Pakistan, et plus exactement vers un bled à côté d'Islamabad. Ce sont les huit mêmes numéros qui sont appelés.

— Il faut être prudent avec cette zone, avança Calderone. Soit c'est une piste terroriste, mais je vois mal des terros utiliser des téléphones appartenant à une personne assassinée, donc traçables. Soit les deux téléphones ont été fourgués à des Pakistanais qui font du business de communications avec. Qu'en penses-tu José ?

— La même chose que toi. Plutôt le business. C'est fréquent dans ces communautés. Les types sont loin, ils ont le mal du pays, pas de fric à dépenser pour téléphoner. Quand une combine se présente, ils plongent dessus. C'est compréhensible.

— Oui, bien sûr. Mais il faut les interpeller pour savoir comment ils sont entrés en possession des téléphones. On peut les localiser quand ˋ

— J'ai demandé le fourgon technique. Cette nuit, quand ils appelleront au pays, on devrait pouvoir les intercepter.

— OK. José, commence à préparer le dispositif d'interpellation, j'attends que le patron rentre avec Paul pour le lui soumettre, ça peut attendre.

Dalmate se gara à l'ombre, près de l'accueil de l'hôpital. En entrant dans le hall, les deux policiers perçurent immédiatement la tension qui régnait. Les employées de la réception étaient complètement débordées par des proches à la recherche de parents ou de connaissances, victimes de la canicule, ne sachant pas dans quel hôpital ils avaient été conduits.

Manifestement, ce n'était pas la première journée où ça se bousculait. Tout le monde était sur les nerfs, cela s'entendait dans le ton et dans les voix surexcitées. Des personnes couraient dans tous les sens, personnel de santé, administratifs, visiteurs. Mistral et Dalmate étaient abasourdis devant une telle agitation.

— Quand on entend à la radio que les hôpitaux sont au bord de la rupture, il faut le voir pour le croire !

— Je crois que le pire c'est aux urgences que ça se passe.

Un couple, dont la femme était proche de la crise de nerfs, était cramponné au guichet de l'accueil avec la ferme intention de ne pas le lâcher tant qu'il n'aurait pas obtenu satisfaction. Le père de la dame avait été transporté moribond dans un hôpital, leur avait indiqué un voisin, mais il ne savait pas où. Le couple avait questionné le central des admissions des hôpitaux parisiens, qui l'avait dirigé sur la Salpêtrière. L'hôtesse de l'accueil avait tapé le nom de la personne avec toutes les orthographes possibles, et se bornait à dire que cette personne n'avait pas été admise dans cet hôpital.

Voyant la situation irrémédiablement bloquée, Mistral présenta sa carte professionnelle et demanda où se trouvait Sébastien Morin. L'hôtesse, visiblement heureuse d'avoir cette personne enregistrée dans le terminal, donna les indications avec un grand sourire, pour indiquer la direction du pavillon où était le jeune policier.

Le bâtiment où Morin était hospitalisé n'échappait pas à la règle. Des personnes âgées sous perfusion, étendues sur des brancards alignés dans les couloirs, attendaient dans le silence une place dans une chambre. Le personnel hospitalier, complètement surchargé, tentait de faire face au mieux. Mistral et Dalmate avaient peine à croire ce qu'ils voyaient, et déambulaient dans les couloirs, à la recherche de la chambre de Morin.

Quand les deux policiers entrèrent dans la chambre qu'ils cherchaient, elle était occupée par trois patients, dont deux personnes âgées mal en point, les lits séparés par des paravents. Ils virent Morin, le cou enserré dans une minerve, le buste en position légèrement redressée, les jambes plâtrées, et un bras en écharpe. En apercevant Mistral et Dalmate, Morin eut un sourire de soulagement. Une infirmière achevait de régler une perfusion dans son bras valide. Elle était visiblement épuisée, et n'arrivait pas à le dissimuler.

— J'ai l'impression que la situation est bien plus dure que ne le laissent entendre les médias, lui dit Mistral.

Pendant qu'elle complétait la fiche médicale du patient, elle répondit à Mistral.

— Personne, à part les pompiers et les flics qui ramassent les cadavres, ne peut imaginer ce qui est en train de se produire, les urgences n'arrivent plus à accueillir les patients ! On manque de personnels, vacances obligent, mais, même en temps normal, on est déjà en sous-effectif ! Les morgues des hôpitaux sont pleines, et il faut maintenant quinze jours d'attente pour enterrer les morts, alors que la loi fixe à six jours la durée maxi pour régler les obsèques ! Une vraie catastrophe sanitaire ! Si la canicule dure, je n'ose même pas imaginer les conséquences.

L'infirmière quitta la chambre en soupirant, rajusta son stéthoscope et rangea le stylo dans la poche de sa blouse.

Après quelques phrases échangées entre Mistral et Morin, Dalmate posa sur le lit des magazines spécialisés dans les ordinateurs et les jeux électroniques.

— Merci pour les revues. Qui vous a dit que j'étais fana de ces trucs ?

— Roxane. D'ailleurs elle viendra te voir demain.

— Tant mieux, je suis sûr qu'elle apportera des macarons. Quand j'y repense, j'ai vraiment eu de la chance ! J'aurais pu y passer, à cinquante centimètres près, si le type m'avait percuté plein axe !

— Vous souvenez-vous de la voiture ?

— Strictement rien, uniquement une paire de phares qui me foncent dessus.

— Paul va suivre l'enquête pour retrouver le chauffard.

Morin était visiblement heureux du soutien de son service.

— Heureusement que j'avais mon porte-bonheur, je suis sûr que je lui dois la vie !

— Tu crois à ces trucs ? Je te voyais plus terre à terre. Et de quoi s'agit-il, si je peux me permettre ?

Mistral observait l'échange entre Morin et Dalmate, se souvenant des légères tensions entre les deux hommes, ces jours derniers, quand Morin se montrait trop curieux sur le parcours de séminariste de Dalmate.

— Je suis sûr que tu vas apprécier, Paul, dit Morin avec une pointe d'ironie. C'est un bout de corde de pendu. Un suicide. Ma première enquête décès quand j'étais en commissariat. Un vieux commandant m'accompagnait, et c'est lui qui m'a indiqué le truc. Quand on a dépendu le type, il a coupé une dizaine de centimètres de la cordelette en nylon et me l'a donnée. Je la garde depuis dans l'étui de ma brème[1]. La preuve, ça m'a porté chance !

Dalmate regardait fixement Morin, incrédule.

— Absolument ahurissant d'entendre des trucs pareils ! Si sa famille t'avait vu avec le morceau de corde dans la main, qu'est-ce que tu aurais dit ?

— J'aurais improvisé, je n'en sais rien, mais je me serais débrouillé.

Dalmate, pragmatique, ne croyant absolument pas aux porte-bonheur, tentait de convaincre Morin, d'un ton monocorde et professoral, qui ne cédait aucun pouce de terrain sur la valeur de sa corde de pendu.

1. Brème : jargon policier désignant la « carte de police ».

Mistral et Dalmate quittèrent Morin qui avait le moral au beau fixe, lui promettant qu'il aurait régulièrement de la visite de ses coéquipiers.

En roulant vers le Quai des Orfèvres, Dalmate conduisait lentement et avec souplesse au milieu de la circulation dense. Mistral luttait contre le sommeil et se retenait de bâiller.

Il grimpa sans entrain les marches d'escalier jusqu'à la brigade criminelle, fit une halte devant la machine à café. Dalmate déclina l'invitation.

En entrant dans son bureau, Mistral remarqua que la secrétaire avait déposé sur son sous-main la liste des personnes qui avaient cherché à le joindre, dont une plusieurs fois : le juge d'instruction Nicolas Tarnos à Pontoise. Elle avait entouré, de rouge, le numéro de téléphone du juge en écrivant à côté « Urgent – ligne directe ». Vincent Calderone pénétra dans le bureau pour parler de la localisation des téléphones portables de Lora Dimitrova alors que Mistral venait de composer le numéro de téléphone du magistrat. Il pointa du doigt pour Calderone, sur la liste des interlocuteurs qui avaient tenté de le joindre, le nom de Nicolas Tarnos.

Le juge prit l'appel très rapidement. Mistral lui indiqua qu'il mettait l'amplificateur du téléphone pour que son adjoint, présent dans la pièce, puisse suivre la conversation.

— L'avocat de Jean-Pierre Brial vient de m'indiquer que la brigade criminelle de Paris enquêtait sur trois meurtres similaires à ceux que j'ai actuellement à l'instruction dans le dossier Brial. Pourquoi ne pas m'avoir appelé plus tôt ?

Mistral fut à la fois surpris et contrarié par cette information que lui livrait le juge d'instruction.

— Je devais le faire, mais je ne vous cache pas que j'ai eu quantité de travail avec ces meurtres. J'avais projeté de vous rendre visite rapidement. Je voulais être sûr aussi, en lisant la procédure des gendarmes, qu'il y avait bien similitude.

— C'est le cas ?

— Je le crains. Par qui l'avocat en a-t-il été informé ?

— Il m'a dit que c'était par un journaliste parisien. Mon greffier a pris également l'appel de ce journaliste, dont il n'a pas, à tort, relevé le nom. Il cherchait des informations sur l'affaire Brial. Mais comme je ne communique jamais avec la presse, il l'a éconduit poliment. Et de votre côté, la presse a-t-elle tenté de vous joindre ?

— Non, pas à ma connaissance, c'est ce qui me surprend le plus. Quelles sont les intentions de l'avocat ?

— Il m'a prévenu qu'il allait en parler aux médias et demander une mise en liberté immédiate de Brial.

Le juge posa ensuite de nombreuses questions à Mistral sur les trois affaires parisiennes, les victimes, le mode opératoire, les miroirs, le linge, les liens, les mots déposés sur les corps, les prélèvements ADN, etc. Calderone, concentré, écoutait l'échange entre le magistrat et le policier.

— C'est exactement pareil dans le dossier Brial, conclut le juge d'instruction. Quand Brial a été arrêté, la presse locale a parlé de ce triple meurtre, il y a même eu quelques images tournées par France 3. J'ai exigé le black-out sur les visages massacrés recouverts d'un linge, ainsi que sur les mots laissés sur les corps, les phrases de Sénèque qui, soit dit en passant, n'évoquent rien de précis. De mon côté, j'ai fait des recherches approfondies sur ces phrases, et ça ne donne rien. Rien qui puisse les relier ou expliquer des meurtres. Et vous ?

— Nous avons trois phrases tirées de l'Ecclésiaste, mais pour l'instant c'est le grand mystère.

— Il faudrait voir s'il existe un lien avec celles de Sénèque.

— Oui, c'est prévu. Quelle est votre opinion sur Brial ?

— Je dois dire que je suis devenu plus circonspect. Même s'il a un système de défense nul, et que son alibi est médiocre. Son avocat relève, à juste titre, que l'ADN de Brial découvert sur les lieux du crime ne provient pas du sperme, ce qui aurait clos toute discussion, et, là, Brial aurait eu bien du mal à justifier qu'il n'avait rien fait.

L'ADN prélevé correspond à celui d'une personne qui vient travailler dans une maison, sans forcément une intention criminelle, et qui laisse des traces de contact, là où elles devraient être.

— Et pour le sang ?

— Une simple tache, qui peut parfaitement correspondre à une écorchure bénigne d'un bricoleur. Ce seul élément ne peut faire basculer l'enquête.

— Il est accrocheur l'avocat ?

— Plutôt, oui ! Il a vu que le dossier était loin d'être en béton, qu'il y avait des failles et il s'y est engouffré !

— S'il obtient gain de cause, dans combien de temps Brial est-il dehors ?

— Dans un mois au maximum, c'est plié. Surtout si votre enquête met en évidence un autre tueur. Un juge d'instruction a-t-il été désigné dans vos dossiers ?

— Oui. Il s'agit de Christian Baudouin. Je lui dirai de prendre attache avec vous.

Le juge d'instruction et Mistral échangèrent encore quelques idées, puis Mistral reposa le téléphone et interrogea Calderone du regard.

— Ça se complique si la presse s'en mêle !

— Je trouve curieux qu'aucun journaliste parisien n'ait cherché à nous joindre et appelle directement un avocat ! J'ai l'impression de ne pas avancer et de subir. On n'a strictement rien à exploiter !

— Peut-être que si, justement, on a une petite piste.

Calderone détailla la localisation des deux téléphones de Dimitrova, et l'opération prévue dans la nuit, ce qui redonna de l'espoir à Mistral. Il se fit préciser le dispositif d'interpellation prévu, calé par Calderone, et l'approuva.

Vers 20 heures, en allant chez Balmes, Mistral croisa Dalmate et Farias en conversation dans le couloir. « *Dalmate est de plus en plus hermétique et sombre, mais il manifeste de l'intérêt pour l'enquête* », remarqua Mistral.

Dalmate s'adressa à Farias sans le regarder, tout en marchant lentement, sur ce même ton monocorde qui le caractérisait, mais avec de l'autorité dans la voix.

— À part les appels au Pakistan, tu as eu d'autres informations sur les portables de Dimitrova ?

— Non, pas encore. C'est leur géolocalisation qui a permis l'identification des numéros au Pakistan.

— Quand vas-tu recevoir la liste des appels pour les mois précédents des portables de Dimitrova ?

— Demain matin. Je passerai la chercher, c'est prévu.

— Dès que tu as ces informations, tu me les apportes immédiatement.

— Ah bon ? Je croyais que tu voulais que je m'en occupe.

— J'ai changé d'avis, je les exploiterai moi-même, pour me faire la main.

— Ce n'est pas le travail d'un chef de groupe, Paul.

— C'est moi qui décide, José.

— Comme tu voudras.

Farias sut que les phrases courtes de Dalmate ne souffraient pas de discussion.

Mistral fit un point complet de la journée avec Balmes, et souligna les éventuelles interpellations prévues dans la nuit à venir. Balmes balança quelques expressions imagées et bien senties, et demanda à Mistral de le prévenir du résultat des opérations.

Mistral rentra chez lui avec l'intention de se reposer avant de rejoindre, à minuit trente, au Quai des Orfèvres, les équipes du dispositif d'intervention.

Pendant le dîner, Clara écoutait Ludovic raconter sa journée de travail. Il resta évasif sur l'opération qui devait se dérouler dans la nuit. Clara posa ses couverts lentement.

— Tu vas y aller ?

— Bien sûr ! Surtout sur une affaire comme celle-là !

— C'est dangereux ?

— Pas du tout. D'autant qu'on va être très nombreux. Ne t'inquiète pas !

— Si, je m'inquiète, et tu sais pourquoi. Une fois, ça suffit. En plus, tu es complètement épuisé, et tu ne t'en rends pas compte.

Ludovic ne releva pas les derniers mots de Clara, parla de choses et d'autres, mais n'arrivait pas à détendre l'atmosphère, et elle resta avec lui jusqu'à ce qu'il parte.

— Téléphone-moi, dès que c'est fini. Tu ne me réveilleras pas, je ne vais pas pouvoir dormir !

Vers une heure du matin, l'homme regagna son studio, exténué de fatigue, de stress et de peur. Les derniers objets ayant appartenu aux trois victimes dormaient au fond de la Seine. Pour faire bonne mesure, il avait tout détruit à coups de marteau, rempli les sacs de sable avant de les balancer dans le fleuve. Avant et après, il avait ingurgité, en tout, une dizaine de bières, mais il était resté suffisamment lucide.

Maintenant, assis sur une chaise, les coudes posés sur ses cuisses et la tête entre les mains, l'homme réfléchissait.

Il devait pouvoir être prêt à s'enfuir dans les jours à venir, à tout prix. Il se leva, ouvrit son armoire. À hauteur des yeux, sur une étagère entre deux piles de chemises bleu clair parfaitement repassées, se trouvait une boîte plate. Avec des gestes précis, il ôta le couvercle de la boîte et en fit sortir un rasoir sabre à la lame brillante très aiguisée. Il était heureux de retrouver son vieux compagnon. Le manche en ivoire était percé d'un petit trou par lequel coulissait une très fine lanière de cuir qu'il passa autour de son cou. Il laissa pendre le rasoir dans le dos sous sa chemise, puis, avec des gestes mis au point depuis des années, il croisa ses mains derrière la nuque, comme s'il obéissait à un contrôle de police. Le pouce de sa main droite ramena la lanière en cuir, il sentait le rasoir remonter dans son dos. Soudain, son bras droit se détendit et balaya l'espace devant lui, la main crispée sur le manche du rasoir ouvert. La lame acérée trancha le vide en sifflant.

17

Mercredi 13 août 2003

À 0 h 50, Mistral termina le briefing de l'opération d'interpellations. La vingtaine de policiers de la brigade criminelle avait reçu le renfort d'une unité de la brigade anticriminalité de nuit. Les véhicules des deux services se regroupèrent dans le haut de l'avenue Parmentier, près de la rue du Faubourg-du-Temple, attendant que le fourgon, bourré de technologie pour localiser les téléphones portables, identifie formellement le lieu d'émission des appareils. L'avenue Parmentier, large et peu encombrée, permettait les déplacements rapides.

Vers 2 heures du matin, la même borne installée sur le toit d'un immeuble en face de l'hôpital Saint-Louis accrocha les deux téléphones mobiles. À l'intérieur du fourgon banalisé de la police, sur les écrans de contrôle, s'affichèrent les numéros des portables de Dimitrova mis en observation.

— C'est parti, murmura un des techniciens, comme si on pouvait l'entendre de l'extérieur.

Roxane Félix, à l'intérieur du fourgon, transmit par radio l'information à Mistral.

Sur les moniteurs, deux numéros avec les indicatifs du Pakistan apparurent. Les téléphones venaient d'entrer en fonctionnement. Le fourgon démarra lentement, et entreprit de rayonner à partir de la borne, pour localiser les deux portables. Roxane suivait des yeux la progression de leur véhicule sur un plan de l'arrondissement figurant sur un des écrans. Pendant ce temps, les équipes d'intervention attendaient le top départ. Une demi-heure plus tard, le véhicule s'engagea dans la rue Jean-Moinon. C'était une rue étroite, dont la plus grande partie des vieux bâtiments, de deux ou trois étages, étaient murés. D'autres servaient de squat à différentes communautés. Le conducteur remarqua un groupe de huit ou dix hommes sur le trottoir en train de fumer et discuter, devant l'entrée d'un immeuble vétuste, dont les fenêtres étayées indiquaient l'état de délabrement de la construction. La canicule maintenait les gens dans la rue, uniquement des hommes, et le fourgon dut rouler à très faible vitesse parmi les piétons qui déambulaient.

Sur les écrans, les deux numéros de portables cessèrent de clignoter, et demeurèrent fixes. Deux points rouges apparurent, les portables venaient d'être localisés à l'intérieur de l'immeuble. Le fourgon continua sa route, sous les regards inquisiteurs des types qui occupaient la rue. Roxane relaya aussitôt l'information vers Mistral.

— Les téléphones sont situés au début de la rue Jean-Moinon, exactement au numéro 10, c'est sur la droite. Devant l'entrée, il y a environ une dizaine d'hommes. C'est une ruelle qui commence dans la rue Saint-Maur. Elle est bourrée de squats, et la rue est remplie de gens.

Mistral adapta le dispositif d'interpellations avec les indications fournies par Roxane.

— Premier objectif, neutraliser les types à l'extérieur avant qu'ils donnent l'alerte. C'est la BAC qui s'en occupe. Pendant ce temps, avec le reste des effectifs BAC et ceux de la crim, on fonce à l'intérieur et on interpelle tous les occupants. Il doit y avoir, dans ce bâtiment pourri et squatté, un maximum de clandestins, les types vont vouloir se sauver par tous les moyens possibles, croyant avoir un contrôle de l'immigration. C'est là qu'il faudra faire gaffe. L'objectif étant, uniquement, de trouver les gars qui utilisent les portables.

Moins de quinze minutes plus tard, jaillissaient de trois voitures les policiers de la BAC qui neutralisèrent sans difficulté les Pakistanais devant l'entrée de l'immeuble, terrorisés à la vue des hommes en noir. Dans la rue, c'était la fuite, des cris fusaient en turc, en pakistanais, en chinois.

Mistral et les autres équipes d'intervention foncèrent dans un couloir marron, sale, éclairé par une pâle ampoule de 25 watts couverte de chiures de mouches, laissant apercevoir des boîtes aux lettres éventrées, et des immondices au sol. Le couloir débouchait sur une cour intérieure, aux pavés mal ajustés, où des hommes jouaient aux cartes. D'autres discutaient, aucun ne téléphonait. Mistral continua sa course avec une partie de l'équipe, les autres policiers étant occupés à neutraliser les types dans la cour.

L'immeuble comportait deux étages et trois appartements par étage, aux pièces minuscules. Personne au premier étage. Au second, de la lumière filtrait sous la porte d'un appartement, la porte vola en éclats. Une pièce, un peu plus grande que les autres, des tapis, deux ou trois tables basses, une théière et des tasses. Quatre types à genoux assis sur les talons, deux avec un téléphone à l'oreille, un regardait une montre, l'autre ramassa prestement des billets. Les types ne craignaient pas les policiers avec leurs armes, Mistral le comprit aussi, et, en même temps qu'il s'approchait de celui qui récupérait les billets, il remit l'arme à l'étui.

Le jeune Pakistanais, plus rapide, faisait tournoyer à toute vitesse un poignard à la lame longue et pointue, avec lequel il menaçait Mistral. En moins d'un millième de seconde, Mistral pensa *« Ça ne va pas recommencer ! »* mais, bloqué, il ne réagissait pas, regardant le jeune homme tenant le poignard à moins d'un mètre de lui.

Vincent Calderone devina instantanément ce qui se produisait et fonça sur le type au poignard. Celui-ci bondit en arrière et plongea vers la fenêtre ouverte. Calderone suivit et le rattrapa par le cou alors qu'il était déjà parvenu à enjamber la balustrade. Le jeune Pakistanais se débattait, Calderone parvint à le maîtriser sans difficulté, bloqua le bras qui tenait le poignard, et le ramena dans la pièce. Les quatre types furent interpellés en moins d'une minute, même si le temps perçu semblait indiquer une durée d'action plus longue.

— Merci, Vincent, dit simplement Mistral. Je ne sais pas ce qui s'est passé et…

— Je ne vois pas pourquoi, j'étais sur votre gauche et plus près du type que vous.

— Si vous le dites…

Dans les couloirs de la brigade criminelle, une quinzaine de Pakistanais menottés, répartis dans les bureaux, attendaient le début de leurs auditions. Le rouleau compresseur de la procédure était en action. Mais les auditions nécessitaient des interprètes, qui, à 4 heures du matin, étaient soit dans leur lit avec l'intention d'y rester, soit absents de Paris pendant l'été. En attendant, les heures de garde à vue tournaient, et pour ne pas perdre de temps, les interpellés étaient photographiés, leurs doigts passés au rouleau encreur et déroulés sur des fiches cartonnées pour la prise d'empreintes digitales, et des bâtonnets de Coton-Tige frottés dans les bouches pour les prélèvements ADN.

En revanche, Zahid Khan et Hafiz Jaabar, que tous les autres avaient, d'emblée, désignés comme étant les propriétaires des téléphones portables, se trouvaient, l'un dans le bureau de Calderone, l'autre dans celui de Dalmate. Pendant que des éléments d'enquête étaient recueillis, oralement, dans un anglais peu académique, mais qui permettait aux Français et aux deux Pakistanais de se comprendre, Mistral rassura Clara : « C'était une opération de routine, rien de dangereux, je te l'avais dit. Je suis au bureau et je ne rentre pas de suite. Mais oui, je te rappellerai. » Puis, il informa Balmes : « On a nos deux types, il n'y a pas eu de problème dans les interpellations, la BAC-N a assuré. Dès que j'en sais davantage, je te rappelle. »

Mistral fila à la machine à café en regardant l'agitation de la brigade. Il affectionnait ces ambiances si particulières aux services de police qui fonctionnaient non-stop afin d'exploiter toutes les pistes pour retrouver un criminel.

Son gobelet à la main, Mistral étudia avec attention les photos épinglées sur un panneau de liège, en gros plan les photos des six victimes et celles des six scènes de crime. *« Elles sont strictement identiques. C'est le même type, c'est évident, mais ce n'est pas possible. »* Dopé par l'adrénaline, l'activité et le bruit, il ne ressentait pas encore la fatigue, malgré son gros déficit d'heures de sommeil. Il ouvrit son mémo au samedi, où il avait consigné quelques réflexions après la lecture des procédures de l'Oise, et notamment : « Comparer les photos des scènes de crime de l'Oise avec celles de Paris. Il y a un truc qui ne colle pas. » Justement, Mistral les avait sous les yeux et les examinait avec attention. Il se concentra de nouveau sur la lecture des procès-verbaux, des constatations, et parcourut diverses auditions.

Vers 5 heures du matin, et quatre cafés plus tard, Calderone et Dalmate étaient assis dans le bureau de Mistral avec les résultats des auditions de Zahid Khan et Hafiz Jaabar.

— On a écouté leurs explications, séparément. Elles sont cohérentes. C'est simple, ce sont deux Pakistanais clandestins qui travaillent au black, pour un commerçant, également pakistanais, en règle et qui les sous-paye en espèces. Ils se sont montrés pressants avec l'employeur qui tardait à sortir ses billets. Le gars leur a donné pour partie du cash, et pour autre partie, les deux téléphones portables. Ils nous ont communiqué le nom et l'adresse du mauvais payeur, c'est dans le Xe aussi.

Mistral regarda machinalement sa montre.

— Bientôt 6 heures. L'heure du laitier et celle d'aller légalement chez les gens et les réveiller sans le café et les croissants. Paul, prenez votre équipe et ramenez le type, je ne pense pas qu'il possède des arguments pour faire le malin.

Calderone proposa un café à Mistral. Les deux hommes traversèrent la brigade criminelle en pleine activité.

— Les téléphones ont été analysés. Il n'y avait aucun répertoire, ni de données exploitables, les seuls numéros présents dans les appareils renvoient au Pakistan. Les deux types ont juré qu'ils les avaient reçus comme ça, et qu'ils s'en foutaient qu'il y ait des noms ou pas.

— Je m'en doutais un peu. Vincent, tout à l'heure pendant les interpellations, j'ai eu un blocage quand j'ai vu le poignard pointé sur moi.

— Je sais à quoi vous faites allusion. Je pense que c'est normal, c'est encore trop frais, il vous faudra du temps pour l'évacuer.

— Merci de votre réaction. Pour en revenir à nos meurtres, j'ai vu ce qui clochait dans les scènes de crime.

Calderone soufflait sur son gobelet de café. Il s'arrêta et regarda Mistral d'un air interrogateur.

— Les pièces où ont eu lieu les crimes sont rangées. Il n'y a pas de bordel, aucune table ni de chaises renversées. Rien. Tout est en ordre, zéro trace de lutte, alors que le légiste décrit des blessures de défense sur les victimes, ce qui signifie qu'il y a eu de l'agitation, et sans doute de la bagarre, dans la pièce.

— Vous pensez que le type a remis de l'ordre avant de partir ?

— Oui. J'en suis persuadé.

— Pourquoi ?

— Attendez, ce n'est pas fini. J'ai relu les procédures de la gendarmerie et les nôtres. Dans les six maisons ou appartements, il a retourné les chambres, mais, apparemment, il n'est entré ni dans les cuisines, ni dans les salles de bains. Les salons et les salles à manger où ont été retrouvées les victimes étaient tous impeccables, absolument bien rangés. C'est bien ce que nous avons vu !

— C'est vrai. Mais je ne comprends toujours pas.

— En fait, je pense que le type laisse les pièces comme il aurait voulu qu'elles soient. Inconsciemment, sans doute. C'est un maniaque de l'ordre, un obsédé de la netteté. J'ai commencé à avoir cette idée en tête lors du meurtre de Chantal Colomar. L'IJ après avoir passé le Blue Star a observé que des traînées de sang, provenant de la victime, avaient été lavées. Il voulait laisser la place nette. Quant aux chambres qu'il massacre, il y exprime vraisemblablement sa furie, et là, pour savoir laquelle, il y a des dizaines d'interprétations possibles.

— Je ne vous cache pas que tout cela ne m'avait pas sauté aux yeux.

— Mais je suis sûr que je passe encore à côté d'autres détails.

— J'ai déjà remarqué que l'aspect psy dans les enquêtes criminelles ne vous laisse pas indifférent. C'est ce que vous êtes allé chercher pendant votre stage au FBI à Quantico ?

— Oui, mais pas seulement. En matière d'analyse du comportement criminel et d'examen de scène de crime, leur unité spécialisée a quarante ans d'expérience de plus que nous ! Nous étions quatre policiers français en stage, et c'est ce mode d'investigation dans l'enquête qui nous a le plus intéressés.

— Est-ce que vous faites le rapprochement avec les cas que l'on vous a présentés ?

— Oui et non. Il n'y a pas deux cas similaires, ce serait trop simple.

Après le départ de Calderone, qui devait superviser le travail des groupes sur les types interpellés, Mistral continua la lecture fastidieuse des actes d'enquête. Il commençait à fatiguer, et se surprit à bâiller plusieurs fois d'affilée. Il alla aux toilettes s'asperger le visage d'eau froide, espérant que la torpeur allait le quitter. L'illusion dura quelques minutes, il n'insista pas, et décida de s'accorder une pause d'une heure pour tenter de récupérer. Il programma l'alarme de son téléphone pour être sûr de se réveiller. Il sombra instantanément dans un sommeil agité, dû à l'inconfort des lieux, à la trop grande fatigue accumulée, au mauvais café ingurgité et à son esprit englué dans la réflexion sur les six meurtres. Il naviguait entre rêve et réalité à la recherche d'un tueur sans visage, méthodique, et obsédé par l'ordre.

L'alarme du téléphone résonna dans le bureau. Elle tira Mistral, ankylosé, d'un mauvais sommeil, le cœur cognant à tout rompre. Il fit quelques pas, remit un peu d'ordre dans ses cheveux et ses vêtements, chercha un rasoir électrique dans ses tiroirs. Quand il le trouva, la batterie était déchargée, et il ne savait plus ce qu'il avait fait du cordon d'alimentation. Il renonça à se raser.

La pendule de son bureau indiquait 9 h 10 quand Dalmate et son groupe revinrent avec deux types interpellés, menottés dans le dos. Dalmate donna en quelques mots sobres les explications à Mistral.

— Le commerçant a été interpellé sans difficulté. Il a tout reconnu, le travail au black et les deux téléphones remis en guise de paiement. Le type a de suite envisagé l'amende phénoménale qu'il risquait de se prendre par le fisc. Du coup, il joue les mielleux et vendrait ses propres parents pour se tirer de là.

— Quelles explications donne-t-il pour les portables de Dimitrova ?

— Un de ses gars a trouvé un sac à dos, dans la rue, qui contenait les téléphones, et les a donnés à son patron, mais sans vraiment lui dire dans quelle circonstance il les avait récupérés. Le type habite dans la même rue que son boss, on l'a interpellé dans la foulée.

— La perquisition chez ce mec, ça donne quoi ?

— Rien. Il partage une pièce de douze mètres carrés avec quatre autres gars, il n'y avait que des trucs sans intérêt, des vêtements sales, des instruments de cuisine pourris, et des cafards énormes.

— Qu'est-ce qu'il raconte ?

— Qu'il était allé boire un coup chez des amis, il y a trois ou quatre jours, derrière la gare Saint-Lazare. En repartant, il descendait à pied une rue dont il ne se souvient pas du nom – mais il devrait pouvoir nous y conduire – quand il a vu une voiture quitter son stationnement. Jusque-là, rien d'extraordinaire. Les phares ont éclairé un sac à dos foncé.

Il n'y avait personne, il a pris le sac sans réfléchir, l'a mis à l'épaule et a continué sa route. Plus loin, il l'a ouvert et, à l'intérieur, se trouvaient les deux téléphones.

— Pourquoi a-t-il donné les téléphones au boss ?

— Encore une question d'argent assortie d'une dette de jeux. Le type devait du fric à son patron, et il s'est dit que les portables feraient l'affaire.

— Rien d'autre ?

Dalmate parlait de sa voix monocorde, sans émotion, toute la tristesse infinie du monde reposant sur ses épaules, le visage terne et pâle. Il regardait alternativement Mistral et Calderone, distillant les informations au compte-gouttes. Il se racla la gorge, avant de poursuivre

— Des gants en latex, une boîte de préservatifs, des morceaux de miroir, un bonnet en caoutchouc et une sorte de matraque.

— Bordel ! Tu ne pouvais pas le dire plus tôt ! Il l'a mis où, ce sac ?

Dalmate sursauta presque du fait de la vive réaction de Calderone.

— Il n'a pas aimé ce qu'il contenait, il a gardé les téléphones et jeté le sac dans une poubelle, dans une des rues qu'il a traversées.

— Ce n'est pas possible ! On est maudits dans cette enquête ! Le seul élément balèze, pulvérisé !

Mistral était assis, écoutant Dalmate, trop crevé pour se laisser aller à une démonstration quelconque, laissant Calderone s'exprimer, partageant en silence ses réactions.

— Bon, on prélèvera l'ADN des deux zigs, histoire quand même d'être sûrs qu'ils ne nous mènent pas un bateau, et puis on va continuer.

Mistral passa un long appel téléphonique avec le juge d'instruction Christian Baudouin pour lui relater le résultat des opérations. Le policier et le magistrat se connaissaient, et une relation de confiance s'était établie entre les deux hommes. La Police judiciaire et le Palais de justice faisant partie du même vieux bâtiment historique, il n'était pas rare de voir le magistrat venir prendre un verre avec les policiers.

Vers 10 heures, Balmes entra en coup de vent dans le bureau de Mistral pour connaître les résultats des interpellations de la nuit. Mistral exposa en détail la découverte des deux portables et ce que contenait le sac balancé par le jeune Pakistanais. Mistral se dit que la première réaction de Balmes serait une phrase dont il a le secret.

— Ton histoire, c'est comme au foot quand il y a un tir sur la barre. Pareil. Quand ça ne veut pas rentrer, t'as beau faire toutes les pitreries, t'es marron ! Pour l'instant, tu es mené par 3 à 0. Tu as failli ouvrir la marque ! Va falloir mobiliser tes avants pour que tu reviennes au score !

Mistral esquissa un bref sourire. *« Gagné ! »* pensa-t-il.

— Je ne sais pas si tu t'es vu dans une glace, mais tu es en piteux état ! Qu'est-ce qui t'arrive ? Tu es malade ? Tu es blanc comme un linge !

— Rien de violent, un coup de pompe et du sommeil en retard, c'est tout.

— Tu devrais rentrer chez toi, et tu reviens dans l'après-midi, histoire de dormir quelques heures !

— Bonne idée, mais j'attends les résultats des autopsies. Après que je les aurai lus, je ferai un saut chez moi.

Calderone attendit que Balmes quitte le bureau pour se manifester.

— Je n'ose plus vous proposer du café. Passé une certaine dose, c'est un poison violent, surtout celui de la machine. Je trouve qu'il est de bon conseil le directeur adjoint, vous devriez faire un break, je ne bouge pas du service, s'il y a une patate, je vous rappelle.

— Je sais que vous avez raison, Vincent. Avant de partir, je voudrais désigner deux personnes en renfort sur l'enquête de l'accident de Morin. Ce n'est pas le travail qui manque ici, mais notre gars doit savoir que la brigade ne l'oublie pas.

— Je propose Ingrid et Roxane, elles ont la réputation d'être particulièrement accrocheuses sur les enquêtes, mais aussi diplomates. Ça passera mieux avec les collègues du service des accidents qui n'auront pas le sentiment d'être sous l'observation d'une brigade centrale.

— D'accord. Prévenez-les. Qui doit récupérer les comptes rendus d'autopsies ?

— Farias. Il en profitera également pour ramener l'historique des appels des téléphones de Dimitrova, ce n'est pas très loin de l'Institut médico-légal.

— Je croyais qu'on les recevait par informatique.

— D'habitude oui, mais la messagerie a planté il y a deux ou trois jours, ou quelque chose d'approchant. Il est parti il y a plus d'une heure, il ne devrait pas tarder.

L'homme se traînait littéralement, l'angoisse l'oppressait. Il était préoccupé à l'idée d'être passé à côté d'un élément important et que tout s'effondre à cause d'un rien. Insupportable ! Il étouffait aussi de ne pouvoir téléphoner à FIP, pour demander à parler aux animatrices, et il en venait à regretter de n'être plus rabroué par la standardiste. Au moins quand il appelait, l'espoir existait.

La mort dans l'âme, il persévérait à écouter les voix de ces femmes, qui le rendaient complètement fou. Parfois, même la radio éteinte, il les entendait. Elles s'adressaient directement à lui, et pas aux autres abrutis qui fantasmaient dur. Heureusement qu'elles le savaient, désormais leurs messages n'étaient que pour lui. L'homme en était persuadé, et cela le réconfortait un peu.

Son travail l'épuisait, avec des journées à n'en plus finir, aux missions répétitives. Ses collègues l'insupportaient. Il écoutait tout ce qui se disait dans son milieu professionnel, et aucune information ne lui remontait sur les avancées des quatre meurtres. Même celui du grand-père n'avait, semble-t-il, pas été découvert. Pour se réconforter, il buvait en conséquence, prenait ses médicaments quand bon lui semblait, naviguait entre conscience et douleur contenue, et sortait essoufflé de ses séances de sport matinales, dont il ne pouvait se passer.

Peu après midi, Mistral se résigna à quitter le service. Dans les escaliers du 36, il vit monter Farias comme une fusée, qui venait à sa rencontre. Farias s'arrêta net en apercevant Mistral.

— Je crois qu'il y a du nouveau, à vous voir grimper les marches si vite !

— Oui. L'information principale, c'est que le grand-père a été assassiné. Par un pro, a ajouté le légiste, au vu des coups frappés au millimètre. Pour les trois autres femmes, les conclusions ne sont pas mal, même si elles étaient attendues.

— Bon ! Je remonte avec vous.

Mistral n'avait plus du tout envie de rentrer chez lui, dopé par l'information de Farias. En voyant revenir rapidement Mistral accompagné de Farias, Calderone comprit tout de suite qu'il y avait du positif dans l'air. Mistral parlait vite.

— Le grand-père a été assassiné. Vincent, on fait le grand jeu, et vous demandez à l'IJ de retourner à l'appartement et de le passer au crible. Pendant ce temps, je préviens sa fille, et ensuite je lis les comptes rendus d'autopsies.

— Le légiste m'a dit, à propos des visages mutilés des trois femmes : « Votre type ne doit pas s'aimer et il n'aime pas ce qu'il fait. »

Quelques minutes plus tard, après avoir réfléchi à la phrase du légiste rapportée par Farias, Mistral laissa les autopsies de côté et inséra dans son lecteur DVD le film enregistré dans les appartements des trois jeunes femmes lors des constatations sur les meurtres. Chaque film durait une vingtaine de minutes. Il les regarda attentivement, l'enregistrement défilait à vitesse normale. Puis il le repassa au ralenti, et scruta les images. Il visionnait les pièces de la deuxième victime, disséquait les images, examinant la séquence qui défilait, image par image, jusqu'à ce qu'il presse la touche *Pause* de la télécommande du DVD sur une seule image, qu'il observa en détail.

— Je vais vérifier. Si c'est vrai ce que je vois, eh ben, mon gars, tu ne dois effectivement pas vraiment t'aimer. Mais pour nous ce n'est pas gagné !

2

PAUL DALMATE

18

Même jour

Paul Dalmate venait d'écouter, pour la trentième fois au moins, l'enregistrement de l'agonie de Lora Dimitrova qu'il avait transféré sur son lecteur MP3. Il était seul dans son bureau. Planté devant sa fenêtre, le front appuyé contre la vitre, le visage défait, il se demandait combien de temps il pourrait tenir et passer au travers de la foudre qui allait le pulvériser. Pour l'instant, Mistral, Calderone et les autres policiers de son groupe ne s'étaient rendu compte de rien. Sa distance et sa froideur naturelles le protégeaient. Pourtant, il se sentait dévasté intérieurement et ne se forçait pas pour être plus silencieux que d'habitude. Paul Dalmate n'arrivait pas à comprendre comment il avait pu se trouver dans une telle situation, et s'il avait une seule chance de s'en sortir.

Étalés devant lui, les listings des appels téléphoniques de Dimitrova, apportés par Farias, côtoyaient l'enveloppe marron que Dalmate avait ouverte. Il attendait que son agitation intérieure cesse pour travailler sur ces documents et tenter de rester concentré.

Mistral entra précipitamment dans le bureau de Vincent Calderone qui supervisait l'opération de la matinée.

— Vincent, je vais vérifier un truc chez Colomar, rue de Seine. J'en ai pour une heure au plus. Je remettrai la bande « Police » qui barre la porte en repartant, j'en ai touché deux mots au juge d'instruction.

Calderone regarda calmement sa montre et referma son stylo.

— Il est 14 h 30, vous ne voulez pas que l'on déjeune vite fait ? Ensuite je vous accompagne. À deux, on ira plus vite.

— D'accord, on peut faire un saut au restaurant grec de la rue Saint-André-des-Arts.

— Comme ça, vous me direz ce que vous souhaitez vérifier chez Colomar.

Mistral se mit à rire.

— D'abord, je m'en assure. Et si c'est bien ce que je pense, j'expliquerai, mais pas avant. Au fait, je n'ai pas vu Dalmate.

— Farias m'a dit qu'il lui avait donné le listing des appels de Dimitrova.

— Ce n'est pas le travail d'un chef de groupe, surtout quand il y a de l'agitation.

— Je sais, Dalmate aurait raconté à Farias que c'était pour s'habituer à ce type d'investigations, ce qui, en soi, n'est pas une mauvaise idée. Je crois que Dalmate veut se racheter de la phrase malheureuse qu'il a eue et qui a donné lieu à une remontée de bretelles de votre part.

— Il l'a cherchée.

Mistral avait un mal de crâne tenace, et ne se posait plus la question de son origine. Les deux hommes firent un détour pour trouver une pharmacie. Mistral acheta une boîte d'aspirine et de la vitamine C, qu'il prit immédiatement. Calderone le regardait faire, trouvant ses gestes fébriles.

— À la place de la vitamine C, je pense qu'il vaudrait mieux dormir.

— C'est sûr, mais le problème c'est que j'ai sommeil par à-coups, même si je suis complètement crevé, et je n'arrive pas à dormir, détendu, plusieurs heures d'affilée.

Après cette affaire, je prendrai le taureau par les cornes et ferai le nécessaire pour réguler le sommeil.

— Oui, mais à condition que ça ne dure pas trop longtemps, sinon je me demande comment vous allez finir, si ce n'est pas le taureau qui va gagner !

Mistral esquissa un sourire.

— Vincent, avez-vous pensé à envoyer une équipe pour trouver la rue où a été découvert le sac à dos, et à quoi elle ressemble ?

— Oui, c'est la rue Moncey. Le Pakistanais le leur a indiqué sur un plan agrandi de l'arrondissement. Trois gars du groupe de Galtier l'ont emmené pour qu'il leur montre où, exactement, était le sac à dos, ils feront aussi des photos des lieux. Ils ont prévu d'y retourner, ensuite, pour flairer la rue et ses environs.

Dans le restaurant grec, trois policiers du Quai des Orfèvres déjeunaient et Mistral s'arrêta quelques secondes, à leur table, pour échanger quelques mots amicaux.

Après le repas, Mistral et Calderone mirent une dizaine de minutes à pied pour rejoindre l'appartement de la rue de Seine, croisant des centaines de touristes qui déambulaient, un plan de Paris en main, l'appareil photo accroché autour du cou, casquettes et lunettes de soleil les protégeant de la chaleur.

En entrant dans le hall de l'immeuble, les deux policiers reconnurent l'odeur, considérablement atténuée, mais encore subsistante, de la mort. Mistral enleva le ruban rouge et blanc portant l'inscription en noir « Police scène de crime ». La porte, forcée par les sapeurs-pompiers, était simplement bloquée avec une cale, le serrurier requis pour fixer une fermeture provisoire ne pouvait intervenir que dans un jour ou deux.

Dans l'appartement, l'odeur restait persistante malgré les fenêtres entrouvertes. Les deux policiers revoyaient machinalement, et très précisément, la position du corps supplicié de Chantal Colomar. Mistral eut confirmation de ce qu'il pensait en une fraction de seconde, et se tourna vers Calderone.

— Alors Vincent, vous ne voyez rien ?

Calderone scrutait avec attention tout ce qui composait le salon, les meubles, les masques épinglés au mur, les tableaux.

— La déco est surchargée, mais non, désolé, aucune idée.

Mistral s'avança vers un des murs, où figuraient une série de masques du carnaval de Venise. Parmi tous ces masques, Mistral désigna du pouce un cadre carré d'environ quarante centimètres de côté.

— Ça ?

— Oui, qu'est-ce ça représente ?

— À première vue, peut-être de l'art contemporain, on dirait la couverture d'un magazine de mode, c'est très coloré, et il y a des mots écrits en anglais.

— Effectivement, on peut le penser, mais non.

Mistral s'approcha, enfila des gants en latex et décrocha l'encadrement du mur. Il le posa à l'envers sur une table, défit les coins de papier délicatement de la pointe de son couteau, et retourna le carré. C'était un miroir.

— Un miroir recouvert de papier ?

— Notre tueur ne veut absolument pas se voir. C'est un des signes de la schizophrénie, et souvent, un schizo ne se reconnaît pas vraiment dans un miroir, il passe des heures à se demander qui il est.

Calderone regardait, perplexe, Mistral.

— Comment en êtes-vous arrivé là ?

— C'est la phrase prononcée par le légiste que m'a rapportée Farias qui m'a fait réagir. Le légiste a dit : « Votre type ne doit pas s'aimer et il n'aime pas ce qu'il fait. » J'avoue que les morceaux de miroir plantés dans les visages des six femmes m'ont fait pas mal réfléchir. Et le fait qu'il n'entre pas dans les salles de bains aussi. Il est sûr d'y trouver des miroirs, et c'est beaucoup trop pour lui. J'en ai eu confirmation à la lecture des constatations, et le visionnage des scènes de crime a été déterminant. Ce n'est que dans un seul appartement, celui de Colomar, qu'il y avait un encadrement recouvert de papier dans le salon, qui pouvait être un miroir occulté.

— Je vais être sincère, je ne connais absolument pas toutes les caractéristiques psy des tueurs.

— C'est normal, ce n'est généralement pas le boulot des flics d'opérer ces rapprochements, mais c'est un truc qui me passionne.

— Et le lien entre miroir caché et miroir brisé ?

— Le miroir brisé, c'est la gueule cassée. Le schizophrène dans un miroir se voit souvent en morceaux, et il n'aime pas se voir. Les psys parlent d'« éclatement psychique interne ». La personne morcelée n'a pas d'affectif, pas d'état d'âme, et ne comprend rien quand on lui parle d'empathie.

— Et quand il s'observe dans un miroir, qu'est-ce qu'il ressent ?

— Je pense qu'il y a danger, parce qu'il ne se reconnaît pas. Vous savez, Vincent, dans les hôpitaux psychiatriques il n'y a pas de miroir ! Les malades tombent dans un abîme de perplexité quand ils se voient et se demandent : « Qui je suis ? »

— Et chez lui, comment fait-il ?

— Si on le retrouve, je vous parie que dans son appartement soit il n'y a pas de miroir, soit ils sont tous occultés. Je vais confier au labo le miroir et le papier pour une éventuelle recherche ADN et empreintes digitales.

Les deux policiers regagnèrent la voiture restée non loin du restaurant et décidèrent d'opérer la même vérification dans les appartements Norman et Dimitrova.

Chez Élise Norman, rien de tel, pas de miroir recouvert. En revanche, les portes de la penderie grandes ouvertes laissèrent apparaître deux grands miroirs, une fois refermées. Calderone remarqua les recherches de traces laissées par l'IJ sur ces portes.

— Il a dû se précipiter comme un boulet de canon sur ces portes quand il a vu les gigantesques miroirs !

— Probablement, acquiesça Mistral, et il aurait pu les pulvériser.

La même vérification opérée chez Dimitrova ne donna aucun résultat. La jeune journaliste, hormis un miroir dans la salle de bains, n'en possédait pas dans les autres pièces.

— On pourrait demander aux gendarmes de vérifier si dans les maisons où ils ont enquêté sur les meurtres, des miroirs n'ont pas été occultés.

À 16 heures précises, le juge d'instruction Nicolas Tarnos avait sur son bureau l'épais dossier dont le nom « Jean-Pierre Brial » figurait en gros caractère noir, en majuscules, sur la couverture. Il avait également présent à l'esprit l'enquête que conduisait la brigade criminelle de Paris sur des meurtres absolument identiques à ceux imputés à Brial. Il réfléchissait à la direction que l'instruction allait prendre, et nettoyait consciencieusement ses lunettes depuis quelques minutes. Le magistrat était partagé sur l'implication de Brial dans ces crimes et s'attendait à une offensive en règle de l'avocat qui avait perçu les incertitudes du juge d'instruction. Pendant ce temps, la greffière achevait la préparation du procès-verbal destiné à l'audition de Brial.

Les coups frappés à sa porte le tirèrent de sa réflexion. Un gendarme entra et salua de manière très solennelle.

— Le prévenu et son conseil sont là, monsieur le juge.

— Faites-les entrer.

Deux autres gendarmes, qui s'occupaient des transferts des détenus, entrèrent, encadrant Brial menotté. L'avocat suivait. Le juge leur désigna les sièges devant son bureau, les deux gendarmes s'assirent en retrait.

Le juge regardait Brial et se fit la réflexion qu'il avait encore grossi. Il le trouvait complètement boudiné dans un pantalon bleu froissé et une chemise bleue à carreaux chiffonnée et tendue qui laissait apercevoir le nombril entre deux boutons à la limite du décrochage. Effectivement, Brial était gros, gras et mou. Il avait un visage totalement inexpressif. Pas rasé depuis deux ou trois jours, les cheveux longs et sales, tirés en arrière et coiffés en queuede-cheval, il regardait avec indifférence le juge de ses petits yeux enfoncés et porcins. Brial poussa un soupir, difficilement interprétable, et sembla passionné par ses mains grasses aux ongles noirs. Il semblait avoir l'éternité devant lui. Son avocat, un homme sec et agité, manifestait son impatience, attendant que le juge commence l'interrogatoire. Nicolas Tarnos savait que l'avocat allait monter à l'assaut.

La greffière se leva et accrocha à la porte du bureau le panneau « Audition en cours, ne pas déranger ». Elle regagna son bureau et attendit que le juge entame l'audition. Son travail consistait, notamment, à transcrire les phrases échangées entre le magistrat, le prévenu et son conseil. Elle regarda machinalement devant elle, sur son bureau, où figuraient les photos de ses trois enfants et de son mari. Il s'agissait de quatre petites photos qu'elle seule pouvait voir. Elle pensa qu'elle devrait en changer, les portraits dataient de trois ans déjà, et les enfants avaient grandi. Elle aperçut l'heure sur son écran d'ordinateur, 16 h 15. Connaissant le dossier et la réputation de pugnacité de l'avocat, elle fit un rapide calcul, et estima à 19 h 30, au mieux, la fin de l'audition. Il lui fallait une heure pour rentrer chez elle. Heureusement que son mari, instituteur dans le village où ils habitaient, pouvait s'occuper des trois enfants.

Le magistrat s'attaqua d'abord au formalisme procédural. Il parlait lentement, la greffière suivait sans difficulté, le prévenu était ailleurs, l'avocat rongeait son frein. Quinze minutes plus tard, Nicolas Tarnos entra dans le jeu des questions-réponses. Des questions simples, des réponses simples, pendant plus d'une demi-heure encore. Le juge d'instruction observait du coin de l'œil l'avocat qui semblait résigné à attendre les questions plus problématiques.

— Je voudrais que l'on revienne sur vos alibis. À part dire « Je n'y étais pas, ce n'est pas moi qui ai tué », vous ne donnez rien de plus, et je vous avoue que c'est un peu maigre comme système de défense. Vous reconnaissez, d'ailleurs, votre passage dans les trois maisons où les crimes ont été commis. Avez-vous plus de précisions quant à vos alibis ?

L'avocat n'attendait que cela pour intervenir, Nicolas Tarnos le savait.

— Monsieur le juge, il y a un élément nouveau de la plus haute importance que je tiens à vous communiquer. Trois jeunes femmes ont été assassinées à Paris la semaine dernière. Il s'agit exactement du même mode opératoire que celui pratiqué sur les trois meurtres imputés à M. Brial. Or, M. Brial était en prison au moment des faits.

— Je suis au courant, maître. Avez-vous lu la procédure de la brigade criminelle pour être aussi affirmatif ?

— Naturellement non ! Mais je suis dans l'obligation d'alerter la presse, étrangement absente sur l'enquête parisienne. M. Brial n'a jamais nié être allé chez les trois victimes dans l'Oise, puisqu'il y travaillait. Et c'est normal que l'on y retrouve son ADN. À vrai dire, c'est le contraire qui aurait été inquiétant. Mais ce n'est pas du sperme qui a été découvert, ce qui aurait pu, alors, avoir une tout autre signification.

— J'aimerais que M. Brial s'exprime, releva le juge d'instruction.

Brial parlait lentement, avec retenue, d'une voix sans relief, amorphe, et il fallait tendre l'oreille pour saisir tous les mots.

— Moi, je ne comprends rien du tout à ce charabia, et je me demande pourquoi vous vous acharnez sur moi. Je n'ai pas tué ces trois femmes, c'est tout ce que je peux vous dire. Je ne peux pas avoir d'alibi, parce que, dans la vie, je ne fais rien d'autre que mon travail, après je suis chez moi. C'est tout.

— Pouvez-vous me parler des phrases de Sénèque ?

Brial écarquilla les yeux, regarda son avocat et haussa les épaules.

— Je ne sais pas ce que vous voulez dire. Je suis jardinier et homme à tout faire, comme on dit. Sénèque, je sais même pas qui c'est.

— J'ai lu l'enquête de personnalité vous concernant. Vous avez quitté le système scolaire au niveau de la classe de seconde. Sénèque, vous devriez le connaître.

— Sans doute, mais je n'étais pas un bon élève. Sinon je ne serais pas devenu un jardinier à moitié bricoleur.

Brial n'avait plus rien à dire. Il était assis dans le cabinet d'un juge d'instruction qui pouvait le renvoyer en cour d'assises, où il risquait la perpétuité, mais n'était pas plus ému que cela. Son avocat se frotta le nez, et regarda ses notes.

— Monsieur le juge, quelles sont les charges dont vous disposez à part les traces d'ADN qui sont tout à fait explicables ?

Nicolas Tarnos convenait, pour lui-même, que son dossier manquait de consistance.

— Maître, je conçois qu'il y ait des faits nouveaux à Paris. Mais, avant de me prononcer, je vais joindre le juge d'instruction parisien et examiner si les séries sont réellement similaires ou l'œuvre d'un copieur, comme il en existe dans les affaires criminelles peu ordinaires. Mais ce ne sera pas sur ce point unique que je prendrai ma décision.

— Monsieur le juge, vous recevrez dans les prochaines heures une demande de remise en liberté de Jean-Pierre Brial.

La greffière regarda la pendule qui indiquait 18 h 30. Le juge d'instruction continua d'affronter l'avocat qui était certain d'obtenir la libération de son client. À 19 heures, la greffière enregistra la dernière phrase de l'avocat et, vingt minutes plus tard, elle sautait dans sa voiture, repensant à Brial. Cela faisait presque vingt ans qu'elle faisait ce métier et elle était convaincue de la culpabilité du gros type. Mais les dernières preuves étaient en train de voler en éclats.

Extrait des cahiers « Journal et rêves » de J.-P.B.

1985

Vingt ans. Aujourd'hui, j'ai vingt ans. Il paraît que c'est le plus bel âge de la vie. En tout cas, je m'en souviendrai, même si je n'ai soufflé aucune bougie. Ce soir, j'ai croisé le type à qui j'avais découpé la capote de sa putain de caisse de frimeur. Il ne m'a pas reconnu. Et pour cause ! C'est à lui que je dois d'avoir la gueule massacrée. Je l'ai laissé filer sans me retourner. Puis, au bout d'une centaine de mètres, je suis revenu sur mes pas, et je l'ai suivi, comme ça, par ennui. Il marchait du pas d'un mec tranquille et sûr de lui. Il est d'abord entré chez un traiteur, de la bouffe chère et raffinée, du vin, du champagne, puis chez un fleuriste pour un petit bouquet multicolore. Le type sifflotait, heureux de vivre. Il est entré dans un parking souterrain. Erreur absolue. Franchement, je n'avais aucune idée derrière la tête, jusqu'à ce qu'il entre dans ce parking. Et là, c'est plus fort que moi, j'ai gambergé. Quand il a rejoint sa voiture, encore un cabriolet décapotable, forcément les souvenirs désagréables ont déboulé pleins gaz. J'étais derrière lui à moins d'un mètre.

Il a dû voir mon reflet dans la vitre et a sauté comme un cabri. Une superbe volte-face. Il me regardait comme un malade, je sentais qu'il avait une trouille bleue. Les animaux sentent l'odeur de la peur et attaquent. Moi, c'est pareil. Je devinais sa peur, et j'ai eu envie de jouer deux secondes, parce qu'il ne me reconnaissait pas, avec ma gueule en ruine.

« T'aimes toujours les décapotables », j'ai dit. Et là, le mec a pigé illico ! Ça se voyait dans ses yeux. Putain que c'était bon !

Le rasoir était déjà dans ma main gauche, sautillant tout seul, comme s'il était autonome. Et d'un seul coup, c'est parti ! C'est presque allé trop vite, j'en ai été frustré. En une seconde, le coup de lame a tranché la carotide. J'ai bondi sur le côté, le sang jaillissait du cou du type comme un geyser ! Il a tout lâché pour se tenir la gorge, les bouteilles ont explosé. Trois minutes après, il était mort, écroulé sur les courses du traiteur et les morceaux de verre. Il y avait du sang partout. Sauf sur les fleurs qui n'avaient rien demandé à personne, et les fleurs, ce n'est pas dans un parking qu'elles doivent mourir ! Il leur faut de l'eau, du soleil et de l'air. J'ai toujours aimé les fleurs, les plantes et la nature. Je les ai emportées avec moi. Un mec qui se trimbale avec un bouquet de fleurs ne sera jamais emmerdé par les condés. Jamais ! Parce que faut admettre, ça fait pas guerrier un petit bouquet de fleurs à la main. Et encore moins assassin. Mais moi, à vingt balais, avec une tête comme la mienne, il n'y a pas une seule gonzesse qui aurait accepté mes fleurs, sauf ma mère. C'est pour ça que je les lui ai offertes. Avant de rentrer, à la lumière d'un lampadaire, j'ai regardé attentivement s'il n'y avait pas des taches de sang. Rien, parfait !

Ma mère a reçu les fleurs en silence. Je l'observais, elle se demandait si elle ne rêvait pas, je crois que ce jour-là, elle m'a définitivement classé comme fou. On a dîné, en parlant de choses et d'autres, et la soirée s'est passée. Simplement. Je me suis couché et j'ai eu une crise à tout casser, la plus forte jusqu'à présent. Je croyais que j'allais mourir. Ma mère était sortie. J'ai préféré. Des gens qui traversaient ma chambre, sans me regarder. D'autres qui renversaient tous les meubles pour mettre la main sur mon rasoir. J'essayais de les en empêcher, mais ils faisaient comme si je n'existais pas. Le connard à la décapotable se tenait le cou à deux mains, et le sang pissait entre ses doigts. Et toute la nuit comme ça, je n'en pouvais plus de lutter contre ces gens dans ce cauchemar sans fin. Au petit jour, ma mère est rentrée, elle sentait l'alcool. Elle a vu dans quel état j'étais, mais n'a rien dit. Je me suis enfermé dans la salle de bains, un seul clin d'œil dans le miroir m'a terrifié, je ne savais plus qui j'étais, je ne me reconnaissais plus. Je découvrais un étranger, un type au visage maigre, avec des yeux d'halluciné, qui saignait du nez. Plus jamais je n'ai voulu voir mon image dans un miroir. D'ailleurs, je n'ai plus d'image.

Au bout d'une heure, je suis ressorti de la salle de bains en m'appuyant contre les murs pour ne pas tomber. Terrassé de fatigue, je me suis écroulé sur mon lit, et endormi sur-le-champ. Je n'ai ouvert les yeux que vers 8 heures du soir. Dans la cuisine, ma mère dînait à sa place habituelle. Silence lourd. En face, il y avait mon couvert, à côté un journal ouvert plié en deux, avec un article entouré en rouge, que je ne pouvais pas louper. Il relatait la mort « horrible » d'un agent immobilier « égorgé » par des barbares, dans un parking souterrain de la ville. J'ai continué à faire semblant, et j'ai lu l'article jusqu'au bout. Les deux dernières lignes étaient plutôt savoureuses. Les flics et les journalistes avaient reconstitué la dernière demi-heure de la victime. Il avait fait des courses chez le traiteur et acheté des fleurs pour sa femme. Les fleurs n'avaient pas été retrouvées. Je ne savais pas quoi dire, mais j'avais envie de rire.

Ma mère m'a simplement dit, sans élever la voix : « Tu prends tes merdes et tu dégages d'ici, je ne veux plus jamais te voir. Plus jamais. » Elle a séparé distinctement les syllabes sur le mot jamais, pour que je comprenne bien. Pas de risque, j'avais pigé !

J'ai mangé du pain et du fromage et je suis parti avec un sac à dos de deux kilos qui contenait vingt ans de vie chez ma mère. Un kilo = dix ans ! Ailleurs étaient stockés mes cahiers, c'est pour ça que je ne m'en faisais pas. Ma mère fumait clope sur clope de l'autre côté de la maison pour ne pas me voir partir. Je suis allé dans sa chambre, j'ai mis un coup de pompe dans la porte de son armoire en contre-plaqué et j'ai pu, enfin, prendre la grande enveloppe marron, épaisse, qui ferme avec une ficelle et dans laquelle se trouvent la lettre, et d'autres trucs. En sortant définitivement, j'ai sifflé sans me retourner, pour appeler Tom, que je n'avais pas vu depuis quelque temps. Ce chien fait vraiment ce qu'il veut !

Je n'avais pas fait deux cents mètres, que je l'ai entendue hurler, comme jamais. Une démente ! Elle avait apparemment découvert son armoire éventrée. J'ai accéléré le pas, il faisait nuit, j'ai deviné sa silhouette qui sautait sur le perron, ne sachant pas dans quelle direction j'étais parti. Et j'ai tracé ma route. Le plus drôle, c'est que je n'ai ouvert cette enveloppe que quatre ou cinq ans plus tard. Ce qui aurait pu changer pas mal de choses.

19

Jeudi 14 août 2003

Le policier relisait, attentivement, sur son écran d'ordinateur la déclaration qu'il venait d'enregistrer. Il corrigeait, ici ou là, quelques fautes de frappe. Machinalement, il jeta un bref regard sur la pendule accrochée sur le mur face à lui. Neuf heures vingt. C'était le premier « client » de la journée, comme disaient, avec un humour grinçant, les policiers en parlant des plaignants. Et la personne assise en face de lui avait fait les cent pas dès 8 heures, attendant l'ouverture du commissariat de quartier. Le « client » avait un chariot pour aller en courses, quand il en aurait terminé avec ce qu'il avait à dire.

— Bien, je vais relire votre déposition. Il s'agit d'une simple main courante. Ce n'est pas une plainte, mais ça nous permet d'avoir une trace écrite et de prendre contact avec la personne, pour tenter de régler le litige. D'accord ?

Le vieux bonhomme se racla la gorge avant de répondre. Il était impressionné par le policier qui, pourtant, lui parlait avec bienveillance.

— D'accord. Mais il va savoir que c'est moi qui suis venu vous parler. Je risque quelque chose ?

— Bien sûr qu'il va savoir que c'est vous, puisque nous le convoquons au vu de vos déclarations ! Mais vous ne risquez absolument rien. Nous ne sommes pas au cinéma, n'ayez aucune crainte, et des broutilles de ce genre, il y en a cinquante par jour.

Le policier fit défiler le texte de la main courante sur son écran.

— Je résume l'essentiel de votre déposition, je vous en laisserai une copie. Vous êtes monsieur Henri Lestrade, né en 1923 à Châteauroux, retraité, et vous demeurez, 17, rue de Budapest à Paris IXe. Vous signalez que votre voisin du dessus, M. Olivier Émery, occasionne des nuisances sonores qui vous réveillent, et ce, depuis plusieurs mois tous les matins à partir de 6 heures. Vous l'avez croisé, il y a quelques jours dans l'escalier, pour lui demander de faire moins de bruit, il vous a répondu par l'affirmative, mais il n'en est rien. Vous faites appel aux services de police pour que nous intervenions dans ce différend entre locataires, afin que les désagréments cessent. C'est exact ?

— Oui, c'est exact. Vous allez le convoquer ? Quand ? Je vais le savoir ?

Henri Lestrade, le stylo à la main, posait les ultimes questions avant de signer sa déposition. Intérieurement, il regrettait d'être venu. Sa femme, complètement excédée et obsédée par le bruit du voisin, ne lui parlait plus que de cela. En se couchant, elle lui disait : « Tu verras, demain on va être réveillés par cet égoïste qui ne respecte même pas le sommeil des personnes âgées. » Et le matin, à 6 heures, elle commençait sa journée par : « Tu vois, je te l'avais bien dit. » Entre sa femme et son voisin, Henri Lestrade n'en pouvait plus. Un matin, sans réfléchir davantage, il décida d'aller au commissariat de son quartier.

— Ce n'est pas l'affaire du siècle non plus, reprit le policier en souriant. Soit nous laissons une convocation dans sa boîte aux lettres, soit, en fonction de l'heure, nous montons à son domicile. Mais rassurez-vous, tout se passera bien.

Après le départ d'Henri Lestrade, quelque peu rassuré, le policier qui avait recueilli sa déposition confia la mission de régler ce problème à deux jeunes gardiens qui avaient environ trois mois d'ancienneté.

— Vous irez sur place vers 19 heures, le type sera peut-être là, sinon vous laisserez une convocation.

Un des deux gardiens avait terminé la lecture de la main courante.

— Ce n'est pas méchant comme histoire !

— C'est pour ça que vous y allez, pour apprendre le métier, en douceur. Vous devez calmer le jeu, faire comprendre au gars que les voisins sont des personnes âgées, etc.

— OK, bien compris. Et puis c'est possible aussi que la canicule rende les gens plus nerveux. S'ils ne dorment pas, ils sont encore plus sensibles au bruit.

La première chose que fit le juge d'instruction Nicolas Tarnos en arrivant à son bureau fut d'appeler la maison d'arrêt où se trouvait Jean-Pierre Brial. Le magistrat connaissait les personnels de cette prison, dans laquelle se trouvaient couramment détenus des individus dont il instruisait les dossiers.

Après les quelques mots d'usage avec le directeur de l'établissement sur la canicule et ses effets dans les prisons surchargées, le juge vint à parler de Jean-Pierre Brial.

— J'ai vu Brial dans mon cabinet hier soir. J'ai l'impression qu'il a pas mal grossi depuis le mois dernier, est-ce que vous avez une cantine trois étoiles, ou un nouveau chef ?

— Ni l'un ni l'autre, répondit en riant le directeur. Brial fait du lard, vous l'avez bien remarqué. Il passe l'essentiel de ses journées pratiquement allongé, ne fait jamais de sport et se gave de sucreries, de pain et de sodas.

— C'est curieux, il déprime ?

— Je ne pense pas, il semble être détaché de tout. La seule chose qui l'intéresse c'est écrire. Le gardien de son étage me disait qu'il notait scrupuleusement ses rêves et les analysait. Il a pu jeter un coup d'œil à ses cahiers quand il n'était pas en cellule.

— Assez original comme démarche ! C'est intéressant ?

— J'en ai parcouru un, je dirais plutôt que c'est surprenant. C'est bien rédigé, belle écriture, style fluide. Il explore ses rêves, fait des incursions dans son enfance, mais rien sur les meurtres pour lesquels il est détenu.

— Ce serait trop beau ! Pensez-vous qu'il sait que vous avez lu ses cahiers ?

— Sûrement. C'est un type qui ne me paraît pas particulièrement éveillé, mais à deux ou trois reprises j'ai vu que son regard disait tout le contraire. Déconcertant, quand on y réfléchit !

— Oui, en effet, ça ne cadre pas avec quelqu'un qui se présente comme travailleur manuel. Et je parie que c'est un détenu modèle, qui a compris les règles de la prison.

— S'ils étaient tous comme lui, la prison serait d'une tranquillité absolue.

— En apparence oui. Mais ce qui me préoccupe davantage, c'est comment il se conduit quand il est à l'extérieur.

Mistral était arrivé à son bureau vers 8 heures, de mauvaise humeur. Il avait à peine lâché quatre mots à son épouse avant de partir. Elle qui s'était pourtant abstenue de lui parler de son état physique qui se dégradait par manque de sommeil. Mistral ne parvenait pas à trouver les ressources pour lutter contre ces insomnies qui le diminuaient physiquement. Il empilait les nuits blanches les unes après les autres.

Comme à son habitude, Calderone était au bureau depuis 7 heures. Il était debout tous les jours, y compris pendant les vacances, à 5 h 30. Avant de partir, une heure plus tard, il remplissait de croquettes la gamelle du chat et versait de l'eau dans un grand bol. Sa femme se levait au moment où il quittait l'appartement. Ensuite, quand il entrait dans son bureau, sa première tâche était de nourrir son poisson rouge. Il le faisait, avec une petite boîte, en tapotant contre l'aquarium, pour répandre quelques microgrammes d'une poudre à l'odeur détestable.

Vincent Calderone, en une seconde, évalua l'état dans lequel se trouvait Mistral et ne livra aucun commentaire. Les deux hommes, presque silencieux, décidèrent que « vraiment le café de la brigade était imbuvable en ce moment », et allèrent le prendre dans un bar à proximité de la place Saint-Michel.

— On dirait que la canicule commence à régresser.

— Oui et c'est tant mieux. Que raconte la presse ce matin à ce sujet ?

Calderone ouvrit *Le Parisien* qui était posé sur le comptoir, et qui était déjà chiffonné, signe que d'autres lecteurs l'avaient déjà trituré.

— Il y a plusieurs articles sur la canicule, la mise en place hier du Plan Blanc, et le ministre de la Santé qui se fait laminer pour la gestion de la crise. Sinon, rien de particulier, si ce n'est un papier sur nos trois femmes assassinées, avec en toile de fond l'avocat de Brial qui hurle à l'erreur judiciaire, en traînant dans la boue la justice et la police.

Mistral sortit très vite de sa torpeur en entendant Calderone parler d'un ton neutre de leurs affaires.

— Comment ?

Calderone sourit.

— Je savais que je vous réagiriez avec cette info !

— Gagné, mais c'était facile ! Je suis sûr que Balmes va me gratifier d'une phrase du style : « Te voilà dans l'arène avec les lions, cours si tu ne veux pas être dévoré. »

Les deux hommes éclatèrent de rire.

Sur le bureau de Mistral, la secrétaire avait laissé deux Post-it jaunes. Le premier provenait d'un appel des deux jeunes femmes de l'équipe : « On progresse sur le fuyard de l'accident de moto de Sébastien. » Le second disait : « Le chef du labo demande que vous le rappeliez. »

Mistral décrocha son téléphone et appela le portable d'Ingrid Sainte-Rose. Mistral perçut l'optimisme dans sa voix.

— On a retrouvé le modèle de voiture qui a cartonné la moto de Sébastien. C'est une Chrysler Voyager modèle 2001, vert métallisé. On l'a su grâce aux morceaux du phare qui a explosé dans l'impact. Les gars de l'IJ s'y sont mis à cinq pour le reconstituer partiellement. C'est pire qu'un puzzle à dix mille pièces. Mais ça paie !

— Et pour la couleur ?

— Sur le garde-boue arrière et le bord de la plaque d'immatriculation de la bécane, il y avait des traces de peinture. Le type a percuté la moto avec son aile avant droite, le phare a éclaté à l'impact, et l'aile a laissé des traces de peinture sur la moto.

— Bravo ! Et maintenant quelles pistes suivez-vous ?

— On va récupérer les images des caméras de la circulation à partir du carrefour du boulevard Saint-Germain où se trouve l'Institut du monde arabe, jusqu'à la place de la Bastille, et ensuite celles qui sont installées dans les boulevards qui partent de la Bastille. D'autres équipes appellent les concessionnaires Chrysler d'Île-de-France pour savoir si un phare avant droit a été vendu, et le cas échéant à qui.

— Comment ça se passe avec le service accidents ?

— Très bien, sur toute la ligne. Personne ne compte ses heures pour mettre la main sur ce type.

— Je téléphonerai au chef de service pour le remercier. Vous avez pu obtenir des nouvelles de Sébastien ?

— Oui, tout va pour le mieux dans sa situation. Ses journées, et une partie de ses nuits, il a la tête enfouie dans son ordinateur, donc ça va. Et il a le moral parce qu'il sait qu'on chasse le chauffard, et que les infirmières prennent soin de lui.

Pendant la communication, la secrétaire déposa un Post-it sur le bureau de Mistral. « M. Balmes demande à vous voir avec Vincent, après votre appel. »

Balmes avait *Le Parisien* ouvert sur la page de l'article relatif aux trois homicides. Les deux hommes en entrant évitèrent de se regarder afin de conserver leur sérieux. Le directeur adjoint était au bord de l'explosion. Balmes partit aussitôt d'une voix puissante en tapant fortement de l'index sur l'article du journal. Bien que les doubles portes capitonnées de son bureau soient fermées, les personnes situées dans l'antichambre ne perdaient rien des paroles, presque hurlées, du directeur adjoint.

— Le cabinet du ministre m'a appelé pour avoir mon sentiment sur ces meurtres. J'ai répondu que pour l'instant il était prématuré de relier les deux séries, celles de l'Oise et les nôtres, faute d'éléments vraiment probants. Et bien sûr, le gars m'a joué de la flûte à quinze trous, me disant combien c'était important pour le ministre, bla-bla-bla, etc. Mais le ministre, il s'en tape de cette histoire ! Il est en vacances et laisse son collègue de la Santé se dépatouiller avec les morts de la canicule !

Pendant que Balmes reprenait son souffle, Mistral balança une petite phrase, qui se voulait anodine, pour relancer la machine.

— C'est toujours pareil avec ces lapins de corridor, ils ne connaissent rien du terrain, restent planqués dans leurs bureaux, et agitent le drapeau rouge pour faire peur, un coup c'est le ministre, une autre fois le préfet. Et en plus, ils croient que ça marche !

Balmes était remonté. De caractère emporté, il atteignait un état cataclysmique en moins de quatre secondes, et retrouvait son calme dix secondes plus tard. Ses colères étaient homériques et le grand jeu, chez les chefs de service, était de trouver le sujet pour le faire démarrer instantanément. Ce que Balmes fit au quart de tour.

— C'est exactement ça ! hurla-t-il. Quand ça foire, c'est de la faute des services, et quand ça marche, ces gonzes s'attribuent tout le mérite, parce que soi-disant ils t'ont fait peur ! Tu veux que je te dise, Ludovic, j'ai horreur de ces mecs qui bandent avec les couilles des autres ! Voilà. Et s'il rappelle, je le lui dirai !

Silence pendant dix secondes. L'orage était passé, la foudre tombée. Sa voix était redevenue calme, comme si de rien n'était, quand il posa une question, avec néanmoins l'accent lyonnais plus prononcé que d'habitude.

— Sinon comment ça roule ?

— J'attends pas mal de réponses techniques, ADN, labo son, on doit revoir le juge d'instruction de Pontoise, les gendarmes, et s'attarder sur Lora Dimitrova, la dernière victime. Pas mal de trucs, comme tu vois.

— Et l'avocat de Brial, qu'est-ce qui lui prend ?

Balmes avait toujours sous les yeux l'article de presse.

— Il va essayer de s'appuyer sur nos enquêtes pour dire que Brial ne pouvait matériellement pas commettre ces assassinats à Paris, qui sont la réplique exacte de ceux de l'Oise. Et, de ce fait, il va demander sa remise en liberté, au motif que le tueur est toujours actif. Sauf si on sort un truc de derrière les fagots.

— Et ?...

— Pour l'instant rien, mais on n'a pas jeté l'éponge.

En quittant le bureau de Balmes, Mistral et Calderone virent trois types des stups dans l'antichambre qui riaient et applaudissaient en silence.

— Vous avez fait fort, on a cru que les portes allaient s'arracher sous la violence de la tempête.

— Et encore, on a gardé des munitions en réserve, répondit modestement Calderone. La prochaine fois, les murs vont s'écrouler.

Mistral, conscient de sa mauvaise humeur du début de matinée, appela longuement Clara, une discussion sans objet précis, juste des petits mots çà et là pour se réconforter mutuellement. Néanmoins, Clara eut une phrase que Ludovic ne releva pas, volontairement.

— C'est bien les histoires d'hommes, mais ça lasse les femmes.

Mistral téléphona ensuite au directeur du labo.

— J'ai les résultats de vos prélèvements.

Le ton employé laissait entrevoir le reste.

— Il n'y a strictement rien d'exploitable. En tout cas, aucun rapport avec l'ADN que j'ai comparé à celui des affaires de l'Oise. Rien à voir. J'ai la confirmation que les traces de sang lavé chez Chantal Colomar proviennent des coups portés au visage de la victime. Il serait intéressant de savoir pourquoi l'auteur nettoie les scènes de crime, surtout quand ce n'est pas son sang, mais celui de la victime. Et, pour vos deux Pakistanais, c'est pareil, leur ADN n'a rien à voir avec les homicides.

— Quoi d'autre ?

— Des tas de traces non identifiées chez les trois victimes, mais ça peut être celles des voisins, des amis comme de l'assassin. On ne le saura que si vous mettez la main dessus. Il me faudrait aussi les prélèvements ADN des intervenants, police, pompiers et médecin qui sont entrés dans l'appartement. Vous procédez de manière habituelle, un de vos gars prend un kit de prélèvement stérile et passe un Coton-Tige dans la bouche des types et vous me faites parvenir le tout rapidement. Je vais extraire leur ADN et le comparer aux traces non identifiées, pour éviter de chercher à tort. Il y a de fortes chances pour que vos scènes de crime soient polluées involontairement par les premiers intervenants, c'est classique.

Mistral raccrocha, légèrement découragé.

20

Même jour

Olivier Émery était assis dans sa voiture stationnée à quelques rues de son domicile et il écoutait, comme à l'accoutumée, FIP. Il devait rentrer chez lui à pied, mais prenait le temps de rêver sur la voix de la jeune femme. Il savait que c'était une nouvelle animatrice qui venait de promouvoir en quelques mots un disque de jazz, que les auditeurs pouvaient gagner en répondant à une question simple. Le timbre de cette voix lui était totalement inconnu et il le trouvait fascinant. Olivier Émery était au bord du supplice. C'était une nouvelle voix pleine de mystère. Il aurait donné n'importe quoi pour l'entendre sans fin, et lui répondre. Il évitait aussi de repenser au piège auquel il avait échappé, quelques jours auparavant, pour ne pas déclencher un stress qui, à tous les coups, était synonyme de crise dans les minutes qui suivraient. Il était 14 h 50, et il n'avait pas encore déjeuné. C'était au-dessus de ses forces d'avaler de la nourriture touchée par des mains poisseuses et sales.

Le rétroviseur central de la voiture était orienté vers le bas, aucun risque qu'il y accroche son regard par hasard.

L'animatrice annonça la séquence « FIP actualités, Serge Lozoir » qui tira Olivier Émery de sa rêverie. De mauvaise humeur, il allait éteindre l'autoradio, sachant que la seule voix masculine de la station était celle qui, à cinquante de chaque heure, relatait brièvement l'actualité. Il ne voulait absolument pas entendre des voix d'hommes sur cette station. Mais l'actualité démarra sur SON affaire, qui paralysa instantanément son geste et ce, pendant les vingt secondes que dura l'info. « Selon une source judiciaire, les enquêteurs s'interrogent sur la trop grande similitude entre les meurtres de trois jeunes femmes commis en 2002 dans l'Oise et ceux, identiques, survenus ces jours-ci à Paris. L'avocat du principal suspect a formulé une demande de remise en liberté, pour lequel, je cite, les charges relevées à l'encontre du meurtrier présumé n'étaient pas aussi probantes que le laissaient entendre les enquêteurs. » Olivier Émery en était absolument sûr, c'était à lui que ce message était destiné, l'incitant à redoubler de prudence. Il était également convaincu que la police empêchait les jeunes femmes de prendre ses appels et qu'elles avaient trouvé ce stratagème pour s'adresser à lui. Elles étaient vraiment formidables ! Olivier Émery se devait de les remercier. Il entra dans le premier bar venu, tout en étant sûr de n'y avoir jamais téléphoné, commanda un demi et se précipita sur le point phone.

— Bonjour, je souhaiterais, s'il vous plaît, parler à l'animatrice qui est actuellement à l'antenne.

La standardiste agita sa main pour attirer l'attention du technicien qui se trouvait à quelques mètres et coupa une seconde le micro.

— C'est le barjot qui recommence.

Le technicien lui fit comprendre, d'un geste signifiant « ça tourne », qu'il venait de déclencher l'enregistrement.

— Bonjour monsieur, l'animatrice qui est à l'antenne ne peut pas être dérangée.

— Oui, je sais... je voulais seulement la remercier.

— De quoi ? Je peux lui transmettre votre message.

— Non, ce serait trop compliqué, au revoir madame.

La standardiste haussa les épaules et se replongea dans un magazine féminin. Le technicien effleura la touche Stop.

Olivier Émery raccrocha doucement, insatisfait, mais heureux, tellement heureux d'avoir, de nouveau, pu composer le numéro de FIP, alors qu'il venait, une nouvelle fois, d'essuyer un refus, qu'il savait prévisible. Il avait transmis un message à l'animatrice, même si ce n'était pas lui qui avait pu s'en charger. Elle le remercierait en silence. Il fila au comptoir où il but trois bières les unes derrière les autres. La coupelle de cacahuètes, posée devant lui sur le zinc, le révulsait. Il imaginait des doigts transpirants et sales les tripoter. Avec son étui à lunettes, il la déplaça d'une cinquantaine de centimètres pour ne plus l'avoir dans son champ de vision. Le barman leva les yeux au ciel, secoua la tête en se disant « Encore un dingo ! Je trouve qu'il y en a de plus en plus ! »

Sur le trottoir, une quinzaine de mètres devant Émery, trois jeunes garçons d'une dizaine d'années se moquaient, avec méchanceté, d'une fillette de leur âge. Émery observait la scène tout en se rapprochant. Il s'immobilisa à la hauteur des trois gamins qui s'arrêtèrent net de rire, impressionnés par cet homme au visage étrange qui les effrayait. Les trois enfants s'empressèrent de se sauver. La fillette regardait Émery sans bouger.

— Ta figure est drôlement abîmée, tu me fais un peu peur. On t'a battu ?

Émery resta songeur quelques secondes.

— C'est une vieille histoire, bien trop longue pour que je te la raconte. Pourquoi pleures-tu ?

— Parce que les garçons ont écrasé une araignée que je voyais tous les jours.

— Elle était grosse ?

— Non, pas trop. Elle avait tissé sa toile entre la gouttière et le trottoir et elle mangeait des mouches.

— Tu n'as pas peur des araignées, c'est rare !

— Non, elles sont inoffensives.

— Pas toutes.

— Maman dit « araignée du matin chagrin, araignée du soir espoir ».

— Et alors ?

— Je n'aime pas qu'on tue les araignées le soir parce qu'elles portent chance. Alors, à partir de midi, je dis que c'est le soir.

— Oui, en effet, c'est une bonne idée.

Olivier Émery, en montant l'escalier de son immeuble, pensait encore à la phrase de la fillette, étonné de sa répartie. Il croisa son voisin du dessous, murmura un bonjour sans relief, mais le vieux bonhomme gardait obstinément le regard vers le bas, et n'avait pas du tout envie de s'arrêter. Émery n'y attacha aucune importance, il avait la tête qui tournait, mal au crâne, et la nausée. Il expédia son repas, uniquement des œufs durs, avala d'un trait un litre de lait de soja avec du Tégrétol et s'effondra sur son lit.

Mistral avait été convié à une réunion chez Nicolas Tarnos, le juge d'instruction de Pontoise, où les gendarmes seraient également présents. José Farias conduisait, Paul Dalmate, assis à l'avant, relisait le rapport de synthèse des trois meurtres de l'Oise, à l'arrière, Ludovic Mistral somnolait. Quarante-cinq minutes plus tard, l'arrêt de la voiture sur le parking du tribunal de grande instance le réveilla. Il remit de l'ordre dans sa tenue et, silencieux, emboîta le pas à Dalmate et Farias. La porte du cabinet de Nicolas Tarnos était ouverte. Les gendarmes arrivés en avance faisaient le point sur un autre dossier, quand Mistral, Calderone et Dalmate entrèrent.

Après les échanges de politesse habituels et les phrases creuses et convenues sur la météo, la surcharge de travail des uns et des autres, le juge d'instruction entra, enfin, dans le vif du sujet en listant les points de concordance et les différences entre les meurtres de Paris et ceux dont il était chargé. Une heure plus tard, il avait sur son sous-main deux feuilles. Sur l'une était inscrit « pour », sur l'autre « contre ».

Les policiers et les gendarmes avaient fait de même et pris quelques notes. Mistral pensait : *« Je me suis déjà livré à ce genre d'exercice, c'est intéressant de voir ce qui va en sortir. »* Mais ce que redoutait davantage Mistral, c'était de ne pouvoir maîtriser une envie de dormir qui, à un moment ou un autre, allait le rattraper. Il espérait seulement que le juge proposerait du café.

— Si nous plaçons le tout sur une balance, commenta plus tard le juge Tarnos, les plateaux s'équilibrent. « Pour », nous avons strictement le même mode opératoire, des morceaux de miroir plantés dans le visage, un linge recouvrant le tout, les mains liées dans le dos, les vols de téléphones mobiles, d'ordinateurs, des textes mystérieux. « Contre », ce ne sont pas les mêmes liens qui ont servi à attacher les poignets, les victimes ne se ressemblent pas, les lieux non plus, des maisons d'un côté, des appartements de l'autre, des textes d'origines différentes et pas d'ADN vraiment probant.

— Nous l'avons précisé tout à l'heure, monsieur le juge, selon nous, il y a probablement un type fasciné par l'histoire de l'Oise qui reproduit des meurtres à Paris, intervint le commandant de gendarmerie.

— Qu'en dit la police ?

Mistral haussa les épaules. Contrairement à son habitude, il s'exprimait d'une voix lente, et n'avait pas participé à la discussion du « pour et contre ».

— Évidemment, on ne peut pas attribuer à Brial les homicides à Paris, mais est-ce bien Brial qui est à l'origine des trois premiers meurtres ? C'est, à mon avis, la question cruciale. C'est peut-être l'inspirateur. Il se peut, aussi, que Brial soit complètement hors du coup et qu'un même type ait tué six fois. Se pose alors la question de savoir pourquoi il ne dit rien de solide sur son alibi.

Le juge reprit la discussion.

— Je sais que la gendarmerie n'est pas de cet avis à propos de Brial, n'est-ce pas ?

Les trois gendarmes se contentèrent d'un « oui » de la tête.

— Il y a un point qui me chiffonne, poursuivit Mistral. Dans les comptes rendus d'autopsie de vos affaires, à propos des liens, le légiste indique que deux nœuds ont été faits par un gaucher, et l'autre par un droitier. Brial est-il ambidextre ?

Un léger embarras fut visible chez les gendarmes à la suite de la remarque de Mistral.

— Brial est droitier, précisa un des gendarmes. Bien entendu, nous avons lu et commenté, entre nous, cette phrase du médecin légiste. Nous avons les mêmes liens sur les trois homicides, aucun ADN sur ces liens, puisque, vraisemblablement, le tueur a opéré avec des gants. Avant de faire le nœud, le tueur a entouré quatre fois les poignets des trois victimes. Seule change l'orientation de la cordelette de nylon quand il fait le nœud. C'est pour cela que l'on pense que le tueur a agi seul, et qu'il a dû, manifestement, changer de position à deux reprises au moment de lier les mains des jeunes femmes.

— Oui, vous avez sans doute raison, concéda Mistral. J'ai une autre question : avez-vous remarqué si des miroirs ont été occultés dans les maisons de vos trois victimes, ou dans celle occupée par Brial ?

— Qu'entendez-vous par là ? demanda le juge étonné.

Mistral expliqua alors ce qu'il avait découvert chez Chantal Colomar, et sa théorie sur un tueur schizophrène qui n'entre pas dans les pièces où il risque d'être confronté à son image. Mistral souligna la similitude du déplacement du tueur chez les victimes de l'Oise et celles de Paris. Le juge et les gendarmes regardaient Mistral avec des yeux écarquillés de surprise.

— Je dois dire que non, reconnut un des officiers de gendarmerie, nous n'y avons pas prêté attention. Mais qu'est-ce que ça vient faire dans notre enquête, puisque Brial est derrière les barreaux ?

Pendant que les gendarmes échangeaient leurs points de vue avec les trois policiers, le juge d'instruction remplissait un formulaire. Il s'adressa aux gendarmes.

— Au point où nous en sommes... Il faut aller vérifier ce détail soulevé par le commissaire Mistral. Je vais convoquer le conseil de Brial pour faire un transport chez lui. De votre côté, je vous charge d'accomplir ces vérifications dans les appartements des victimes. Je souhaite qu'un policier de la brigade criminelle y aille comme simple observateur. Ces histoires sont suffisamment compliquées pour que l'on se passe de regards extérieurs.

Sur le chemin du retour, Mistral était silencieux. Dalmate abaissa le pare-soleil et jeta un bref coup d'œil dans le miroir afin de savoir si Mistral était assoupi. Le regard des deux hommes se croisa.

— Pourquoi ne leur avez-vous pas dit qu'un voisin de la dernière victime avait été assassiné ?

— Comme l'a souligné le juge, les affaires sont suffisamment compliquées, et nous n'avons aucun lien entre ce meurtre et celui de Dimitrova, pour l'instant, même si l'hypothèse n'est absolument pas à écarter. Je ne crois pas, d'après ce que j'ai lu et entendu, et en mettant en perspective nos affaires, que Brial soit le seul auteur des trois crimes de l'Oise. Mais c'est trop tôt pour que le juge et les gendarmes l'admettent. Ils ont fait un énorme boulot, tout semble cadré pour eux.

— Et donc, si le coup des miroirs est positif chez les victimes, cela ne signifie pas que Brial est hors de cause, ou bien…

— … Ou bien qu'ils s'y sont mis à deux, surtout s'il y a des miroirs chez Brial, termina Mistral.

— L'avocat va pourrir la vie au juge d'instruction tant que Brial ne sera pas remis en liberté, admit, fataliste, José Farias.

Mistral téléphona à Calderone pour relater l'entretien chez le juge d'instruction et vérifier qu'aucune urgence ne s'était déclarée. Tout étant apparemment calme, il appela Clara pour lui demander de l'attendre à dîner. Ensuite, il passa quelques minutes au téléphone avec ses parents et ses enfants qui faisaient les quatre cents coups avec arcs, flèches et épées.

Vers 19 h 15, la Ford Mondeo grise entrait par le portail étroit du 36, quai des Orfèvres. Une demi-heure plus tard, Mistral en ressortait, un CD de Billy Paul, *Me and Mrs. Jones* dans le lecteur de la voiture. Sur le trajet, il fit coup double. Une pharmacie côtoyait un fleuriste. Il commença par faire composer un bouquet pour Clara, puis entra résolument dans la pharmacie. Le mal de crâne l'avait accompagné toute la journée, et il était vidé. Mistral ne se sentait pas de passer une nouvelle nuit blanche. Il tendit au pharmacien l'ordonnance rédigée quelques jours plus tôt par Thévenot.

— Évitez l'alcool avec ce médicament, et prenez-le un quart d'heure avant le coucher, avec un grand verre d'eau.

Mistral regrettait d'avoir cette boîte de somnifères dans la poche. Il hésitait encore à les utiliser.

À la même heure, deux coups de sonnette brefs tirèrent violemment du lit Olivier Émery, simplement allongé pour endiguer une douleur lancinante annonciatrice d'une crise. Personne, jamais personne n'était entré chez lui, et il ne connaissait même pas le bruit de sa propre sonnette ! Panique absolue ! Le cœur s'emballa, l'air vint à manquer, une perceuse attaqua ses deux tympans, l'aiguille du compteur du stress se bloqua dans la zone rouge. Deuxième coup de sonnette un peu plus long que le précédent. Émery s'approcha de la porte et tenta d'affermir sa voix.

— Oui ? Qui est-ce ?

— La police, monsieur.

Olivier Émery, en un millionième de seconde, passa tout en revue. *« Ils viennent m'arrêter »*, premier réflexe. *« Ce n'est pas possible, ils n'ont pas pu reconstituer l'histoire, je l'aurais su ! »*, deuxième réflexe. *« Je n'ai pas le choix, je dois ouvrir »*, la conclusion.

Troisième coup de sonnette. Une voix qui s'exaspérait derrière la porte.

— Ouvrez, monsieur Émery, c'est le commissariat.

— Oui, oui, de suite !

Émery, la main gauche crispée sur le manche du rasoir sabre ouvert, la lame discrètement remontée vers son poignet, était contre la porte. Il la déverrouilla, de la main droite, tout en se tenant en retrait, prêt à agir malgré tout si les policiers pénétraient en force dans le studio. Mais non, deux jeunes gardiens de la paix en uniforme, un homme et une femme, seuls sur le palier, légèrement intimidés, attendaient d'être invités à entrer. Olivier Émery referma silencieusement son rasoir et le glissa dans la poche de son pantalon.

— Peut-on entrer ? demanda la jeune femme.

— Oui, bien sûr, entrez, excusez-moi, je me reposais, j'ai commencé mon service tôt ce matin.

L'homme portait un simple tee-shirt sur son pantalon, et les deux policiers échangèrent un bref regard en observant sa forte musculature.

Même si la « zone panique » était encore très activée chez Olivier Émery, elle avait tendance, peu à peu, à régresser. L'unique chevron tout neuf accroché aux épaulettes des deux jeunes gardiens le rassurait. « *Des policiers stagiaires dans leur première année.* » Donc, en théorie, rien à craindre, ce n'est pas eux qu'on enverrait pour l'arrêter. Pendant que le policier préparait un bloc de feuilles, la jeune femme promena un regard circulaire sur le studio.

— C'est spartiate chez vous.

— Je ne suis à Paris que pour travailler. Le week-end, je rentre dans ma famille en province. Quel est l'objet de votre visite ?

Émery restait malgré tout sur le qui-vive, la main gauche posée près de sa poche, prête à faire jaillir le rasoir s'il le fallait.

— Nous avons enregistré, aujourd'hui, une main courante de M. Henri Lestrade, votre voisin du dessous. Il se plaint du bruit occasionné tous les matins, vers 6 heures, qui le réveille et l'empêche de se rendormir, ainsi que son épouse. J'ai une copie de la main courante dont je vais vous donner connaissance.

La pression qui enserrait le crâne d'Olivier Émery, instantanément, se relâcha, la perceuse cessa de lui exploser les tympans, même s'il percevait aux battements dans l'œil gauche que le mal ne tarderait pas à l'anéantir. Le tout était de le contenir suffisamment, jusqu'au départ des deux policiers. Il savait quels efforts énormes il devait accomplir pour rester cohérent. Les comprimés qu'il avalait, n'importe quand, ne remplissaient qu'imparfaitement leurs fonctions de réguler au mieux ses douleurs.

Émery écouta attentivement la lecture des déclarations de son voisin. Il se sentait dévisagé par les deux policiers, et savait ce qu'ils ressentaient. Un mélange de peur et d'étonnement apparaissait dans le regard oblique des autres, lorsqu'ils étaient relativement près pour l'observer.

— Je suis vraiment désolé de les déranger. Avec cette chaleur, je dors très mal, et me réveille tôt. Je fais un peu de gym, et le bruit qu'ils entendent, c'est lorsque je saute à la corde. Je pensais qu'ils ne m'entendaient pas, j'ai l'habitude de pratiquer ce genre d'exercice et en général je ne fais pas de bruit.

— D'accord, ce n'est pas bien méchant, répondit le jeune policier. Est-ce que vous vous engagez à ne plus les gêner ?

— Oui, naturellement, j'irai à l'extérieur.

— J'enregistre votre déclaration et ensuite j'en informerai votre voisin. Vous savez comment sont parfois les personnes âgées, un rien les perturbe, et c'est normal de les rassurer. La canicule, ça les touche durement, en ce moment.

Pendant que le jeune policier préparait la rédaction de la réponse, sa coéquipière avait repris, machinalement, son observation circulaire du studio. Son attention se fixa sur le dos de la porte d'entrée où du papier journal recouvrait parfaitement un objet plat qui en occupait les trois quarts, en hauteur et en largeur. Elle s'interrogeait sur la nature de cet objet. Tandis qu'elle réfléchissait, elle sentit le poids du regard de l'homme sur son visage et rougit instantanément. Mal à l'aise, elle se tortilla sur la chaise, et se passionna subitement pour le dossier que son collègue manipulait.

— Bon, je vais acter votre réponse. Donc, vous êtes monsieur Olivier Émery, né le ?

— Le 1er novembre 1965 à Châteauroux dans l'Indre.

— Vous demeurez 17, rue de Budapest à Paris IXe, au sixième étage porte droite. Quand il fait chaud et pas d'ascenseur, c'est haut !

Le jeune gardien s'autorisa cette plaisanterie, sachant que cette histoire de tapage n'était pas importante. Sa collègue gênée sourit à peine. Émery se força à esquisser un sourire.

— Téléphone ?

Olivier Émery réfléchissait à toute vitesse. Tout le monde en possédait un. Il se devait d'être banal, pourtant il prit l'option de ne pas donner son numéro de mobile, qu'il se gardait bien, d'ailleurs, d'utiliser et même de mettre sous tension. Il ne s'en servait qu'en cas d'urgence.

— Je n'en ai pas. Maintenant tout le monde en possède un, mais avant comment faisait-on ? On vivait très bien sans ! Je trouve que le téléphone portable, c'est pire qu'une laisse de chien !

— Ça se défend, mais moi je ne pourrais pas m'en passer… Profession ? Vous savez, ce ne sont que des questions banales que je pose, juste pour avoir quelques éléments.

— Oui, je connais bien. Nous sommes collègues, je suis brigadier de police. C'est pour ça que le téléphone c'est bien de ne pas en avoir, je ne suis pas rappelable. Si on veut que je revienne au service, il faut venir me chercher, et si je suis absent, eh bien tant pis !

Émery ouvrit d'un geste naturel un porte-carte de cuir noir usé qui renfermait une carte tricolore portant l'inscription POLICE au centre. Émery reposa négligemment l'étui sur la table. Les deux jeunes policiers restèrent muets de stupeur. Il était content de son effet. Mais il le regretta aussitôt, comme si, jouant aux cartes, il avait balancé un as pour récupérer un deux.

Trop vite et trop fort. Toujours cette envie de frôler le danger, et de jouer à se faire peur. Il avait mal calculé son coup.

21

Vendredi 15 août 2003

À 7 heures, le planton qui était dans le sas de sécurité en haut des marches du 36 déverrouilla la porte vitrée coulissante à l'arrivée de Vincent Calderone, et le salua. Il connaissait le policier et ne lui demandait plus sa carte professionnelle. Calderone entamait son circuit habituel du matin, par l'état-major. Il prenait un premier café avec l'équipe qui démarrait la journée de douze heures puis lisait les nouvelles de la nuit. Ensuite, il regagnait son bureau et donnait à manger à son poisson.

— Aujourd'hui, il y a plus matinal que toi !

— Qui ? De la crim ?

— Oui. Le nouveau capitaine, comment s'appelle-t-il déjà ? Ah oui, Dalmate. Dis donc, ce n'est pas un joyeux le gars ! Je l'ai croisé en arrivant au 36 vers 6 h 30. Un bonjour du bout des lèvres, sans plus.

Calderone éluda la question d'un haussement d'épaules, curieux malgré tout de savoir ce qui motivait Dalmate pour venir si tôt à la brigade. Pour la première fois depuis bien longtemps, il négligea de s'occuper de son poisson, et se dirigea directement vers le bureau de Dalmate.

Le capitaine était assis, examinant les factures détaillées de la téléphonie de Lora Dimitrova, étalées devant lui. Il tourna à peine la tête quand entra Calderone.

— Tu es tombé du lit ce matin ?

— À dire vrai, non. Depuis des années, je me lève tous les jours vers les 5 heures, quelle que soit l'heure à laquelle je me couche. La canicule m'épuise, et je préfère travailler dans le calme quand j'étudie des documents qui ne me sont pas familiers. Dans quelques heures, il va faire encore plus chaud, avec le bruit et les coups de fil, je n'aurai pas cinq minutes de concentration.

— Tu as trouvé quelque chose d'intéressant dans ces colonnes de numéros de téléphone ?

— Pas encore, il faut que j'affine les recherches, je t'en parlerai dans la matinée si j'ai du positif. C'est sûr, cette panne de messagerie ne nous a pas aidés, et poursuivre ce travail manuellement est fastidieux.

— Tu aurais dû laisser bosser Farias. Il a l'habitude et aurait absorbé ces tableaux deux fois plus vite.

— Oui, mais moi, je veux savoir comment les choses se font.

Neuf heures trente. Ludovic Mistral conduisait en direction de Paris en dessous de la limitation de vitesse. Il estimait qu'il avait une heure de retard. Le commandant de permanence de l'état-major avait brossé un rapide panorama de la nuit qui s'écrivait en trois lettres, RAS. Mistral avait attendu le sommeil qui n'était venu que vers 5 heures. Deux heures de sommeil. Il était dans une sorte de brume cotonneuse, accomplissait des efforts pour parler naturellement avec Clara qui le regardait avec inquiétude et ne faisait aucune remarque. Cette nuit, il avait essayé de mettre des mots sur ses insomnies, et n'y était pas parvenu. Comme si les causes s'estompaient, se brouillaient. Ne restaient que les nuits blanches.

Dans la boîte à gants de sa voiture, le sachet de la pharmacie contenait la boîte de somnifères intacte, volontairement oubliée. Il estimait à une quarantaine de jours les perturbations sévères de son sommeil et se disait que le corps réagirait à un moment donné et qu'il finirait bien par dormir une nuit entière. Il mesurait, cependant, les effets de l'absence d'un vrai sommeil, et se sentait moins lucide, plus tendu, nerveux, et facilement irritable.

La circulation était fluide, il fit le tour de la place de l'Étoile, amorça la descente des Champs-Élysées, et s'arrêta le long du trottoir devant le Drugstore. Il prit un petit déjeuner, sans se presser, en parcourant *Le Parisien* qui traînait sur une table, comme s'il était en week-end. Il passa un bref appel téléphonique pour dire à Balmes qu'il arriverait en fin de matinée, et à Calderone pour le point quotidien sur les affaires.

— Vous êtes sûr que tout va bien ?

— Parfaitement bien, Vincent. J'ai seulement besoin de respirer ce matin, ce qui ne m'empêche pas de réfléchir. Le portable est en veille, vous pouvez me joindre à tout moment.

En quittant le Drugstore, Mistral roula vers les bouquinistes des quais, ensuite il se laissa porter par le hasard. Les vitres avant ouvertes avaient remplacé la climatisation. Même si la journée allait être encore très chaude, la canicule semblait marquer le pas.

L'espace d'une table séparait Jean-Pierre Brial de l'aumônier de la prison de Liancourt. Brial, avachi sur sa chaise, les bras croisés sur son ventre proéminent, fixait avec attention l'homme d'Église en face de lui. Le prêtre, assis bien droit, les mains posées à plat sur la table, examinait avec curiosité le gros détenu.

— Vous avez demandé à me parler, je crois. C'est la première fois aussi ?

Brial se frotta le crâne et le cou de sa main grasse et potelée aux ongles noirs. Il essuya la sueur de ses mains sur son pantalon.

— Oui. Mais avant, j'ai une question. Est-ce que tout ce qu'on se dit, vous le gardez pour vous ?

— Quand il s'agit de la confession, certainement !

— Et en dehors ?

— Généralement aussi. Mais, dans ce cas, je préfère discuter de tout autre chose que de ce qui vous a conduit dans ces lieux, vous aider à progresser et à…

— Ce ne sera pas le cas. On veut me coller une affaire sur le dos, alors que je n'y suis pour rien, trois meurtres, plus exactement, et…

Le prêtre l'arrêta net de la main.

— Nous ne sommes pas en confession, et je vous ai fait part de mes réserves.

— Oui, oui, je sais. Et donc je disais que sur ces meurtres des messages de Sénèque ont été trouvés, c'est ce que m'a dit le juge d'instruction. Alors voilà. Je voudrais savoir si vous pouvez me causer de Sénèque. Qui est-ce ? Qu'est-ce qu'il a écrit ? Tout ça, quoi !

Le prêtre regardait, pensif et dérouté, ce détenu négligé en face de lui qui n'avait rien d'un intellectuel, avec ses mains sales, ses vêtements tachés et un vocabulaire basique.

— Vous n'avez pas besoin d'un prêtre pour vous parler de Sénèque.

— Ah bon ? Mais qui dans cette taule peut m'en causer ?

— Certes. Il y a bien une bibliothèque, et…

Devant l'absence de réaction du bonhomme, le prêtre se laissa aller à un sourire, pensant qu'il était toujours intéressant de discuter avec des détenus pour les amener à reconsidérer leur vie.

— Bon, d'accord, je vais vous dire quelques mots à propos de Sénèque, reprit, légèrement amusé, l'aumônier, voyant la moue sans enthousiasme de Brial en écho au mot bibliothèque.

À 13 heures précises, comme tous les vendredis, le prêtre déjeunait avec le personnel de direction de la prison. La discussion ronronnait, pas de sujet particulièrement préoccupant, la canicule n'avait pas fait exploser les prisons. Le dessert et les cafés venaient d'être servis.

— J'ai eu une discussion étonnante avec un détenu, commença le prêtre en coupant son millefeuille. Il voulait que je lui parle de Sénèque.

— En effet, ça mérite d'être souligné. C'est plutôt rare, dans nos prisons, cette sorte d'échanges, observa en souriant le directeur.

— Je dois dire que c'était surtout, pour ma part, un monologue, mais le détenu écoutait, il avait l'air intéressé, sous son aspect fruste.

— Qui est-ce ? Si ce n'est pas trahir un secret, bien sûr.

— Non, bien entendu, nous n'étions pas en confession. Il s'agit de Jean-Pierre Brial.

Au même instant, Jean-Pierre Brial finissait de boire, à même la boîte en métal, le jus sucré dans lequel avait trempé la salade de fruits en conserve. Il s'essuya la bouche avec sa manche de chemise et se mit à rire bruyamment en pensant aux âneries qui devaient être débitées sur son dos dans la salle à manger du directeur. Son gros ventre tressautait.

— Pourquoi tu ris ? s'étonna un de ses voisins de cellule.

— Parce que je viens de baiser des mecs à distance.

Dalmate reboucha méticuleusement le Stabilo jaune fluo de son capuchon. Huit appels en tout, plus tout le reste. Il avait travaillé sur une photocopie du tableau et gardait l'original dans son bureau. Calderone terminait une communication téléphonique avec un magistrat quand Dalmate, le visage neutre, des feuillets surlignés dans une main, entra dans le bureau et s'assit, attendant que Calderone raccroche. Dalmate ne manifestait aucune excitation particulière.

— Tu as trouvé quelque chose dans les documents ? À te voir, explosant de joie frénétique, j'ai de suite deviné.

— Et en plus, tu te fous de ma gueule. Je ne suis pas, et ne serai jamais un expansif, Vincent.

— J'avais cru comprendre. Bon alors, qu'as-tu à me montrer ?

— Les listings de Dimitrova ont parlé. Elle a appelé huit fois les portables de Norman et Colomar, en fait quatre fois chacune, et longuement.

— Quand ?

— Il y a deux mois environ.

— Tu as vérifié avec ceux des deux femmes ?

— Oui, ça colle. D'ailleurs, le numéro de Dimitrova y figure, il était sur la liste des numéros en attente d'identification.

— Bon, maintenant on a le lien entre les trois, mais ça ne nous dit pas pourquoi !

Calderone se saisit rapidement du téléphone et enfonça la touche qui correspondait au numéro préenregistré du portable de Mistral.

— Il y a autre chose, Vincent.

Calderone reposa aussitôt le combiné.

— Quoi donc ?

— Dimitrova a appelé, à une vingtaine de reprises, différents numéros dans un petit village de la Seine-et-Marne. Je les ai identifiés. On dirait qu'elle a téléphoné à tout le monde. La mairie, des commerçants, l'école, des particuliers.

— D'accord, Paul, mais en quoi c'est passionnant ?

— Parmi les appels, il y en a à destination d'une Odile Brial. Le même nom que celui du type en prison pour les meurtres de l'Oise. J'ai jeté un coup d'œil sur le PV d'audition des gendarmes, la mère du mec se prénomme Viviane. Dimitrova a dû retrouver un membre de la famille.

Mistral était assis sur les marches du Sacré-Cœur de Montmartre, qui surplombait Paris, parmi les centaines de touristes qui s'extasiaient du panorama, dans toutes les langues de la planète. Traversant des groupes de vacanciers, des enfants d'une dizaine d'années, adroits pickpockets, les dévalisaient sans qu'ils s'en aperçoivent. Mistral mangeait un sandwich, il avait volontairement croisé le regard de plusieurs de ces jeunes, qui avaient deviné qui il était. Affolés, ils avaient essayé de détecter d'autres policiers dans la foule, et dans le doute, avaient déserté les hordes de touristes quelques instants. Ce n'était que partie remise.

Posés, à côté de Mistral, un stylo-plume et un carnet de moyen format à couverture noire. À l'intérieur, les citations de Sénèque sur une page et celles de l'Ecclésiaste sur une autre, avoisinaient les lignes de commentaires rédigés par Mistral. Le vibreur de son téléphone le tira de sa réflexion. L'échange avec Calderone fut assez bref.

— J'arrive ! Vincent, envoyez une équipe récupérer le photographe Jacky Schneider, il y a trop de zones d'ombre ! Pour la Seine-et-Marne, ça demande réflexion, on ne peut pas y aller, la fleur au fusil, sans savoir ce qu'on cherche.

Les pickpockets, voyant Mistral se lever, le suivirent à distance pour être certains qu'il abandonnait la place réellement, avant d'aller se ruer sur les nouveaux touristes qui affluaient. En montant dans sa voiture, sans se retourner, Mistral fit tournoyer sa main, comme pour leur dire « à plus tard ».

Ingrid Sainte-Rose et Roxane Félix faisaient patiemment défiler les films enregistrés par les caméras de surveillance de la circulation. Des milliers d'images à scruter pour tenter d'identifier le Chrysler Voyager qui avait percuté la moto de Sébastien. Elles étaient aidées par une équipe du service des accidents. L'un d'eux venait de repérer une voiture qui roulait avec un seul phare, le gauche. Arrêt sur image. Agrandissement. Un monospace pouvant correspondre. Tentative de lecture de la plaque. Impossible. Déception. Énervement dans l'équipe. Visionnage d'images enregistrées par d'autres caméras. Le monospace de l'arrière, c'était bien un Chrysler Voyager. Lecture de la plaque, seulement en partie. Paramétrage[1]. Espoir.

1. Système qui permet l'identification complète d'un véhicule en fonction des informations partielles recueillies sur la plaque d'immatriculation d'un véhicule.

Une autre équipe téléphonait aux garagistes de la marque en Île-de-France pour savoir si un phare avant droit d'un Chrysler Voyager modèle 2001 avait été vendu. Au bout du dix-septième appel, un garagiste répondit par l'affirmative. Mode de paiement ? Des espèces. Un signalement ? Aucun. Un homme ordinaire, qui n'était pas un client habituel. Des renseignements plus précis ? Aucun. L'employé des pièces détachées était seul au magasin, et n'avait pas à sortir. La piste s'arrêtait là. Découragement, mais décision néanmoins de poursuivre les appels vers les autres garagistes.

Jacky Schneider était vaguement inquiet. Son regard allait, tour à tour, de Mistral à Calderone, Dalmate et au jeune lieutenant qui attendait les questions, les mains posées sur le clavier de l'ordinateur. La pendule du bureau indiquait 18 h 40. Schneider se méfiait du chef, le type qui avait les paupières rougies et les traits du visage creusé, et de l'autre qui ressemblait à Lino Ventura. « Le grand triste », comme il surnommait Dalmate, ne ferait qu'entériner les questions des deux autres. Donc, pas d'inquiétude de ce côté-là.

— Nous avons parfaitement compris l'histoire de vos relations qui n'étaient que professionnelles avec Mlle Dimitrova, monsieur Schneider. Mais j'aimerais que nous entrions davantage dans les détails de vos échanges professionnels.

Schneider était excédé par le ton cassant du chef. Manifestement, les flics reportaient leurs soupçons sur lui. C'est là où l'exercice devenait périlleux, quand une phrase pouvait être interprétée de travers.

— Je l'ai déjà dit à monsieur, dit Schneider en désignant Dalmate.

— Oui. Mais des éléments nouveaux sont intervenus, qui nécessitent des précisions. Vous nous dites ne pas connaître Mmes Norman et Colomar.

— Exact. Je n'ai même jamais entendu ces noms. Lora parlait de ses sujets sans dire forcément les noms de ceux qu'elle devait interviewer, et que je devais, moi, filmer.

— Bon, changeons d'approche. Quels sont les derniers thèmes sur lesquels vous avez travaillé, ou les tout prochains ?

— Le dernier long métrage bouclé et livré pour une chaîne de télé portait sur la surpopulation carcérale. Il a été remis, il y a environ un mois, pour une diffusion en septembre.

— Son sujet mystérieux pour lequel vous deviez la voir ?

— Je n'en sais rien et je vous l'ai déjà dit. Lora était discrète et même superstitieuse. Elle ne dévoilait ses plans que lorsque tout était verrouillé. Une fois que l'on connaissait sa façon de faire, ce n'était plus un problème pour travailler avec elle.

— Sinon, quoi d'autre ?

— Un sujet en préparation sur les femmes à l'approche de la quarantaine qui ont sacrifié leur vie personnelle à leur vie professionnelle, et qui ne sont pas médiatiques.

— Qui étaient ces femmes ? Vous les aviez rencontrées ?

— Non, je n'en sais rien. Lora finalisait tout d'abord son scénario, les questions, les endroits où elle souhaitait qu'on tourne, ensuite on parlait de la faisabilité, etc.

— Et ?

— Rien. Je sais qu'elles se sont rencontrées à deux ou trois reprises et qu'elles habitaient également le VIe arrondissement. Mais parallèlement, son sujet « secret » a dû monter en pression, et donc elle l'a privilégié, reportant notre rendez-vous pour le tournage avec ces femmes.

— Combien étaient-elles ?

— Trois peut-être. Mais en fait deux principales que nous aurions suivies pendant une dizaine de jours. Lora disait, en riant, qu'elle pourrait s'inclure dans le reportage et faire la troisième.

— Vous souvenez-vous de la date de ces rencontres ?

Jacky Schneider consulta son agenda électronique.

— Je pense que c'était vers la mi-juin. J'avais programmé un rendez-vous avec Lora pour les rencontrer, qu'elle a annulé la veille, le 19 juin.

— Bon, très bien. Êtes-vous d'accord pour que l'on prélève un échantillon de votre ADN ?

— Oui, je n'ai rien à me reprocher.

Vincent Calderone avait conduit l'interrogatoire du photographe, observant de temps à autre Dalmate qui se contentait de hocher discrètement de la tête. Mistral, assis sur le coin d'une table, n'était pas intervenu, approuvant tacitement Calderone.

Après le départ de Jacky Schneider, les trois policiers s'étaient retrouvés dans le bureau de Mistral. Plusieurs canettes de Coca et de Perrier avaient été vidées, le ventilateur tournait à plein régime, signe de chaleur constante supportée avec résignation.

— Je pense que ça colle avec Norman et Colomar, elles ont presque la quarantaine, des personnalités différentes, un travail intéressant, mais pas de vie familiale. Plus on avance dans cette enquête, et plus elle s'obscurcit. Comment ont-elles pu croiser l'assassin ? Dans l'arrondissement ? Si le sujet secret de Dimitrova touchait de près ou de loin le tueur, pourquoi le type a-t-il massacré les deux autres ? On n'a progressé que d'un centimètre !

Mistral venait de résumer amèrement les dernières phases de l'enquête.

— Il y a peut-être une piste Brial en Seine-et-Marne, je ne crois pas aux coïncidences.

Calderone se voulait optimiste.

— Je ne l'ai pas oublié. Nous sommes vendredi 15 août au soir, demain le week-end. Autrement dit, la période de l'année la plus creuse en France. Inutile de tenter de joindre qui que ce soit ! Je ne suis pas chaud pour appeler les particuliers que Dimitrova a contactés et leur demander le motif de leur conversation avec la journaliste, tant que je n'ai pas davantage d'infos.

— On envisage un déplacement dans la semaine ? proposa Calderone.

— Vraisemblablement. Mais avant il faut identifier tous les numéros que Dimitrova a appelés dans cette région, et passer aux fichiers les particuliers qu'elle a appelés. Inutile d'aller se fourrer dans une embrouille tête baissée sans savoir qui est qui. Et surtout, qui est cette Brial ?

— Je m'en occupe.

— Paul, est-ce que la banque de Dimitrova a répondu, pour nous dire où sa carte bancaire avait été utilisée ?

— Non, pas encore. J'ai appelé pour faire accélérer les choses. La seule réponse que j'ai obtenue a été « rien d'anormal, ce sont les vacances, et nous ne sommes pas au complet ».

— Je l'aurais parié !

22

Samedi 16 et dimanche 17 août 2003

Olivier Émery était réveillé depuis 4 heures du matin. Conscient d'avoir volontairement joué avec le feu avec les deux jeunes policiers, il réfléchissait. C'était sa manière d'être, et il avait toujours été ainsi. Mettre sa vie en danger lui procurait des sensations plus puissantes qu'une drogue. Et il savait de quoi il parlait en matière de came.

Frénétiquement, il avait, pendant une heure, pratiqué ses exercices physiques, en évitant le saut à la corde, pour tenter de se calmer.

À 6 heures, il s'était penché par sa fenêtre pour guetter les voitures de police. C'était l'heure légale des interpellations. Rien.

À 7 heures, non plus. Il prit sa douche à toute vitesse, avala, comme à l'accoutumée des œufs durs et un litre de lait de soja. Il s'était bourré les narines de bouts de mouchoir en papier pour éviter les saignements.

À 8 heures, il estima qu'il était temps de partir. La rue était vide. Rassuré, il monta dans sa voiture, s'apprêta à démarrer, mais renonça et resta une bonne partie de la journée à surveiller l'entrée de son immeuble.

À 18 heures, il quitta son stationnement en douceur, et prit la direction du hasard, quand même surpris de ne pas avoir attiré l'attention des deux jeunes gardiens de la paix inexpérimentés.

Ludovic Mistral avait doublé la dose de comprimés prescrite pour dormir, estimant qu'il avait des heures de sommeil à rattraper. Il s'était extrait d'un sommeil artificiel de neuf heures sans rêve, avec l'impression d'être plus fatigué que la veille. Il avait feint le contraire devant Clara, et était parti chercher les croissants du petit déjeuner. Deux heures plus tard, il sautait dans sa voiture « pour un bref aller-retour à Paris, c'est promis », avait-il dit à Clara.

Mistral parcourut à pied la rue Moncey, pour se rendre compte par lui-même des lieux de découverte du sac à dos. La rue n'avait rien de particulier, des véhicules des deux côtés, et les rares commerces étaient fermés en août. Il reprit sa voiture, descendit la rue de Rome en longeant la gare Saint-Lazare et tourna vers la gauche sur la rue La Fayette. Feu rouge. Mistral glissa un CD dans le lecteur, John Lee Hooker jouait avec Miles Davis. Feu vert. Mistral démarra et passa devant l'entrée de la rue de Budapest, à une cinquantaine de mètres d'Olivier Émery assis dans sa voiture. Hooker et Davis interprétaient *Murder*. Mistral augmenta le son durant les quatre minutes dix que dura le morceau.

Les deux jeunes gardiens de la paix qui étaient intervenus chez Olivier Émery faisaient partie de l'équipe de permanence police secours ce week-end, et leur activité était proche du néant. Le car PS n'avait assuré que deux interventions, une pour rétablir le calme dans un bar où des consommateurs éméchés se disputaient, et l'autre pour l'alarme d'une banque qui s'était déclenchée à cause d'une surtension électrique.

— Comment as-tu trouvé le collègue de la rue de Budapest ? questionna la jeune femme.

— Bof, rien de particulier.

Son équipier triturait une console de jeux portative qui diffusait une musique horripilante.

— Il n'y a rien qui t'a dérangé ?

Le jeune gardien mit quelques secondes avant de répondre, les yeux rivés sur l'écran occupé à marquer des buts virtuels.

— Oui, son visage. À mon avis, quand il interpelle un type, il doit lui coller méchamment la trouille. En plus, il a l'air très physique.

— Ce n'est pas de ça que je voulais te parler. Son appartement, j'y étais mal à l'aise, et toi ?

— Ben non. Il a dit qu'il ne l'occupait qu'en semaine, c'est un simple pied-à-terre, pas franchement agréable. Du point de vue déco, c'est nul.

— N'empêche qu'il ne m'a pas quittée des yeux quand il m'a vue intéressée par ce truc emballé fixé contre la porte. C'est quoi d'après toi ?

— J'en sais trop rien, un tableau peut-être.

La jeune femme était agacée par les réponses de son collègue, visiblement plus passionné par son jeu électronique.

— Tu ne te fatigues pas tellement à réfléchir ! Est-ce que tu as déjà vu un tableau d'un centimètre d'épaisseur et d'environ 1,30 mètre de hauteur accroché derrière une porte ?

— Non, répondit-il avec un soupir. C'est peut-être un grand miroir alors. Chez mes parents, il y en a un pour pouvoir vérifier sa tenue avant de sortir. Ou c'est autre chose. Mais en quoi c'est important ? On est allés chez ce type pour un trouble de voisinage. C'est un flic qui fait du saut à la corde qui en est la cause. OK ? Et il a dit quoi, le collègue ? « Désolé, j'irai dehors. » Ensuite, le voisin en a pris acte. C'est quoi le problème ?

— Je n'en sais rien ! Tu connais quelqu'un dans son service ?

— Non, personne. Pourquoi ?

— C'était pour savoir, sans plus.

— Oublie ce mec. D'ailleurs, le chef a dit « affaire classée ».

Elle comprit qu'elle n'arriverait à rien avec lui et renonça à discuter. Honnête avec elle-même, elle attribuait ce malaise davantage à son intuition qu'à des faits objectifs.

La jeune femme n'avait aucune mission particulière, dans l'attente d'une intervention PS. Elle se connecta à Internet, sans but précis, pour passer le temps. Un mot en entraînant un autre, elle finit par taper dans la zone d'un moteur de recherche, le mot miroir. Puis de digression en digression, elle lia les termes « miroirs » et « cachés » et s'absorba dans une lecture sur la schizophrénie. Elle fut tirée de sa réflexion par l'appel du chef de poste qui actionnait la permanence PS. Elle abandonna, à regret, ses recherches sur Internet pour sauter dans le fourgon de police : une personne âgée venait d'être découverte morte dans un appartement.

Dimanche, en fin de matinée, Paul Dalmate s'apprêta à quitter son domicile et s'adressa à sa femme.

— Je sors. Je vais en avoir pour un moment. Je rentrerai tard.

— Où vas-tu ? demanda-t-elle sans chaleur.

— Des vérifications, sur une affaire de meurtre, répondit Dalmate sur le même ton.

— Un dimanche ? Alors que tu n'es pas de permanence ?

— Tu ne choisis pas tes jours dans ce type d'enquête.

— Tu as déjà passé toute la journée du samedi à ton service, c'est du moins ce que tu m'as dit !

— Je te l'ai dit parce que c'était vrai !

— Tu reviens vers quelle heure ?

— Je ne sais pas encore, mais ne m'attends pas.

— Il y a longtemps que je ne t'attends plus, Paul.

Quelques instants plus tard, Paul Dalmate, au volant de sa voiture, s'engagea sur l'autoroute A6. Il estima, compte tenu de la fluidité de la circulation, à environ une heure le trajet pour se rendre dans le village d'Andreville, en Seine-et-Marne, où les appels de Dimitrova avaient abouti.

Extrait des cahiers « Journal et rêves » de J.-P.B.

1985

Décidément, l'année 1985, je m'en souviendrai. L'année de mes vingt ans, impossible de l'oublier.

Depuis deux ou trois mois, je vis dans un squat en Espagne, à Barcelone, plus exactement. Comment j'ai atterri là-bas ? Le pur hasard. J'ai pris le train pour aller dans le Sud. Le TGV direction Narbonne. J'étais en règle, mon billet de train payé. Je suis descendu à la gare d'arrivée, sans trop savoir quoi faire. J'étais encore sur le quai quand un train pour l'Espagne s'est arrêté. J'ai grimpé dedans, et je m'en suis fait sortir à coup de pompes dans le cul à Figueras par les contrôleurs espagnols parce que je n'avais pas de billet. Je me suis dit : quitte à être en Espagne, allons au chaud. J'ai fait du stop, un camion m'a largué à Barcelone et je ne suis pas allé plus loin. Oubliés les rêves de Malaga. À Barcelone, la résine de cannabis circulait partout, j'étais défoncé tous les jours. J'ai rencontré deux Anglais gigantesques, avec la tête trouée de piercings, et les bras recouverts de tatouages, on faisait la manche avec des chiens, les gens nous filaient du fric parce qu'ils avaient peur. Du coup, aucun problème d'argent. On buvait, on fumait, on zonait dans un squat. Ce qui m'importunait le plus ? La crasse. La mienne et surtout celle des autres. Comme j'étais souvent ivre ou camé, je faisais moins gaffe à l'hygiène. À jeun, j'en avais conscience et je me précipitais dans les douches publiques. À jeun, impossible de m'approcher aussi. Mon ami, le rasoir qui vivait dans mon dos, calmait les nerveux.

Et puis LE *rêve est arrivé. Celui qui hante mon existence depuis que je connais les rêves. Je m'étais couché pratiquement pas défoncé, j'étais bien, d'autant que j'avais pris une douche et enfilé des vêtements propres. J'avais laissé personne me toucher. Les deux Anglais avaient rencontré, dans l'après-midi, deux jeunes fugueuses d'une quinzaine d'années venant des Pays-Bas, et ils étaient en train de s'agiter tous les quatre sous des couvertures pourries. Et je me suis endormi progressivement, complètement indifférent aux agitations qui m'entouraient, laissant* LE *rêve m'envahir.*

J'étais dans un champ, je voyais la maison de ma mère, celle d'où j'avais été viré. Je marchais lentement, sans but, il faisait chaud, il y avait du soleil, et je clignais des yeux. Je donnais des coups de pied dans l'herbe jaunie et des sauterelles partaient dans tous les sens. Et puis je l'ai vu. Il marchait, lentement, sur la route. Je crois qu'il s'est tourné vers moi, mais j'étais trop loin pour voir son visage. Je me suis mis à courir, pas trop vite, et je suis arrivé sur la route. J'étais à une trentaine de mètres derrière lui, évidemment, il s'est mis à courir lui aussi. Je suis passé devant la maison de ma mère, elle était devant la haie, en bordure de la route, et elle m'a crié complètement affolée : « Ça ne sert à rien, arrête-toi, il ne faut pas, c'est pas ce qui est prévu. »

J'ai accéléré de plus belle. J'avais l'impression de courir vite sans me fatiguer. Et puis la distance a raccourci. Je gagnais du terrain ! Je n'étais plus qu'à dix mètres, cinq mètres, un mètre, dix centimètres, j'ai mis sa main sur son épaule. Il s'est arrêté. Je n'osais pas bouger. Il s'est retourné. Je l'ai vu, enfin. C'était moi ! Je courais après moi depuis des années ! Je me suis réveillé en sursaut, le cœur qui cognait dur, partagé entre le rire et les larmes. Dans la piaule, tout le monde dormait, les Anglais, les Hollandaises, trois ou quatre mecs complètement bourrés qui partageaient le squat recouvert de tags, et les chiens. Ça puait fort. Je me suis levé, j'ai roulé mes fringues et mon sac de couchage et j'ai embarqué tout le fric qui restait. Les Anglais, piercings, tatouages et chiens, avec leurs gueules à coller la trouille, allaient vite se refaire.

Dehors, il faisait doux. Quatre heures du matin indiquait la pendule d'une église. Je me suis mis sur une avenue qui sortait de la ville pour faire du stop. À 8 heures, un camion m'a embarqué et m'a lâché à Perpignan. Le type, un Français, ne cessait pas de parler, je ne pouvais pas réfléchir. En fait, c'est moi qui ai voulu descendre à Perpignan, je ne le supportais plus. J'ai pu enfin rentrer dans un troquet boire et manger, je me suis assis sur un banc et j'ai réfléchi à mon rêve, pour tenter de comprendre pourquoi je courais après moi depuis tant d'années. C'était tellement fort ce que je ressentais, que je ne parvenais pas à analyser et comprendre.

Je suis resté une quinzaine de jours à Perpignan, je dormais au petit bonheur la chance. Maintenant, mes rêves ont changé. À plusieurs reprises, et je les ai notés huit fois en deux semaines, je rêvais que j'étais avec moi. On marchait tous les deux, on ne parlait presque pas, on mangeait et on buvait la même chose. Quand on se regardait, on était heureux. On se comprenait sans dire un mot. Je n'aimais pas me réveiller, j'étais sans moi.

23

Lundi 18 août 2003

Vers 8 heures, au siège de la Police technique et scientifique (PTS) à Écully, près de Lyon, Élisabeth Maréchal, ingénieur en sciences physiques, poussa la porte du laboratoire d'analyse et du traitement du signal, son domaine de prédilection. La climatisation, qui protégeait les ordinateurs de la canicule, fonctionnait en silence et la jeune femme appréciait ainsi doublement le labo. Élisabeth Maréchal était passionnée par la voix humaine. Elle avait l'habitude de commencer ses exposés par une phrase courte : « Un homme, une voix », soulignant combien l'empreinte vocale est unique pour chaque individu. Elle-même jouait des intonations de sa voix, et clouait son auditoire sous le charme de cette scientifique pétillante, à l'intelligence vive.

Experte auprès des tribunaux, elle était d'une aide précieuse dans les enquêtes criminelles, dès l'instant où l'analyse d'une voix se révélait indispensable. Elle avait créé dans son labo une banque du son, où apparaissaient les comparaisons des principales langues étrangères, les différents accents, et toutes sortes de caractéristiques techniques permettant d'identifier les voix humaines.

Elle travaillait depuis une dizaine de jours, déjà, sur deux CD portant l'inscription en lettres capitales rouges, URGENT, provenant des services antiterroristes. Il s'agissait de textes lus par des groupes terroristes, des revendications d'attentats ou des interceptions téléphoniques. Dans un premier temps, Élisabeth Maréchal écoutait attentivement les CD, pour avoir une première idée des origines régionales des langues. Elle effectuait, ensuite, des comparaisons avec des voix et des accents identifiés, stockés dans sa bibliothèque de sons. Sur les moniteurs de contrôle, elle voyait défiler les courbes et les graphes se superposer qui correspondaient aux rapprochements opérés entre les voix enregistrées sur le CD et celles de la banque de données.

L'expertise demandée par l'antiterrorisme touchait à sa fin, elle avait pris des notes et rédigerait son compte rendu rapidement. Elle se leva et entreprit d'examiner ce qui l'attendait. Deux DVD provenaient de la PJ parisienne, avec une courte notice explicative. Le premier comportait des communications anonymes à la station de radio FIP. Sur la fiche, glissée dans le boîtier du second, était écrit « Homicides C/X ». Il s'agissait de trois enregistrements d'appels aux sapeurs-pompiers de Paris. Le troisième examen concernait un dictaphone saisi à l'occasion d'un meurtre, l'affaire Lora Dimitrova.

Dans le message d'accompagnement et de remerciement, Ludovic Mistral indiquait que le DVD « sapeurs-pompiers » et le dictaphone concernaient la même affaire. Il terminait par « l'enregistrement sur le magnéto est dur à écouter, je te préviens. Bon courage ». Elle sourit à la lecture des quelques mots tracés par Mistral. « Il écrit toujours aussi mal, mais reste fidèle au stylo-plume. »

Elle choisit de commencer par les appels malveillants à la station de radio. « Ce sera plus rapide qu'une analyse pour la crim », pensa-t-elle.

Elle lut rapidement le texte qui accompagnait le DVD. Il y avait cinquante-deux appels répartis sur onze jours, par *XH*[1], avait inscrit l'enquêteur. « Presque cinq par jour, pas mal ! Il a de la suite dans les idées, le bonhomme. »

Elle inséra le DVD, régla ses appareils d'analyse et mit son casque sur les oreilles. Elle fermait toujours les yeux quand débutait la lecture, pour se concentrer et rentrer dans l'univers de la voix qu'elle écoutait. Sur les moniteurs, les courbes oscillaient au gré des intonations. Après avoir écouté une trentaine d'appels, qui n'excédaient pas une vingtaine de secondes chacun, elle appuya sur la touche Pause et écrivit d'une seule traite, sur son bloc, au crayon : « XH français, langue maternelle le français, pas d'accent précis, assez neutre. Fourchette de 30 à 40 ans environ. Utilise souvent un vocabulaire peu élaboré, études supérieures exclues. Individu obsessionnel, en souffrance (mais de quoi ?), voudrait être l'unique, lui tout seul, coléreux, le sait, mais tente de se contrôler. »

Élisabeth Maréchal enleva son casque, arrangea ses cheveux et relu ses quatre lignes de commentaire. Elle outrepassait largement, en connaissance de cause, les limites *stricto sensu* de l'analyse de la voix, en portant des appréciations sur la personnalité du locuteur. Mais en quinze ans de pratique, elle avait naturellement développé cette faculté et par conséquent approfondi ses connaissances en psychologie. Elle réservait ses observations en *off* pour les enquêteurs.

La jeune femme repositionna ses écouteurs et lança la suite des enregistrements. À trois reprises, elle mentionna : « XH boit. Alcoolique ? – trois appels en fin de journée – en a besoin pour se donner du courage ? Mais aussi bouche pâteuse le matin, a bu la veille ? Médicament ? » Elle termina sur l'appel où les policiers tentaient de le piéger. Elle repassa plusieurs fois le DVD et conclut : « Attention ! XH plus intelligent qu'il n'y paraît, aux aguets, méfiant – pourquoi ? – a rapidement éventé le piège. » Élisabeth Maréchal arrêta l'enregistrement et imprima le diagramme sur lequel les courbes représentaient les varia-

1. « *XH* » signifie dans le jargon policier un homme non identifié.

tions de l'intonation. Elle coucha rapidement sur un document ses observations et acheva par : « Il n'y a pas de concordance entre la voix de XH et celles figurant dans la base de données. »

Elle prépara l'analyse pour le *XH* prochain, également, un inconnu qui appelait les sapeurs-pompiers, et dont l'affaire était suivie par Mistral. Avant de poursuivre, elle se servit une tasse de thé.

Quai des Orfèvres, Paul Dalmate, debout, légèrement penché, les mains posées à plat sur le bureau, fixait depuis plusieurs minutes une des pages des listings des appels téléphoniques de Lora Dimitrova.

Ludovic Mistral décortiquait, dans tous les sens, les procédures criminelles de l'Oise et celles de Paris pour un Bernard Balmes dubitatif et impatient.

Ingrid Sainte-Rose et Roxane Félix s'acharnaient à retrouver le chauffard.

Sébastien Morin en avait marre d'entendre gémir dans sa chambre d'hôpital et passait ses journées et ses nuits avec un casque sur les oreilles, et son ordinateur portable sur les genoux. La chaleur l'accablait, elle provoquait des démangeaisons phénoménales à l'intérieur des jambes plâtrées et il ne pouvait rien faire. Il comptait les jours qui lui restaient pour sortir. Ses coéquipiers, à tour de rôle, lui rendaient visite en début d'après-midi, et lui racontaient que l'enquête du triple meurtre faisait du surplace. Morin enrageait de ne pas être à leurs côtés, et n'avait de cesse de demander des précisions.

José Farias et une équipe de la crim tentaient d'explorer d'autres pistes pour trouver un mobile aux trois meurtres, avec Lora Dimitrova au centre de la toile.

À Liancourt, le directeur de la prison appela le juge d'instruction pour lui relater l'épisode entre le prêtre et Jean-Pierre Brial, à propos de Sénèque. Nicolas Tarnos en profita pour lui demander si Brial avait modifié son comportement. Réponse : « Il se gave de lait concentré sucré, reste passif, semble attendre patiemment, quoi, je n'en sais rien. »

Le juge Nicolas Tarnos raccrocha, pensif et ennuyé. L'attitude de Brial, interrogeant l'aumônier de la prison sur Sénèque, correspondait à l'aspect fruste et limité de ce suspect trop idéal. Dans son esprit, le doute sur la culpabilité de Brial s'éloignait progressivement. Il s'attendait à recevoir une demande de remise en liberté formulée par l'avocat de Brial, et, si aucun fait nouveau n'apparaissait, il ne s'y opposerait pas.

Devant le bureau de Mistral ouvert, un jeune type qui ne manifestait aucune impatience attendait son retour.

Élisabeth Maréchal reposa sa tasse de thé, et inséra le DVD dans son ordinateur. Elle jeta un coup d'œil à sa montre et pensa « trois appels de quelques secondes, je devrais aller vite ». Elle coiffa ses oreilles des gros écouteurs pour évacuer tout bruit extérieur et, les yeux fermés, se concentra sur la voix. À la fin du premier enregistrement, elle ouvrit les yeux d'étonnement, et le réécouta. Elle vérifia les étiquettes des deux DVD. Sur la première était inscrite « Enquête FIP/Radio. Brigade de répression de la délinquance contre la personne », et sur la seconde « Brigade criminelle ». Deux services différents qui enquêtaient sur le même homme, sans manifestement le savoir, et c'était elle qui faisait le rapprochement, grâce à l'analyse de la voix. Rendue nerveuse par cette découverte, elle se concentra doublement et écouta attentivement les deux messages restants.

Elle nota sur son calepin, en lettres majuscules : « C'EST SÛR ET CERTAIN, C'EST LE MÊME XH QUE POUR FIP, MAIS INTONATION ET EXPRESSIONS COMPLÈTEMENT DIFFÉRENTES. » Elle poursuivit : « Homme calme, parle posément, récite ou lit un document, surveille l'intonation de sa voix, se maîtrise. » Elle rajouta à la suite de ses premières notes : « Pas d'émotion, pas de précipitation, bruit extérieur assourdi apparemment par linge. »

Elle lança, depuis son clavier, quelques commandes qui eurent pour effet d'ôter les filtres qui assourdissaient la voix. Le son se fit nettement plus clair et les annonces diffusées par un haut-parleur dans une gare retentirent dans le labo. Elle nota : « Le locuteur articule et détache les mots, surveille l'expression de sa voix *(je confirme)*, débite ses phrases d'un ton neutre. » Après avoir terminé son commentaire, elle afficha à l'écran les courbes des deux analyses qui se rejoignaient sur la prononciation des mots, le rythme, l'espace entre les syllabes, ou parfois, le ton. Elle observait avec intérêt comment la voix de XH variait en fonction de ses interlocuteurs, quand il se contrôlait et se savait enregistré ou quand il était surexcité, et en souffrance.

À 14 heures, la jeune femme décida d'aller rapidement déjeuner à la cafétéria de la PTS, et de poursuivre ensuite la seconde expertise pour la brigade criminelle. Pendant le repas, elle discuta de banalités avec ses collègues.

De retour, une vingtaine de minutes plus tard, Élisabeth Maréchal s'attela à l'enregistrement réalisé par le dictaphone. Tout d'abord, elle exécuta une copie de sauvegarde du fichier numérique de l'enregistreur et déclencha la procédure d'analyse dans son ordinateur. Dès les premiers mots prononcés par le tueur, elle nota : « C'est le même homme que celui qui appelle les pompiers ! Ici, il ne prend pas la peine de modifier sa voix, même intonation que dans certains appels à FIP radio – est le maître de la situation. » Elle écrivait spontanément, et remettrait en langage plus administratif ses commentaires.

Élisabeth Maréchal mesurait la chance de travailler sur une expertise aussi exceptionnelle, de celles qui n'arrivent que très rarement, et qui requièrent toute l'intelligence de l'ingénieur. Elle était fascinée par l'échange entre l'agresseur et sa victime.

Elle se concentrait sur le volet technique de son analyse, pour ne pas se laisser gagner par la spirale d'émotion qui l'envahissait au fur et à mesure de l'agonie de Lora

Dimitrova. Elle rédigea nerveusement : « Stress intense du tueur – maintenant il a peur, parle dans les aigus, veut l'empêcher de prononcer des mots. »

Élisabeth Maréchal sélectionna le passage où la jeune femme hurlait : « JE NE VEUX PAS SAVOIR QUI VOUS ÊTES ! » Elle écrivit rapidement : « Semble se douter de l'identité de l'agresseur, mais espère ne pas mourir en disant cela. Elle hurle, elle doit se souvenir que son enregistreur se déclenche à la voix. La langue française n'est pas la langue maternelle de Lora Dimitrova, accent très léger. Pays de l'Est, Bulgarie certainement. »

Elle passa plusieurs fois de suite les phrases : « Quand j'ai ouvert la porte, je ne me suis pas doutée… », ainsi que le *TA GUEULE* crié par l'homme.

Élisabeth Maréchal inscrivit nerveusement : « Lora Dimitrova s'est ressaisie quelques secondes, craint peut-être de mourir – veut laisser des indications sans éveiller les soupçons du tueur sur l'enregistreur planqué. L'homme a couvert la voix de Dimitrova pour ne pas entendre les derniers mots de la phrase. »

Élisabeth Maréchal reprit l'écoute. « Qu'est-ce que tu fous debout ? »

L'angoisse, transmise par la voix la jeune femme, était à son comble. Élisabeth Maréchal ferma les yeux, par réflexe, quand elle perçut le bruit du corps de Lora Dimitrova qui s'écroula après l'avalanche de coups.

D'habitude seule, et à l'aise dans son laboratoire, elle aurait aimé, ce jour-là, avoir de la compagnie pour partager le poids de cet enregistrement. Elle suspendit quelques minutes l'analyse.

Elle avait besoin de respirer. Prendre ses distances avec la « bande-son d'un véritable meurtre », comme elle le révélerait plus tard. Elle mangea lentement un fruit en regardant le parc, paisible, qui s'étendait devant sa fenêtre, et suivit du regard un couple d'écureuils qui grimpaient à toute vitesse dans un arbre.

Après avoir dégagé d'un mouvement de tête ses cheveux blonds, elle ajusta son casque et reprit, avec appréhension, la suite de l'écoute, le passage où le tueur parle seul, à voix tellement basse que les mots en sont imperceptibles. Élisabeth Maréchal inscrivit rageusement au crayon : « Inaudible malgré le traitement du son. »

Elle écouta les yeux fermés, d'une traite, l'agonie, le meurtre et le viol de Lora Dimitrova.

La jeune femme ôta lentement le casque, le posa sur une table et se frotta les yeux. Elle n'arrivait pas à formuler l'horreur que lui inspirait ce qu'elle venait d'entendre pour la première fois de sa carrière.

Élisabeth Maréchal lança ensuite divers programmes pour séparer les deux voix. Près de quarante-cinq minutes plus tard, elle entendit enfin les mots de Dimitrova, les écouta plusieurs fois, les écrivit sur son bloc et les encadra de plusieurs traits de crayon noirs. Elle ajouta dans la marge : « Je comprends pourquoi il est mort de trouille, et ne veut pas qu'ils soient entendus. » Elle s'apprêtait à inscrire d'autres précisions, quand la sonnerie de la ligne intérieure la fit violemment sursauter. C'était un de ses collègues, d'une autre unité, qui lui rappelait qu'elle était attendue pour fêter le départ à la retraite d'un des piliers de la PTS. Elle regarda l'heure, 19 h 30. Elle avait complètement oublié cette petite fête, et ne fut pas mécontente de quitter immédiatement son labo. Les quelques minutes qui la séparaient de la salle du buffet furent pour elle comme une sorte de sas de décompression.

La fête dura plus longtemps que prévu, et Élisabeth Maréchal n'était pas pressée d'achever cette expertise aussi perturbante. Elle partit avec les derniers invités et déclina l'invitation de prendre un verre à Lyon avec les quelques joyeux drilles qui avaient, visiblement, décidé de prolonger, le plus tard possible, le côté festif de la soirée.

À minuit passé, elle traversa le parc pour rejoindre le bâtiment où se trouvait son labo. Tout était éteint, à l'exception de son bureau, qu'elle avait laissé volontairement éclairé. Elle pouvait voir la lumière des néons qui produisaient une sorte de tache blanche au milieu d'un des étages. Le couloir qu'elle traversa n'était éclairé que par les boîtiers indiquant les issues. À mesure qu'elle avançait, elle sentait croître son appréhension en repensant à ce qu'elle devait écouter, une nouvelle fois, pour terminer son analyse. Elle déverrouilla la porte de son labo, entra, claqua la porte et actionna derrière elle, à double tour, d'un geste sec le verrou. Elle haussa les épaules en pensant à ce qu'elle venait de faire, alors qu'elle se trouvait dans une enceinte sécurisée de la police. Elle attribua ce geste au stress qu'avait généré en elle l'écoute de la bande-son du meurtre.

Machinalement, elle se préparait à redémarrer son ordinateur et reprendre le fichier numérique de l'enregistreur, quand elle s'aperçut qu'en rejoignant précipitamment la petite fête, elle n'avait pas arrêté ses appareils qui, après avoir continué de fonctionner, s'étaient mis en veille. Elle réactiva l'écran, d'un geste sec avec la souris et vit les résultats graphiques de l'analyse qui défilaient en boucle. Élisabeth Maréchal, sans bouger, mit quelques minutes à intégrer mentalement ce qu'elle observait. Elle se leva lentement de son fauteuil, sans quitter des yeux l'écran de l'ordinateur, décrocha son téléphone et réserva un billet de train pour le TGV qui partait de la gare de Lyon La Part-Dieu à 7 heures et qui arrivait à Paris à 8 h 57. En comptant une vingtaine de minutes de métro, elle serait dans le bureau de Mistral vers 9 h 30. La pendule du bureau indiquait qu'elle avait exactement cinq heures pour affiner ce qu'elle venait de déchiffrer. Si son hypothèse se confirmait, Élisabeth Maréchal venait presque de résoudre les trois meurtres.

24

Même jour

Olivier Émery se laissait ballotter par la conduite nerveuse d'un de ses collègues. Il repensait à ces deux derniers jours éprouvants. Il avait tenté de réfléchir tout le week-end au comportement à adopter pour la suite. Un fait nouveau, dont il devait tenir compte, était l'entrée dans le jeu du commissariat déclenchée par la plainte du voisin.

Peu ou pas de sommeil, des peurs, des cauchemars avaient ponctué ces quarante-huit heures passées à l'extérieur de son studio. Il avait erré de bar en bar, avalant ses comprimés quand il y pensait. Une crise était survenue le dimanche dans la nuit, alors qu'il s'endormait, ivre, dans sa voiture stationnée derrière l'École militaire, un endroit calme du VIIe arrondissement. Émery crut mourir de douleur, et eut juste le temps de boucher ses narines de morceaux de mouchoir en papier pour empêcher le sang de couler.

La violence de la crise régressant, il avait pris, presque au ralenti, la direction de la rue de Budapest. Monter l'escalier conduisant à son meublé avait été un calvaire et il eut envie d'assassiner ses voisins quand il passa devant leur porte. Arrivé chez lui, il resta figé une demi-heure sous la douche, et s'écroula ensuite sur son lit.

Le lendemain matin, après s'être gavé de médicaments, il pratiqua ses exercices physiques et termina par une séance de sauts à la corde plus longue et plus forte que d'habitude. Il descendit l'escalier avec un sac marin sur l'épaule qui contenait sa vie passée dans le petit appartement de la rue de Budapest. Le jeu ne s'arrêtait pas, une autre partie s'enclenchait.

Quand Olivier Émery était au fond du trou comme aujourd'hui, il n'avait plus aucun espoir et pressentait que tout était joué. Téléphoner à FIP ne servirait plus à rien, aucun réconfort ne lui parviendrait, et il redoutait que tout le stress accumulé ne déclenche une crise qui lui vrille l'œil et le tympan. Il estimait à cinq ou six jours le temps nécessaire qu'il devait gagner pour se reposer. Le chef d'équipe était un fanfaron et une grande gueule, mais avec un bon fond.

— Chef, je suis complètement épuisé et je marche aux médicaments depuis quelques jours. J'aurais besoin de quatre ou cinq jours de récupération.

— J'ai vu que tu n'étais pas en grande forme depuis quelque temps et le travail a été rendu extrêmement pénible par la canicule. Nous sommes lundi, repose-toi les autres jours de la semaine et reviens en forme ! J'espère que la semaine prochaine ça va se calmer. À ce rythme, personne ne va tenir !

— Merci. Je passerai au bureau pour déposer ma demande de récupération.

— Si tu pouvais venir au service vendredi, j'aurai une jolie prime pour chacun de vous, compte tenu du travail que vous avez fait, y compris les heures sup sans rechigner, sauf si ça peut attendre lundi.

— Avec plaisir ! J'appellerai vendredi.

Vers 13 heures, Olivier Émery entra dans un bar, composa à la volée un numéro qu'il connaissait par cœur, même s'il ne l'avait pas utilisé depuis plus de dix-huit ans. À la sixième sonnerie, la voix connue murmura « allô ? ».

Dans ce simple mot de deux syllabes, Olivier Émery discerna toute la lassitude et la tristesse du monde. Il appuya sa tête contre la paroi qui séparait le coin téléphone des urinoirs et ferma les yeux.

— C'est moi. Je rentre.

Mistral regagna son bureau, le volumineux dossier du triple meurtre sous le bras. Il avait bataillé pendant plus de deux heures avec Balmes qui exigeait de voir avancer l'enquête « au pas de charge », sans pour autant avoir une idée de la direction de la charge. Un mal de tête lancinant eut raison des restes de lucidité de Mistral. Il ne pensait qu'à une seule chose, prendre de l'aspirine et fermer les yeux quelques minutes. Il remarqua à peine le jeune homme qui l'attendait, entra dans son bureau et ferma la porte sans lui accorder un regard. Mistral avala deux comprimés avec une canette de Coca glacé. Il entendit frapper à sa porte au moment où il s'apprêtait à s'asseoir. Agacé, il ouvrit la porte. Face à lui, se tenait le jeune homme souriant.

— Bonjour, monsieur le commissaire, je suis le lieutenant Éric Sartet de l'Identité judiciaire. Vous avez demandé à me voir.

Mistral avait complètement oublié ce rendez-vous, qui tombait mal. Les aspirines étaient loin d'avoir commencé à faire effet, et le mal au crâne, particulièrement tenace, semblait lui bloquer les mâchoires.

— Oui, effectivement, entrez, asseyez-vous, on va s'installer à la table de réunion, ce sera plus facile pour examiner les photos.

Quelques mois auparavant, l'Identité judiciaire avait exposé aux représentants de différentes brigades de nouvelles avancées en matière d'identification des personnes. Le lieutenant Sartet, revenu d'un stage passé à la police londonienne, avait présenté une des techniques utilisées par les Britanniques. Il avait retenu l'attention de l'auditoire en démontrant que l'oreille pouvait être un élément, au même titre que les empreintes digitales, de l'identification d'un individu.

— Je souhaiterais, poursuivit Mistral, mettre en pratique votre exposé sur les traces laissées par les oreilles. Voici des séries de photos de portes d'entrée d'appartements où ont été commis, ces jours-ci, trois meurtres. Les portes ont été fracturées par les pompiers, et laissées grandes ouvertes pour que les services puissent accéder à l'appartement.

Le lieutenant Sartet regarda attentivement les photos, sans paraître écouter davantage Mistral.

— Vous voulez que j'essaie de trouver des empreintes laissées par l'oreille du tueur, c'est ça ?

— Oui, enfin... si c'est envisageable. J'ai pensé que le meurtrier, afin de s'assurer que la victime était bien seule chez elle, pouvait avoir collé son oreille contre la porte...

Le jeune lieutenant approuva d'un mouvement de tête, tout en examinant les photos.

— Il n'y a pas de risque d'effacement ? s'étonna Mistral.

— Aucun, si personne ne s'est appuyé après contre la porte. En règle générale, les traces d'oreilles se situent au-dessus des zones d'effacement provoquées par les épaules. Si c'est un homme de taille moyenne, il y a de bonnes chances pour que les traces y soient encore. En revanche, s'il est petit...

— Je vois que vous êtes bloqué sur les photos. Un problème ?

— Non, je ne pense pas. On dirait qu'il y a deux portes recouvertes de vernis, c'est parfait pour les relevés d'empreinte et de traces, la troisième, je distingue mal.

— Très bien. Quand seriez-vous disponible ?

— Eh bien, maintenant ! Je n'ai pas encore procédé à cette sorte de prélèvement, et en quelque sorte il s'agit d'une première, répondit, enthousiaste, le jeune policier.

— Vous connaissez le lieutenant Farias ?

— Non.

— Il travaille sur ces dossiers et va vous accompagner.

Le carrossier avait travaillé tout le week-end pour remettre en état l'aile du Chrysler Voyager. La peinture séchée, il achevait le montage du phare. Le client était pressé, il devait partir en vacances et n'avait pas voulu dire à sa femme qu'il avait eu un accident.

Le client paya en espèces, remercia et poussa un soupir de soulagement. Il s'en tirait à bon compte, même si le prix payé au carrossier était exorbitant. Il regagna son domicile distant d'une cinquantaine de kilomètres. Affaire terminée.

Deux voitures de police dans lesquelles se trouvaient Roxane Félix, Ingrid Sainte-Rose et trois policiers du service accidents attendaient le retour du propriétaire du Chrysler Voyager à proximité d'un pavillon. Le paramétrage avait livré ses informations en communiquant l'identification possible de cinq véhicules. Quatre avaient été rapidement mis hors de cause. Restait le cinquième qui appartenait au directeur commercial d'une société de matériel informatique. C'était cette personne qui était vivement attendue par les policiers.

À 15 h 30, le monospace arriva au ralenti devant l'entrée du pavillon. Les policiers s'étaient relayés pour déjeuner. Et c'est avec soulagement qu'ils virent la voiture correspondant au signalement enregistré par les caméras, remise en état, s'arrêter.

Le conducteur descendit et distingua deux jeunes femmes qui s'approchaient de lui. L'une d'elles présenta une carte Police, l'autre lui fit remarquer que son véhicule était bien réparé. Il n'eut pas le temps de laisser cette information remonter vers son cerveau, que trois autres policiers étaient près de lui, ses mains furent ramenées en arrière et menottées. Le cerveau déclencha alors l'analyse et le résultat affiché ne fut guère encourageant.

Le téléphone portable de Mistral vibra, il écouta la communication en souriant.

— Bravo ! Je vous laisse le soin d'appeler Morin pour le lui dire. Passez au service ce soir avec vos collègues de la brigade accidents, on boira un verre.

José Farias, impressionné, regardait avec attention son collègue de l'Identité judiciaire à l'œuvre. Cela faisait cinq minutes qu'ils étaient devant la porte d'Élise Norman, et le lieutenant Éric Sartet l'examinait centimètre par centimètre. Il passait le faisceau du crimescope[1] révélant quantité de traces.

— Tout ça est inexploitable, dit-il en désignant des traces de doigts, si tu observes ta porte, c'est pareil, et d'ailleurs c'est normal.

Le lieutenant Sartet bloqua le faisceau du crimescope sur une trace que Farias mit quelques secondes à identifier.

— C'est une empreinte d'oreille, non ?

— Oui, et d'ailleurs il y en a deux à quelques millimètres d'écart. Maintenant, il faut prélever à la fois l'empreinte et l'ADN laissés par contact.

Une vingtaine de minutes plus tard, les deux policiers poursuivaient leurs investigations au domicile de Chantal Colomar. Le lieutenant Sartet découvrit une autre empreinte d'oreille, mais elle était en partie brouillée par une seconde superposée. Il mesura la hauteur à laquelle se trouvaient les deux traces. Elles étaient situées à peu près au même niveau que celles relevées chez Élise Norman.

— On ne pourra pas effectuer une comparaison entre elles, mais en revanche l'ADN dira si ces oreilles appartiennent à celui qui les a plaquées sur la porte de Norman.

Sur le panneau de la porte d'entrée de Lora Dimitrova, deux empreintes d'oreille se confondaient, là aussi, pratiquement.

— Même remarque que chez Colomar, la comparaison est inexploitable, reste l'ADN de contact, qui confirmera ou pas si c'est une seule et même personne qui a collé ses oreilles sur les trois portes, admit, fataliste, Sartet.

De retour au Quai des Orfèvres, Mistral apprécia le travail d'Éric Sartet et mit la pression sur le directeur du

1. Laser lumineux qui émet des longueurs d'onde allant de l'infrarouge à l'ultraviolet et permet, notamment, d'éclairer les traces digitales, les résidus biologiques, etc.

labo pour qu'il traite, en priorité, les prélèvements des empreintes relevées par Sartet. Réponse aigre-douce du patron du labo. Mistral préféra taire, au moins pour aujourd'hui, cette information à Bernard Balmes qui n'aurait eu de cesse de l'appeler pour connaître les résultats.

Toute la journée, Vincent Calderone passa en revue avec Dalmate, resté silencieux sur son week-end, les vérifications à effectuer dans le village d'Andreville en Seine-et-Marne. Ils avaient pu identifier une grande partie des personnes apparaissant dans le listing de Dimitrova. Uniquement des gens sans histoire, inconnus des services de police. Leurs efforts s'étaient ensuite concentrés sur l'identification d'Odile Brial. Il s'agissait de la sœur cadette, de huit ans, de Viviane Brial, dont le fils était emprisonné à Liancourt.

La journée se termina à la brigade criminelle sur une note gaie, quelques bouteilles de champagne débouchées en l'honneur de l'arrestation du chauffard responsable de l'accident de Sébastien Morin.

Quand Mistral regagna son domicile, il se sentait plus détendu, sans doute grâce aux verres de champagne. Il ouvrit en grand les quatre vitres de la voiture pour faciliter la circulation de l'air chaud de ce début de soirée, et surtout pour éviter de s'endormir au volant. Il brancha l'oreillette de son téléphone portable, appela Clara et parla avec elle, de tout et de rien, jusqu'à ce qu'il arrive à proximité de leur maison. Clara comprit, à la voix de son mari, que celui-ci allait légèrement mieux, mais ne fit pas de commentaires.

À la nuit tombée, Olivier Émery laissa son véhicule à quelques centaines de mètres de la maison. Il marchait sans appréhension, du pas de celui qui revenait d'acheter le pain ou le journal. Il y avait pas mal de monde dans les rues, et la chaleur, moindre qu'à Paris cependant, maintenait les gens dehors à la recherche d'un rare courant d'air.

La cuisine et le salon de la petite maison étaient éclairés, et les fenêtres ouvertes. La haie de cinq ou six mètres de long qui encadrait l'entrée était bien entretenue, malgré la sécheresse, et l'arbre, sur lequel il y a fort longtemps une balançoire avait été suspendue, était coupé. Émery intégrait toutes ces images et hésitait à entrer, non par peur, mais subitement il se demandait à quoi rimait cette mascarade. Il fouilla rapidement les poches de son jean à la recherche d'un mouchoir en papier. Si un saignement intempestif survenait, il fallait qu'il puisse le maîtriser. Rassuré, il alluma une cigarette et s'appuya contre le pylône électrique, situé de l'autre côté de la route, face à la maison. Des dizaines d'insectes, attirés par la lumière jaunâtre, venaient se coller au globe de protection de la grosse ampoule perchée quinze mètres plus haut, et de temps à autre, Olivier Émery chassait des moustiques qu'il entendait approcher trop près de ses oreilles.

La porte s'ouvrit. Une femme apparut sur le perron.

— Pourquoi tu ne rentres pas, Jean-Pierre ? C'est l'heure de dîner, quand même !

— Je terminais ma clope, maman, j'arrive.

25

Mardi 19 août 2003

Le TGV fonçait à 280 kilomètres/heure vers Paris. Totalement survoltée, mais calme en apparence, Élisabeth Maréchal était dans l'impossibilité absolue de dormir, malgré sa nuit blanche, et regardait le paysage qui défilait sous ses yeux. Avant de partir, elle avait laissé un mémo pour le directeur de la PTS. Dans un petit cartable, elle tenait rangées les analyses vocales, et dans un autre sac, un Thermos de café chaud.

À 9 h 30 précises, elle sortit du métro à la station Cité et fila d'un pas rapide vers le Quai des Orfèvres. La secrétaire de Ludovic Mistral la fit patienter, expliquant qu'il était chez le directeur adjoint, mais que Vincent Calderone pouvait la recevoir si c'était urgent. Élisabeth Maréchal préféra attendre. Sa nervosité augmentait et elle remit en ordre, machinalement, au moins dix fois, ses cheveux blonds.

Quarante minutes plus tard, Élisabeth Maréchal reconnut Ludovic Mistral qui revenait vers son bureau. Elle remarqua tout de suite qu'il n'avait pas son énergie coutumière. Le visage de Ludovic s'illumina lorsqu'il aperçut la jeune femme.

— Élisabeth Maréchal en personne ! Mais que me vaut cet honneur ?

— Ne te moque pas de moi, dit-elle en souriant. Je suis venue exprès te voir, c'est vrai !

Elle posa sur la table de réunion le Thermos de café.

— Je me souviens de ton goût immodéré pour le café, et surtout combien celui de ton service est mauvais. C'est du café de Jamaïque, du Blue Mountain. Je suis passé chez moi le préparer avant de prendre le TGV. Tu verras, il est formidable.

La jeune femme servit deux tasses de café, et attendit que Mistral le goûte pour continuer de parler.

— Qu'en penses-tu ?

— Exceptionnel, tu devrais venir plus souvent. Bon, que me vaut le plaisir de te voir ? Ne me dis pas que ce sont les analyses vocales que je t'ai fait parvenir qui te propulsent à Paris.

— Eh bien si, figure-toi ! J'avais le choix entre te téléphoner, t'envoyer un mail ou venir. Mais compte tenu de ce que j'ai découvert, j'ai préféré t'en parler de vive voix.

— Tu m'intrigues, c'est si important que ça ?

Mistral était redevenu sérieux. Il se servit une deuxième tasse de café jamaïcain.

Élisabeth Maréchal sortit de sa sacoche les diagrammes de ses expertises.

— Avant de commenter les analyses, je vais t'en donner les résultats. Le type qui appelle à longueur de journée le standard de FIP, celui qui a passé trois appels secours aux sapeurs-pompiers et le tueur dont la conversation est enregistrée sur le dictaphone est un seul et même homme.

Élisabeth Maréchal détacha les syllabes des derniers mots pour souligner toute l'importance de sa découverte.

Mistral reçut une décharge d'adrénaline qui relégua son manque de sommeil aux oubliettes.

— Qu'est-ce que tu dis ? Tu en es sûre ?

— Je savais que tu allais me poser cette question, sourit Élisabeth Maréchal. J'en suis absolument persuadée, et ça ne fera pas l'ombre d'un doute quand je serai citée comme expert à la barre de la cour d'assises… si tu arrêtes ce monstre !

Pendant plus d'une heure, la jeune femme détailla son analyse et affina les commentaires psychologiques du tueur qu'elle en avait tirés. Mistral notait, posait des questions, réfléchissait en même temps.

— Autre chose, poursuivit la scientifique, Lora Dimitrova n'a pas reconnu immédiatement l'agresseur, sinon, bien évidemment, elle n'aurait pas ouvert sa porte. C'est seulement quelques minutes plus tard qu'elle identifie le type. Elle gamberge vite, Dimitrova, soit elle le dit clairement et là le meurtrier risque de se douter qu'il y a un enregistreur de planqué, soit elle livre une information, c'est ce qu'elle va faire.

— Qu'est-ce qu'elle dit ? On a écouté plusieurs fois la bande et rien ne nous est apparu clairement !

— Rappelle-toi, le type n'a pas cessé de lui demander de se taire. J'ai traité l'enregistrement pour me concentrer uniquement sur les paroles prononcées par Dimitrova et masquées par les hurlements de l'agresseur. Écoute.

Élisabeth Maréchal posa sur la table un magnétophone numérique et pressa la touche Play. La voix de Dimitrova remplit le bureau. Débarrassée de tous les bruits annexes, la voix paraissait proche, saisissante d'intensité. Mistral, les yeux rivés sur l'appareil, écoutait.

— Maintenant, dit simplement Élisabeth Maréchal.

« Quand j'ai ouvert la porte, je ne me suis pas doutée que c'était vous, sans votre uniforme. »

— Elle a dit uniforme ? C'est bien ce que j'ai entendu ?

— Oui, il m'a fallu quarante-cinq minutes pour extraire ces quatre mots complètement recouverts par les hurlements du type.

— Tu donnes un sacré coup d'accélérateur à l'enquête ! La question est de savoir de quel uniforme il s'agit ! Je vais aussi récupérer l'enquête sur les appels à la station de radio FIP. Maintenant que l'on sait qu'un seul et même type se livre à des appels malveillants et assassine des femmes, la piste de la radio doit être explorée différemment.

— Ludovic, ce n'est pas tout.

Mistral fut stoppé net dans son élan par le ton sérieux de la jeune femme qui ne partageait pas son enthousiasme.

— Comment, ce n'est pas tout ?

— En fait, c'est pour ça que je suis ici. L'analyse sur l'enregistreur numérique m'a mise mal à l'aise. D'entendre quelqu'un se faire assassiner et d'être là, passive, à écouter, a été un moment difficile à supporter professionnellement.

— Oui, d'ailleurs j'avais joint un petit mot pour t'alerter.

— Mais je n'imaginais pas que c'était aussi horrible ! Aussi, quand un collègue m'a téléphoné pour prendre un verre dans une autre unité, illico j'ai bondi de la chaise et j'y suis allée, bien contente de sortir du labo.

— Et ?...

— Eh bien, pour travailler plus confortablement et en sécurité, j'avais sauvegardé l'intégralité des enregistrements du dictaphone sur mes ordinateurs. Lorsque j'ai quitté mon labo, je n'ai rien arrêté. À mon retour, tous les fichiers avaient été balayés automatiquement par les logiciels d'analyse, y compris celui où tu pousses un coup de gueule, dans l'appartement de Dimitrova, et où tu vires les gens qui te gênent.

— En effet, je me souviens de ce moment.

— Parmi les personnes présentes dans l'appartement, à ce moment-là, se trouvait l'assassin.

Mistral demeura muet de stupeur pendant quelques instants, le temps que l'information chemine dans son cerveau, regardant fixement Élisabeth Maréchal.

— Je n'ose pas te demander si tu en es sûre.

Élisabeth Maréchal répondit, vaguement ennuyée.

— Bien sûr que oui je le suis, mais non ça ne résistera pas devant le tribunal.

— Pourquoi ?

— Parce que le logiciel a fait une comparaison sur une seule phrase. De là à en tirer des conclusions, ce n'est pas possible. J'ai repris tout ce qu'a dit le type dans l'ensemble des autres enregistrements, j'ai mesuré l'espace qu'il met entre chaque mot, les silences, les respirations, le prononcé des syllabes, l'accent, bref tout ce qui est mesurable ou comparable, je l'ai fait.

— Et c'est le bon type ?

— Oui, sans aucun doute. Mais l'avocat de la défense va me pulvériser, il y a trop peu de matière à analyser pour procéder à une comparaison sérieuse, même si je suis certaine de mon coup. Et aucun jury ne va coller trente ans de prison à quelqu'un sur cette unique preuve.

— Je comprends. Quelle est la phrase sur laquelle ton logiciel a marqué l'arrêt ?

Élisabeth Maréchal récita la phrase d'un trait.

— « Il fait chaud. Les mouches quelle horreur ! C'est la fournaise ! On ne peut pas faire un courant d'air ? » C'est d'ailleurs sur cette phrase que tu t'es énervé.

— Cela faisait au moins dix fois que je l'entendais avec toutes les variantes possibles. Au bout de cinq minutes c'est lassant !

— Te souviens-tu qui était dans l'appartement à ce moment-là ?

Mistral se concentrait pour essayer de visualiser les personnes présentes.

— Les personnes habituelles. Mon équipe, les pompiers et les policiers de l'arrondissement, peut-être le médecin, je ne m'en souviens plus. Dans toutes ces affaires, chaque fois c'est pareil, ça va ça vient, et tu n'as pas forcément l'œil sur les allées et venues. Mais si c'est vrai ce que tu dis, ça change la donne, et ça restreint le nombre des suspects potentiels !

— Ludovic, ce que j'affirme est exact ! C'est pour cela que je suis là. Tu ne peux pas en parler, sauf à ton équipe resserrée. Tu dois pouvoir arrêter le type sans utiliser mes infos, parce qu'elles ne sont pas valables.

— Bon, je comprends. As-tu un enregistrement de cette phrase, que j'entende cette voix ? Avec un peu de chance, je vais peut-être la reconnaître.

Après avoir écouté plusieurs fois l'enregistrement, Mistral fit venir Calderone, lui raconta les résultats des expertises de l'analyse vocale, et tout ce qui en découlait. Calderone, stupéfait, braquait alternativement les yeux sur Mistral et Élisabeth Maréchal, au fur et à mesure que Mistral en précisait les détails.

Ils écoutèrent ensuite l'enregistrement de la phrase traitée pour ne retenir que les mots de Dimitrova, là où elle prononce « uniforme », et celle où, selon Élisabeth Maréchal, le tueur était présent dans l'appartement pendant l'enquête criminelle.

Calderone secouait la tête en signe de dénégation, tout comme Mistral.

— Vraiment, ça ne me dit rien du tout, admit Calderone.

— Moi non plus, ajouta, déçu, Mistral. Cependant, si on se raccroche à la première phrase, celle où Dimitrova parle de l'uniforme, avec la mise en perspective de la seconde phrase, la question que l'on se pose immédiatement c'est : qui portait un uniforme dans l'appartement de Dimitrova pendant que nous y étions ? Réponse…

— Les pompiers et les policiers de l'arrondissement, répondit Calderone.

— Absolument, approuva Mistral. Élisabeth, peux-tu nous confier, en off bien entendu, une copie des enregistrements ?

La jeune femme sourit franchement.

— J'avais prévu ta demande, et j'ai fait deux copies de tous les enregistrements, y compris ceux de FIP et des analyses.

Mistral s'adressa à Calderone.

— Vincent, vous savez ce qui vous reste à faire !

— Dalmate et son groupe vont écouter la bande dans un premier temps. Ensuite, récupérer les identités des pompiers et celles des policiers en tenue de l'arrondissement. Mais ce sera facile, dans les trois affaires ce sont les mêmes personnes qui sont intervenues, parce que...

Calderone suspendit sa phrase. Il observait Mistral qui réfléchissait.

— Qu'est-ce que j'ai dit ?

— Vous avez dit que ce sera facile pour les identités.

— Oui, bien sûr.

— Vincent, je réfléchis en même temps que je vous parle, donc ça peut paraître décousu. Je suis pratiquement persuadé que le tueur a volontairement assassiné ces femmes sur la seule période d'une semaine pour être présent dans les appartements pendant les trois enquêtes.

— Oui, ça se tient ! De plus, il savait que tous les intervenants allaient être prélevés, empreintes digitales et ADN, donc si ses traces étaient relevées sur les scènes de crime, elles seraient automatiquement rejetées !

— Tout à fait. Et la période de la semaine correspond, *grosso modo*, aux périodes de permanence des services. C'est ce que le capitaine des pompiers a confirmé, et il en est de même pour les policiers en tenue.

— Je vais questionner les gendarmes. Ils ont peut-être une autre approche sur leurs trois meurtres en une semaine.

Élisabeth Maréchal suivait avec attention l'échange entre les deux policiers.

— On ne peut pas de but en blanc convoquer les policiers et les pompiers sans en parler à leur plus haute hiérarchie. On marche sur des œufs, surtout quand je vais dire pourquoi on les convoque.

— C'est sûr ! Il faut trouver aussi un type qui n'aime pas se voir dans le miroir, si je me réfère à vos déductions, ajouta Calderone.

— ... et qui est dans la trentaine ou à peine plus, absorbe de l'alcool ou des médicaments, intelligent, maître de lui et déterminé, pour reprendre les observations d'Élisabeth Maréchal, compléta Mistral.

— À première vue, en essayant de me souvenir qui se trouvait dans les trois appartements, dont celui de Dimitrova, ça limite les recherches à huit ou neuf personnes.

Mistral approuva de la tête le commentaire de Calderone, et s'adressa à Élisabeth Maréchal.

— Je pense que dans les prochains jours nous allons interpeller des pompiers, des policiers, pas le magistrat parce que c'est une femme. Je vais, je me répète, marcher sur des œufs comme tu t'en doutes. Comment procède-t-on pour faire une comparaison de voix ?

— Facile, tu me préviens la veille et je monte avec du matériel.

— Si tu as besoin d'aide, un de mes gars va te chercher au TGV. Bon, Élisabeth, il est 13 h 30. Qu'est-ce qui te plairait pour déjeuner ? Français, espagnol, italien, chinois, japonais ?

— Ce que tu veux, pourvu que le restaurant soit climatisé.

26

Même jour

Roxane Félix et Ingrid Sainte-Rose suivaient, sur une petite route de l'Oise, le véhicule bleu foncé de la gendarmerie. Elles allaient vérifier si, dans les maisons des trois femmes assassinées, des miroirs avaient été occultés. Cette idée paraissait légèrement farfelue aux gendarmes, même s'ils ne l'affichaient pas aussi nettement devant les deux jeunes femmes de la brigade criminelle.

Dans la première maison, se trouvaient des peintres qui, avec un cousin de la victime, refaisaient complètement les lieux. La maison avait été entièrement vidée. Un des gendarmes demanda aux personnes présentes si leur attention avait été attirée par un ou des miroirs emballés ou retournés. Silence. Les ouvriers haussèrent les épaules et regagnèrent leur travail. Le cousin réfléchissait, mais, manifestement, ne voyait rien qui pût correspondre à la question des gendarmes.

Dans la seconde maison, une dame âgée ouvrit la porte aux gendarmes. Sa réponse fut brève et catégorique : « Les seuls miroirs sont dans la salle de bains et ils sont intacts. »

Les deux jeunes femmes avaient de plus en plus de mal à convaincre les gendarmes du bien-fondé de leur démarche.

Dans la troisième maison, les parents de la jeune femme assassinée reçurent les gendarmes et les policiers dans le séjour. Le père désignait de la main la pièce, et plus généralement la maison.

— Nous n'avons pas le cœur à tout déménager. C'est ici qu'elle a vécu et qu'elle est morte. La seule chose que nous avons faite, c'est de tout nettoyer et aérer. Nous n'avons pris aucune décision sur le devenir de cette maison.

Les parents étaient très affectés par l'assassinat de leur fille. Roxane Félix ne trouvait pas si facile de poser des questions qui ne semblaient pas évidentes.

— Nous sommes venus vous voir, pour vous demander si vous n'aviez pas remarqué des miroirs… emballés ou masqués… Je sais que cette question peut vous surprendre… mais nous procédons à quantité de vérifications…

Roxane Félix, embarrassée, s'était adressée à la mère, paraissant s'excuser de cette question incongrue.

Les parents échangèrent un bref regard.

— Pourquoi ?

— Nous essayons de cerner davantage la personnalité du tueur.

— Le meurtrier est en prison, je ne saisis pas la raison de votre enquête.

La réponse du père était abrupte, presque brutale. La jeune femme poursuivit, en se voulant persuasive.

— D'autres meurtres ont eu lieu à Paris, dans les mêmes circonstances, et le meurtrier n'a pas été arrêté. Je sais, c'est difficile à comprendre, mais pour nous c'est important, expliqua Ingrid Sainte-Rose.

— Dans le salon, où… où on l'a découverte… reprit la mère, il y avait trois miroirs, pas très grands, d'environ trente centimètres de côté. Nous les avons retrouvés emballés dans du papier journal dans un placard de la cuisine.

— Ce n'est pas elle qui les avait rangés ?

— La veille au soir, nous avions dîné avec elle, et ils étaient accrochés au mur.

— Et maintenant, où sont-ils ?

— Dans la cuisine. J'ai jeté les emballages et je les ai lavés, je comptais les remettre au mur. Vous souhaitez les voir ?

— Non, ce n'est plus nécessaire.

Lorsqu'ils parvinrent à la gendarmerie, un message les attendait. Ils devaient rappeler les personnes contactées dans la première maison. Un des gendarmes décrocha le téléphone, la discussion dura moins d'une minute.

— Le cousin s'est souvenu qu'il y avait, dans l'entrée, face à la porte, une boîte avec des crochets qui contenait des clefs. Il s'agissait des doubles des clefs de voiture, de la maison, etc. Cette boîte était fermée par une porte sur laquelle était collé un miroir. Quand il est entré dans la maison deux ou trois jours après le meurtre, il a remarqué que la porte au miroir avait été enlevée.

Sur le chemin du retour, Roxane Félix téléphona à Mistral pour lui rendre compte des résultats. La réponse de Mistral fut assez brève.

— C'était important d'y aller. Je ne crois pas me tromper, mais d'après vos indications, les deux maisons où des miroirs ont été enlevés, ce sont celles où les jeunes femmes présentaient des liens noués, d'après moi, par un gaucher.

— Ce qui renforce la thèse qu'il y avait au moins deux meurtriers, et que l'un d'eux est en liberté dans Paris.

— Je n'en sais rien, c'est possible. Quels ont été les commentaires des gendarmes ?

— Au début, ils étaient sceptiques, mais après les deux découvertes, ils étaient dans le questionnement. Ils doivent appeler le juge Tarnos pour donner le résultat de ces dernières investigations.

— Je vais également appeler le magistrat.

Mistral raccompagna Élisabeth Maréchal au TGV de 16 heures. La jeune femme attendait avec impatience la résolution de ces meurtres.

Bernard Balmes, poignets de chemise remontés sur les avant-bras, était assis avec Calderone et Dalmate, autour de la table de réunion de Mistral. Ce dernier avait longuement détaillé l'analyse d'Élisabeth Maréchal, et ils avaient écouté près de vingt fois les phrases traitées par la scientifique. Balmes ne put s'empêcher de commenter l'événement à sa manière.

— Déjà que l'enquête était obscure, maintenant elle est noir foncé. Vous avez une idée de l'identité de ce gonze ?

— Aucune, même si les recherches paraissent évidentes. Vincent passe au crible les différentes équipes qui sont intervenues par appartement. On se manifestera quand on aura une liste béton.

— J'appellerai les directeurs des services quand tu auras tout bordé. Quoi d'autre ?

Mistral se leva et apporta des canettes de boissons fraîches. Balmes décapsula une bière et la but à petites gorgées. Même si la canicule avait régressé, il faisait encore très chaud, et Mistral sentait la fatigue le gagner. Il avait envie de marcher pour se détendre, et manquait de ressources pour développer ses arguments. Il choisit de parler également des prélèvements d'empreintes d'oreilles.

— Qu'est-ce que tu espères comme résultat ?

— Essentiellement, de l'ADN par contact de l'oreille contre la porte.

— Et si ça ne donne rien ?

— On cherchera autre chose.

— Quoi, comme autre chose ?

Bernard Balmes masquait mal son impatience de ne pas voir avancer l'enquête.

— Bernard, nous sommes en train de décortiquer millimètre par millimètre les procédures, etc. Il y aura des « autres choses ». Ce n'est pas une enquête où tu avances à la hussarde, sabre au clair.

— J'avais cru comprendre, en effet. Dès que tu as les conclusions, tu m'appelles. Quand les auras-tu ?

— Ces jours-ci.

Mistral en avait assez de parler, Calderone l'avait compris, Dalmate, toujours silencieux, pensait à autre chose. Balmes estima que, physiquement, Mistral aurait du mal à terminer l'enquête, mais se garda bien de l'exprimer, même sous une forme imagée, et la question de son remplacement faisait du chemin dans son esprit. Il remercia pour les bières et quitta le bureau, suivi de Calderone et Dalmate.

Mistral se leva et s'étira. Il ressentait d'autant plus la fatigue que la montée d'adrénaline consécutive aux déclarations d'Élisabeth Maréchal était retombée. Colette, la secrétaire, avait déposé les parapheurs du courrier du soir, auxquels il s'attela en soupirant. Vers 20 heures, il quitta le Quai des Orfèvres et prit la direction de La Celle-Saint-Cloud. Il traversa Paris à faible vitesse, s'engagea sous le tunnel de la Défense à soixante kilomètres/heure. Un panneau annonçait un radar automatique avec une vitesse limite de soixante-dix kilomètres/heure. *« Aucun risque »*, estima Mistral.

Le CD de la voiture diffusait en sourdine Gary Moore. Mistral conduisait la Ford Mondeo à allure modérée sur la voie rapide de l'A86, et tous les véhicules le dépassaient. Il avait du mal à se concentrer sur sa conduite, écarquillait les yeux, ouvrait les vitres, il voyait la route floue qui se dédoublait. Sa tête plongea brutalement en avant, les yeux fermés par le sommeil en cinq secondes, un temps suffisant pour que la Ford franchisse la bande d'arrêt d'urgence et heurte le mur d'un des nombreux tunnels de l'autoroute urbaine.

L'impact ne fut pas très violent, la voiture avait cogné latéralement le mur, et tout le côté droit, pare-chocs, aile, rétroviseur, portières, avait souffert. Mistral fut réveillé par le bruit et le contact brutal avec le mur. Il se demandait où il se trouvait. Les voitures filaient en klaxonnant sans s'arrêter. Au bout d'une minute, il réagit, enclencha les feux de détresse pour signaler la présence de sa voiture arrêtée et descendit constater les dégâts. La Ford pourrait rouler sans difficulté, même avec un seul phare. En arrivant chez lui, il prit soin de garer la voiture plus loin que d'habitude et ne dit rien à Clara.

— Ludovic, nous sommes mardi, et je trouve que tu te dégrades à vue d'œil. Pourquoi ne prendrais-tu pas le vendredi pour avoir un week-end prolongé ? On pourrait aller se promener, c'est moi qui conduirai, ou même, si tu préfères, rester ici. Mais il faut que tu te reposes !

— Clara, je partage tout ce que tu viens de dire et je suis lucide sur moi-même. L'affaire sur laquelle nous sommes semble s'accélérer, et prendre le vendredi est absolument impossible. Tout peut s'emballer d'un moment à l'autre. Mais après, je te promets de lever le pied.

— Puisque tu le dis !

27

Mercredi 20 août 2003

Olivier Émery et sa mère étaient assis, face à face, à la table de la cuisine devant un bol de café, et des tartines de pain et de beurre. Il n'avait pas dormi, se demandant sans cesse pourquoi il était revenu ici. Rien n'avait changé.

La veille au soir, ils avaient dîné presque sans parler, comme si une absence d'environ vingt ans, sans le moindre signe de vie de part et d'autre, ne valait pas plus qu'une simple parenthèse de quelques heures. Avant de se coucher, il était passé par la salle de bains. Instinctivement, il avait abaissé son visage, pour ne pas se voir dans les miroirs. La maison, sa chambre lui rappelaient tant de mauvais souvenirs. Debout devant son lit, il se revoyait enfant, allongé, les bras le long du corps, le visage recouvert d'un linge déposé par sa mère. Il percevait de nouveau les bruits et les soupirs, qui le révulsaient jusqu'à la nausée, de sa mère et d'un type de passage.

Olivier Émery n'eut pas le courage de se coucher dans son lit. Il resta assis, le dos calé contre un oreiller, pensant à toutes ses années d'errance depuis son départ de la maison. Et puis il y avait eu l'éclaircie, la renaissance.

Vers 3 heures du matin, il arrêta des saignements de nez avec des morceaux de Kleenex déchirés. La crise avançait à petits pas, insidieusement, avec l'intention de le terrasser, violemment, sans qu'il s'en rende compte. Il se leva difficilement, au bord de l'évanouissement, prit dans son sac à dos des comprimés, sans les compter, de Tégrétol et d'aspirine, et, en titubant, se dirigea vers la salle de bains. Les médicaments dans la bouche, il but à même le robinet du lavabo, au moins un litre d'eau. Quand il se releva, il s'essuya le visage avec la manche de sa chemise et son regard, involontairement, accrocha le miroir.

Sa première attitude se limita à une question. « Qui est ce type, face à moi ? » La seconde se manifesta une ou deux minutes plus tard, et quand il comprit que ce devait être lui, ce fut une réaction de désespoir et de peur. Il regagna tant bien que mal sa chambre sans répondre à sa mère qui s'inquiétait de sa santé. Devant son lit, ses genoux s'affaissèrent et il se tordit de douleur.

— Tu devrais éviter de fumer autant pendant le petit déjeuner, j'ai mal au crâne et envie de vomir.

Odile Brial écrasa, en même temps qu'elle exhalait la fumée par le nez, la cigarette brune sans filtre qu'elle venait d'allumer à la précédente dans un cendrier qui comptait déjà une dizaine de mégots. Elle eut une quinte de toux de fumeur et but du café pour calmer sa gorge qui la brûlait.

— Je vois que tu picoles toujours autant, et qu'il y a autant de bordel cradingue, lança amèrement Émery.

Il désignait d'un hochement toute une partie de la cuisine où étaient alignées des bouteilles de vin, de bière, d'alcools plus forts et où s'empilait de la vaisselle sale.

Odile Brial choisit d'ignorer la remarque de son fils.

— Jean-Pierre, veux-tu autre chose que du pain et du beurre ?

— Je préférerais des œufs durs.

Jean-Pierre. Personne ne l'avait appelé par son prénom depuis longtemps. Jean-Pierre, c'était quelqu'un de différent, avec un autre ailleurs.

— Je n'en ai pas. J'irai en course tout à l'heure. Qu'est-ce que tu veux que je te ramène ?

— Rien du tout. Je repars.

— Aujourd'hui ?

— Oui, je pense. Au fait, rien n'a cloché ces derniers jours ici ?

— Mais, mon pauvre garçon, tout est chamboulé depuis le début, et tu le sais.

— Je ne te parle pas du passé, je te parle de maintenant ! Tu n'as rien remarqué de particulier autour de la maison ou dans le village ?

Odile Brial planta son regard dans les yeux de son fils pour se concentrer.

— Dans le village, j'en sais rien, moins j'y vais et mieux je me porte. Il y a toujours ces vieux cons de bouseux qui me regardent de travers. Dimanche, une voiture est passée, plusieurs fois, au ralenti devant la maison, j'étais assise sur le muret en train de fumer. Ces allées et venues m'ont étonnée. Et avec le temps, et tout le reste, je suis devenue méfiante.

— C'était quoi comme voiture ?

— Une voiture claire, j'y connais rien en marque, immatriculée à Paris.

— C'est tout ?

Odile Brial réfléchissait.

— Je crois que c'est le chauffeur, un grand type, que j'ai vu ensuite à pied devant la maison.

— Comment était-il ? Une tête de flic ?

Odile Brial soupira, agacée.

— Tu as encore fait des conneries ?

— Je n'ai rien fait du tout ! Réponds-moi.

Elle sentait l'agressivité de son fils qui ne demandait qu'à s'exprimer, et resta les yeux dans le vague, tête baissée, pendant une vingtaine de secondes, puis répondit de sa voix rauque.

— Un grand type mince, cheveux noirs, courts, visage anguleux, marqué. Pas une tête de flic, non, mais une tête de triste ! Il portait un pantalon sombre et une chemise blanche à manches longues. Avec la chaleur qu'il fait !

— Le séminariste ! s'écria spontanément Émery.

— Qu'est-ce que tu racontes ? Qui c'est ce séminariste ? C'était un curé, le type ? Un curé en civil, sans sa robe alors ! Faut dire que maintenant, les curés, ils s'habillent comme tout le monde, on ne les reconnaît même plus !

— Arrête de délirer au moins deux secondes, et laisse, c'est sans importance ! À part cela, rien d'autre ?

— Il y a deux ou trois mois, mais je ne m'en souviens plus exactement, une journaliste est venue, elle a interrogé la moitié du village, et s'est pointée jusqu'ici, après m'avoir téléphoné. Tu devines pourquoi ?

— Oui, mais tu as accepté de la recevoir. Tu n'y étais pas obligée.

— Non, bien sûr, mais je voulais savoir.

— Savoir quoi ? Qu'est-ce qu'elle a posé comme questions ?

— D'après toi ? Elle pataugeait, mais j'ai senti qu'elle n'était pas si loin de la vérité. Je l'ai embrouillée, je ne sais pas pour combien de temps encore. Je suis persuadée que tu connais cette journaliste ! Je me trompe ?

— Je ne sais pas de quoi tu parles. Faut que j'y aille. Je n'ai plus d'argent !

— C'est pour ça que t'es revenu ? Parce que t'étais fauché ?

— Non. Tu le sais bien. L'argent, dans ma présence ici, c'est de l'accessoire. Si chaque fois que j'avais été à sec je m'étais pointé, tu m'aurais vu toutes les semaines !

— C'est vrai que, pendant toutes ces années, je ne sais pas ce que tu as fait ! Va dans ma chambre, il n'a pas changé de place, toujours dans la même boîte. Celle où tu te servais, en croyant que je ne le savais pas. Mais, mon pauv' gars, cet argent, je le mettais exprès pour que t'ailles pas voler ou faire le mariolle. Mais ça n'a servi à rien !

— Tu aurais dû me le dire, les choses auraient sans doute été différentes. Je t'appellerai de temps en temps, pas de manière régulière, parce que, parfois, je ne pourrai pas. Si tu as de la visite, la police par exemple, tu me le diras.

— Tu prends tes médicaments régulièrement ? Tu ne m'as pas dit comment tu allais d'ailleurs ! Mais à te voir, je crois que tu fais tout n'importe comment !

— Mais oui, je les prends, sinon ma vie serait impossible !

— Quand je t'entends parler comme ça, tu me fais peur, tu as dû faire des horreurs !

— Je t'assure que non ! Si on te raconte que j'ai fait des horreurs, comme tu dis, ne le crois pas !

— Je suis fatiguée… j'en ai marre. Si on me questionne, je dis quoi maintenant ?

— Tu ne dis rien, je n'existe pas. Tu as fait un choix, tu l'assumes jusqu'au bout. Je ne reviendrai plus. Et arrête de boire !

Odile Brial regarda intensément Jean-Pierre. C'était un regard lourd, où la tristesse se mélangeait à la tendresse. Elle sentait monter des larmes et rejeta lentement la tête en arrière pour les empêcher de brouiller ses yeux. Elle ne voulait pas pleurer devant son fils. Les larmes s'échappèrent vers ses tempes, qu'elle essuya rapidement d'un revers de main.

— J'ai changé.

— C'est au début qu'il fallait changer. Maintenant, c'est trop tard.

— Des mots tout ça ! Facile à dire aussi, tu ne sais rien de ma vie, rien… Tu n'en connais qu'une infime partie. Tu as raison, il ne faut plus que tu reviennes, mon fils.

Mistral et Balmes étaient en grande discussion. Le directeur adjoint apparaissait renfrogné et, fait surprenant, aucune phrase imagée ou teintée d'humour n'avait encore fusé.

— Ludovic, ce qui devait arriver est arrivé. Et, pour cette fois, tu t'en tires plutôt bien. La voiture, je m'en fous, c'est que de la tôle et elle sera réparée. À plusieurs reprises, je t'ai conseillé d'aller te reposer. Depuis que tu as repris, c'est de pis en pis ! Est-ce que le matin tu te regardes dans un miroir ? Tu as une tête épouvantable, on dirait que tu es devenu un autre homme !

— Tu exagères ! Je suis dans une mauvaise passe physique, c'est vrai, et ça peut arriver à tout le monde. Après cette affaire, je prendrai quelques jours et puis tout rentrera dans l'ordre !

— Tu trouves normal qu'après un mois de congés tu sois dans cet état ? Je me demande si tu as bien récupéré de l'affaire du...

— Arrête Bernard, je t'interromps parce que revenir en arrière c'est complètement inutile, et mon état physique ou moral n'a strictement rien à voir avec ce qui s'est passé !

Mistral, de plus en plus irritable, faisait des efforts pour paraître calme.

— Soit. J'accepte ta réponse. Mais il est de mon devoir de limiter la casse. Je peux aussi te demander de rentrer chez toi, maintenant, parce que tu n'as plus assez de lucidité, et que tu peux te planter en voiture beaucoup plus gravement.

— Bernard, on va calmer le jeu. Si vraiment je ne suis pas en état, ce soir, je fais un break. D'accord ?

— À ce soir, et je veux te voir avant de partir.

— D'accord, docteur.

Ces deux mots amenèrent un sourire sur les lèvres de Balmes qui regagna son bureau en secouant la tête.

Calderone attendait Mistral devant son bureau.

— Comment ça s'est passé ?

— Moyen. Balmes voulait me coller en repos de force aujourd'hui, et je le sentais à deux doigts de m'interdire de conduire.

— Et alors ?

— Hors de question ! À moi de reprendre le dessus. Je n'ai absolument pas l'intention de suivre cette affaire depuis la chaise longue de mon jardin !

— Je vous comprends, mais vous ne pouvez pas jouer non plus avec votre santé.

— J'en suis loin, tout va bien ! Pour en revenir à notre enquête, tout le monde a écouté l'enregistrement ?

— Oui, personne n'a reconnu la voix de qui que ce soit.

La porte du bureau de Mistral était entrouverte, le lieutenant Farias se manifesta discrètement, avec le visage du porteur de mauvaises nouvelles, ce que ne put s'empêcher de souligner Mistral.

— Qu'allez-vous nous apprendre ? Que toute l'enquête foire, que tout s'écroule autour de nous ?

— Pas exactement, mais c'est au minimum contrariant.

— Vas-y, on t'écoute.

Calderone invita Farias à parler, il percevait de la gêne chez le jeune lieutenant.

— Ce matin, j'ai reçu par messagerie, qui fonctionne de nouveau, le double des FADÉT de la téléphonie de Dimitrova. Il y a quelques jours, j'avais récupéré ces documents sous enveloppe, parce que la messagerie était *out*, pour les remettre à Paul Dalmate qui voulait les exploiter.

— Et…

— J'ai rapidement balayé les listings. Par informatique, ça va très vite. À cinq reprises, le numéro de téléphone mobile de Paul Dalmate est apparu sur la liste des numéros appelés par Dimitrova.

Silence dans le bureau. Embarras de Farias.

— Je présume qu'il n'y a pas d'erreur sur le numéro ? demanda Mistral, fataliste.

— Non, c'est bien celui que Dalmate nous a communiqué quand il est arrivé dans le groupe.

— À quand remontent ces appels ?

— Environ deux mois. Depuis plus rien.

— Bon, apportez-moi ces listes, et ne parlez de cette histoire à personne. Je sais, ce n'est pas évident, d'autant qu'il s'agit de votre chef de groupe.

Après le départ de Farias, Calderone se leva et alla refermer la porte du bureau.

— Que comptez-vous faire ?

— D'abord réfléchir et ne pas en parler à Dalmate tant que je n'ai pas un minimum de billes pour en discuter avec lui. Nous sommes en plein dans une affaire de meurtres, trois au moins, voire six ou plus, et nous n'avons que les pièces éparpillées d'un puzzle.

— J'ai bien en tête son dossier administratif, il nous a été transmis lors de son arrivée à la crim. Il n'y a rien de particulier, que de bonnes appréciations et deux lettres de félicitations.

— Je vais appeler mon collègue qui dirige le service des RG où Dalmate exerçait avant de venir. Et je ne me contenterai pas de la langue de bois purement administrative.

— Et Balmes, vous lui en touchez deux mots ?

— Oui, mais pas dans l'immédiat. J'attends d'avoir l'ensemble des éléments de réponse. Vincent, vous assisterez à l'entretien que j'aurai avec Dalmate.

— J'ai du mal à imaginer Dalmate dans une grosse embrouille.

— Moi aussi, mais force est de constater qu'il s'est bien gardé de nous dire qu'il connaissait Dimitrova. Ce n'est pas anodin.

— Mais son comportement quand il a appris le meurtre de Dimitrova aurait dû m'alerter. Juste avant que vous n'arriviez, le matin où vous lui avez passé un savon, il était complètement effondré dans mon bureau. J'avoue que je n'avais pas compris sa réaction.

— Quoi qu'il en soit, une fois que j'aurai les éléments de réponse, il dégagera du service.

— Je comprends, mais je suis partagé. J'ai du mal à imaginer qu'il soit impliqué dans le meurtre, de près ou de loin.

— D'accord avec vous, Vincent, et heureusement. C'est pour cela que je ne me précipite pas, et que j'irai chercher des éléments de réponse avant de le recevoir.

Aux alentours de 22 heures, Olivier Émery roulait à la vitesse limite autorisée de quatre-vingts kilomètres/heure sur la voie de droite du boulevard périphérique parisien. La circulation était fluide et les vitres ouvertes de la voiture rendaient la chaleur supportable. Olivier Émery fumait une cigarette, qu'il tenait de la main gauche. De temps à autre, il éjectait la cendre en laissant pendre son bras à l'extérieur, le long de la portière.

Clignotant droit, sortie porte de la Chapelle, Paris Nord, XVIIIe arrondissement. Émery rechercha une ruelle et gara le véhicule près du boulevard périphérique. Il serra le frein à main, bloqua la colonne de direction, verrouilla les portières, et entreprit une marche d'une demi-heure.

À 23 h 15, il pénétra dans le hall d'une tour d'immeuble et, sans hésitation, se dirigea vers les ascenseurs. Dans la cabine, il appuya sur la touche du dixième étage, d'un doigt entouré de Kleenex pour ne pas être en contact direct avec le panneau de commandes. Sur le palier, il sortit de sa poche une clef plate et ouvrit la dernière porte à droite au fond du couloir. Il la referma en s'y adossant. Il jeta le mouchoir en papier dans une corbeille. Ici, il n'en avait pas besoin.

L'appartement était petit, rigoureusement propre, avec des housses sur les meubles pour les préserver de la poussière. Il pouvait se déplacer sans le risque d'être confronté à un miroir, y compris dans la salle de bains. Il déballa le contenu de son sac marin sur le canapé. Seuls ses cinq derniers cahiers l'intéressaient. Il vérifia leur chronologie et, enfin, les aligna à côté des quatre-vingts autres. Tous ses écrits depuis près de trente ans figuraient sur des étagères, là sous ses yeux. Ses cahiers, véritables compagnons fidèles, dévoilaient des formats et des couvertures aux teintes différentes, mais on devinait que, dans les quinze derrières années, Émery avait fait l'effort d'harmoniser leur taille et leur couleur. Les dos variaient, à spirales ou reliés. La plupart étaient réparés avec du ruban adhésif, car ils avaient été transportés dans des sacs à dos. Posé à côté des cahiers, un seul livre, un recueil, en piteux état, des lettres de Sénèque. Ce bouquin avait été lu des centaines de fois, il appartenait à un vieux bonhomme, le seul qui ait eu un tant soit peu de commisération pour Émery. Ce dernier avait fait l'effort d'entrer dans le texte, et il trouvait que certaines phrases étaient l'écho de ce qu'il vivait. Émery avait croisé, quelques semaines durant, la vie du vieil homme au hasard de ses déplacements sur les routes. Émery revoyait ce livre avec plaisir.

Toute la nuit, il se promena dans ses cahiers, ouverts un peu au hasard, ce qui lui fit un bien fou. Vers 6 heures du matin, il s'endormit avec l'intention de se réveiller le plus tard possible.

28

Jeudi 21 août 2003

Le major de la brigade du matin au commissariat du IXe arrondissement achevait la lecture des rapports de la nuit. D'habitude, c'était un exercice qu'il affectionnait, d'autant qu'il y avait toujours quelque chose à gratter après. Rien de phénoménal, mais certains méritaient de l'attention, par exemple des infos permettant de résoudre des vols à la tire dans les grandes surfaces, des petits deals de rue, etc. Cependant, en cette fin de mois d'août, à l'exception des sempiternelles enquêtes décès liées à la canicule, rien de vraiment passionnant n'animait la brigade. Il attendait avec impatience le mois de septembre pour partir dans ses chères montagnes pyrénéennes, retrouver la tranquillité après un an de folie parisienne.

Une jeune gardienne de la paix stagiaire se tenait, maladroite, devant la porte ouverte de son bureau. Il l'interrogea du regard et l'invita à entrer.

— Major, je suis allée en intervention chez une personne qui occasionnait des nuisances sonores, l'affaire est réglée. Mais quelque chose me gêne. L'auteur est un collègue, un brigadier.

— Oui, quel est le problème ?

— Je crois qu'il est schizophrène. Si c'est le cas, ce n'est pas compatible avec notre métier.

— D'où tiens-tu cette information ?

— En fait, c'est plus de l'intuition que des faits avérés. Son domicile est vraiment étrange. Il n'y a rien, comme s'il ne l'habitait pas vraiment et, derrière la porte d'entrée, il semble qu'un grand miroir soit fixé, mais il est complètement occulté par du papier journal. Quand j'ai accroché du regard ce que je pense être un miroir caché, le collègue m'a regardé bizarrement, avec insistance, j'en ai été troublée. C'est mince, je sais, mais je préférais vous en parler.

— Tu as eu un bon réflexe. Moi aussi, je suis déjà entré, en intervention, dans des appartements occupés par des schizos et, c'est vrai, le miroir occulté est une des caractéristiques de cette maladie. Tu as raison, schizo et flic, ça ne fait pas bon ménage. Comment s'appelle le collègue ?

— Olivier Émery, il habite rue de Budapest, et...

— Laisse tomber les détails, je vais les retrouver dans la main courante informatique. Si j'ai des informations particulières qui corroborent ton intuition, je te le dirai.

La jeune femme partie, le major ne trouva pas aberrante du tout son observation et se promit de vérifier le dossier.

L'ambulance quitta l'hôpital de la Salpêtrière avec, à son bord, allongé à l'arrière, Sébastien Morin ravi de rentrer chez lui, d'autant que sa mère avait quitté la maison familiale d'Annecy pour aider son fils jusqu'à ce qu'il retrouve sa mobilité. Une voiture, dans laquelle avaient pris place les deux jeunes femmes du groupe, suivait l'ambulance. Une heure plus tard, Sébastien Morin était installé dans son appartement. Un fauteuil roulant facilitait ses déplacements, même s'il n'était pas aisé de le manœuvrer avec les jambes plâtrées et un bras en écharpe.

Morin demanda à une de ses collègues de vérifier si toutes les connexions informatiques et Internet fonctionnaient parfaitement. Avec sa chambre connectée au monde et à ses amis, le sentiment d'isolement s'estompait.

En fin de matinée, Mistral et Dalmate pénétrèrent dans le hall de la Maison de la radio, où les attendait la directrice de FIP. Mistral avait discrètement confié à Calderone vouloir observer attentivement le comportement de Dalmate.

Avant de prendre ce rendez-vous, Mistral avait passé la soirée de la veille, chez lui, à examiner avec attention ce nouveau dossier, au comble de l'agacement de Clara. L'écoute des différents enregistrements des appels à la station de radio – puisque, selon Élisabeth Maréchal, c'était un seul et même homme qui avait alerté les pompiers, assassiné Dimitrova, et harcelé le standard de FIP – ne lui avait appris strictement rien de plus.

Sur son carnet de notes, Mistral inscrivit : « Toutes les pistes sont fermées. XH n'a jamais téléphoné de la même cabine, ni du même point phone. La rive droite est privilégiée dans les lieux d'appels, c'est tout. Ces cabines n'ont pas servi non plus à appeler les sapeurs-pompiers. XH est extrêmement prudent, intelligent et il sait déjouer les pièges. Il connaît notre mode de fonctionnement. Ce type est complètement obsessionnel. Je partage l'avis de l'analyse psycho rédigée par Élisabeth. Étrange son dernier appel, de quoi voulait-il remercier l'animatrice de FIP ? »

La directrice de FIP n'était pas rassurée de la reprise de l'enquête par la brigade criminelle, dont le nom même induisait la recherche d'un meurtrier. Elle se fit la réflexion que celui qui s'était présenté comme étant le chef de service avait l'air épuisé, et son collaborateur semblait porter toute la misère du monde sur ses épaules, ce qui n'apparaissait pas comme un gage d'efficacité maximale. Mistral observa les conditions dans lesquelles les conversations téléphoniques étaient enregistrées, et suivit quelques interventions au micro d'une animatrice.

— Vous savez, ce n'est pas nouveau qu'une personne veuille s'adresser à une de nos animatrices. Le plus souvent, pour ne pas dire toujours, ce sont des hommes qui sont attirés par ces voix féminines, dont ils qualifient le timbre de mystérieux. Le nom et le prénom des animatrices ne sont jamais indiqués à l'antenne, et cet anonymat renforce le côté énigmatique des voix. Bien entendu, nous faisons barrage à toute communication.

— Il n'y a jamais eu d'admirateurs plus audacieux ? Par exemple venant jusqu'ici ? demanda Paul Dalmate.

— Non, pas à ma connaissance. Mais cette fois-ci je suis inquiète que ce soit la brigade criminelle qui soit chargée de l'enquête.

— Il ne faut pas dramatiser non plus, même s'il est probable que la personne qui harcèle FIP est également celle que nous recherchons dans une affaire de meurtres. Selon notre expert, c'est la même voix qui s'est manifestée. Mais il convient aussi d'être prudent, nous ne sommes pas sûrs de grand-chose, y compris de cet élément. Si vous souhaitez une protection pour vos animatrices, c'est envisageable.

Mistral essayait de rassurer la directrice de FIP. Il poursuivit.

— J'aimerais que nous revenions au dernier enregistrement où l'homme demande à la standardiste de remercier l'animatrice. De quoi ? Avez-vous une idée ?

— Nous y avons réfléchi en interne, et les messages délivrés dans la matinée sont complètement anodins. Ils ont trait à la canicule, à la circulation et à des réservations de spectacles. J'en tiens une copie à votre disposition.

— Son appel intervient-il après un de ces messages ?

— Non, pas du tout. L'homme téléphone juste après la séquence d'informations qui est présentée par la seule voix masculine de la station.

— Qu'y a-t-il dans ce bulletin d'information, quelque chose de déterminant, de différent ?

— Pas à ma connaissance, maintenant si vous recherchez cet homme pour le triple meurtre des jeunes femmes, alors oui, il peut y avoir un intérêt. Nous allons l'écouter, si vous le souhaitez.

Mistral acquiesça d'un simple mouvement de tête.

Une dizaine de minutes plus tard, ils achevaient l'écoute du message d'actualité. Mistral retint l'information qui relayait les deux affaires. « Selon une source judiciaire, les enquêteurs s'interrogent sur la trop grande similitude entre les meurtres de trois jeunes femmes commis en 2002 dans l'Oise et ceux, identiques, survenus ces jours-ci à Paris. L'avocat du principal suspect va très prochainement formuler une demande de remise en liberté. Pour lui, je cite, les charges relevées contre le meurtrier présumé ne sont pas aussi probantes que le laissent entendre les enquêteurs. »

— Effectivement, je ne vois que cette information qui soit susceptible d'intéresser notre client. Mais pourquoi remercier les animatrices ? Cela fait partie du mystère de cet homme. Lui seul possède les codes l'autorisant à remercier, à punir, à tuer, etc.

De retour vers la brigade, pendant que Dalmate conduisait, Mistral téléphona au juge Tarnos. Il sentit le magistrat sous pression, et le laissa parler.

— J'ai pris acte de votre thèse relative aux miroirs retournés ou absents au domicile de deux des victimes de mon dossier. Je me suis transporté chez Brial en compagnie de son conseil, et je n'ai rien relevé de tel.

— Quelles sont vos conclusions ?

— Pour tout vous dire, je crois que vos observations sur les miroirs, certes très intéressantes, compliquent mon dossier et n'apportent rien de probant. Je ne sais pas à quoi me servent ces informations, et l'avocat de Brial les a pulvérisées.

— Conclusions ? Vous remettez Brial en liberté ?

— Je n'ai pas tellement le choix. Il n'y a strictement rien qui l'accroche réellement, et plus l'enquête avance, plus il a tendance à être disculpé. Je vais le remettre en liberté.

— Quand ?

— Lundi en fin de matinée, il est dehors. Mais rien ne m'empêcherait de le replacer en détention si des faits nouveaux apparaissaient, d'autant plus qu'il est domicilié, ce n'est pas un SDF.

À la maison d'arrêt de Liancourt, Jean-Pierre Brial avait eu communication par son défenseur de sa remise en liberté dans trois jours. Il ne marqua aucun signe de joie excessif, ni triomphalisme. Il dit simplement à ses codétenus qu'il ne pouvait en être autrement parce qu'il était innocent. La seule question que lui posèrent ses voisins de cellule concerna les coordonnées de son avocat. Tous s'estimaient innocents, et un bon avocat c'était encore mieux.

Jean-Pierre Brial rassembla ses effets et donna à ses codétenus ses boîtes de gâteaux, de confitures et de miel. L'un d'eux, qui gardait secrètement celui de ses cahiers qui ne devait absolument pas être vu par les gardiens, le lui rendit. Il reçut en échange un petit poste de radio que Brial se collait à l'oreille toutes les nuits. Brial avait simplement murmuré au détenu pendant sa détention :

— Je te fais confiance, c'est toi que j'ai choisi. Si tu ouvres ce cahier, je le saurai et je te tuerai. Ici ou dehors, mais je te tuerai. Tu as bien compris ? Si tout se passe comme je le pense, alors je donnerai à ta femme cinq mille euros, si tu respectes le marché.

Le détenu avait accepté en jurant. Cinq mille euros, c'était l'aubaine.

Calderone indiqua à Mistral que le directeur adjoint l'attendait dès son retour de la Maison de la radio.

Mistral se doutait que Balmes voulait le contraindre au repos. Il choisit de prendre les devants.

— Bonjour docteur, tu me cherchais ?

— Oui. Le casse-burnes du cabinet du ministre a téléphoné pour savoir où nous en étions dans ton affaire.

— Qu'as-tu répondu ? Que tu allais me coller en vacances ?

Mistral riait franchement de l'embarras de Balmes.

— Toi, tu as de la chance sur ce coup ! Le lapin de corridor me demande une note circonstanciée. Un bilan d'étape, c'est comme ça qu'il appelle la note, pour le présenter au ministre.

Mistral observait Balmes qui contenait sa fureur.

— Ce n'est pas un problème, je vais lui rédiger un joli bilan d'étape. Mais pas tout de suite, parce que, normalement, demain je file dans un village de la Seine-et-Marne, à la limite de l'Yonne, afin de savoir pourquoi une journaliste assassinée s'intéressait tant à ses habitants et à une nommée Odile Brial. Le bilan sera plus complet.

— Comme tu voudras, mais ce n'est pas toi qui conduis, tu n'es pas en état.

— Je peux prendre quelques jours de congé si tu veux.

Bernard Balmes tourna les talons en grommelant.

Vincent Calderone avait disposé sur le bureau de Mistral deux feuilles. Sur l'une était inscrit POMPIERS, sur l'autre POLICE. Quatre prénoms et noms sur chaque feuillet. Mistral écoutait la présentation de Calderone.

— Voilà les coordonnées des pompiers et des policiers de l'arrondissement qui se sont déplacés dans les trois appartements. Il n'a pas été difficile d'établir ces listes parce qu'il s'agissait des équipes de permanence dans les deux cas.

— Il y a d'autres pompiers ou policiers qui sont intervenus ?

— Oui, mais dans les deux premiers appartements, ceux de Norman et de Colomar. Le seul appartement qui nous intéresse vraiment, c'est celui de Dimitrova puisque c'est là que le tueur a parlé, d'après Élisabeth Maréchal.

— Je vais appeler leurs chefs pour qu'ils viennent lundi et mardi.

— Je crois que les choses sont plus compliquées. Deux pompiers sont partis au Mexique dans le cadre d'une formation de leurs collègues mexicains, et trois policiers sont en congé.

Mistral était découragé.

— Chaque fois que nous mettons sur pied une stratégie, elle est pulvérisée dans les dix secondes. Quand reviennent les pompiers ?

— Dans quinze jours.

— J'aurais bien commencé par entendre la voix de celui qui a eu le visage accidenté, je ne crois pas qu'il aime se contempler dans un miroir.

Calderone écoutait avec attention les réflexions de Mistral.

— Oui, c'est possible. Il y a aussi un des policiers qui était présent sur les trois homicides, mais qui n'est rentré que dans l'appartement de Dimitrova.

— Ah oui ? Qui donc ?

— Le chef de l'équipe. Un brigadier qui était resté dans la voiture pendant que nous intervenions chez Norman et Colomar. Un des jeunes gardiens a fait une remarque soulignant que l'ancien profitait de la climatisation de la voiture et que la chaleur lui occasionnait des maux de tête.

— Vous l'avez vu ce brigadier ? À quoi ressemble-t-il ?

— Je n'ai pas tellement fait attention à lui, il avait le visage baissé et la casquette lui masquait la moitié des traits. J'étais occupé sur les constatations. Je l'ai à peine remarqué parce que je ne l'avais pas vu chez les deux autres victimes.

— À défaut d'avoir les huit hommes présents dans l'appartement de Dimitrova, nous allons nous contenter de ceux qui restent. Il est là le brigadier en question ?

— Il a pris quelques jours de repos, mais il sera là lundi.

— C'est déjà ça ! Je vais prévenir Élisabeth Maréchal qu'elle prépare son matériel pour la comparaison des voix, pour l'avoir avec nous mardi. Ça nous laisse une journée supplémentaire pour approfondir les recherches sur ce gars. Farias ira la rejoindre pour l'aider.

Une fois seul, Ludovic Mistral chercha dans l'annuaire professionnel le numéro de son collègue des RG en espérant qu'il ne soit pas en congé. À la quatrième sonnerie, il décrocha, au grand soulagement de Mistral, qui en avait assez que rien n'avance. Quelques phrases amicales, les dernières rumeurs sur le monde de la police et les avancements miraculeux de certains servirent d'introduction avant que le commissaire des RG pose la question.

— Qu'est-ce qui t'amène ?

— Paul Dalmate.

— Ah, le séminariste ! Il arrive à s'y faire aux crimes de sang ?

— Je vois que son passage au séminaire n'est un secret pour personne.

— Disons que c'est plus discret que secret. Quel est le problème ?

— À toi de me le dire. J'aimerais que tu me parles de lui, mais réellement, sans le langage administratif qui ne veut rien dire.

— Tu as des difficultés avec lui ?

— Pas encore, c'est pour ça que je t'appelle. Comment est l'homme ?

— Plutôt quelqu'un de bien. Fiable, honnête, intelligent, toujours présent quand un travail supplémentaire ou inattendu se présentait, bon esprit, loyal. Je m'étais opposé à sa mutation parce que je voulais le garder chez moi. Mais il a obtenu gain de cause, ce que je comprends après six ans passés dans le même service.

— En dehors du travail, tu le connaissais ?

— On a discuté trois ou quatre fois. Tu sais comment ça se passe, tu as du boulot, tu termines à 23 heures et tu vas dîner avec ceux qui restent. Une nuit, on s'est retrouvé à discuter en tête à tête. Dalmate s'est marié, il y a environ dix ans. C'est pour cela qu'il a quitté le séminaire, par amour. Le couple a fonctionné normalement pendant six ou sept ans et, après, les choses sont parties en vrille. Lui dit qu'il voulait des enfants et elle non. Mais une jeune femme, qui travaille dans le service et qui connaît son épouse, dit le contraire. À ma connaissance, Dalmate est sérieux et n'a pas d'extra, à côté de sa femme.

— Lora Dimitrova, ça te dit quelque chose ?

— Bien sûr. Je suis rentré de vacances lundi, et j'ai appris qu'elle avait été assassinée. Un vrai drame ! C'est toi qui as l'enquête ?

— Oui, c'est la crim, mais c'est d'un triple meurtre dont il s'agit, et les choses sont très compliquées, je t'en parlerai une autre fois. Comment la connais-tu, Dimitrova ?

— C'est la journaliste qui avait couvert deux sujets sur les RG. Elle m'avait longuement interviewé, une femme très agréable, professionnelle. Au service, la nouvelle s'est répandue comme une traînée de poudre. Elle avait fait l'unanimité ici.

— Il y a longtemps qu'elle est passée chez toi ?

— Un an et demi environ.

— L'as-tu revue depuis ?

— Non, elle devait venir boire un verre au service, et nous ne l'avons pas vue, ça remonte à quatre ou cinq mois.

— Dalmate la connaissait ?

— Il a dû la croiser une fois ou deux, mais je n'en suis pas sûr, parce que ce n'était pas dans sa section qu'elle faisait le sujet. Tu en as parlé avec lui ?

— Pas encore, je n'en ai pas eu l'occasion.

— C'est pour ça que tu m'appelles, ou je me goure ?

— Non, tu as raison. C'était pour savoir s'ils se connaissaient, et comment tu le percevais. Tu m'as répondu et je t'en remercie.

Mistral rentra chez lui en luttant contre le sommeil qui semblait brusquement vouloir le terrasser. N'étant plus dans l'action, la fatigue reprenait le dessus. Il monta le son de l'autoradio, mais ce fut sans effet. Il s'endormit à un feu rouge de l'avenue Charles-de-Gaulle à Neuilly. Les klaxons des voitures le réveillèrent et, le cœur cognant fort, il démarra en se demandant où il se trouvait. Pour se maintenir éveillé, il téléphonait à toutes les personnes qui lui traversaient l'esprit. Certaines diront plus tard qu'elles croyaient qu'il était ivre, tellement ses propos n'avaient aucun sens.

Ludovic poursuivit ses efforts pour rester lucide avec Clara qui ne lui parlait plus de week-end prolongé. Elle comprenait que son mari était fébrile, exaspéré et, pour lui changer les idées, racontait les vacances des enfants. Mistral avait du mal à suivre la conversation. Dans sa tête se bousculaient les conclusions d'Élisabeth Maréchal, l'enregistrement de la voix de tueur, les inquiétudes de la directrice de FIP, Paul Dalmate, et quantité d'autres bribes de son enquête. Quand il s'assit sur le lit, il s'endormit avant que sa tête ne touchât l'oreiller.

Mistral tourbillonna dans la spirale des rêves décousus. Des mélanges de fragments de vie, de son enquête actuelle et d'un homme le poursuivant avec un couteau dansèrent une sarabande dans son esprit. Cette dernière séquence était récurrente, comme si son inconscient voulait attirer son attention. Mistral rêvait de moins en moins, parce que son sommeil était complètement perturbé, mais quand il laissait la porte de ses rêves s'entrouvrir, l'homme au couteau apparaissait chaque fois. Parfois, Mistral se heurtait à un homme qui transportait un énorme miroir, il ne voyait pas l'homme, uniquement des mains gantées qui maintenaient le miroir à la verticale. Mistral voyait son propre reflet, celui d'un homme épuisé, amaigri, transformé par la fatigue.

Vers 3 heures du matin, Mistral, en sueur, ouvrit les yeux. Au bout de deux minutes, il prit conscience qu'il était dans son lit. Clara le regardait.

— Tu as crié !

— C'était sans doute un cauchemar, mais je ne m'en souviens pas.

Ludovic Mistral se leva pour boire et manger des fruits, il n'avait plus sommeil. Dans un tiroir de son bureau, il y avait un carnet, dans lequel il consignait ses rêves. L'homme qui le poursuivait avec un couteau était un rêve qu'il avait déjà noté une trentaine de fois. Son épouse ignorait tout de ce carnet, et il se demanda quel intérêt elle aurait eu à le savoir. Il conclut par la négative et rangea le carnet. Mistral s'installa dans un fauteuil et regarda d'un œil distrait les programmes télé de la nuit. À 7 heures, il prépara le petit déjeuner et attendit Clara.

29

Vendredi 22 août 2003

Olivier Émery réfléchissait. Son salaire arriverait dans huit jours environ, et il ne lui restait plus que quinze euros en poche, sur les cent pris dans la boîte de sa mère. Son compte bancaire n'affichait un solde positif que les cinq premiers jours du mois, ensuite c'était la dégringolade. Pour ses besoins, Émery se présentait le 3 de chaque mois et retirait, chaque fois d'un guichet différent, des espèces. Il ne détenait ni carte bancaire, ni carnet de chèques, pour ne pas être suivi à la trace. Le loyer de deux appartements, depuis plusieurs mois d'affilée, l'avait complètement asséché. Il se contentait de vivoter et son seul plaisir résidait dans les bières, dont il ingurgitait des litres.

Le dilemme d'Émery était simple. Récupérer sa prime et prendre le risque d'être arrêté. Ce n'était pas avec quinze euros qu'il tiendrait, d'autant que le besoin en médicaments était vital. Après réflexion, il décida d'aller à proximité de son service, de téléphoner, de dire qu'il passerait et d'observer les alentours.

Émery grimpa dans le métro. Il préférait ne pas utiliser sa voiture, dont le réservoir était plein, ce qui lui donnait une autonomie de six cents kilomètres de fuite.

En fin de matinée, il fit discrètement le tour du pâté de maisons où se trouvait son lieu de travail. Il scruta avec attention les allées et venues, et essaya d'identifier si des voitures qu'il ne connaissait pas figuraient à proximité. Il alluma son téléphone portable. Personne ne possédait son numéro, il n'avait pas d'abonnement, uniquement une carte prépayée, et prenait soin de masquer son numéro. Des précautions qui n'étaient pas absolues, mais qui retarderaient l'identification.

— Salut ! C'est Olivier Émery à l'appareil. Il est là, le chef ?

Pendant qu'il patientait, il regardait de tous les côtés si son appel n'avait pas déclenché des mouvements à l'extérieur. Rien.

— Olivier ? Alors, tu vas mieux ?

— Oui, j'ai pratiquement récupéré.

— Tu appelles pour la gratification ?

— Ben oui, comme vous m'en avez parlé lundi, j'appelais à tout hasard.

— Pas de problème, tu passes quand tu veux, aujourd'hui ou alors lundi. Au choix.

— Je passerai vers 18 heures, c'est possible ?

— Oui, il y aura quelqu'un au secrétariat.

Émery éteignit aussitôt son portable et un quart d'heure plus tard, pénétra en coup de vent dans les bureaux, serra la main à quelques-uns de ses collègues et fila directement au secrétariat, le cœur tapant à mille kilomètres/heure. La menace pouvait surgir de n'importe où. Il marchait la main droite posée sur le cou, comme s'il arrangeait le col de sa chemise, mais le pouce dans le lacet propulserait le rasoir dans la seconde. La comptable se fit la réflexion qu'il devait être extrêmement pressé, en le voyant débouler dans le bureau. Il empocha l'enveloppe, émargea le cahier justifiant de la remise du liquide et fit aussitôt demi-tour.

À l'accueil, les mêmes essayèrent gentiment de le stopper.

— Alors, tu paies ta mousse, t'as l'argent dans la poche ?

Il répondit, sans s'arrêter.

— Pas le temps, les gars, lundi si vous voulez. Salut.

C'est presque en courant qu'il s'éloigna définitivement de son service. Une dizaine de minutes plus tard, il ouvrait l'enveloppe et comptait quatre cents euros. De quoi tenir jusqu'à la prochaine paie.

Mistral, assis sur un coin de son bureau, un gobelet de café en main, écoutait avec attention Calderone. Paul Dalmate se tenait en retrait dans un des fauteuils, silencieux et terne comme à son habitude.

— Ce n'est pas la peine de se déplacer aujourd'hui dans le village. Sur la dizaine de personnes interrogées par Dimitrova, une seule est présente, les autres sont en vacances ou je ne sais où. Je n'ai pas effectué de vérification sur Odile Brial pour ne pas la mettre sous pression. D'après l'instituteur, elle est en ce moment dans sa maison. J'ai déjà une bonne idée de ce qui a bien pu se tramer.

— C'est-à-dire ?

— J'ai eu au téléphone l'instituteur que Dimitrova a rencontré. Il est en retraite depuis vingt-cinq ans. Il m'a raconté sa vie pendant au moins une heure, avant de répondre à mes questions ! Il ne doit pas parler souvent, et dès qu'il tient quelqu'un, il ne le lâche plus !

— Surtout quand c'est un policier, un homme de confiance, et beau parleur comme vous, Vincent ! ironisa Mistral.

Calderone termina son gobelet de café et fit le récit de sa discussion.

— Dimitrova a bien bossé, une vraie pro ! Elle a embobiné la secrétaire de la mairie et demandé, sous prétexte d'un reportage sur la vie des villages, les coordonnées des retraités. Tous les anciens instituteurs, employés de mairie, commerçants, etc., y sont passés. C'est comme ça qu'elle a été mise en relation avec le vieil instituteur.

— Pour nous, c'était plus facile puisqu'on a eu accès aux appels de Dimitrova.

— Elle nous a facilité le travail, à titre posthume. Ses questions, en fait, se sont vite concentrées sur un seul sujet : Odile Brial. Mais comme elle avait déjà roulé dans la farine la moitié du village, elle a obtenu les réponses qu'elle voulait. L'instituteur m'a raconté que tous les anciens s'étaient réunis dans le café du village pour parler de Dimitrova.

— Mais Odile Brial n'a pas eu vent de tout ce cirque ?

— Oui et non. Oui, parce que Dimitrova l'a rencontrée, et non, parce que les gens du village ne pouvant pas l'encadrer, ils se sont bien gardés de lui dire ce qui se tramait.

— Je vois d'ici l'ambiance de conspirateurs ! Le village a dû être en effervescence, Dimitrova les a fait sortir de leur torpeur.

— C'est exactement ça ! Odile Brial est arrivée un beau jour dans le village avec un bambin d'un mois ou deux, au milieu des années soixante. Elle était mère célibataire. Personne ne savait d'où elle venait, et pourquoi elle s'était installée chez eux, donc, pour les autochtones, c'était pour le moins bizarre. Très vite, elle s'est heurtée à l'hostilité bête et méchante des gens qui l'appelaient l'étrangère, parce qu'elle n'était ni du coin, ni du département. Elle avait trouvé du travail dans la petite ville d'à côté, à Château-Landon, et bien sûr n'adressait pas la parole aux bouseux comme elle surnommait les villageois.

— Je vois d'ici l'ambiance !

— Et ce n'est pas fini. L'hostilité a empiré quand les bouseux se sont rendu compte qu'elle recevait des hommes et rarement les mêmes. Inutile de vous dire la réputation que l'étrangère s'est taillée ! Là-dessous, il devait y avoir de la jalousie des mâles du coin qui, paraît-il, ont tenté leur chance, mais se sont fait éjecter.

— Je comprends pourquoi ils ne lui ont rien dit à Odile Brial. Ce genre de rancœur, ça pourrit une vie. Et pourtant, nous sommes dans les années soixante en France, pas au XIXe siècle !

— Ce n'était pas évident ni pour elle, ni pour son gamin qui est allé à l'école du village, quand il a été en âge d'être scolarisé. En fait, l'enquête réelle de Dimitrova portait sur l'enfant. La vie du village et ses mesquineries, elle s'en moquait complètement. Le petit s'appelait François et la phobie de la mère voulait qu'il ne soit jamais pris en photo. Chaque année, quand le photographe venait tirer le portrait de la classe, le seul absent était François Brial.

— Des explications ?

— Aucune de connue.

— Bien entendu, les mômes du village, pilotés à distance par les parents, essayaient de tirer les vers du nez du gosse, qui lui aussi a été plus ou moins malmené. L'enfant grandissant, elle a décidé de le retirer de l'école et l'a inscrit à des cours par correspondance qu'il suivait chez lui, au grand dam de l'instituteur qui trouvait l'élève vif et intelligent. Ensuite, le petit bonhomme a grandi, toujours bloqué par la mère, et a plus ou moins mal tourné. Il fréquentait des voyous, volait des mobylettes, fumait de la drogue, bref, c'était la terreur locale, *dixit* mon interlocuteur.

— Et qu'est-il devenu, François Brial ?

— Un soir, le SAMU est intervenu parce que le jeune avait le visage massacré et ensanglanté. Comment ? Pourquoi ? Mystère ! Il est réapparu quelques semaines plus tard et s'est terré chez lui. Des gens l'ont revu de temps à autre avec une tête à faire peur bourrée de cicatrices, amaigri, agressif. Les jeunes l'évitaient. Et puis un beau jour, il a disparu. Voilà le récit de l'instituteur.

— C'est extrêmement intéressant. Effectivement, il faut réfléchir à ce déplacement dans le village si c'est pour entendre la même version des autres témoins retrouvés par Dimitrova. On a des billes pour questionner Odile Brial. Et puis, un type qui a des cicatrices au visage, c'est toujours passionnant à chercher dans le cas présent !

— J'ai lancé Farias sur la piste de François Brial.

— On va le laisser bosser, et je pense que lundi nous irons dire deux mots à Odile Brial. C'est inutile d'y aller demain, si on la colle en garde à vue, c'est mission impossible pour avoir des renseignements le week-end. Et il faut être sûr qu'elle y soit aussi.

Dalmate se gratta la gorge avant de prendre la parole.

— Elle est dans sa maison, ou du moins elle y était le week-end dernier.

Stupeur de Mistral et de Calderone qui redouta la réaction de Mistral. Elle ne se fit pas attendre. Mistral, agressif, bondit immédiatement.

— D'où sortez-vous cette info ?

— J'y suis allé le week-end dernier.

Calderone vit Mistral, blême de colère, quitter brutalement la position assise pour bondir sur ses pieds devant Dalmate.

— Et vous ne le dites qu'aujourd'hui ! Vous êtes complètement irresponsable ! Mais qu'est-ce que vous cherchez ? Que je vous fasse virer de la police ? Je n'ai jamais vu un tel comportement. J'ai hâte d'entendre votre réponse !

Dalmate, étrangement calme, toujours assis, prit quelques secondes avant de reprendre la parole.

— Eh bien… En fait… je voulais m'assurer de sa présence pour les opérations à venir.

— Votre réponse frise le vide absolu ! Puisque nous sommes dans les confidences, je voudrais savoir pourquoi votre numéro de téléphone portable a été appelé à cinq reprises par Dimitrova ? Je peux m'interroger, aussi, sur votre implication dans ce meurtre. Je vous rappelle, à moins que ça ne vous ait échappé, qu'elle a été assassinée et que vous êtes chargé de l'enquête. Je vous écoute !

Calderone observait alternativement Mistral debout, tendu, tout en fureur contenue, parlant de manière saccadée, sans hausser le ton, et Dalmate, assis, tassé sur lui-même, n'ayant aucune réponse valable à fournir.

— J'ai connu Lora Dimitrova aux RG, il y a deux ans, un peu par hasard. Elle faisait un reportage, s'était trompée d'étage et comme des badges sont nécessaires pour ouvrir les portes, je l'ai conduite dans le bureau où elle avait rendez-vous. Elle m'a donné sa carte et j'ai vu que son nom était bulgare.

Mistral n'avait pas bougé d'un centimètre et écoutait Dalmate parler de sa voix monotone.

— Je connais la Bulgarie, je suis allé pendant mon séminaire à Sofia, on faisait des échanges de théologie avec l'Église orthodoxe. Elle a été intéressée par ma démarche atypique, un séminariste devenant flic aux RG, ça la faisait beaucoup rire.

Calderone qui s'était absenté du bureau revint avec trois gobelets de café. Il y eut une sorte de trêve d'une minute qui apaisa les esprits. Mistral écoutait de manière moins agressive.

— Nous nous sommes revus à l'extérieur. D'abord, on allait boire des cafés en discutant pendant une vingtaine de minutes. Puis nous nous sommes aperçus que nous avions des milliers de points en commun, nos discussions n'en finissaient pas et nous étions bien.

Mistral buvait à petites gorgées son café, observant Dalmate, pensif. Calderone savait que l'agressivité de Mistral était retombée, laissant la place à de la perplexité.

— On se voyait deux ou trois fois par semaine à dîner. J'attendais avec impatience ces soirées, et je me rendais compte que notre relation glissait progressivement vers une dimension plus affective, dans laquelle je ne pouvais pas m'engager. J'ai prétexté du travail pour limiter nos rencontres, et j'ai demandé une mutation dans un autre service. C'est pour ça que je suis arrivé chez vous, quatre mois plus tard. Elle m'a téléphoné sur mon portable, mais je n'ai plus répondu.

Silence, que ni Mistral ni Calderone ne rompirent.

— Et quand j'ai appris qu'elle avait été assassinée, en reprenant mon travail le lundi, j'ai mis un temps fou à comprendre et admettre cette évidence. Je n'arrivais pas à y croire. Quand j'ai vu les photos de la scène de crime, c'était terrible. Mais plus les heures passaient, et plus le courage de tout raconter s'éloignait. Je me suis enfermé dans une logique idiote, en pensant que ça ne se saurait pas. Le pire a été d'entendre son agonie et le tueur qui parlait. C'est tout. J'accepte les sanctions.

— Pourquoi êtes-vous allé dans le village d'Odile Brial ?

Paul Dalmate toujours assis, les traits du visage neutres, s'exprimait de sa voix calme et monocorde, comme s'il commentait des banalités.

— Parce que Lora y avait enquêté. La connaissant, elle devait avoir eu de bonnes raisons de fouiner là-bas. Je souhaitais m'en rendre compte par moi-même, et m'imprégner de ce qu'elle avait vu.

— Mais pourquoi n'avoir rien dit ? C'était plutôt une initiative intéressante !

— Je n'arrivais pas à parler de Lora et de moi-même.

— Soit. Qu'est-ce qu'il se dégage de votre visite ?

— Rien de particulier, un petit village à l'écart des routes nationales, refermé sur lui-même, des personnes âgées assises sur des bancs à l'ombre de platanes, des jeunes qui s'ennuient, assis sur leur mobylette, et des hommes dans l'unique petit bar du bled. J'ai aperçu Odile Brial, elle fumait appuyée contre un muret de sa maison.

— À quoi ressemble-t-elle ?

— Une femme dans la soixantaine, négligée, qui fait bien plus que son âge, le visage d'une alcoolique...

— Vous n'avez pas remarqué de voitures à proximité ou immatriculées dans un autre département ?

— Non.

Mistral se rassit à son bureau, tritura un stylo-plume, réfléchit, et parla d'une voix calme et apaisée.

— Dalmate, d'où sortez-vous ? De quelle planète venez-vous ?

— Je ne comprends pas la question.

— Dalmate, c'est simple. Il y a des flics qui se lèvent, qui vont bosser et qui se couchent, des putes qui tapinent, des dealers qui dealent, des tox qui meurent. C'est la vie ! Ouvrez les yeux sur notre monde, Dalmate, et laissez de côté vos sentiments ! Votre ancien chef de service aux RG m'a dit que vous étiez un type bien. Je le crois sans peine. Remettez-vous dans l'axe du flic de PJ. Au besoin, parlez avec Vincent quand ça devient trop lourd ! Maintenant, allez bosser.

Quand Mistral et Calderone se retrouvèrent seuls, ils parlèrent longtemps de l'âme humaine, de la hauteur des sentiments et des comportements irrationnels parfois induits. Calderone termina par une question embarrassante.

— Manifestement, Dimitrova est au centre de la toile Brial, et elle en a fait les frais. Mais pourquoi les meurtres de Norman et Colomar ?

Mistral fut incapable de répondre à cette question. Il s'attela ensuite à la rédaction de la note « Bilan d'étape » : *Dimitrova et autres*, pour le lapin de corridor comme l'appelait Bernard Balmes, et le lui envoya par messagerie.

Mistral regagna son domicile à l'écoute de FIP qui diffusait Katie Melua. La voix feutrée d'une animatrice prit le relais de la chanteuse et le ramena à son enquête. Une fois de plus, la tension de la journée l'avait complètement vidé. Il conduisait sans à-coups, repensant à Dalmate, un homme d'un autre siècle.

Clara attendait Ludovic, assise dans le jardin. Il la rejoignit, s'assit à côté d'elle en soupirant et posa sa main sur celle de sa femme.

— C'est curieux, dit-elle, je t'observais à ton arrivée, complètement épuisé, tu as un visage que je n'ose plus décrire, mais tu donnes l'impression d'être détendu.

— J'ai entendu une drôle d'histoire.

— Raconte.

— Pas maintenant. Un autre jour. En venant, j'ai réservé une table dans un restaurant au Trocadéro. La table est dans le jardin d'où on pourra voir la tour Eiffel et ses illuminations. On sera bien. Je prends une douche, je me change et on y va.

— Demain, je voudrais aller à Honfleur.

— D'accord, je te laisserai conduire. Réserve aussi une chambre, on prendra le temps de vivre.

— Et ton enquête ? Elle est finie ?

— Nous en sommes loin, même si je pense qu'elle devient moins floue.

— Mais on ne risque pas de te rappeler ?

— Peu de chances, ou alors ce serait un vrai coup de théâtre !

3

OLIVIER ÉMERY

30

Week-end des 23 et 24 août 2003

Paul Dalmate passa son week-end au Quai des Orfèvres, le dossier Dimitrova ouvert. Il se sentait soulagé d'avoir parlé avec Mistral, même s'il ne savait pas de quoi son avenir professionnel serait fait. De toute la journée du samedi, s'arrêtant à peine pour déjeuner d'un sandwich, il ne quitta pas son écran d'ordinateur. Le dimanche, il téléphona, parlementa, menaça et pour finir, se déplaça. Il revint dans son bureau en ayant obtenu satisfaction. Il rédigea un mémo et en posa une copie sur le bureau de ses coéquipiers, sur ceux de Calderone et de Mistral. Le dimanche vers 16 heures, il sortit à pied du Quai des Orfèvres, et ses pas l'entraînèrent vers la cathédrale Notre-Dame distante de moins de deux cents mètres. À l'intérieur, des hordes de touristes de toutes nationalités déambulaient. Le centre était réservé pour la prière. Paul Dalmate s'assit et y resta plus d'une heure.

Clara et Ludovic flânèrent au marché d'Honfleur, allèrent se baigner à Deauville, et firent leur possible pour ralentir la vie. Ludovic avait emporté ses comprimés pour dormir. Le samedi, vers minuit, il en avala deux qui l'assommèrent. Même s'il mit du temps à se réveiller le lendemain, c'était la première nuit depuis plus de deux mois où il dormit huit heures d'affilée sans se réveiller, ni cauchemarder, ce qui le rendit optimiste.

Samedi, Olivier Émery ne put résister à l'envie de s'aventurer rue de Budapest pour repérer si des voitures de police n'étaient pas en planque. Rien. Il en fut presque déçu. Il erra le reste du temps en se gavant de médicaments avalés à la va-vite avec des verres de bière. Et, dans cet état de somnolence médicamenteuse, il appela sa mère, quelques secondes en fin de journée. Elle le rabroua, et il ne put lui dire pourquoi il l'appelait.

Le dimanche vers midi, il acheta dans un supermarché de son quartier un pack de vingt-quatre canettes de bière qu'il acheva douze heures plus tard, avec pour seule nourriture une baguette de pain et du fromage. Il mit le nez dehors dans la soirée, pour téléphoner à FIP. Ce besoin irrépressible qu'il ne pouvait dominer le poussait à appeler, quitte à être rejeté. Il ne se souvint ni du nombre d'appels passés, ni de ce qu'il avait dit, ni des lieux d'où il avait téléphoné, les cabines téléphoniques ou les bars. Il regagna son appartement en s'appuyant soit aux voitures en stationnement, soit aux murs, pour tenter de rester debout. Le technicien de FIP eut le fou rire en repassant les enregistrements du type, tellement ivre que c'en était risible.

Olivier Émery attendait le lundi pour repartir.

Samedi matin, Odile Brial traversa le village et fit quelques courses dans la boutique où étaient regroupés l'alimentation, le tabac et les journaux. Seul le commerçant lui adressa les quelques mots nécessaires, l'étrangère, après tout, dépensait l'argent dans son magasin. Les autres clientes détournaient leurs regards sur son passage. Odile Brial, indifférente aux bouseux, s'assit sur un des bancs de la place, fuma deux ou trois cigarettes en lisant son journal. Dans son chariot, outre quelques provisions, une bouteille de vodka allait lui servir de compagne. Le samedi soir, après avoir raccroché brutalement avec son fils, Odile Brial regretta son geste. Elle aurait aimé le rappeler, mais ne connaissait pas son numéro. Elle ressassa toute la soirée son comportement et avala une demi-bouteille de cognac qui lui brûla l'estomac, en guise de consolation.

Dimanche. Odile Brial se leva du pied gauche. Elle ronchonnait contre tout. L'appel de son fils, la veille, continuait de la perturber. Ce fut un prétexte pour agrémenter son café d'une généreuse rasade de calvados. Pour se donner bonne conscience, elle mangea un morceau de pain et du jambon. Mais c'est vers 16 heures qu'elle passa à la vitesse supérieure en attaquant la bouteille de vodka. Elle s'installa au milieu de son vieux canapé avachi en tissu, face à la télévision, les jambes allongées sur une chaise. Elle avait posé à sa gauche un bol contenant des glaçons, et à sa droite, la bouteille ouverte – qui ne fut jamais plus rebouchée – et un grand verre. Quand elle commença à boire, elle changeait encore de chaîne avec la télécommande rafistolée par des élastiques et du ruban adhésif transparent. Plus le niveau de la vodka descendait, et plus ses deux mains demeuraient fermement agrippées au verre. Vers 23 heures, la bouteille de vodka complètement vide, Odile Brial invectivait un présentateur télé. Elle réussit à se dégager de son canapé défoncé vers 6 heures du matin pour s'effondrer sur son lit, où elle s'endormit en moins de dix secondes.

31

Lundi 25 août 2003

Huit heures. Le major de la brigade du matin au commissariat du IXe arrondissement achevait la lecture des rapports de la nuit. Rien d'intéressant. Il rechercha dans la main courante électronique la relation de l'affaire évoquée par la stagiaire qui avait pensé croiser un policier schizophrène. Il releva le nom du service où Olivier Émery était en poste et appela le bureau d'ordre. Son collègue lui indiqua qu'aucun brigadier du nom d'Émery ne faisait partie des effectifs. Intrigué, il téléphona au service de gestion de la Préfecture de police qui recensait tous les personnels affectés à Paris. La réponse fut extrêmement rapide, son interlocuteur afficha à l'écran de son ordinateur la liste du personnel. Réponse : Inconnu. Il en demanda confirmation et reçut en retour une réponse cinglante, disant à peu près qu'il n'avait qu'à faire le tour de tous les services de police de la capitale pour s'en assurer.

Le major était un policier consciencieux. Il appela les deux gardiens pour s'assurer qu'il n'y avait pas d'inexactitude.

— Aucun risque d'erreur, il nous a parlé de son cycle horaire au service général de l'arrondissement et du travail qu'il effectuait. Et c'était bien de Paris dont il parlait !

La jeune femme était affirmative. Le major se tourna vers le jeune gardien qui avait recueilli la déposition d'Olivier Émery.

— As-tu vérifié son identité au dos de la carte de police qu'il t'a présentée ?

Le jeune gardien rougit.

— Ben, en fait non. J'ai noté ce qu'il m'a dit, j'ai vu sa carte de police dans l'étui et je n'y ai pas pensé, comme c'était un collègue.

— Grossière erreur, mon gars. Il va falloir la rattraper fissa. Je vais aller avec vous rue de Budapest, et s'il n'y a personne, on fait un saut à son service, où vous pourrez le décrire. C'est une histoire qui pue l'embrouille à plein nez.

Huit heures trente. Mistral et Calderone lisaient la note de Dalmate. Il avait retrouvé le fournisseur d'accès Internet de Dimitrova et obtenu, après bien des palabres et une réquisition en bonne et due forme, de pouvoir accéder à son compte. Elle y possédait un espace de stockage de données qui lui permettait de sauvegarder tout son travail ailleurs que sur son ordinateur, ses clefs USB et autres disques durs. Une sécurité en quelque sorte.

Paul Dalmate n'avait eu aucune difficulté à retrouver ce qui intéressait l'enquête. Un dossier Brial avait été créé. Il comportait trois vidéos. Une, d'une minute trente sur l'arrestation, dans l'Oise, de Jean-Pierre Brial filmée par une équipe de France 3. La deuxième, de même durée et de même provenance, s'attardait sur Brial dans le hall du palais de justice de Cergy pendant son transfert. La troisième, de quelques secondes, montrait deux femmes. Dalmate avait envoyé ces trois vidéos sur la messagerie de Mistral et Calderone.

Lora Dimitrova avait rédigé une courte note, intitulée « L'affaire », que Dalmate s'était contenté d'imprimer. Elle était rédigée avec un certain sens de l'humour. Calderone la lut à haute voix.

« L'affaire. Si je n'ai pas le prix Pulitzer après cette enquête, j'achèterai une camionnette et j'irai vendre des sandwichs sur les plages de la Méditerranée. Au moins, j'aurai chaud et de quoi manger !

« J'ai eu vent de ce triple meurtre par un journaliste de France 3 (vidéo 1). Jean-Pierre Brial, qui est présenté comme le tueur, m'a laissé une drôle d'impression. Il apparaît comme étranger, à côté de la plaque, n'arrêtant pas de dire je suis innocent, et refusant la couverture que les gendarmes veulent lui mettre sur la tête.

« Je me suis rencardée sur le jour et l'heure de son transfert de la gendarmerie au palais de justice, et j'ai pu y assister. J'ai ressenti le même malaise que précédemment. "Je n'y suis pour rien", répétait Brial, mais il ne regardait pas en direction des caméras de télé, comme le font en général les gens qui veulent prendre à témoin les millions de téléspectateurs. Il prononçait cette phrase en s'adressant à deux femmes, hors champ, dont l'une pleurait, mais, chose surprenante, les deux femmes regardaient dans sa direction, mais ne le regardait pas lui. Leur regard allait plus loin. Sur un homme qui semblait ne pas vouloir être vu. Un homme que j'ai aperçu et qui m'a intriguée. Dans la vidéo 2, diffusée à la télé, on ne voit ni ces deux femmes, ni le type en retrait. Profitant de cette agitation, l'homme mystérieux s'est fondu dans l'anonymat. Je l'ai suivi du regard et j'ai vu qu'il montait dans une vieille Ford Sierra bleu foncé. Je ne sais pas bien pourquoi, mais j'ai cavalé jusqu'à ma voiture, mal garée comme d'habitude, et j'ai suivi M. Mystère jusqu'à Paris. Bien m'en a pris. Tout a démarré à partir de là, et j'ai déployé des ruses de Sioux pour connaître son nom, savoir où il bossait, et de qui il s'agissait. Et là, les amis, je n'ai pas été déçue. D'autant que je n'ai strictement rien demandé aux flics que je connaissais. J'ai eu le nez fin.

« J'ai loupé le départ des deux femmes, dont Mme la Pleureuse. Mais je m'en fous parce que j'ai pu récupérer une copie de quelques secondes de la bande où on les aperçoit toutes les deux (vidéo 3). J'ai rapidement identifié l'une d'elles, il s'agit de la mère, Viviane Brial, celle qui ne pleure pas (c'est curieux non ?). Quant à l'autre, je l'ai facilement identifiée, grâce aux rushes également. Une caméra filmait l'extérieur du palais, pour avoir des plans de coupe, et j'ai vu la seconde femme grimper dans un taxi. Facile. Là, je n'ai pas hésité une seconde, j'ai préféré appeler un pote aux RG qui m'a identifié le numéro d'immatriculation du taxi. Un taxi c'est neutre, ce n'est pas comme la voiture appartenant à un bonhomme. Un coup de téléphone plus tard, j'ai appris que le taxi avait traversé l'Île-de-France pour déposer la dame dans un petit village de Seine-et-Marne. Cette bonne femme, avec sa tête d'alcoolo qui pleurait à chaudes larmes, m'a intriguée. Le lendemain, j'étais dans le village, avec l'adresse donnée par le taxi. (C'est fou ce que les mecs sont nuls, quand une femme à la voix douce pose des questions, ils donneraient même le code secret de leur carte bancaire.) Sur la boîte aux lettres, le nom : Brial Odile. J'ai fait demi-tour en réfléchissant.

« Dans cette affaire, il y a un méga sac de nœuds que j'ai mis cinq mois à démêler. Je vais passer à la phase de tournage, d'abord en caméra cachée, et là ça va faire mal. »

Dalmate venait d'entrer dans le bureau en silence, écoutant Calderone lire la note de Dimitrova. Quand Calderone s'arrêta de lire, il regarda Dalmate.

— Qu'est-ce que c'est le sac de nœuds ?

— Je n'en sais rien. J'ai vu les vidéos et lu le document.

— Il y avait autre chose dans le dossier ?

— Oui. Des photos.

Dalmate ouvrit un dossier et en sortit une dizaine de photos en noir et blanc et en couleur.

— Je suis allé à l'IJ pour demander un tirage des fichiers numériques et savoir si on pouvait améliorer le rendu.

Dalmate les étala sur la table de réunion de Mistral qui demanda au reste du groupe de les rejoindre. Tous les six examinaient avec attention les photos. Dalmate désignait du doigt des photos.

— Celles-ci représentent Jean-Pierre Brial. Ce sont des photos d'identité récupérées sur le permis de conduire ou la carte d'identité.

— Comment a-t-elle obtenu ces documents ? s'étonna Farias. Ce sont des documents officiels pourtant !

— Elle est rusée et connaît du monde dans mon ancien service, répliqua Dalmate, mais là n'est pas la question.

— Il ne ressemble pratiquement pas au type qui a été arrêté par les gendarmes, souligna Calderone.

— J'y ai pas mal réfléchi, reprit Dalmate. Je pense que c'est le même homme, mais avec une coupe de cheveux différente, plus jeune de quelques années et avec au moins trente kilos de plus.

— Et l'autre type qu'on ne voit que de dos, ou de profil, mais de trop loin, qui est-ce ? Vous en avez une idée ? demanda Mistral.

— C'est là le sac de nœuds, à mon avis, pour reprendre l'expression de Lora Dimitrova, répondit Dalmate.

— L'IJ a tenté d'améliorer ces tirages, mais les photos ont été prises de beaucoup trop loin, et sans doute avec un téléphone. Dimitrova craignait de se faire repérer, c'est pour cela qu'elles sont d'aussi mauvaise qualité.

Mistral réfléchissait à toute vitesse.

— C'est aujourd'hui, en fin de matinée, que le juge libère Jean-Pierre Brial. Nous n'y pouvons rien, et peut-être que le type est réellement innocent. Vincent, appelez les gendarmes pour leur demander d'exercer une surveillance discrète à la sortie de prison de Brial. Ce sera intéressant de savoir où il ira. Nous allons nous scinder en deux groupes. Vincent, vous irez avec José et Roxane au domicile de la mère. Vous essayez de savoir si elle est chez elle, mais vous restez en planque, vous ne l'interpellez pas. Paul, Ingrid et moi allons au domicile d'Odile Brial.

En arrivant dans la cour du Quai des Orfèvres, Mistral tendit les clefs de sa voiture à Dalmate, avec un sourire narquois.

— Je vous laisse conduire, Paul, je crois que vous connaissez le chemin.

Dalmate ne releva pas l'allusion, d'autant qu'Ingrid les rejoignait.

Mistral s'installa à l'avant et enclencha son téléphone mobile dans un support qui permettait de parler et d'écouter les mains libres pour pouvoir écrire en cas de besoin. Pendant que Dalmate traversait un Paris où la circulation plus dense que la semaine précédente signalait le retour des vacanciers, et qu'il prenait la direction de l'autoroute A6, Mistral appuya sur une touche préréglée du téléphone. Quelques secondes plus tard, la voix de Bernard Balmes résonnait dans l'habitacle. Mistral lui indiqua qu'il était en « mains libres », pour que le directeur adjoint ne se laisse pas aller à des fantaisies verbales. Mistral lui relata les dernières informations dans l'affaire Dimitrova et indiqua qu'un dossier à son attention se trouvait au secrétariat.

La Peugeot 406 roulait rapidement sur l'autoroute A6 complètement libre en direction de la province. La secrétaire appela Mistral. Elle venait de recevoir une communication de FIP. L'homme qui tentait de parler à une animatrice avait téléphoné trente-sept fois en moins de trois heures, et apparemment il était ivre. Mistral demanda à la secrétaire d'envoyer la permanence récupérer le CD d'enregistrement.

Mistral avait sommeil. Même si le week-end à Honfleur s'était apparenté à deux jours de vacances, la nuit dernière l'insomnie l'avait rattrapé. La climatisation de la voiture maintenait une température agréable dans l'habitacle. Il se préparait à fermer les yeux quand le téléphone sonna. Mistral reconnut le numéro qui s'affichait sur l'écran.

— C'est le laboratoire, je parie que les bonnes nouvelles vont continuer d'affluer. Je m'attends à tout, maintenant, par exemple les prélèvements ont foiré, et l'on ne décolle pas du zéro.

Mistral appuya sur la touche de prise d'appel. Dalmate et Sainte-Rose suivaient la conversation qui résonnait dans l'habitacle.

Après deux brèves phrases, convenues, de politesse froide, le directeur du labo entra dans le vif du sujet.

— Je ne vais pas vous déranger longtemps, j'entends que vous êtes en voiture.

— Vous ne me dérangez pas.

— J'ai travaillé sur les empreintes de l'oreille et les traces laissées sur les portes. Celui qui les a prélevées a bien bossé.

— Merci pour lui, je transmettrai. Qu'est-ce que ça donne ?

— C'est curieux comme résultat. L'empreinte d'oreille est parfaite, du moins sur une des trois portes, et je pourrais la comparer facilement avec celle d'un suspect.

— Bonne nouvelle en effet. Mais pourquoi est-ce curieux ?

Mistral essayait de mettre un peu de chaleur dans ces quelques mots.

— J'ai pu établir un profil ADN à partir du contact de l'oreille laissée sur les portes, et je l'ai comparé avec tous ceux de votre enquête. La canicule vous sert. Votre homme a chaud, les pores sont davantage dilatés, et c'est parfait pour avoir davantage de matière. Je dis que c'est curieux parce qu'il s'agit du même profil que celui de l'homme détenu dans l'Oise.

Mistral, Dalmate et Sainte-Rose qui écoutaient le biologiste sursautèrent, incrédules. L'adrénaline affluait à pleine puissance chez les trois policiers.

— Ce n'est pas concevable ! Pas d'erreur possible ?

— Non, pas d'erreur possible, comme vous le dites ! J'espère que vous ne mettez pas en cause mes compétences de biologiste !

Le directeur du labo avait saisi la balle au bond.

— Bien sûr que non. Mais scientifiquement, quelles sont les probabilités de retrouver le même ADN ?

— La probabilité d'avoir un profil ADN identique est pratiquement nulle, parce que chaque individu est différent. Voilà la réponse. Si on se mettait à pondre des statistiques, je dirais : un sur un milliard.

— D'accord, mais dans le cas présent vous me démontrez le contraire. Peut-on imaginer que l'ADN de la personne détenue a été récupéré, sous forme de sueur par exemple, et déposé sur la porte sur l'empreinte de l'oreille ?

— Absolument impossible, tout simplement parce que toute l'oreille a été en appui contre le panneau de porte et non une partie. L'ADN que je possède provient de la totalité du contact, et sur les trois portes. Il comprend suffisamment de matière non dégradée pour pouvoir établir un profil. Sauf à avoir tranché l'oreille du détenu pour la plaquer contre les portes, ce dont je doute, votre hypothèse ne tient pas.

— C'est-à-dire ?

— Une autre personne possède le même ADN.

— D'après votre démonstration, c'est impossible !

— Je souhaitais également vous communiquer les résultats des analyses des prélèvements opérés chez M. Léonce Legendre.

Mistral était agacé par le ton suffisant du scientifique qui, de plus, conduisait la discussion comme il l'entendait, ne répondant pas à ses questions. Dalmate et Sainte-Rose échangèrent un regard par rétroviseur interposé.

— Des traces de sang lavées avec du détergent ont été découvertes dans la cuisine. Même s'il n'y a eu que quelques gouttes, c'était bien assez pour établir un profil ADN.

— Et vous allez me dire qu'il correspond à celui de l'ADN de contact laissé par l'oreille et qui nous renvoie au type détenu. C'est cela ?

— Oui, en effet. Vous ne me paraissez pas surpris.

— Non, plus tellement. Je présume que vous avez une explication ?

Mistral ne laissait pas transparaître son enthousiasme pour ne pas donner un motif de satisfaction au directeur du labo qui adopta un ton professoral en poursuivant sa démonstration.

— Certainement. Les seules personnes à posséder un ADN strictement identique sont les jumeaux monozygotes, ceux qui proviennent d'un même œuf. Dans le langage courant, on parle de vrais jumeaux. Ils ont un patrimoine génétique rigoureusement identique, et représentent 0,04 % des naissances.

— Dernière question, les vrais jumeaux ont-ils les mêmes empreintes digitales ?

— En aucune façon. Les empreintes digitales se forment lors des mouvements du fœtus dans le liquide amniotique, c'est ce qui donne ces mouvements sinueux et uniques que nous avons tous au bout des doigts. Ma réponse vous convient-elle ?

— Scientifiquement, je n'ai pas d'autre choix que de vous croire, mais en tant que policier je dois le démontrer, d'autant que l'homme détenu à Liancourt est fils unique. Il n'a ni frère ni sœur.

— Je connais la définition d'un enfant unique, je vous remercie.

Les deux hommes raccrochèrent, sèchement, en même temps.

Mistral se frotta les mains et un large sourire éclaira son visage.

— Mais ça change tout !

Il appela le juge Tarnos pour lui communiquer les derniers rebondissements. La réaction du magistrat ne se fit pas attendre.

— J'appelle immédiatement Liancourt pour savoir où ils en sont de la levée d'écrou.

Un quart d'heure plus tôt, Jean-Pierre Brial achevait de signer le registre de levée d'écrou et reprenait son dépôt. Dans un sac de voyage en plastique, il trimballait ses rares effets personnels, dont ses cahiers. Il traversa les cours successives, d'un pas lent, accompagné d'un gardien. Quand la porte de la prison s'ouvrit, il sortit sans se retourner. Son avocat l'attendait dans un taxi. Un véhicule banalisé de la gendarmerie laissa quelques centaines de mètres au taxi avant de le suivre à distance.

Mistral avertit Calderone des résultats de l'ADN de contact découvert sur les portes des trois victimes et des pistes supposées que cela ouvrait.

Mistral reçut l'appel du juge Tarnos, au moment où la Peugeot 406 entrait à petite vitesse dans le village. Le magistrat indiqua que Jean-Pierre Brial venait de quitter la prison. Dalmate pilota la voiture jusque devant le domicile d'Odile Brial.

— Tu as une carte routière dans la tête ! s'exclama, admirative, Ingrid Sainte-Rose. Tu avais étudié la route auparavant ?

— Oui, et ce n'était pas compliqué.

Absence de commentaire de Mistral. Il sonna plusieurs fois à la porte. Pas de réaction dans la maison. Légère inquiétude.

— Paul, je vais aller me renseigner avec Ingrid dans la maison qui est à une cinquantaine de mètres de l'autre côté de la rue, les fenêtres sont ouvertes. De votre côté, allez à la pêche aux renseignements dans le village. Peut-être que le commerçant de la place ou des gens l'ont aperçue ce matin.

Mistral avait tout juste sonné à la grille qu'un vieux monsieur se dépêcha d'ouvrir. Malgré la chaleur, il portait une casquette de laine et une chemise d'hiver.

— Vous êtes de la police ? C'est ça ? Je vous ai aperçu sonner chez l'étran… chez Mme Brial. Qu'est-ce qu'elle a fait ?

Mistral mesura en quelques secondes l'animosité qui perdurait encore dans le village à l'encontre d'Odile Brial, plus de trente-cinq ans après son installation. Il choisit de ne pas répondre.

— Mme Brial est chez elle ?

— Oui, elle doit cuver, comme d'habitude ! Vous savez, c'est une femme qui boit beaucoup, plus qu'un homme et depuis longtemps !

Le voisin, tout en parlant, avait entraîné Mistral et Sainte-Rose à l'arrière de sa maison, d'où ils pouvaient discuter sans qu'Odile Brial le voie parler à la police. Il était déçu que les policiers ne posent pas de questions sur les ivresses de Mme Brial.

— Elle reçoit des visites ? demanda Ingrid.

Le vieux voulait bien faire, mais il était méfiant. Le vent pouvait tourner.

— Je ne suis pas toujours collé derrière mes carreaux. Je préfère rester de ce côté, dans ma cour. Vous voyez ce muret ? Eh bien, je regarde les lézards manger les mouches au soleil. C'est fascinant, vous savez ! Il y a deux lézards qui se partagent un territoire. Ils sont semblables, je les confonds parfois. Ils chassent et tuent de la même façon.

Un jeune chien sortit à toute vitesse de la maison. Il galopait et bondissait dans tous les sens, faisant fête à son maître, reniflant Mistral et Sainte-Rose au passage. Pendant quelques instants, ils observèrent le chien sans parler. Des hirondelles allaient et venaient depuis un nid construit sous le toit de la maison et tournoyaient au-dessus de la cour. Le chien courait en aboyant après les ombres que projetaient les hirondelles sur le sol.

— Raki, arrête, tu vas te fatiguer, tu cours après des ombres ! Les oiseaux sont dans le ciel. Tu n'attraperas rien !

Le chien aboya une dernière fois, puis repartit d'où il était venu.

— Pour en revenir à Odile Brial, a-t-elle un fils ? Vient-il la voir ?

— Elle a un vaurien de fils, un voyou. Cela fait des années qu'on ne le voit plus et c'est tant mieux !

— Il y a eu d'autres enfants chez elle ?

— Un comme celui qu'elle avait, ça suffisait au village. De plus, il ramenait des jeunes comme lui, pas fréquentables !

— Vous vous souvenez de son prénom ?

— Non, vous lui demanderez.

— Avez-vous vu des voitures près de chez elle, ces derniers temps ?

Le vieux réfléchissait en regardant en direction de la maison d'Odile Brial.

— Peut-être bien. Une Ford, un ancien modèle, de couleur foncée. C'était dimanche en huit, elle s'est arrêtée quelques minutes, un homme en est descendu, il était de dos et a parlé à Mme Brial.

— Avez-vous une idée de qui il pouvait s'agir ?

— Vous lui poserez la question. Je dois vous laisser, j'ai mes médicaments à prendre, c'est l'heure !

Sans plus de formalité, le voisin tourna les talons et rentra chez lui. Les deux policiers, un peu étonnés de la brièveté de l'entretien, repartirent chez Odile Brial.

— Le vieux monsieur a été vexé qu'on ne lui dise pas pourquoi nous sommes venus, souligna, fataliste, Mistral.

Ingrid sonna longuement de nouveau, à tout hasard. Surpris, ils entendirent des pas et une voix éraillée de l'autre côté de la porte.

— Qui c'est ?

— La police, madame, répondit Ingrid.

— Ah oui ? Et qu'est-ce qu'elle me veut, la police ?

— Ouvrez et vous le saurez.

Silence pendant deux ou trois minutes.

Impatient, Mistral tapa du plat de la main, fermement, contre la porte. Odile Brial tourna la clef dans la serrure, en grommelant, et ouvrit la porte. Elle apparut aux policiers sale, décoiffée, débraillée, refoulant l'alcool à plein nez. Elle portait une robe noire à manches courtes couverte de taches, et une tignasse de cheveux gris, gras et ternes.

— Entrez. Je vais à la cuisine faire du café, suivez-moi et laissez la porte ouverte, ça va aérer. J'ai pas peur des cambrioleurs, puisque je suis avec les flics !

Odile Brial partit d'un grand rire gras qui se termina en quinte de toux. Elle marchait en traînant les pieds dans des pantoufles en loques.

La maison était à l'image de sa propriétaire, négligée et malodorante. Odile Brial se déplaçait d'une démarche mal assurée, subissant encore les atteintes d'un litre de vodka ordinaire. En longeant le canapé, Mistral désigna du regard à Ingrid Sainte-Rose la bouteille vide. La cuisine était repoussante, et des restes de repas stagnaient dans des assiettes. De nombreuses bouteilles d'alcool de toutes sortes étaient alignées à côté de l'évier, au côté d'un reste de camembert décomposé qui n'avait pas réintégré le réfrigérateur. Odile Brial alluma, avec un plaisir visible, une cigarette et proposa du café aux deux policiers qui déclinèrent l'invitation quand ils virent l'état des verres. La table de la cuisine était encombrée de boîtes ouvertes de médicaments sur un napperon au crochet qui avait dû être blanc, deux ou trois décennies auparavant. Des dizaines de minuscules moucherons survolaient une coupe de fruits à moitié pourris.

Odile Brial, les coudes sur la table, tenait entre ses deux mains un bol de café. Elle se mit à rire en dévisageant Mistral.

— Vous devriez boire plutôt un calva, ou mieux du cognac, j'en ai du bon. Parce que, si vous me permettez, avec la tête que vous avez, ça ne pourra vous faire que du bien !

— Non merci, ça ira.

— Excusez-moi, mais j'en tiens une bonne, et encore ça se calme ! Y avait longtemps que je m'étais pas trouvée dans cet état. Parfois, ça aide ! Alors qu'est-ce qu'elle me veut la police ? Moi je crains rien, je paie mes impôts, les taxes, et c'est pas ce qui manque, la redevance télé, bref, tout ce que vous voulez ! J'ai pas de bagnole, donc pas de PV. Voilà je suis peinarde ! Alors, c'est pourquoi ?

Avant que Mistral ne se lance dans une explication simple pouvant être comprise par une personne naviguant encore dans les brumes de l'alcool, un bruit de pas se fit entendre dans la maison. Mistral quitta Odile Brial du regard et leva les yeux vers Paul Dalmate qui se tenait sur le seuil de la cuisine. Odile Brial fit de même et s'exclama :

— Voilà le séminariste maintenant ! Qui est-ce qui l'envoie celui-là ?

32

Même jour

La stupeur est un mot faible pour exprimer ce que ressentirent, à cet instant précis, Mistral, Dalmate et Sainte-Rose. Un silence pesant s'installa, les trois policiers fixèrent du regard Odile Brial. Elle rompit le silence.

— Qu'est-ce que j'ai dit comme connerie ?

Ni Dalmate, toujours figé sur le seuil de la cuisine, ni Sainte-Rose, son carnet en main qu'elle n'osait poser sur la table graisseuse, ne dirent un mot. Mistral esquissa un sourire pour mettre en confiance Odile Brial.

— Pourquoi l'avez-vous appelé le séminariste ?

Odile Brial comprit que le ton du policier qui souriait avait changé. Sa voix était dure, et elle convenait parfaitement à l'expression de son visage. D'ailleurs, seule sa bouche avait souri, pas ses yeux sombres, enfoncés et cernés.

— J'en sais rien pourquoi !

— Comment savez-vous qu'il est séminariste ?

— Je le sais, c'est tout ! Pas besoin de faire votre tralala et votre regard menaçant. On s'en fout, qu'il soit séminariste ou cosmonaute ! Au fait, pourquoi vous êtes venus ?

Mistral choisit d'ignorer la réponse d'Odile Brial.

— Vous l'aviez déjà vu, le séminariste ?

— Elle est drôlement intelligente, votre question, puisque je l'ai reconnu !

— Quand ?

Odile Brial, de plus en plus mal à l'aise, se tortillait sur sa chaise, passait ses doigts dans ses cheveux gris, comme pour les coiffer.

— Qu'est-ce que j'en sais moi ? Y a huit jours peut-être ! Alors, pourquoi vous êtes là, vous, les flics ?

— Qui vous a dit qu'on l'appelait le séminariste ?

Odile Brial sentait le piège arriver plein pot. Elle répondit avec agressivité pour tenter une diversion et faire en sorte que le policier change de prise.

— J'm'en souviens plus ! Ça vous va comme réponse ?

— Oui, c'est parfait.

Mistral se tourna vers Ingrid Sainte-Rose.

— Quelle heure est-il ?

— Dix heures cinquante.

— À quelle heure sommes-nous entrés dans la maison ?

— Dix heures quarante.

Mistral regarda Odile Brial qui avait suivi le bref échange entre les deux policiers auquel elle n'avait rien compris.

— Madame Brial, reprit Mistral sans élever la voix, vous êtes en garde à vue à compter de 10 h 40 ce jour, pour une durée de vingt-quatre heures qui pourra être prolongée de vingt-quatre heures au plus par le juge d'instruction.

Ingrid Sainte-Rose donna connaissance de ses droits à une Odile Brial abasourdie.

— J'suis en garde à vue ! Comme les criminels ! On aura tout vu !

— La loi vous donne la possibilité de faire prévenir une personne de votre famille de votre placement en garde à vue. Qui souhaitez-vous que nous appelions ? demanda Mistral.

— Je voudrais que…

Odile Brial suspendit sa phrase et planta son regard dans celui de Mistral.

— Personne ! Et qu'est-ce que vous allez faire maintenant ?

— Une perquisition, répliqua Paul Dalmate.

— Alors si le séminariste s'y met lui aussi ! Un conseil, mon gars, j'sais pas qui tu es, ni d'où tu viens, mais un conseil, tu ferais bien de te tirer vite fait de cette maison de fous !

— Ce n'est pas un séminariste, répondit Mistral, c'est un policier.

Si Odile Brial cherchait où était le piège, elle venait de le découvrir.

Mistral sortit dans le jardin pour téléphoner. Il appela Calderone, lui raconta l'épisode Odile Brial et lui donna comme instruction d'interpeller sa sœur, Viviane Brial, et de la conduire à la brigade criminelle. Il passa ensuite un rapide coup de fil aux deux juges d'instruction, celui de Pontoise et celui de Paris. Christian Baudouin était plus enthousiaste que Mistral. L'appel dura longtemps avec Bernard Balmes qui voulait tout savoir avant que les opérations ne commencent.

Le vieux et le chien Raki, tenu en laisse, passèrent devant la maison, à deux ou trois reprises. Comme le vieux n'entendit rien, il fit demi-tour et fila prestement vers le village pour raconter la discussion qu'il avait eue avec les policiers.

Odile Brial assista à la perquisition de son logement, partiellement dégrisée par les effets des cafés et l'émotion d'avoir les policiers chez elle. La maison était petite. Une entrée, un couloir étroit, à gauche, une chambre sans porte, une autre avec une porte, au fond, une salle de bains et les toilettes, sur la droite, une salle à manger et une cuisine. Le tout était en piteux état et malpropre.

Dalmate, avec des gants en latex, détaillait la chambre sans porte, aux murs recouverts d'un papier peint défraîchi, au mobilier dépareillé et de mauvaise qualité. Un lit à une place, une chaise, une table, des étagères avec quelques livres usagés, une penderie vide et des cintres tordus. Il questionna Odile Brial.

— Qui occupe cette chambre ?

— Mon fils, mais ça fait des années qu'il n'est pas venu.

— Comment s'appelle votre fils ?

Odile Brial sondait du regard un Paul Dalmate qui ne laissait rien transparaître.

— François.

Dalmate feuilletait les livres, les reposait, ouvrait le lit, soulevait le matelas, le tout calmement. Il s'accroupit et regarda sous le lit. Il ouvrit sa sacoche et en sortit une torche électrique pour mieux voir. Il allongea son bras et en ramena un morceau de mouchoir en papier recouvert de sang séché.

— Qu'est-ce que c'est, madame Brial ?

— J'en sais rien.

— C'est du sang séché, et ça ne fait pas des années qu'il est sous le lit. Vous savez, avec l'ADN, on fait des miracles maintenant.

Odile Brial préféra ne pas poser de questions.

Dalmate glissa le mouchoir en papier couvert de sang séché dans une enveloppe en papier kraft.

La chambre d'Odile Brial sentait à la fois le renfermé, l'alcool et comme le dira plus tard Ingrid Sainte-Rose en décrivant la perquisition à Sébastien Morin : « Ça puait le sale à plein nez ! Heureusement qu'on avait pensé à prendre des gants ! »

Un lit à deux places, défait et défoncé, une armoire deux portes, dont un panneau avait été mal réparé, une commode avec des objets de bric et de broc posés sur un dessus en marbre fêlé et une chaise quelconque composaient le mobilier.

Dalmate et Sainte-Rose fouillaient l'armoire et les tiroirs de la commode.

— Je me demande ce que vous cherchez ! Mais y a rien ici ! Pas de drogue, pas d'arme, pas d'argent. Rien du tout. Vous perdez votre temps avec une pauvre femme comme moi, au lieu d'aller poursuivre des vrais criminels, avec vos gants de télévision !

Mistral, appuyé à l'encadrement de la porte, observait attentivement une photo en noir et blanc dans un cadre accroché au-dessus du lit. La photo représentait une jeune femme brune, jolie, très mince, au visage tourmenté, tenant par la main un jeune garçon brun, maigre, de six ou sept ans.

Une sourde inquiétude gagnait Odile Brial qui observait Mistral. Elle l'apostropha.

— Qu'est-ce qu'elle a, la photo ? Elle vous plaît pas ?

— C'est vous et votre fils, dit Mistral.

— Pourquoi cette question ?

— Ce n'est pas une question.

Le malaise d'Odile Brial s'accentua.

Le vibreur de son téléphone portable tira Mistral de son observation et de ses pensées, à l'autre bout de la ligne, un SMS de Calderone. *Jean-Pierre Brial a été raccompagné chez lui par son avocat qui vient de repartir. Les gendarmes restent encore en planque.*

Ingrid Sainte-Rose remarqua, dans un des tiroirs de la commode, un livret de famille enveloppé dans un sac en plastique transparent. Elle défit le paquet sous l'œil acéré d'Odile Brial, et lut le document.

— Vous avez eu un enfant, né de père inconnu. Un garçon, prénommé François, en 1965. Qu'est-il devenu ?

— Je n'en sais rien.

— Père inconnu, comment est-ce possible ? intervint Dalmate.

— Vous me fatiguez avec vos questions. Pourquoi vous êtes là ? Vous ne me l'avez pas encore dit !

Mistral, qui n'avait pas changé de position, sortit de son silence.

— Des affaires de meurtres. Trois au moins, peut-être plus.

— Mais j'ai jamais tué personne, moi !

— On aimerait voir votre fils.

— Ça fait belle lurette que je ne sais pas où il se trouve.

— Comment faites-vous pour le joindre ?

— Je le joins pas.

— Il vous appelle ?

— Non plus.

— Il travaille ?

— Je n'en sais rien.

— Vous ne savez pas grand-chose.

Odile Brial tentait de limiter la casse en répondant d'une manière butée et fumait cigarette sur cigarette. Elle avait des difficultés à contenir le tremblement de ses mains et un verre de cognac lui aurait apporté du réconfort.

D'un autre tiroir de la commode, Ingrid Sainte-Rose déballa un gros album photo enveloppé dans un linge.

Odile Brial s'emporta et toussa fort.

— Vous n'avez pas le droit de toucher à ces choses-là, ça m'appartient, ce n'est pas à mon fils. C'est lui que vous cherchez, pas mes affaires !

Ingrid tendit l'album à Mistral qui le feuilleta. Une centaine de photos, en couleur. Toutes représentaient le même enfant à différents âges, de six mois à quinze ans, prises en extérieur. Les photos n'allaient pas au-delà de 1980.

— Qui est-ce ?

— Le même que sur la photo accrochée au mur. Mon fils François ! Qu'est-ce que ça peut vous foutre ? Hein ? Dites-moi ? Vous chercher quoi ? Je n'ai toujours pas compris !

Mistral ne répondait pas aux questions d'Odile Brial, ce qui exaspérait la femme.

— Pourquoi n'y a-t-il plus de photo après cette date ?

— Parce qu'adolescent, il n'aimait pas être photographié. Et pourquoi ceci ? Et pourquoi cela ? Je n'aime pas votre façon de faire, et de ne pas répondre aux gens. Vous êtes énervant !

Mistral ignora les remarques d'Odile Brial. « *La dame est particulièrement agressive quand je regarde cet album,* pensa Mistral, *il doit y avoir une bonne raison.* »

Une demi-heure plus tard, la perquisition terminée, Odile Brial rassembla dans un sac quelques affaires, Mistral décrocha la photo du mur de la chambre qui alla rejoindre le livret de famille, l'album photo et l'enveloppe avec le mouchoir taché de sang.

— Vous embarquez tout ça ?

L'absence de réponse des policiers inquiéta davantage Odile Brial.

Menottée, assise à l'arrière droit de la Peugeot 406, à côté de Dalmate, elle ferma les yeux. La sécurité de la portière empêchait tout geste inconsidéré d'Odile Brial. Mistral était songeur, Ingrid Sainte-Rose conduisait.

Pendant le trajet, mutisme absolu des occupants de la voiture. Les vitres avant étaient légèrement entrouvertes pour renouveler l'air de l'habitacle et la climatisation fonctionnait à plein. Mistral échangea avec Calderone, qui était arrivé à la brigade, quelques appels téléphoniques elliptiques, que seuls Dalmate et Sainte-Rose comprirent.

À la brigade criminelle, les policiers firent en sorte que les deux femmes ne sachent pas qu'elles étaient toutes les deux en garde à vue, l'enjeu des questions réponses qui allaient débuter était trop important. Bernard Balmes, qui percevait les tensions des grands moments, venait de rejoindre les deux équipes de retour des interpellations. Mistral et Calderone examinèrent rapidement les différents documents saisis chez les deux sœurs, avant de définir une ligne de conduite.

— Comment ça s'est déroulé chez Viviane Brial ?

— Pas terrible. Elle invoque l'acharnement policier le jour même où on libère son fils.

— Je m'en doute ! À quoi ressemble son appartement ?

— Pas très grand, propre, bien rangé.

Mistral feuilleta le livret de famille de Viviane Brial.

— Elle a eu un enfant, de père inconnu, Jean-Pierre, né trois semaines après celui de sa sœur. Vous l'avez interrogée sur ce point ?

— Oui, elle m'a envoyé balader, répondit Calderone en souriant. Et elle s'est mise en colère quand j'ai emporté cet album photo.

Mistral ouvrit l'album que Calderone avait rapporté de chez Viviane Brial, et le mit à côté de celui provenant de chez Odile Brial.

Les deux albums étaient strictement identiques. Les mêmes photos, représentant l'enfant, disposées pareillement.

Les deux policiers restèrent un instant silencieux, tentant de comprendre ce qu'ils découvraient.

— Que dit-elle sur cet album ? demanda Mistral.

— Pratiquement rien. Elle s'est montrée très agressive quand elle a vu que je m'y intéressais. Elle a précisé qu'il s'agissait des photos de son neveu François, le fils d'Odile.

— C'est curieux comme attitude ! Elle ne possède pas de photos de son fils ? s'étonna Mistral.

— Pas chez elle. Ce serait Jean-Pierre qui les aurait conservées.

— Pas d'autre explication ?

— La dame est particulièrement vindicative, et refuse de parler.

— Je sens qu'une belle partie d'échecs se prépare et ce sont les dames qu'il faudra faire mat, d'autant que la sœur est exactement pareille.

Colette, la secrétaire, entra dans le bureau et, voyant tous les policiers affairés, s'adressa à voix basse à Mistral.

— J'ai un M. Thévenot au téléphone, il dit vous connaître, je vous le passe ?

— Non, je vais dans votre bureau prendre la communication.

Le psychiatre, au bout du fil, avait l'air enjoué.

— J'appelais à tout hasard. Je suis dans un café, place Saint-Michel, pouvez-vous me rejoindre ?

— Merci de votre invitation, mais maintenant, c'est impossible.

Mistral réfléchit deux secondes, la pendule indiquait 16 h 30.

— En revanche, si vous aviez quelques minutes à perdre, ça m'intéresserait de vous montrer des documents qui, j'avoue, nous rendent perplexes.

Le psychiatre, poussé par la curiosité et le ton sérieux de Mistral, n'hésita pas.

— Je suis là dans deux minutes.

33

Même jour

Le major du commissariat du IXe arrondissement, qui était accompagné des deux jeunes gardiens, écoutait, concentré, s'il percevait des bruits à l'intérieur de l'appartement d'Olivier Émery. Silence absolu. Quand ils redescendirent, Henri Lestrade, le voisin qui s'était plaint des nuisances, les attendait sur le pas de sa porte. Sa femme se tenait derrière lui.

— Je vous ai entendu sonner et taper.

Henri Lestrade parlait à voix basse, comme s'il craignait qu'Olivier Émery ne surgisse.

— Vous l'avez vu ou entendu descendre ? questionna le major.

— Il a recommencé une fois à sauter à la corde et nous a réveillés, puis plus rien.

Son épouse se crut obligée de rajouter un commentaire.

— C'est quand même malheureux de ne pas respecter les gens. Pourtant, on habite un petit immeuble où tout le monde…

— Quand l'avez-vous entendu sauter ? Hier ?

— Non. Il y a quatre ou cinq jours, répondit Lestrade en cherchant l'approbation de sa femme.

— Et depuis ?

— Rien. Mais à part le matin quand il fait sa gymnastique et nous réveille, on ne sait pas s'il est chez lui, c'est un monsieur discret.

— Je vous laisse mon nom et mes coordonnées téléphoniques. Si M. Émery revenait, vous nous prévenez immédiatement. D'accord ?

Henri Lestrade lisait la carte de visite que venait de lui remettre le major.

— Vous pouvez compter sur moi.

En sortant de l'immeuble, après avoir constaté que la boîte aux lettres d'Émery était vide, les trois policiers se concertèrent.

— Qu'est-ce qu'on fait ? On casse la porte ? Peut-être qu'il est mort !

— S'il était mort depuis quatre ou cinq jours, on l'aurait senti dans les escaliers !

— Tu as raison. Ce n'est pas une affaire ordinaire, nous allons procéder différemment.

Mistral préféra décommander l'expertise de la voix prévue pour mardi, la garde à vue des sœurs Brial allait mobiliser trop de ressources. Élisabeth Maréchal lui souhaita bonne chance et termina par « Tu me raconteras ».

Les auditions des sœurs Brial avaient commencé. « On fait du léger pour commencer, précisa Calderone, on attaquera dans le bois dur cette nuit ou demain matin. Mais déjà on aura une idée de ce qu'elles ont dans le ventre ! » Les deux sœurs se trouvaient chacune dans un bureau à un étage différent, pour éviter qu'elles ne se voient. Viviane Brial, assise face à Gérard Galtier, le capitaine du groupe de renfort qui connaissait l'enquête, jaugeait le policier du regard et attendait ses questions. Galtier, vieux routier de la procédure, pensa : *« Premier round ! »*

Odile Brial, complètement dégrisée, mais en manque de tabac et d'alcool, dissimulait la torture due à cette frustration et dévisageait celui qu'elle s'obstinait à appeler le séminariste. Elle s'en voulait de s'être laissé involontairement piéger. Dalmate, pas pressé, évaluait la femme qu'il avait en face de lui.

C'était un affrontement psychologique classique pendant une garde à vue.

Odile Brial, sourire en coin, décida de rompre le silence en montrant qu'elle n'était absolument pas intimidée.

— Alors le séminariste, c'est toi qui vas me confesser ?

— Oui, répliqua Dalmate de sa voix morne, sans aucun doute.

— Et en plus, t'es sûr de toi ! L'orgueil, ce n'est pas un péché, dis voir ?

— Vous avez raison, c'en est un ! Et au confessionnal, on ne fume pas et on ne boit pas.

— Salaud !

— Je sais.

Thévenot examinait les photos des trois jeunes femmes assassinées prises par l'Identité judiciaire.

— Ludovic, les trois femmes ont les mains attachées dans le dos. Je présume que cela ne vous a pas échappé.

— Non, en effet !

— À quoi pensez-vous en regardant ces photos ?

— Un type qui attache les mains des femmes est un type qui ne veut pas être tenu par des femmes.

— Ou le contraire.

— C'est-à-dire ?

— Qu'il aurait bien aimé l'être quand il était enfant.

Mistral assimila la remarque. Le psychiatre le relança.

— Et quelle théorie avez-vous pour les miroirs plantés dans le visage ?

— J'avoue que c'est compliqué. Je pense que le tueur n'aime pas le regard que lui renvoient les femmes. Ce qu'il reflète doit être assimilé à du dégoût. D'autant que lui-même ne se supporte pas dans un miroir.

— Oui, c'est assez juste. Il utilise ses morceaux de miroir comme des poignards, il veut vraiment fermer les regards de ces femmes. L'acharnement qu'il a démontré envers Mlle Dimitrova est tout à fait symptomatique de celui qui veut faire cesser un trouble. Il s'est acharné sur les yeux qui voient et la bouche qui parle.

Thévenot, concentré sur les deux albums photos, réfléchissait.

— J'avoue ne pas bien comprendre cette histoire de deux albums identiques. D'accord pour celui de la mère, mais, pour la tante, quel intérêt d'avoir autant de photos de son neveu ?

— C'est incompréhensible, approuva Mistral.

— Je pense que cette histoire de naissances à trois semaines d'intervalle, toutes les deux des œuvres d'un père inconnu, est peut-être le cœur de l'histoire. Je verrais bien un type ayant des relations sexuelles avec les deux sœurs et ces deux naissances rapprochées.

— C'est une option. Mais ça ne résout pas cette histoire d'ADN identique prélevé sur deux scènes de crime éloignées alors que l'auteur présumé est en prison lorsque la deuxième série se commet.

Mistral raccompagna Thévenot à la sortie du Quai des Orfèvres, et lui remit une photocopie intégrale des pages d'un des albums photos.

Le psychiatre rangea dans sa sacoche l'enveloppe volumineuse.

— Vous m'avez soumis un joli problème. Je vais m'y atteler et je vous rappelle rapidement.

— Demain ?

— Pourquoi si vite ?

— Parce que les gardes à vue ont démarré aujourd'hui et se terminent mercredi matin à 10 h 30. Il nous reste, *grosso modo*, trente heures pour y voir clair dans cette histoire, nuits comprises. Le chrono est parti !

Ludovic Mistral remonta l'escalier soucieux. Sa secrétaire avait laissé un Post-it au milieu du sous-main, « FIP a téléphoné, il y a du nouveau ». Il décrocha son téléphone et composa le numéro indiqué sur le petit rectangle de papier jaune fluo. Très vite, son interlocuteur entra dans le vif du sujet.

— L'homme s'est déchaîné ce week-end. Au moins une trentaine de fois en une demi-heure !

— Les enregistrements sont intéressants ?

— Toujours le même délire, à ceci près qu'il était totalement ivre, et, sur la fin, on ne comprenait strictement rien de ce qu'il voulait dire.

— On va regarder ça de plus près.

— Il y a peut-être un élément qui vous sera utile, le dernier appel a été passé par un numéro commençant par 06. Un téléphone portable. Nous avons un système qui permet de lire le numéro, même si la personne l'a masqué.

Pour gagner du temps, le technicien de FIP transmit à Mistral le numéro du téléphone portable.

Mistral sortit en coup de vent de son bureau et fonça chez Calderone où se trouvaient José Farias et Roxane Félix.

— Accélération du côté de chez FIP. Grosse erreur de notre type qui, complètement ivre, a téléphoné avec un portable. Le sien ? C'est à déterminer. Sur ce coup, on met le paquet fort et vite. Un, identification du numéro, deux, géolocalisation du téléphone, trois, les factures détaillées des sœurs Brial et quatre, on ne lâche pas une seconde les opérateurs, tant qu'ils ne nous ont pas communiqué ces renseignements.

Dix-huit heures quinze. Mistral avala un double café et croqua le quatrième comprimé de vitamine C de l'après-midi, avec des doutes sur l'efficacité conjuguée des deux. Malgré l'adrénaline qui affluait depuis ce matin, il se sentait complètement vidé de son énergie. Bernard Balmes, voyant Mistral près de la machine à café, fonça sur lui.

— Tu marches au remontant ?

— Tu en veux un ?

— Non, pas à cette heure. Alors, ça avance ?

Mistral, en quelques mots, résuma l'accélération de l'enquête sur FIP, à quoi Balmes, imperturbable, répondit :

— Prends-en un autre, tu en auras besoin, tu te rapproches de l'égalisation, mais le match va encore durer plus de trente heures, et le banc de touche des remplaçants est vide.

— Bonne image, reconnut Ludovic Mistral.

Sur un grand tableau, Calderone avait porté les investigations en cours dont les résultats étaient attendus, dont une, plus particulièrement soulignée de rouge : « ADN du Kleenex couvert de sang séché trouvé sous le lit de la chambre du fils chez Odile Brial. »

Dix-neuf heures trente. Le commissaire du IXe arrondissement referma l'enveloppe qui contenait les rapports du major et des deux gardiens sur cette étrange histoire d'un nommé Olivier Émery se disant policier, totalement inconnu des effectifs, et qui avait disparu de la circulation. Il estima que cette histoire ne relevait pas de sa compétence, expédia le pli à son état-major qui le transmit à la Police judiciaire spécialisée dans les investigations.

Vingt et une heures. Olivier Émery émergea d'une crise de douleur et d'angoisse qui durait depuis la nuit précédente. Il était complètement défait et la longue douche qu'il prit lui donna quelques minutes d'illusion sur le mieux qu'il enregistrait. Il avait faim et se décida à sortir. Des jeunes, assis sur des blocs de béton qui empêchaient les voitures de stationner sur une pelouse qui n'existait plus, observèrent cet homme qui osa passer au milieu d'eux sans les voir. Aucun ne se risqua à un quelconque commentaire.

Vingt-trois heures. Dans leur cellule de garde à vue respective, les sœurs Brial achevaient leur sandwich. Viviane, folle de rage, ne décolérait pas. Odile était dans le même état, mais pour d'autres raisons. Le manque d'alcool et de tabac. Elles avaient parlé avec un avocat qui avait consigné scrupuleusement ses observations, et le médecin qui les avait examinées avait conclu pour chacune que « l'état de santé était compatible avec une mesure de garde à vue ».

Dans le bureau de Calderone, Mistral, Paul Dalmate et Gérard Galtier étaient en pleine concentration. Les quatre hommes achevaient, en silence, la lecture des auditions des deux sœurs.

— Le moins que l'on puisse dire, c'est qu'elles sont particulièrement retorses.

Mistral avait ainsi résumé la pensée de tous. Il poursuivit.

— Si on les avait laissées ensemble, on aurait pu imaginer qu'elles se soient concertées, tant leurs déclarations sont proches. Ce qui est troublant, c'est que l'une et l'autre refusent de donner l'identité du père, mais le décrivent de la même façon. « Un homme insignifiant, que je n'aurais pas voulu pour mari, je voulais rester seule, mais avoir un enfant. Il a remplacé l'insémination artificielle. » Ce qui corrobore la thèse du psychiatre qui était tout à l'heure ici.

— C'est costaud comme attitude de leur part ! Pour l'instant, nous n'en sommes qu'à la périphérie de l'enquête. On arrête là pour ce soir ou on attaque de nouveau ? demanda Galtier.

— Vous les reprenez dans une heure, en ne leur parlant que des trois derniers homicides. Elles vont dire qu'elles ne savent absolument pas ce qu'on leur raconte, mais ce n'est pas grave, elles cogiteront le reste de la nuit. Demain, on les reprendra sur les points soulevés par Dimitrova.

Mistral valida, d'un signe de tête, la stratégie de Calderone.

— Le bras de fer n'a pas encore débuté. N'oubliez pas que nous sommes dans une partie d'échecs, pas dans un sprint. Il nous reste à sortir les tours, les cavaliers et les fous. Et ici, ce n'est pas ce qui manque, ajouta Mistral.

Cette remarque détendit l'atmosphère.

Une heure. Mistral rangea rapidement les divers documents. Dalmate apparut dans l'encadrement de la porte du bureau. La tension entre les deux hommes était retombée, même si Mistral ne perdait pas de vue l'avenir incertain de Dalmate à la brigade criminelle.

— La nuit, je dors peu, confia Dalmate. Alors, je cogite. Notamment sur les phrases de l'Ecclésiaste. J'ai procédé à pas mal de recherches, dans mes notes, mes bouquins, j'ai revécu dix ans de ma vie !

— C'est toujours intéressant, ces retours au passé.

— J'en suis arrivé à la conclusion qu'il n'y avait rien de religieux dans ces mises en scène mortuaires avec leurs trois phrases extraites de l'Ecclésiaste. Cependant, je pense que la première phrase « le soleil se lève aussi » où, spontanément, nous avons pensé à Hemingway, peut nous donner des orientations. La suite des deux citations se comprendrait alors mieux. Quand le tueur écrit : « Et j'ai haï la vie, car ce qui se fait sous le soleil m'a déplu, car tout est vanité et poursuite du vent » et « un temps pour chercher et un temps pour perdre, un temps pour garder et un temps pour jeter », eh bien…

Dalmate s'arrêta comme s'il recherchait en lui-même des explications convaincantes.

— Poursuivez, c'est intéressant.

— Eh bien, le roman d'Hemingway *Le soleil se lève aussi*, le sujet en est la génération perdue de la Première Guerre mondiale. L'assassin qui a écrit ces trois formules a peut-être le sentiment non pas de sa génération, mais de sa jeunesse ou de sa vie perdue. Mais je ne suis pas capable, pour l'instant, de dire pourquoi.

Après cette dernière phrase, Dalmate se leva.

— Je rentre.

La réflexion de Dalmate fit son chemin chez Mistral. Il ouvrit un des deux albums avec l'intention d'en examiner chaque photo. Une quinzaine de minutes plus tard, il y renonça. Épuisé.

Il se coucha vers 3 heures.

34

Mardi 26 août 2003

Sept heures quarante. Ludovic Mistral, en guise de petit déjeuner, avala un grand verre d'eau avec de l'aspirine puis un café sans sucre. Clara lui rappela doucement de ne pas oublier l'anniversaire de sa mère et de lui envoyer des fleurs. Ludovic remercia sa femme qui retenait, sans difficulté, les dates des anniversaires des deux familles.

— Veux-tu que nous déjeunions ensemble à midi ?

— Plutôt jeudi, nous avons deux journées très agitées en perspective !

— Formidable, ce qui signifie qu'après ce sera tranquille ? (Clara taquinait gentiment son mari qui se contenta de sourire.) Plus sérieusement, tu en vois le bout de cette affaire ?

— Je pense que c'est bien parti, mais je ne sais pas quelle en sera l'issue. Pourquoi cette question ?

— J'ai l'impression, en ce moment, que je suis transparente à tes yeux et que tu ne me fais pas confiance. Tu as tes sérieux problèmes de sommeil et de santé, et tu ne veux pas en parler avec moi, tu dis quatre mots le matin et quatre le soir, et tu penses que c'est suffisant. Il y a eu une petite éclaircie à Honfleur, et là, tu es de nouveau dans tes combats !

Mistral embrassa Clara.

— Je ne sais pas parler de moi, tu le sais bien. Mais ça va aller mieux !

Neuf heures trente. Bernard Balmes, toujours en grande forme, conduisit la réunion du matin tambour battant en une demi-heure. Alors que tout le monde se servait en café, Balmes prit à part Mistral.

— L'état-major m'a fait passer un rapport qui provient du commissariat du IXe arrondissement. Je trouve l'histoire assez bizarre, un flic qu'on ne retrouve plus, un miroir recouvert de papier, un peu comme dans ton affaire. Bref, habituellement, je l'aurais transmis à un autre service, mais là, dans le contexte…

— J'avoue qu'un flic qui disparaît et un miroir occulté, effectivement, ça mérite de l'attention.

— Ne t'emballe pas là-dessus, c'est peut-être bidon ! Dis-moi ce que tu en penses à l'occasion.

— Je ne m'emballe pas, mais je fais un point rapidement. De plus, le IXe est l'arrondissement où le Pakistanais a trouvé le sac à dos qui contenait les téléphones mobiles de Dimitrova, et tout l'attirail de l'assassin !

Mistral regagna son service, le rapport à la main. Le téléphone vibra dans sa poche.

— Je vous appelle sur votre portable, croyant que vous étiez impatient d'avoir les résultats de l'ADN prélevé sur le mouchoir de papier couvert de sang séché.

Mistral reconnut la voix du patron du labo, toujours aussi peu amène.

— Oui, je le suis. Je parie qu'il s'agit du même ADN que celui retrouvé sur les portes des trois femmes assassinées, également chez M. Legendre, et qui nous renvoie dans l'Oise. Gagné ?

— Ce n'est pas un jeu ! Mais effectivement, c'est le même.

— Bravo ! Passez à la brigade prendre un café, il est temps d'avoir des relations moins abruptes, je crois que nous allons encore beaucoup travailler ensemble.

— Avec plaisir ! Je viens de recevoir les prélèvements qui ont été pratiqués dans votre service sur les deux sœurs Brial, nous les traitons en urgence.

Les deux hommes raccrochèrent plus légèrement.

Mistral croqua sa troisième vitamine C de la matinée. Calderone, debout, manches de chemise blanche à peine relevées sur les avant-bras, achevait de donner ses instructions à Dalmate et Galtier pour la reprise des auditions.

— J'ai un bel atout dans mon jeu, et pas que des dames, comme dirait Balmes, plaisanta Mistral. Pour faire court, l'ADN du sang séché est le même que dans toutes les affaires. Ce qui signifie qu'Odile Brial a du souci à se faire. Elle va devoir s'expliquer sur la présence, récente, de ce mouchoir chez elle qui la relie à six meurtres.

— J'ai également un jeu de cartes qui tient la route ! commença Calderone. Le portable a été géolocalisé dans le XVIIIe, dans le secteur de la porte de la Chapelle. Cependant, depuis le dernier appel à FIP, il n'est plus en fonctionnement, le type a dû l'éteindre. D'ailleurs, les autres appels à la station de radio, pour cette soirée, proviennent tous des bars de ce secteur. Mais le plus important, c'est que ce numéro a appelé dimanche dernier Odile Brial.

Soudaine intensité à couper, palpable, mesurable, étouffante, dans le bureau de Calderone.

— On a pu l'identifier ?

— Non. C'est une carte prépayée, sans abonnement. Aucune identité. La méthode des voyous.

— Bon, reprit Mistral, je me demande ce qu'Odile Brial va pouvoir bien inventer pour se tirer de cette affaire. Nous avons un maximum de cartes à jouer. Mais il faut attendre avant de les sortir. Ce que nous risquons, c'est que les deux sœurs au fort caractère se braquent et plongent dans un mutisme absolu jusqu'à la fin de la garde à vue. Il faut les amener à ce qu'elles nous parlent d'abord de leurs fils et, après seulement, on commence à sortir les as. Progressivement.

— En quelque sorte, c'est de la pêche au gros avec du fil pour remonter des goujons, résuma Galtier.

— Bien vu ! Je constate que Balmes déteint sur tout le monde.

Calderone transmit ses instructions à Dalmate et Galtier.

— Vous allez leur mettre la pression toute la journée. Et ce soir, mais surtout pas avant, vous leur donnez connaissance de la garde à vue de leur sœur, et là, vous entrez dans le vif du sujet avec les arguments qui font mal.

Mistral put enfin lire le rapport rédigé par le commissariat du IXe arrondissement, communiqué par Bernard Balmes. Il le tendit ensuite à Calderone. Les deux hommes tombèrent rapidement d'accord.

— C'est une information qui demande à être vite vérifiée. Le plus simple, c'est d'y aller maintenant, de casser la porte et voir de quoi il retourne.

Calderone saisit son téléphone,

— Je récupère quatre gars pour l'intervention et je vous retrouve dans la cour.

Dix heures trente. Deux véhicules de la brigade criminelle s'immobilisèrent à l'entrée de la petite rue de Budapest, bloquant la voie aux autres automobilistes. Les six policiers montèrent bruyamment les escaliers. Henri Lestrade ouvrit sa porte à leur passage.

— Vous allez chez M. Émery ? Il est absent !

Mistral se présenta pour rassurer Lestrade et sa femme qui se tenait derrière lui.

— Je vous remercie de nous accompagner, tous les deux. S'il n'y a personne, vous assisterez à notre opération. Soyez sans inquiétude, c'est complètement légal, c'est le contraire qui ne l'aurait pas été.

Le ton de Mistral n'était pas autoritaire, mais ne laissait pas tellement le choix au couple.

— Tu avais besoin de te fourrer dans un truc pareil ! chuchota, en colère, Mme Lestrade.

— Je te rappelle que c'est à cause de toi ! répliqua, plus fort, son mari.

Le couple suivit les policiers. Coups de sonnette d'usage, longs. Coups frappés à la porte, ponctués de « Monsieur Émery, c'est la police ! » suffisamment forts pour que les habitants de l'immeuble ne l'ignorent pas non plus.

— Allez-y, dit simplement Mistral aux ouvreurs munis d'un bélier en acier.

L'un d'eux testa la porte avec la main. Verdict :

— Elle n'est fermée que par la serrure du milieu, aucun des verrous n'est mis. Et le bois, c'est plutôt du chocolat !

Les deux ouvreurs amorcèrent un léger mouvement de balancier au bélier, qui percuta la porte au niveau de la serrure. La porte s'ouvrit, brutalement, sur un bruit sec. Les autres policiers observaient la scène en habitués, le couple Lestrade, en retrait par sécurité, ouvrait des yeux ronds comme des soucoupes.

Les ouvreurs s'écartèrent. Mistral, Calderone entrèrent, arme à la main, suivis de deux équipiers. Les Lestrade se firent un plaisir de répandre en la détaillant l'opération. « Nous n'étions quand même pas très rassurés, même si, pendant qu'ils cassaient la porte, nous sommes restés derrière. Après, tout s'est très vite terminé. Ils ont rangé leurs armes, il n'y avait personne à l'intérieur. Les six policiers portaient des gants en latex, comme ceux qu'on voit dans les séries télé. L'un d'eux, qui se tenait devant nous, en protection, nous a fait signe de venir sur le palier à la demande de leur chef. Le chef avait un visage très marqué, blanc, avec des yeux sombres et enfoncés. Le visage de quelqu'un qui fait la fête tous les soirs et qui ne doit pas dormir beaucoup. Le parfait noctambule ! »

Mistral explora rapidement le petit meublé méticuleusement propre et ouvrit les placards d'un doigt. Tout était vide. Aucun vêtement, aucun objet personnel. Strictement rien. Y compris dans la salle de bains. Comme si personne n'avait jamais habité les lieux. « Fixé derrière la porte d'entrée, un grand miroir d'un mètre soixante de haut pour soixante centimètres de large, et trois millimètres d'épaisseur, soigneusement recouvert de papier journal », décrivit Mistral dans son dictaphone. Il avait écarté un coin du papier pour s'en assurer. Il fit venir les époux Lestrade.

— Est-ce que M. Émery possède une voiture ?

— Une Ford Sierra bleu foncé ancien modèle, affirma Henri Lestrade. Je l'ai vu deux ou trois fois entrer ou sortir de sa voiture quand elle était stationnée dans la rue, en bas de chez nous.

— J'observe que vous n'avez aucune hésitation, releva Mistral.

— J'ai toujours aimé les voitures, je ne me trompe jamais !

— Auriez-vous une idée du numéro d'immatriculation ?

— Absolument aucune ! Ça m'est complètement indifférent.

— C'est déjà bien de savoir quel type de voiture possède votre voisin. À quoi ressemble-t-il physiquement ?

Tous les deux voulurent parler en même temps. Mistral les arrêta net d'un geste de la main. Henri Lestrade regarda sa femme, et prit d'autorité la parole.

— Je lui ai parlé en plus, et je l'ai vraiment vu de près.

— Oui, et alors ? l'encouragea Mistral.

— J'ai appris qu'il était policier. Eh bien, franchement, on n'aurait pas dit. Il le faisait moins que ceux qui vous accompagnent.

— C'est intéressant, en effet, sourit légèrement Mistral. Mais encore, physiquement ?

— Eh bien… de taille moyenne, très mince, les cheveux courts, mais ce qui m'a le plus marqué, c'est son visage. Alors là, chapeau pour faire peur ! Les joues, la bouche, la mâchoire, le menton recouverts de cicatrices profondes ! Comme s'il avait eu un accident de voiture et était passé au travers du pare-brise. Impressionnant !

Mistral jeta un bref coup d'œil à Calderone, et revint à Henri Lestrade.

— Lui avez-vous parlé ?

— Moi oui, mais lui ne répondait que par deux ou trois mots, à voix basse. Je ne peux pas dire que j'ai entendu le son de sa voix. Il faisait du bruit tous les matins, et…

— Je connais l'histoire, l'interrompit Mistral, j'ai lu tous les rapports qui ont été rédigés y compris vos déclarations. Nous avons besoin de vous, Monsieur Lestrade. Maintenant. Vous allez nous accompagner pour faire le portrait-robot de M. Émery. Ne vous inquiétez pas pour le retour, nous vous ramènerons.

— Qu'est-ce qu'y veut le chef ? J'ai pas bien entendu !

— Il veut que je fasse un portrait-robot du voisin !

— Ben, c'est comme à la télé, je vais venir aussi pour voir, comme ça je pourrai le dire aux voisins.

Mistral était en communication avec l'état-major pour envoyer une équipe de l'IJ opérer des prélèvements dans l'appartement.

Dans sa maison de l'Oise, Jean-Pierre Brial reprenait les habitudes d'un homme libéré de la promiscuité carcérale. Son avocat était parti. « Nous avons gagné cette bataille, avait-il dit, et nous gagnerons les autres ! Mais pour cela, il faudra se battre et m'aider avec votre alibi, qui est faiblard. »

Jean-Pierre Brial descendit à la cave, déplaça des bûches de bois, souleva une trappe qui révéla une cavité, servant à l'époque de réserve à charbon, et en sortit une caisse. À l'intérieur, des cahiers. Tous identiques. Tous recouverts d'un protège-cahier transparent. Des étiquettes indiquaient des dates. Il en remonta huit, qui couvraient deux années : 1985 et 1995. Il s'assit dans un fauteuil et entreprit de relire avec attention les cahiers de J.-P. B. Au milieu de sa lecture, il se leva et ramena ce qu'il y avait de comestible dans sa maison : une bouteille d'armagnac et des gâteaux secs.

Les gendarmes confirmèrent aux policiers que Brial ne bougeait pas de chez lui. Ils appelèrent le juge Tarnos.

— On sait où il se trouve, vous n'allez pas rester éternellement derrière lui. En fonction des avancées de l'enquête de la brigade criminelle, je vous indiquerai la marche à suivre pour les prochaines vingt-quatre heures, mais restez d'alerte.

35

Même jour

Quinze heures trente. Une voiture de la brigade criminelle venait de quitter le Quai des Orfèvres reconduisant les époux Lestrade, épuisés. Un portrait-robot, évalué « vraiment très ressemblant » par Henri Lestrade, avait été réalisé par un des spécialistes du dessin, qui posait aussi les bonnes questions pour aider le témoin à se souvenir du visage. Le couple, ravi, avait souhaité partager des sandwichs et du café avec les policiers, plutôt que de sortir déjeuner. « Dès demain, dit Mme Lestrade, nos voisins et nos cousins vont crever de jalousie, avec toutes les péripéties que nous avons vécues. »

Au moment de partir, Henri Lestrade avait saisi Mistral par le coude pour l'éloigner des quelques personnes qui auraient pu les entendre.

— J'ai quatre-vingts ans ! Je sais, je ne les fais pas ! Savez-vous pourquoi ?

Moue négative et amusée de Mistral.

— Je me suis toujours couché à des heures régulières et je ne faisais la fête que le samedi soir ! C'est un conseil d'ancien que je vous donne ! Vous faites un métier difficile, je vois que vous êtes marié, vous avez peut-être des enfants, alors une recommandation, si vous me le permettez ?

Mistral écoutait le bonhomme avec un grand sourire.

— Je vous en prie, faites !

— Ne fréquentez plus les boîtes de nuit. Un jour ou l'autre, vous le paierez de votre santé !

— Je vous remercie du conseil ! Je vais le suivre à la lettre !

Le portrait-robot entre les mains, Ludovic Mistral et Vincent Calderone restèrent perplexes.

— Ce visage ne me dit rien. Je suis pratiquement sûr de ne pas l'avoir vu aux domiciles des trois femmes assassinées. Pourtant, ce serait cet homme dont on possède un enregistrement de la voix.

Calderone résuma ce que pensait Mistral. Les deux hommes étaient déçus et s'interrogeaient quant à la participation aux crimes de celui qui prétendait se nommer Olivier Émery.

Olivier Émery sut que Jean-Pierre Brial était libre, et où il se trouvait. De même, Jean-Pierre Brial sut où était Olivier Émery. Mais tous deux ne bougeraient pas d'un centimètre dans les jours à venir à moins d'un danger. Brial se doutait qu'une surveillance extérieure avait été établie, et devait patienter. Émery, en sécurité dans la tour, réfléchissait. Sur la table, des médicaments et des conserves. En fond sonore, France Info. La canicule cédait le terrain aux « températures de saison », comme le disait Météo France, mais la polémique sur le nombre des décès et l'absence d'organisation enflait chaque jour. Émery écoutait tous les bulletins d'infos. De la sorte, il eut la confirmation de la remise en liberté de Brial et des déclarations fracassantes de l'avocat. Mais il apprit l'accélération de l'enquête par la brigade criminelle et la mise en garde à vue, selon une indiscrétion d'une source proche de l'enquête, des sœurs Brial. *« La tuile »*, admit spontanément Émery. Brial pensa strictement la même chose et força sur l'armagnac. Un quart d'heure plus tard, Émery se tordait de douleur sur son lit.

Seize heures trente. Le secrétariat de Bernard Balmes, assailli d'appels téléphoniques de journalistes venant à la pêche aux renseignements sur l'affaire Brial, déclencha la fureur du directeur adjoint. Il refusa catégoriquement de leur répondre. Mistral eut cette information, pendant le briefing qu'il organisait, par un bref appel de Balmes. Il préféra ne pas en parler à ses équipes.

Au centre de la table de réunion, quatre portraits d'Olivier Émery dessinés par l'IJ aimantaient le regard de tous les policiers.

— Une de nos plus grosses cartes à jouer, indiqua Mistral en désignant du doigt le portrait. Si toutes les informations que nous possédons sont bonnes, cet homme se fait appeler Olivier Émery, il se dit brigadier de police dans le VIe arrondissement. En fait, cette identité existe bien dans la police nationale, mais elle est celle d'un capitaine qui se trouve à un an de la retraite. Un homonyme. Je pense, cependant sans aucune certitude, que l'homme du portrait-robot est bien celui qui a assassiné les trois femmes, Norman, Colomar, Dimitrova, et Léonce Legendre possible témoin gênant. Si c'est le cas, c'est également lui qui harcèle le standard de FIP.

Mistral, en parlant, jeta un bref coup d'œil à Dalmate qui ne broncha pas, et détailla les résultats de l'analyse de la voix, de l'ADN et de la téléphonie mobile.

— Dès cet après-midi, vous retournez aux domiciles des trois victimes et présentez dans le voisinage le portrait-robot. Même chose dans le secteur du XVIIIe, dans tous les bars d'où il a téléphoné à FIP, ainsi que dans le périmètre de ces bars, où la borne a accroché son téléphone portable. Des plans ont été préparés pour les équipes qui iront dans le XVIIIe.

— Nous avons les auditions des sœurs Brial en cours, et je crois que ce n'est pas facile de ce côté-là non plus, intervint Vincent Calderone.

— Exact, Vincent, d'autant que nous attaquons la dernière nuit. Où en sommes-nous ? Paul ?

Dalmate jeta un bref coup d'œil à ses notes.

— Je dirais que c'est la guerre de tranchées. Odile Brial campe sur ses positions jusqu'à la dernière extrémité. Elle ne dit absolument rien d'intéressant. Je la laisse fumer pour qu'elle soit moins agressive. La seule chose qu'elle consent à dire c'est : « Merci monsieur le curé, le Bon Dieu vous le rendra ! »

Cette phrase détendit l'atmosphère, faisant rire la trentaine de policiers.

— Pour l'instant, elle ne sait pas que sa sœur Viviane est ici, et n'a rien appris sur l'ADN ou sur le numéro de portable qui l'a appelée. J'ai encore en réserve toutes les billes.

— Gérard ?

— *Grosso modo*, même comportement sauf que Viviane Brial ne fume pas. Elle ignore que sa sœur est dans les locaux. Quand j'insiste sur les photos, elle me pose toujours cette question : « Dites-moi, existe-t-il dans ce pays une loi qui interdise d'avoir un album photo de son neveu ? » Elle est très compliquée et très intelligente. Elle sent que j'ai des réserves pour monter au créneau, mais elle veut me voir venir. J'ai l'impression d'être dans une partie de poker !

— Elles se sont reposées ? Elles ont accepté les repas ?

— Elles ont dormi tout l'après-midi. Rien de particulier pour les repas. Odile Brial demande aux gardiens du caviar et du champagne pour changer de l'ordinaire. Elle fait sourire les jeunes flics.

— L'heure tourne, et on en est au même point dans les auditions. Il est temps d'accélérer. Où sont les deux sœurs actuellement ?

— Dans nos bureaux, sous bonne garde.

— Paul, retournez à votre bureau et laissez la porte grande ouverte. Faites en sorte qu'Odile soit assise de profil par rapport à l'ouverture. Gérard, faites comme si vous rameniez Viviane dans le local de garde à vue, vous passez devant le bureau de Paul, mais pas trop vite. Normalement, Viviane et Odile vont s'apercevoir, pas suffisamment longtemps pour communiquer, mais assez pour réagir, au mieux pour être déstabilisées. Ensuite, vous les reprenez et vous sortez les arguments, ADN et téléphone portable. Et puis on voit.

Olivier Émery se releva de sa crise, tremblant de fatigue. Il avala des antalgiques avec un litre de boisson au soja bu d'un trait. Il avait besoin de sortir. Si un événement venait à se produire chez Jean-Pierre Brial, il le saurait intuitivement. Il prit une douche, s'habilla d'un tee-shirt et d'un jean, vérifia que son téléphone mobile était bien éteint et le rangea dans la poche avant droite de son pantalon.

Les mêmes jeunes, assis au même endroit, avec les mêmes discussions, toujours impressionnés par son visage, se turent quand Olivier Émery, qui les ignora encore, traversa leur groupe.

Les sept ou huit garçons échangèrent un long regard d'étonnement. Trois d'entre eux se levèrent et suivirent Émery. La nuit n'était pas encore tombée en cette fin août, mais le jour déclinait rapidement. Une rue vide. Émery entendit des pas se rapprocher, des jeunes qui parlaient et qui riaient fort. En le dépassant, l'un d'eux le frappa violemment d'un coup de poing à la base du crâne. Émery, sous la violence du choc, percuta la vitrine d'un magasin et tomba sur le côté. Les trois jeunes se retournèrent et firent face. Émery, surpris de cette agression, se releva d'un bond. La brutalité du coup reçu propulsa dans son crâne des millions de piqûres d'aiguilles prêtes à déclencher de nouveau une crise, et il ne pouvait pas se le permettre. L'œil en feu, une douleur intenable qui lui perçait le tympan, en étaient les signaux avant-coureurs. Instinctivement, il plaça les deux mains derrière sa nuque, le pouce droit dans le lacet de cuir.

— Tirez-vous, bande de connards, j'ai autre chose à faire !

Les jeunes rirent bruyamment, étonnés de voir le type avec les mains croisées derrière sa nuque. L'un d'eux s'avança en bombant le torse et crachant par terre. Le bras d'Émery se détendit, et sans que quiconque ne comprenne quoi ce soit, le rasoir sabre balaya en sifflant l'espace devant lui, marquant d'une profonde entaille, de plusieurs centimètres au menton, le téméraire. Les trois voyous, stupéfaits de la réaction, étaient pétrifiés. La peur ne changea pas de camp, puisque Émery n'en avait éprouvé aucune, mais elle submergea les trois jeunes qui s'enfuirent en courant. L'un d'entre eux, une main pressée sur le menton, évaluait les dégâts et contenait le sang qui coulait entre ses doigts serrés.

Émery referma son rasoir et le replaça dans son dos. Cinq minutes après, il sautait rapidement dans une rame de métro dont les portes étaient en train de se refermer. Il avala des antalgiques, sans eau, et s'assit en enfermant son visage entre ses mains.

Les équipes qui présentèrent les portraits-robots d'Émery sur les lieux des quatre meurtres ne recueillirent aucune information. Pour accélérer les recherches sur le XVIIIe, elles renforcèrent celles qui étaient déjà déployées. Émery se trouvait, à ce moment, assis dans la rame qui quittait le XVIIIe.

La porte du bureau de Paul Dalmate était grande ouverte, Dalmate assis, concentré sur l'écran de son ordinateur, Ingrid Sainte-Rose appuyée contre le mur près de la porte. La flamme du briquet éclaira le visage fatigué d'Odile Brial qui alluma une énième cigarette.

— La fumée te dérange, monsieur le curé, ou c'est mon odeur ?

Elle avait remarqué, contrairement aux autres fois, que la porte demeurait ouverte.

— Rien ne me dérange. J'ai encore des questions à vous poser.

— Vas-y mon gars, fais-moi rire, j'en ai besoin !

Des personnes parlaient dans le couloir, quelques mètres avant le bureau de Dalmate. Des voix d'hommes, une voix de femme exaspérée. Odile Brial tendit l'oreille, surprise, elle sembla reconnaître cette dernière. Au moment où le groupe arriva devant le bureau de Dalmate, Odile tourna la tête, Viviane tourna la tête, les deux sœurs s'aperçurent, une fraction de seconde. Ingrid Sainte-Rose claqua la porte. Odile tenta de se lever brusquement, mais elle oublia que, menottée, elle ne pouvait quitter son siège. Dans le couloir, Viviane s'était arrêtée net. Elle hurla à la limite de la rupture des cordes vocales.

— Tais-toi !

Gérard Galtier et ses coéquipiers reconduisirent, difficilement, dans le bureau Viviane Brial en furie. Les deux sœurs hurlèrent, d'un ton suraigu, des mots rendus incompréhensibles par la rage, des insultes sans doute. Les policiers, stoïques, attendirent que l'orage passe pour enchaîner sur des questions plus précises.

Mistral et Calderone avaient observé la scène en retrait, en pensant : « *C'est maintenant ou jamais.* »

— Vincent, on va prendre chacun un album photo et le regarder en détail. Il faut que l'on soit sûr de ne pas passer à côté. Cette histoire de neveu, je n'y crois pas une seconde.

— Le directeur du laboratoire, à propos de l'ADN, a parlé de jumeaux.

— Oui, je sais. Mais pour l'instant, sur les livrets de famille, ce n'est mentionné nulle part, même si cette piste n'a pas encore été creusée. Quand on voit la photo de Jean-Pierre Brial et le portrait d'Olivier Émery, rien ne les rapproche. Au contraire.

Les deux hommes se plongèrent, une nouvelle fois, dans l'examen attentif des pages des albums photos.

Paul Dalmate observa Odile Brial se calmer. La rage avait cédé le pas à l'abattement. Recroquevillée sur son fauteuil, la vieille femme pleurait en silence. Elle renifla. Dalmate lui tendit un paquet de Kleenex. Odile Brial lui lança un regard de haine et parla d'une voix hachée.

— Tu as essayé de me baiser, monsieur le Curé, ce n'est pas bien ! Tu vas t'en mordre les doigts ! Mais tu es plus le diable qu'autre chose. Voilà ce que tu es !

— C'est votre fils qui vous a dit que j'étais surnommé le séminariste ? Celui qui est venu avec une voiture foncée ?

— Ne te fatigue pas avec tes questions, Satan, je ne parlerai plus !

— Ce n'est pas grave. Je vais vous raconter une histoire. Celle de l'ADN. Ensuite, ce que l'on peut apprendre d'un téléphone mobile. Vous allez voir, c'est passionnant. Quand j'aurai fini, je parlerai à votre place, et je raconterai l'histoire de Thomas.

Dans le regard d'Odile Brial, Dalmate lut que la vieille femme le prenait, avec certitude, pour un cinglé.

Dalmate parla calmement, sans élever la voix, comme le faisaient jadis, au coin d'une cheminée, les conteurs. Il tourna le dos à son ordinateur, tendit à Odile Brial un verre d'eau, se cala contre le dossier de son fauteuil et commença son histoire. Patiemment.

Quand Ingrid Sainte-Rose, qui assista à toute l'audition, raconta sa version à Sébastien Morin, elle dit : « J'ai cru que Paul était devenu fou, comme s'il avait oublié qu'il était dans un service de police avec une gardée à vue. Mais à mesure qu'il parlait, je voyais le visage d'Odile Brial changer d'expression. C'était impressionnant ! »

Gérard Galtier, assis sur le coin d'une table, les bras croisés, attendait que Viviane Brial se contrôle. Il s'adressa à José Farias, comme sur le ton de la confidence.

— C'est l'attitude classique d'une personne qui n'a d'autre ressource que de hurler. Parce qu'elle n'a pas d'argument à objecter.

Viviane Brial réagit immédiatement.

— Mais je n'ai rien à vous dire ! Strictement rien ! Je m'en expliquerai avec le juge d'instruction, et je m'en fous des conséquences. Mais ce que vous avez fait, en arrêtant ma sœur, est ignoble ! Parfaitement ignoble !

Galtier s'installa à son ordinateur et parla à haute voix en lisant ce qu'il écrivait à l'attention de Viviane Brial.

— Je vais vous donner connaissance des résultats des prélèvements ADN trouvés sur les trois scènes de crimes commis à Paris.

— Ne vous fatiguez pas avec ces âneries scientifiques, je ne vous écoute même pas.

José Farias, quant à lui, dira à Sébastien Morin : « C'était mal parti. Galtier a fait ensuite un cinéma de première, avec les meurtres des six femmes, l'ADN identique et je t'en passe. Au bout d'une heure, montre en main, Viviane Brial pleurait. Pas de rage, mais de tristesse, ce ne sont pas les mêmes larmes, ni les mêmes sanglots. Alors Galtier, magnanime, s'est arrêté de parler, a fait le tour de la table et a donné un verre d'eau à Viviane Brial, qui, pour la première fois en trente-six heures, a dit merci. Galtier, pendant que Brial avait la tête dans ses mains, m'a regardé et m'a fait un clin d'œil. Mais mon pote, crois-moi, le clin d'œil était prématuré. »

Vingt heures trente. Ludovic parla longuement avec sa mère, ravie de voir qu'il n'avait pas oublié son anniversaire. Dans la matinée, il avait commandé et fait livrer des fleurs par Internet. Émue, elle lui décrivait le bouquet reçu. Il eut, ensuite, une grande discussion avec ses enfants qui devaient revenir le samedi suivant, la rentrée des classes se rapprochant rapidement.

Ludovic passa du temps avec Clara, pour l'apaiser, et expliqua qu'il ne pourrait dîner à la maison. Il estima que les heures de la nuit à venir étaient déterminantes, et qu'il ne rentrerait pas vraisemblablement avant demain matin.

Clara renonça à le prier de prendre soin de lui.

Vingt-deux heures trente. Ludovic Mistral et Vincent Calderone expédièrent en une vingtaine de minutes deux sandwiches, deux bières et deux doubles cafés sans sucre venus de l'autre côté du quai des Orfèvres. La canicule avait cédé le pas à la chaleur. Le quartier de la place Saint-Michel grouillait de monde, en cette fin de vacances. Des touristes bruyants remplissaient à ras bord les bateaux-mouches qui sillonnaient la Seine. Leurs sonos dispensaient des commentaires enregistrés en plusieurs langues sur les bâtiments historiques qui bordaient le fleuve. Le contraste était énorme, à trois cents mètres de distance, entre le quai des Orfèvres et la place Saint-Michel.

Les projecteurs des bateaux-mouches illuminaient les bords de Seine. Les touristes, depuis leur plate-forme, prenaient des photos du Quai des Orfèvres rendu célèbre par Simenon. À l'intérieur, deux femmes se débattaient comme des désespérées pour que l'histoire de six meurtres ne les broie pas.

Après avoir traversé le sas d'entrée qui donnait accès à la police judiciaire, Mistral sursauta en remarquant, assis sur un fauteuil de visiteur, Jacques Thévenot, sa sacoche sur les genoux.

— On m'a dit que je pouvais vous attendre ici.

36

Même nuit

Vingt-trois heures. D'un côté de la table de réunion, Mistral et Calderone, de l'autre Jacques Thévenot. Étalées devant le psychiatre, les pages photocopiées des albums photos, dont certaines étaient marquées par des petits Post-it de différentes couleurs. Les deux policiers étaient très attentifs. Avant de commencer sa démonstration, Jacques Thévenot sortit de sa sacoche une bouteille de porto pas encore entamée.

— C'est mon préféré ! Je crois, d'ailleurs, vous l'avoir déjà fait goûter, Ludovic. Je n'ai pas apporté les verres, je suis sûr que vous avez ce qu'il faut.

Sourires des policiers.

— Dans cette histoire, il n'est question que de miroirs. Et c'est dans un miroir que je pense avoir, modestement, trouvé une réponse. Je vais vous demander, à l'un et à l'autre, d'observer très attentivement ces deux planches photos, que j'ai marquées d'un onglet jaune.

Intrigués, Mistral et Calderone posèrent devant eux les planches photos que leur tendait le psychiatre. Les coudes sur la table, la tête appuyée entre les mains, Mistral détaillait chaque cliché. Calderone, les bras croisés en appui sur la table, faisait de même. Les trois hommes étaient silencieux.

Plusieurs minutes après, les visages sceptiques, perplexes et interrogateurs des deux policiers se relevèrent.

— Alors ? demanda Thévenot.

— Eh bien, se lança Calderone, ce n'est pas évident. Pas grand-chose à vrai dire. Sur une des photos, François est assis à une table avec un cahier et un crayon. Le crayon est à droite. Sur la page suivante, photo identique, mais crayon à gauche.

Jacques Thévenot était ravi de son effet.

— Pas mal, pas mal ! Et vous ? lança-t-il à Mistral.

— C'est un peu le jeu des sept erreurs, votre histoire. Le crayon, je l'ai vu, mais je ne crois pas que ce soit cela.

— Avez-vous un miroir ici ? demanda le psychiatre.

— Dans les toilettes, répondit Calderone.

— Allons-y.

Thévenot rassembla les photocopies, et les trois hommes se dirigèrent vers les toilettes.

Devant le miroir, Thévenot présenta une des pages.

— Qu'est-ce que vous voyez ?

— La même chose, mais à l'envers, répondit Mistral en souriant.

— C'est parfait ! Vous venez de résoudre votre affaire ! Nous pouvons revenir dans votre bureau.

Les deux policiers sortirent, à la suite de l'intervention du psychiatre, des centaines de points d'interrogation à l'intérieur de leurs crânes.

Thévenot disposa les photocopies devant lui.

— Vous avez devant vous un des mystères de la génétique qui se produit rarement, ce qu'on appelle les jumeaux miroirs.

Les policiers ne voyaient rien. Jacques Thévenot pointa son crayon sur les photos.

— L'un est droitier, l'autre est gaucher. L'un est coiffé avec la raie sur le côté gauche, l'autre sur le côté droit. L'un possède un petit grain de beauté sous l'aile du nez côté droit, l'autre a la même chose côté gauche. C'est un même individu en deux exemplaires. Ludovic, quand vous vous regardez dans votre miroir, vous êtes inversé, comme tout le monde. Un individu, une image. Dans ce cas présent – Thévenot tapota l'album –, non. Une image, deux individus. Des vrais jumeaux, mais en plus l'un miroir de l'autre !

Mistral et Calderone encaissèrent les explications du psychiatre et les firent correspondre avec leurs connaissances des enquêtes.

— Ce qui veut dire que, lorsqu'ils sont l'un en face de l'autre, c'est comme s'ils se regardaient dans un miroir.

— Absolument ! Vertigineux non ?

— Même patrimoine génétique ?

— Absolument identique, sauf les empreintes digitales.

Mistral hocha lentement la tête, réfléchissant aux implications dans les six meurtres. Dans les affaires de l'Oise, les deux du gaucher, celui du droitier. Les empreintes ADN identiques dans l'Oise et à Paris. Mais aussi d'immenses différences physiques entre Brial et Émery, à condition que les deux hommes soient les jumeaux miroirs.

— Je peux ouvrir le porto ?

— Allez-y, je vais aller chercher des verres, répondit Mistral.

Dans le XVIIIe arrondissement, les patrons des bars d'où Émery avait téléphoné et certains habitués reconnurent dans le portrait-robot le client qui n'arrivait pas à téléphoner, tellement il était ivre. Tous dirent qu'« il avait une sacrée gueule massacrée, et quand on boit comme ça, on a des excuses ». Dans un des bars, un des clients raconta qu'il ne comprenait pas pourquoi le type cherchait des points phone, alors qu'il tenait un téléphone portable dans la main.

— Quand je lui ai posé la question, il m'a répondu : « Bonne idée. » Je l'ai aidé à sortir du bistrot, il était incapable de monter trois marches. Il est parti en s'appuyant sur les murs pour avancer.

Paul Dalmate et Gérard Galtier buvaient lentement leur porto. Ils écoutaient avec intérêt Jacques Thévenot exposant les théories sur les vrais jumeaux et les jumeaux miroirs. Mistral donna la parole du regard à Paul Dalmate : « Qu'est-ce qu'elle raconte, Odile Brial ? »

— Elle pleure en silence sous la garde d'Ingrid. Je lui ai raconté l'histoire de l'ADN et du téléphone portable. Elle joue à celle qui s'en moque, mais elle a compris. J'allais lui parler de Thomas quand vous nous avez appelés.

— De Thomas ? D'où sort-il celui-ci ? s'étonna Mistral.

— Vous vouliez sans doute dire le Didyme.

Le psychiatre échangea un sourire de connivence avec Paul Dalmate.

— Oui, Didyme ! C'est exactement cela !

— Vous pouvez nous fournir une explication, parce que là nous sommes hors jeu !

Calderone s'adressait alternativement à Dalmate et Thévenot. Dalmate, toujours de son ton monocorde, auquel tout le monde commençait à s'habituer, reprit la parole.

— C'est à partir des phrases de l'Ecclésiaste que j'ai pensé deviner l'histoire. Quand le tueur écrit : « Et j'ai haï la vie, car ce qui se fait sous le soleil m'a déplu, car tout est vanité et poursuite du vent » et « un temps pour chercher et un temps pour perdre, un temps pour garder et un temps pour jeter », je me suis davantage référé à la génération perdue, thème du *Soleil se lève aussi* d'Hemingway. Des jumeaux séparés à la naissance se cherchent parce qu'ils savent que l'autre existe. Mais plus tard, ils seront de nouveau séparés et condamnés à vivre l'enfer de la séparation, à cause de leurs meurtres. Voilà mes déductions.

Silence dans le bureau, interrompu par Mistral.

— Thomas ? Le Didyme ?

Pâle sourire de Dalmate.

— Odile Brial n'a pas cessé de m'appeler le curé, je m'apprête donc à lui servir du curé. Thomas, dans la Bible, est dit le jumeau. Didyme est le mot grec qui signifie jumeau. Je ne dois pas la décevoir, même si, depuis, elle m'a baptisé Satan.

Les policiers, présents autour de la table et le psychiatre apprécièrent chez Paul Dalmate le ton calme et non dénué d'humour avec lequel il s'exprimait.

— Gérard ? Avec Viviane Brial ?

— Elle s'est effondrée après ma démonstration. Elle s'est mouchée, a bu un verre d'eau, et m'a insulté. J'ai cru qu'elle allait s'affaler[1], eh bien non ! Mais là, avec l'histoire des jumeaux, elle a du souci à se faire.

La nuit s'avançait et creusait de plus en plus les traits du visage de Mistral. Il ne se souvenait plus du nombre de cafés et de vitamines C ingurgités depuis le matin. Son estomac le faisait souffrir, et il savait qu'il ne pouvait rien contre l'épuisement qui, progressivement, gagnait du terrain. Il encaissait des douleurs dans le dos et aux épaules, un mal de crâne lancinant l'empêchait de vraiment s'exprimer. Seules les charges d'adrénaline continuaient de l'alimenter en énergie passagère. La thèse des jumeaux miroirs et la perspective qu'elle offrait aux enquêtes lui en avaient envoyé une bonne dose mais il sentait les effets refluer.

Mistral tournait rapidement les pages de son carnet de notes.

— On ne sait toujours pas pourquoi six femmes sont mortes, même si on possède une bonne idée sur les auteurs. Des avis sur ce point ?

La question de Mistral fit retomber un peu l'optimisme qui circulait parmi les policiers. Personne ne fut en mesure d'apporter de réponse.

Minuit. La sonnerie du téléphone de bureau de Mistral fit sursauter tous les participants dans leur laborieuse réflexion sur les origines des meurtres. Après quelques secondes de discussion, Mistral enfonça la touche du haut-parleur pour que chacun puisse entendre la conversation.

1. Jargon policier signifiant : reconnaître les faits, avouer.

Il s'agissait du chef du dispositif de recherche d'Émery sur le XVIIIe.

— Je disais donc qu'on a une piste sur le type en question grâce au portrait-robot. Tout d'abord, il a été reconnu dans tous les bars d'où il a téléphoné à FIP. Et là, je me trouve devant la grande tour, celle que l'on voit depuis le périphérique, porte de la Chapelle. Des jeunes l'ont formellement reconnu, deux soirs de suite, dont ce soir. Ils l'ont aperçu sortant de la tour. Ils disent qu'ils ne l'ont pas vu revenir.

— Restez sur place. Je vous rejoins tout de suite !

Une nouvelle charge d'adrénaline venait d'être injectée dans l'organisme de Mistral.

— Ils sont une dizaine sur place. Je monte avec Vincent, cela suffira, les autres poursuivent les auditions. Mais restez sous pression en cas de besoin.

— Je souhaite venir.

Dalmate s'exprima d'une voix ferme et plus forte que d'habitude, ce qui surprit tout le monde. Mistral regarda Dalmate.

— Il s'agit de l'affaire de mon groupe, je souhaite être présent si nous arrêtons cette personne pour rédiger les actes de procédure.

Mistral acquiesça d'un simple mouvement de tête.

Calderone sortit de la cour du Quai des Orfèvres à petite vitesse, sans gyrophare, sans sirène, pas de plaque police allumée. Calmement. De l'allure de celui qui a terminé une longue journée et qui rentre chez lui. Il laissa passer quelques voitures et s'arrêta au feu rouge, cent mètres plus loin.

— Pourquoi roule-t-on si lentement ?

— Paul, si on part comme un obus, les quelques journalistes qui peuvent traîner autour du 36 te collent au cul avec leurs motos, et tu les as sur le dos pendant l'opération. Je préfère mettre la gomme quand on attaquera le boulevard de Sébastopol.

En remontant le boulevard de la Chapelle, à deux ou trois kilomètres de la tour, Calderone arrêta le gyrophare et la sirène en action depuis le Châtelet. La voiture roulait rapidement, mais sans se faire remarquer.

Mistral se tourna vers Paul Dalmate.

— Paul, les choses sont simples dans la police. On arrête les criminels, on les présente à la justice, et on ne fait pas justice soi-même. Vous voyez ce que je veux dire ?

— Pas du tout.

Au poste de police du commissariat central du IXe arrondissement, trois jeunes gardiens attendaient que cesse l'orage qui s'abattait sur eux. Leur chef de brigade était particulièrement remonté. Il venait d'apprendre qu'Olivier Émery, qui se faisait passer pour policier dans une histoire de trouble de voisinage, avait été contrôlé quelques jours auparavant par cette équipe pendant qu'il urinait dans une rue. Il appela son état-major, qui relaya l'info à l'état-major de la PJ.

Une heure quinze. Olivier Émery sortit du dernier métro et prit la direction de son appartement dans la tour. Le souvenir de son agression le rendait méfiant. Particulièrement attentif aux rares piétons encore dans les rues, il vérifia que le lacet coulissait bien et que son rasoir était prêt à jaillir.

37

Mercredi 27 août 2003

Une heure quinze. Pas de gardien dans la tour. Aucune boîte aux lettres portant le nom d'Émery. Après un court conciliabule avec Mistral et Calderone, les policiers prirent les ascenseurs jusqu'au vingt-huitième et dernier étage, et les redescendirent un à un en vérifiant les noms sur les portes où ils figuraient.

Mistral, Calderone et Dalmate s'écartèrent de l'entrée de la tour pour discuter avec deux jeunes filles qui avaient vu un homme correspondant au signalement d'Émery quitter la tour la veille au soir. Les deux jeunes filles riaient sans cesse, de nervosité, et tripotaient leur téléphone mobile. Elles n'avaient pas vu revenir le type qui avait le bas du visage massacré. Cela faisait deux soirs qu'il passait près de leur groupe quand il sortait de l'immeuble, et leurs copains le trouvaient insolent, parce qu'il ne baissait pas les yeux quand il les regardait. Les jeunes filles parties, Calderone suivit la lente progression par radio des équipes dans les étages. Elles relevaient les emplacements des appartements anonymes pour revenir et identifier les locataires.

Trois jeunes d'une vingtaine d'années saluèrent bruyamment les occupants d'une voiture qui les avaient déposés.

En s'avançant vers l'entrée de la tour, ils virent les trois policiers qui se dirigeaient vers eux. L'un des jeunes hommes portait un volumineux pansement sur le bas du visage.

Calderone présenta sa carte de police aux trois jeunes, sachant que c'était complètement inutile. Ils savaient qu'ils étaient policiers. Le portrait-robot d'Émery passa entre les mains des trois jeunes. Rapides échanges de coups d'œil entre eux.

— On l'a déjà vu, ce mec !

— Ici ?

— Ouais, il est dans la tour depuis quelques jours. On l'a vu deux fois.

— Il habite à quel étage ?

— J'en sais rien. Mais c'est un dangereux, ce mec ! Ce soir, il a agressé mon pote. On marchait tranquilles en écoutant la radio, et au moment où on croise ce bâtard, il bouscule mon pote. On lui demande de s'excuser, parce que c'est pas des manières, et là il sort un rasoir tellement vite qu'on n'a rien vu arriver ! Il lui a balancé un coup direct en plein visage. Résultat, quinze points de suture au menton, pour rien ! On rentre juste de l'hôpital. C'est tout.

— Il faut déposer plainte dans ce cas, si vous êtes sûrs de votre histoire, si c'est bien comme cela que ça s'est passé !

Les trois jeunes, légèrement hésitants, évitaient de se regarder.

— Bien sûr qu'on va y aller au commissariat… on connaît… mais ce n'est pas pressé à la seconde, ça peut attendre demain… Il faut qu'on dorme… Pourquoi vous le cherchez ?

— On a des questions à lui poser. Avez-vous une pièce d'identité ? Il faut que l'on vous contacte pour votre témoignage.

Avec réticence, ils remirent leur carte d'identité à Calderone qui nota les renseignements dans son carnet. Les trois jeunes entrèrent dans la tour. Les policiers de la crim signalèrent par radio qu'ils venaient de terminer le vingt-cinquième étage.

Une heure trente. Ne sachant pas si Olivier Émery avait regagné son appartement, les trois policiers s'éloignèrent de l'entrée de la tour d'une trentaine de mètres, en se dissimulant derrière une camionnette. À travers les vitres latérales du véhicule, ils pouvaient facilement surveiller les éventuelles allées et venues, pratiquement inexistantes, compte tenu de l'heure tardive. Calderone, par discrétion, suivait le trafic radio des policiers dans la tour avec une oreillette.

Olivier Émery observait l'entrée du bâtiment depuis quelques minutes. Tout lui paraissait calme. Il se frotta la nuque et les yeux à plusieurs reprises, les coups reçus n'avaient déclenché aucune crise, mais les douleurs ne le quittaient pas. Il respira à fond plusieurs fois et se dégagea du recoin dans lequel il se cachait. Il traversa l'avenue à petites foulées. Les portes d'entrée de la tour n'étaient plus qu'à une vingtaine de mètres. Tout était calme, il continua de courir silencieusement. Émery n'était plus maintenant qu'à une dizaine de mètres. Il s'arrêta net au moment d'entrer. Ce n'était pas le moment de tomber dans la nasse. Le hall de la tour n'était éclairé que par des lampes qui n'avaient pas encore été détruites. Observation avant d'entrer. Personne à l'intérieur.

Aux aguets, il se retourna une dernière fois. Sous l'éclairage public, son visage apparut et les trois policiers le reconnurent immédiatement. Olivier Émery rentra dans l'immeuble. Quand il fut hors de vue, Mistral, Calderone et Dalmate démarrèrent en courant à sa suite. Émery ne s'était rendu compte de rien. En entrant dans le hall, Calderone remarqua que les six ascenseurs étaient au rez-de-chaussée. Il se précipita, appuya sur tous les boutons. Les portes coulissantes des ascenseurs glissèrent bruyamment. Personne. Mistral et Dalmate ouvrirent discrètement la porte de l'escalier de secours pour écouter. Ils entendirent les pas d'une personne qui grimpait les marches en courant.

Mistral, sous pression, appela Calderone.

— Vincent, prévenez immédiatement les gars dans les étages qu'Émery est dans la tour et qu'il monte par l'escalier de service. Qu'ils viennent à sa rencontre sans bruit, et qu'ils essaient d'identifier son étage.

Mistral et Dalmate s'élancèrent à la poursuite d'Émery, qui devait avoir quatre ou cinq étages d'avance, dans l'escalier en colimaçon. La rampe était cassée par endroits, les murs et le plafond recouverts de tags, et la plupart des interrupteurs de la minuterie arrachés ou détruits. Il n'y avait plus de portes palières aux quatre premiers étages. Des poussettes et vélos, ici ou là, encombraient les paliers et donnèrent à Mistral l'impression de grimper dans un tunnel du chaos.

Les deux policiers avalaient les marches deux par deux. De rares lumières de sécurité subsistaient. Visibilité pratiquement nulle, moins d'un mètre. Un point de côté empêchait Mistral de respirer, et il avait les jambes en feu. Son corps le rappela brutalement à l'ordre. Il s'arrêta.

— Ça ne va pas ?

— Tout va bien, j'essaie d'entendre si nous sommes loin de lui.

Dalmate ignora la réponse de Mistral et comprit que son état de santé ne lui permettait pas de maintenir la traque.

Une porte claqua, peut-être deux ou trois étages au dessus. Les deux hommes repartirent en courant. Mistral ouvrit la porte du huitième étage. Pas de lumière sur le palier. Les yeux écarquillés, le corps tendu à l'extrême, l'arme tenue à deux mains, il progressait lentement. Un long couloir, vide, face à lui, éclairé uniquement par des lampes de sécurité. Personne. Mistral et Dalmate se lancèrent dans les escaliers, Dalmate devant. Les deux policiers montaient silencieusement, moins rapidement, retenant leur souffle, pour tenter de percevoir les bruits que pouvait émettre Émery. Mistral, complètement essoufflé, le cœur battant, tenait le canon de son arme baissé le long de sa jambe par mesure de sécurité, Dalmate étant à moins d'un mètre devant lui.

Olivier Émery s'arrêta net, en alerte. Les yeux fermés et la respiration bloquée, il perçut vaguement le bruit encore lointain d'un groupe qui descendait les escaliers de la tour. À cette heure-ci de la nuit, ce ne pouvait être que la police. La chasse venait d'aboutir, la traque était lancée. Émery savait qu'en se terrant dans son appartement, il serait retrouvé au plus tard dans les vingt-quatre heures. Hors de question. L'unique solution résidait dans la fuite par l'escalier, avec le risque du comité d'accueil sûrement mis en place devant les ascenseurs.

Même heure. Jean-Pierre Brial se réveilla, angoissé, en sueur, le cœur battant, avec le sentiment d'un danger immédiat. Il se leva et resta debout sans bouger au milieu de sa chambre. Dans la tour, il y avait un piège, et François se débattait seul, au milieu de ce piège.

Dalmate ouvrit, à la volée, la porte palière du dixième étage, l'arme à la main. Pas de lumière non plus. Mistral, derrière lui, rangea son arme, actionna son téléphone portable en guise de lampe. Une lumière blanchâtre leur assura une visibilité de quelques mètres. Les deux policiers progressaient lentement. Une poussette, des vélos d'enfants avec des stabilisateurs, un chariot de supermarché, un lave-linge sans doute destiné à la casse encombraient le long couloir. Émery, accroupi derrière, se dégagea doucement et apparut aux policiers sept ou huit mètres devant eux. Les mains derrière le cou. Dalmate pointa son arme, visant la tête d'Émery, le doigt sur la détente. Mistral réactiva son téléphone dont la lumière fléchissait. Les trois hommes s'observaient. Émery analysa la situation. « Le chef et le séminariste bloquent le couloir, d'autres policiers descendent en cavalant. J'ai une chance. Je dois agir de suite. Même si le séminariste est armé, il n'osera pas tirer, c'est lui que je vais attaquer en premier. » Dalmate parla lentement.

— Jean-Pierre, avance, il faut qu'on discute.

— Je vous défends de m'appeler comme ça, hurla Émery hystérique, vous n'avez pas le droit.

— Jean-Pierre, deux corps, un même esprit, c'est ça ? L'un est le reflet de l'autre dans le miroir. D'accord ?

— Ta gueule ! cria Émery, complètement dément et déstabilisé.

Émery s'avança, les mains apparemment toujours nouées dans le cou. « *Je ne veux plus entendre ce salopard, je ne veux plus entendre ce salopard !* » Dalmate, confiant, abaissa son arme. Mistral, se remémorant la discussion avec les trois jeunes au pied de la tour, hurla.

— Stop ! Il a un rasoir !

Dans le millième de seconde qui suivit, la lame de rasoir s'abattit sur le visage de Dalmate, qu'elle barra, en diagonale, d'une longue traînée rouge. La pommette, la joue, les lèvres, le menton et l'avant-bras que Dalmate, dans un réflexe, avait levé pour se protéger furent traversés par la lame. Dalmate ne tira pas, lâcha son arme et porta ses mains au visage en poussant un cri de douleur. Émery fonça, rasoir ouvert, sur Mistral et le percuta. Mistral esquiva le premier coup qu'Émery donna en direction de sa carotide. Dans la lutte, son téléphone portable tomba et explosa en trois ou quatre morceaux, supprimant la seule lueur qui permettait d'entrevoir Émery. Mistral ne parvint pas à lui bloquer les bras, et s'attendait, à tout moment, à recevoir un coup de rasoir, d'autant qu'il n'y voyait rien. Émery réussit à se dégager et plongea dans la cage d'escalier.

Même heure. Jean-Pierre Brial, dans sa maison de l'Oise, vivait le martyre et le désespoir. Il sentait la vie de son frère jumeau le quitter. Ce n'était pas la première fois qu'ils tuaient des gens. Des femmes surtout. D'ailleurs, leurs errances, quand ils s'étaient enfin retrouvés, quand ils étaient passés du « je » insuffisant au « on » qui les comblait, étaient parsemées de tueries en tout genre. Jean-Pierre aimait cela et Jean-Pierre le suivait. À plusieurs reprises, ils avaient dû fuir *in extremis* et changer de pays. Son frère avait tué cette journaliste qui avait tout découvert et deux autres femmes, pour « égarer la police », avait-il précisé. Jean-Pierre avait pu sortir de prison, grâce au carnage de Jean-Pierre. Jean-Pierre allait mourir, il le redoutait.

Dalmate ressentait une brûlure sur tout le visage, et la douleur devenait de plus en plus insoutenable. Ses mains plaquées sur la figure n'empêchaient pas le sang de couler entre ses doigts, dans sa bouche et dans son cou. Titubant, il tâtonna pour trouver le bouton d'appel des ascenseurs. Émery, Mistral sur ses talons, s'engouffra sur le palier du premier étage, sauta au-dessus des obstacles et fonça vers la fenêtre située à l'opposé du long couloir et qui donnait sur l'extérieur. Un seul étage. Émery avait rapidement estimé qu'il avait une chance de sauter sans casse.

Dans le couloir sans lumière, Mistral, à bout de souffle, mais fou de rage, rattrapa Émery par le cou, lui planta un genou dans le dos pour le coucher au sol. Émery se débattait avec violence et assena des coups de rasoir sans précision, mais qui entaillèrent les bras de Mistral. Émery, pour en finir le plus vite possible, essayait d'atteindre la gorge de Mistral. Deux mains puissantes immobilisèrent les bras d'Émery qui hurla de douleur. Un des policiers du groupe qui se trouvait dans le haut de la tour avait pu enfin faire la jonction avec Mistral. Émery s'était blessé au visage et aux mains avec son rasoir. Mistral saignait des avant-bras. Mistral entendait son cœur battre fort et vite. Mistral passa les mains sur son visage et son cou et fut rassuré de ne pas être blessé. Mistral avait eu peur. Mistral avait mal au ventre, plus précisément au niveau de la cicatrice laissée par un coup de couteau, quelques mois auparavant. Mistral avait envie de rire, nerveusement. Mistral était revenu.

Ensuite, les différents secours arrivèrent, SAMU en tête. Les habitants de la tour sortaient des appartements, prenaient des photos et filmaient tout ce qu'ils pouvaient avec leurs téléphones portables, pour les proposer à la presse ou les diffuser sur Internet. Puis les journalistes entrèrent dans la danse. Comme les policiers ne souhaitaient ni être filmés, ni livrer de commentaires, ce fut le jeune, blessé au menton par le rasoir d'Émery, un peu plus tôt dans la soirée, qui eut la faveur des médias et se laissa griser par plusieurs interviews. Au fur et à mesure des tournages, il enjolivait sa version pour raconter comment il avait pu s'en tirer face à ce monstre qui lui avait sauté dessus, rasoir ouvert. À l'écart, ses deux amis riaient bruyamment, en se tapant sur les cuisses.

Calderone se rapprocha de Mistral, en retrait par rapport à l'agitation. Un des officiers lui avait prêté son téléphone portable et il informait Balmes avec précision.

— Bravo, tu as égalisé et marqué dans les prolongations. Beau match. Tu peux rentrer au vestiaire et prendre ta douche.

Émery, sous la garde des policiers de la brigade criminelle, recevait les premiers soins dans un fourgon du SAMU. D'autres assuraient une protection autour, pour maintenir journalistes et curieux à distance. Mistral entra dans l'ambulance. Le médecin venait d'en terminer avec Émery, allongé sur un brancard. Des bandages recouvraient ses bras, son cou et des pansements masquaient sa joue gauche. Les blessures d'Émery étaient multiples, mais peu profondes. Les yeux ouverts, il fixait avec indifférence un point imaginaire au-dessus de lui. Mistral découvrit avec curiosité cet homme au visage émacié, couvert de cicatrices anciennes et profondes. Une perfusion était plantée dans son bras droit. Mistral demanda s'il pouvait s'adresser à Émery, le médecin hocha à peine la tête.

— Comment vous appelez-vous ? Olivier Émery, Jean-Pierre Brial, François Brial ?

Mistral observa attentivement Émery qui, au bout d'une vingtaine de secondes, abandonna son point imaginaire et se tourna vers Mistral. Des yeux ternes, dénués d'expression, semblèrent se poser sur Mistral. « *Ce n'est pas possible,* pensa Mistral, *il me regarde, mais ne me voit pas. On dirait que son regard est tourné vers l'intérieur.* » Puis, progressivement, son regard s'éclaircit et revint vers l'extérieur. Émery dévisagea Mistral et parla d'une voix lente.

— Qu'avez-vous dit ?

— Comment vous appelez-vous ?

— François Brial.

— Olivier Émery ?

— Une identité que j'ai usurpée, il y a vingt ans. J'ai des papiers officiels à ce nom.

— Où habitez-vous dans la tour ?

Le regard de François Brial sembla s'opacifier.

— Appartement 118.

Ses yeux se perdirent de nouveau vers l'intérieur de lui-même. Il était reparti dans son monde.

Mistral et le médecin descendirent du fourgon. Émery était toujours sous la garde des policiers qui venaient de le menotter par les poignets et les chevilles aux montants du brancard.

— Je lui ai injecté un calmant et des antalgiques à haute dose, il se plaint de maux de tête violents, de coups reçus par des voyous. Les blessures dues au rasoir sont superficielles, aucun risque de ce côté-là. Mais je crois qu'il faudra l'examiner plus attentivement, sur un plan psychologique. Il a eu une attitude surprenante pendant que je faisais les premiers soins. Il me parlait comme s'il n'était pas concerné. Au lieu de dire « je », et de répondre aux questions, il disait « on » ou « nous » et me regardait sans me voir. Impressionnant.

— Quand pourra-t-on l'interroger ?

— Dans quelques heures. J'ai indiqué les explorations à pratiquer à Cusco[1], c'est uniquement une série de radios et d'examens classiques.

Le médecin regarda attentivement Mistral.

— Et vous, ça va ? Vous me donnez le sentiment d'un type au bout du rouleau, physiquement. Vous marchez à quoi ? Aux amphétamines ?

1. La salle Cusco, de l'Hôtel-Dieu à Paris, est l'endroit sécurisé où sont soignées les personnes arrêtées.

— À rien. Tout va très bien !

Le fourgon du SAMU dans lequel se trouvait Émery prit la direction de l'Hôtel-Dieu, à deux pas de la cathédrale Notre-Dame. Une escorte moto de la police le pilota avec gyrophare et sirène. Trois motos de journalistes de presse suivaient le cortège.

Pendant ce temps, dans l'ambulance des pompiers, Dalmate recevait des soins destinés à arrêter l'hémorragie. Sa chemise blanche était imbibée de sang.

— Je vais vous hospitaliser deux ou trois jours, le temps de bien recoudre cette balafre, et de pratiquer tous les examens. Il vous en restera une grande cicatrice. Ne vous inquiétez pas, mon vieux, les femmes adorent ça. Un homme qui met sa vie en jeu et qui triomphe, vous allez faire un malheur !

Dalmate, sous sédatif, ne répondit pas. Il voguait entre conscience et inconscience.

Le médecin des pompiers rassurait Dalmate comme il le pouvait. Mistral avait également reçu des points de suture pour les plaies sur ses avant-bras. Il écoutait le médecin parlant à Dalmate avec une envie de rire d'énervement et de soulagement. Mistral était ivre de fatigue, ses oreilles bourdonnaient, il rêvait de s'asseoir et d'être au milieu du silence.

Deux heures trente. Calderone tenait plaqué contre l'oreille son téléphone. Il regardait Mistral pendant la conversation.

— C'était l'état-major. Le permanent dit que ça fait une demi-heure qu'il cherche à vous joindre, mais votre téléphone est sur répondeur.

— Mon téléphone est en miettes. Quel était le message ?

— La profession de celui qu'on appelle Olivier Émery. Le central du IXe vient de joindre l'état-major PJ. Le 7 août, le type a été contrôlé en état d'ivresse par des jeunes flics pendant qu'il urinait dans la rue. Rue Moncey pour être précis. Ils n'ont pas jugé bon d'entamer une procédure au regard de la profession du type : employé des pompes funèbres. Il a dit qu'il travaillait tous les jours avec les policiers et les pompiers à remuer des cadavres. Les jeunes flics ont été compréhensifs, puisqu'ils sont également confrontés à la même chose. Ils n'ont rien fait. C'est la communauté de ceux qui se sont pris, seuls, les effets de la canicule en pleine face et qui se serrent les coudes.

— Vincent, vous avez fait le bon constat, je n'irai pas les blâmer. Du jour au lendemain, vous passez votre temps à évacuer des cadavres. Les morgues sont pleines, les macchabées sont stockés dans des camions frigorifiques ou dans les entrepôts des Halles à Rungis. L'organisation générale est passée au travers ! Il n'est resté que les services d'urgences, police, pompiers, médecins, infirmières et pompes funèbres à faire face. C'est normal que la solidarité entre ces personnes joue à plein.

— Je ne pense pas que nous aurions eu connaissance de leur procédure, et même, le cas échéant, elle ne nous aurait pas conduits au type.

— Non. Mais maintenant, nous savons que c'est ce soir-là qu'il s'est débarrassé du sac à dos. Les pompes funèbres ? Pourquoi n'a-t-on pas pensé à eux ?

— Parce qu'ils interviennent quand tout est fini, qu'ils sont discrets et effacés, qu'ils n'adressent la parole à personne. Ils entrent dans les lieux quand on leur donne le feu vert, ils enferment le cadavre dans la housse en plastique et s'en vont. Avec la canicule, leur job a été multiplié par trois, et les types ne s'attardent pas dans les appartements.

— Oui, effectivement, ça se tient. Ils portent une tenue de travail qui peut s'apparenter à un uniforme. Pantalon gris, chemise bleue. Il suffit que le type tienne le visage baissé et le col de sa chemise relevé et on ne fait pas gaffe.

— C'est ce qui s'est produit. Dans l'appartement de Dimitrova, nous sommes restés plus longtemps que d'habitude. C'est pour cela que les pompes funèbres ont eu un peu de temps avant d'emporter le corps. Émery…

euh, je voulais dire François Brial, a dû s'adresser à un de ses collègues alors qu'il était près du dictaphone.

— À ce propos, je préviendrai Élisabeth Maréchal pour qu'elle vienne effectuer l'enregistrement de la voix de Brial pour la comparaison.

Même heure dans l'Oise. Jean-Pierre Brial a envisagé le suicide, mais il y renonce. Son frère va vivre. Il le sait, sans se tromper, comme il l'a toujours su. Quand Jean-Pierre souffre, Jean-Pierre souffre. Et inversement. Le combat reprend.

38

Même jour

Trois heures quarante. Brigade criminelle.

Réunion tendue dans le bureau de Mistral qui a décrit l'arrestation de Brial et les blessures de Dalmate. José Farias, Ingrid Sainte-Rose et Roxane Félix n'avaient pas apprécié de ne pas participer à l'interpellation de François Brial. Réactions habituelles et naturelles de policiers qui n'étaient pas présents sur ce qu'ils considéraient comme l'aboutissement final de leur enquête. Mistral a expliqué, Calderone a renchéri. Quand il a fallu se déplacer, des effectifs étaient déjà sur place, et les sœurs Brial devaient être maintenues sous pression. C'est l'événement qui commande.

Jacques Thévenot, qui souhaitait connaître la résolution de cette affaire, était resté dans le bureau de Mistral quand les policiers partirent interpeller François Brial. Il voulait en savoir davantage sur l'histoire des jumeaux, aussi il se montra discret quand Mistral et Calderone répliquèrent vivement à l'encontre des déçus.

Les policiers s'accordèrent une vingtaine de minutes de pause pendant lesquelles ils prirent du café et des croissants, qu'un membre de l'équipe Galtier ramena d'une boulangerie ouverte toute la nuit. Ces vingt minutes apaisèrent aussi les esprits.

Quatre heures. José Farias récupéra Odile Brial dans la cellule de garde à vue. Mistral lui proposa un café et des croissants. Elle accepta et, contrairement à son habitude, resta silencieuse et songeuse. Mistral, assis en face d'elle, l'observait tout en réfléchissant. *« Elle est épuisée, au moins autant que moi. Elle s'attend à ce que je lui annonce de mauvaises nouvelles. En fonction de ce que je vais lui dire et comment je vais le lui dire, elle parlera ou se refermera comme une huître. »*

Farias avait remplacé Dalmate. Assis derrière le clavier de l'ordinateur, il n'intervenait pas, sachant Mistral disposé à interroger la vieille dame. Mistral quitta le bureau et, dans les toilettes, se passa longuement de l'eau froide sur le visage. Il avait une barbe noire et dure de vingt-quatre heures. *« Quand je suis fatigué, ma barbe pousse plus vite. Je devrais me raser, mais je n'en ai pas envie. »* En se séchant, avec des serviettes en papier, il dévisagea, sans complaisance, l'image que lui renvoyait le miroir. Le miroir qui avait résolu l'affaire des jumeaux miroirs et des morceaux de miroir plantés dans le visage de six femmes, le miroir qu'un tueur schizophrène refusait obstinément de le voir. Mistral, attentif, s'y observait objectivement. Il se regardait dans les yeux, pour y lire ce qu'il pensait et ressentait. De nouveau, il aspergea d'eau froide son visage, sa nuque, et se sécha longuement. Il partit affronter Odile Brial.

En regagnant le bureau de Farias, Mistral sut ce qu'il allait dire pour amorcer la pompe. Quand il entra, la vieille dame se coiffait avec une brosse que lui avait prêtée Farias. Il attendit qu'elle finisse. Mistral, perdu dans ses pensées, contemplait par la fenêtre l'aube qui se levait sur Paris. Farias posa les mains sur le clavier de l'ordinateur. Mistral se retourna, s'assit face à Odile Brial et s'éclaircit la voix.

Odile Brial dévisagea Mistral d'un sourire narquois. Elle s'attendait à un combat et le prenait de haut.

— Alors le chef, avec ta tête de mort, il te reste de la ressource ? Et le séminariste, où est-il passé ? Quelle heure est-il ? Il a dû aller à la prière, c'est quoi, c'est matines ?

Odile Brial remarqua les bandages sur les avant-bras de Mistral.

— Et en plus, tu es blessé ! C'est quoi ? Tu t'es brûlé en faisant un barbecue pendant que je moisissais dans la cellule de garde à vue ? C'est bien fait !

Mistral ne répondit pas.

— Madame Brial, quand Jean-Pierre était dans son lit et que vous lui couvriez le visage, c'était pour qu'il ne vous voie pas en compagnie de vos amants de passage. Plus tard, vous ne le faisiez plus et vous le laissiez volontairement vous observer. Je crois que votre enfant a toujours attendu les bras de sa mère.

Ce n'était pas une question. Mistral prononça cette phrase sur un ton de conversation banale. Il fit exprès de dire Jean-Pierre plutôt que François. Odile Brial resta statufiée. Mistral attendait qu'Odile Brial s'exprime. Il avait le temps. Il était tranquille. Elle parla d'une voix totalement inconnue de Mistral et de Farias qui, le soir même, raconta par le menu à Sébastien Morin les détails de cette scène. « Quand le patron a parlé, sur le ton de la simple conversation, je me suis attendu à une réaction explosive de la vieille. Mais non, elle ne remua pas d'un millimètre, je crois qu'elle s'est même arrêtée de respirer. Le silence avant la tempête. Et puis elle s'est mise à gémir. J'observais sans bouger. Mistral avait l'air du type assis dans un fauteuil qui regarde la télé. Il attendait. Odile Brial a pleuré, sans larmes, des sanglots secs, je n'avais encore jamais vu ça. Je pense qu'elle avait lâché ses larmes avec Dalmate, qui avait déjà pas mal entamé ses résistances, et il ne lui restait plus que des spasmes. Mistral patientait. Une fois qu'elle eut retrouvé son calme, toujours sans prononcer un seul mot, il lui servit un verre d'eau. Elle le but et raconta sa vie. Toute sa vie. L'histoire de ses jumeaux séparés à la naissance. Sans s'arrêter, sans une seule seconde de répit. Mistral, de temps en temps, lui resservait un verre d'eau et ne posait aucune question. Il écoutait d'un air détaché, comme s'il était absent. Quand la vieille hésitait sur des mots, Mistral se gardait bien d'intervenir. Calme, il attendait. Ne pas suspendre cette sorte d'instant magique, ni tarir le flot de paroles d'Odile Brial qui vidait son sac, les yeux fixés sur le carrelage. Avec un téléphone portable, en mode silence, il envoyait discrètement des textos à Galtier qui interrogeait Viviane Brial pour lui donner des infos. Mais ça, je ne l'ai su qu'après. Par texto, il nous commandait aussi des cafés et de l'eau pour Odile Brial. La confession a duré quatre heures. C'est comme ça qu'on a appris que François s'était fait défiguré par un des amants d'Odile, qu'il tua quelques années après. Hallucinant. À 8 heures, la vieille s'est arrêtée de parler. J'ai imprimé quinze pages d'audition, elle a relu mot à mot ce qu'elle avait dit, m'a fait changer un mot ou deux, balancé quelques remarques désobligeantes sur des fautes d'orthographe que j'ai rectifiées, et a signé ses déclarations. Mistral a signé et j'ai signé aussi. J'ai raccompagné Odile Brial dans la cellule de garde à vue. Elle était complètement vidée, essorée, elle ne m'a pas dit un seul mot. Galtier m'attendait. Viviane Brial était dans le même état que sa sœur. Profondément abattue. Il m'a dit : "On peut les mettre ensemble maintenant. Mistral dit que c'est fini." C'est comme ça que j'ai appris qu'il communiquait avec Galtier et Calderone. »

Mistral était de retour dans son bureau. En silence, Calderone et Thévenot lisaient les déclarations des sœurs Brial. Sur sa table de travail, un Post-it de Calderone. « Les gendarmes ont interpellé Jean-Pierre Brial qui quittait sa maison avec un sac de voyage. »

Mistral appela longuement Clara. Il termina par cette phrase :

— C'est fini. Je boucle les derniers détails. Tout va bien. Je rentre ce soir.

L'adrénaline avait complètement reflué, laissant Mistral en dessous du zéro de l'énergie. Il était assis, incapable de se lever, tout tournait autour de lui. Dans son bureau,

Thévenot prenait des notes en consultant les déclarations des deux sœurs, Calderone téléphonait, Galtier téléphonait. Le brouhaha. Des policiers entraient et sortaient, parlaient fort. Le brouhaha. Mistral ne bougeait pas, il n'entendait pratiquement pas le bruit qui l'entourait. Épuisé, il flottait dans une sorte de bulle ouatée. Calderone jetait un coup d'œil de temps à autre, inquiet de le voir inerte, les yeux dans le vague. Bernard Balmes entra dans le bureau, tel le tonnerre qui explose. Mistral sortit de sa torpeur et vit, amusé, Balmes s'abattre dans un des fauteuils de visiteurs.

— Chapeau, le but marqué de la tête ! Dans la dernière minute des prolongations, et en finale de la Coupe du monde en plus ! Je te voyais égaliser au mieux, mais pas brandir le trophée ! Raconte. Tu veux un café avant ?

Mistral soupira.

— Non merci. J'en ai pris une vingtaine en vingt-quatre heures, et j'ai de plus en plus sommeil. Le prochain va complètement m'endormir. L'histoire des sœurs Brial est celle d'un rapport entre dominante et dominée. Viviane, l'aînée, a toujours eu l'ascendant sur Odile. Viviane a vécu maritalement et a très vite su qu'elle ne pourrait pas avoir d'enfant. Ce qui était chez elle une obsession. Elle a viré le type et a interdit à Odile de se marier et d'avoir des enfants. Odile, contrainte, a accepté, mais vivait de manière beaucoup plus légère que sa sœur. À vingt ans, elle tomba enceinte, Viviane faillit en mourir de dépit. Et quand elle apprit que sa sœur attendait des jumeaux, elle en a exigé un.

— Comme une portée de chatons, en quelque sorte ! intervint Balmes.

Thévenot, Calderone et Mistral rirent.

— Oui, si tu veux ! Bon, je continue. Odile accoucha chez elle, et n'en déclara qu'un à la mairie. Quelques mois plus tard, elle atterrissait à Andreville. Sa sœur avait tout planifié. De son côté, Viviane changea de bled, déclara la naissance du bébé trois semaines plus tard dans une mairie, et partit pour un autre village.

— Comment est-ce possible ?

— Nous sommes dans la France des années soixante de nombreux accouchements ont encore lieu à domicile, l'informatique n'existe pas, et on ne met pas un tampon sur le front du bébé pour savoir s'il est bien réel. Odile plongea dans une grosse dépression qui allait durer des années. Rejetée dans son village parce qu'elle est étrangère, mère célibataire, et j'en passe, elle va, progressivement, devenir une femme alcoolique, collectionnant les bonshommes. Mais surtout, elle va fabriquer un enfant schizophrène. Du côté de Viviane, tout va bien. Elle élève un gamin, et se contrefout de sa sœur. Et elle a l'idée des deux albums photos. Comme les garçons sont absolument identiques, et pour cause, les sœurs les photographient et s'expédient mutuellement leurs photos. Odile ne verra pas grandir Jean-Pierre, le fils qu'elle a donné à sa sœur, sauf en photos. Mélangées avec celles de son fils François, les photos ne pouvaient attirer l'attention de personne.

— Et bien entendu, les deux mômes ne le sauront pas. Mais comme ce sont de vrais jumeaux, ils vont, intuitivement, ressentir l'existence de l'autre, et vivre dans l'espérance jusqu'à ce qu'ils se rencontrent.

Pour la première fois, Bernard Balmes usa de sobriété dans sa réaction. Ils furent interrompus par une équipe qui revenait de la perquisition du domicile dans la tour de François Brial. Un des officiers déposa un carton sur la table de réunion de Mistral.

— Il y en a encore une vingtaine dans le couloir. Ce sont les cahiers de François Brial, même s'ils portent les initiales de son frère « J.-P.B. ». Nous en avons parcouru rapidement certains. Pour une fois, la chance est de notre côté. Il a décrit, raconté en détail sa vie comme ses rêves depuis qu'il sait écrire. Il y a aussi les carnets qui relatent leur vie ensemble. Ils ont commis les pires horreurs pendant des années ! Un vrai carnage, et pas seulement en France ! Les cahiers nous aideront à retracer leurs itinéraires d'assassins.

— Cela ne m'étonne pas ! Je vais en feuilleter quelques-uns. Autre chose d'intéressant ?

— Une vraie carte de police dans son étui. Au nom de Michel Lavaur. Sans doute un vol commis il y a quelques années.

Mistral examina le document que lui tendait le policier.

— Je tenterai de lui demander d'où elle provient. La photo est celle d'un type ordinaire, sans vraiment de signes particuliers. Il devait coller la carte sous le nez des gens avec son doigt qui masquait en partie la photo. Quoi d'autre ?

— La table était couverte de médicaments. J'ai tout ramené.

— Nous allons profiter d'avoir un médecin dans nos murs pour qu'il nous dise de quoi il s'agit.

Thévenot s'approcha du sac de médicaments, examina rapidement les emballages.

— C'est facile. Traitement pour la schizophrénie et névralgie d'Arnold. Je vous expliquerai en détail de quoi il s'agit. Il y a aussi de puissants antalgiques, votre gus doit drôlement dérouiller.

— Voilà qui est fait, et rapidement en plus. Sinon, pas de problème pendant les opérations ?

— Non. Deux témoins ont assisté à la perquisition. La presse est restée sur le palier. Je pense qu'aux infos de 13 heures et de 20 heures on nous apercevra, charriant les cartons jusqu'aux voitures.

Balmes manifesta son impatience, ses doigts tambourinaient sur la table.

— Vas-y, continue l'histoire, j'irai la raconter à Guérand par téléphone, elle rentre lundi et veut un point sur les affaires du service toutes les vingt-quatre heures.

— Odile Brial n'a jamais vraiment décollé de sa dépression. Pour ne pas penser qu'elle avait abandonné un enfant, elle appela Jean-Pierre son fils François, au grand dam de sa sœur. Et François ne comprit pas pourquoi subitement il venait de changer de prénom.

— Ce qui a contribué à lui créer une personnalité double, précisa le psychiatre.

— On ne peut pas dire que cet enfant était armé pour la vie avec une histoire familiale comme celle-ci, renchérit Balmes.

Mistral poursuivit.

— François a suivi un registre classique. Une mère azimutée, déscolarisation, fréquentations douteuses, vols, meurtres, came, tout y est passé. Et puis il a découvert que l'autre existait. Curieusement, il était en possession des infos volées à sa mère quand il est parti de chez lui, mais ne les a exploitées que quelques années après. En deux ou trois pages, Odile Brial avait couché sur papier l'histoire des jumeaux séparés. Quand il l'apprit, il retrouva facilement son frère qui était resté chez sa mère adoptive. Il fonça retrouver Jean-Pierre, et les deux frères prirent la route. Viviane en a voulu à mort à sa sœur. François était le dominant et Jean-Pierre suivait.

— À quelle heure les gardes à vue se terminent-elles ?

— Autour de 10 h 30. Les deux sœurs seront présentées au juge d'instruction. J'appellerai Tarnos, le juge de Pontoise, pour lui fournir des billes quand il reprendra Jean-Pierre Brial. Avec les cahiers en plus, il aura des éléments en béton pour le mettre au trou.

— Et l'autre zig, qui est à Cusco ?

— J'attends le coup de fil du médecin pour y aller. Ce sera réglé aujourd'hui.

Petit à petit, le bureau de Mistral se fit plus calme, et il ne resta plus que Jacques Thévenot et Vincent Calderone. Les trois hommes profitèrent du silence pour remettre de l'ordre dans leurs pensées. Jacques Thévenot fut le premier à le rompre.

— Ludovic, quand vous irez interroger François Brial, gardez à l'esprit que c'est un vrai jumeau, et en restant sur ce registre, vous pourrez peut-être obtenir qu'il vous raconte quelque chose.

— Oui, j'y pense. Ils sont restés ensemble pendant les neuf mois de vie utérine, et à la naissance. Alors que, intuitivement, ils devaient vivre ensemble, on les a séparés, ce qu'ils n'ont jamais encaissé.

— C'est exactement cela ! Le traumatisme absolu, vécu en permanence comme une douleur, sans explication ! Ce qui éclaire bien des comportements.

— C'est aussi un schizophrène, j'espère qu'il ne va pas avoir une crise. Au moins, il sera sur place, s'il a besoin de soins.

À 10 h 20, Mistral aperçut les sœurs Brial, recroquevillées sur elles-mêmes, l'une à côté de l'autre, partant chez le juge d'instruction, encadrées par des policiers qui transportaient leurs affaires et les albums photos, véritables documents à charge.

Une fois seul, Mistral éprouva le besoin de s'évader de cette histoire de meurtres. Il ouvrit un des tiroirs de son bureau, et en sortit le bouquin de Cendrars, *Du monde entier au cœur du monde.* Comme à son habitude, il l'ouvrit n'importe où et relut un poème intitulé « Le Volturno ». Il souriait toujours à la lecture des deux avant-derniers vers du poème.

Les hommes d'équipage ont l'aspect du bateau
L'un est manchot, l'autre borgne, un autre sourd.

Il referma le livre et, les pieds sur le bureau, rêva, éveillé, de navires.

39

Même jour

Vers 13 heures, le médecin de la salle Cusco prévint Mistral que l'état de santé de François Brial lui permettait d'être interrogé. Mistral réfléchit longuement et en vint à la conclusion qu'il devrait agir comme avec Odile Brial, sa mère. Poser la bonne question ou balancer la remarque pertinente. Sinon rien. Il avait eu une esquisse du comportement psychologique de Brial dans le fourgon du SAMU, et savait qu'il pouvait rester dans son monde, ne pas revenir et ne jamais répondre. Mistral voulait connaître l'histoire des six meurtres, même s'il en avait une idée plus nette. Après réflexion, il téléphona à plusieurs reprises et parla longuement avec son dernier interlocuteur.

— Je peux être là dans une heure environ, dit-il.

Il fit venir ensuite José Farias et Ingrid Sainte-Rose pour leur donner des instructions précises.

— Vous allez prendre une audition de François Brial, en ne lui posant des questions que sur son identité, ses ressources et son domicile. Vous ne parlez surtout pas de son frère, de sa mère, de sa tante ou de sa maladie, et encore moins des meurtres. Je reviendrai l'entendre plus longuement en début de soirée.

Thévenot et Calderone partis déjeuner, il croisa, en sortant de son bureau, Roxane Félix, un sandwich à la main.

— Roxane, une fois votre somptueux repas gastronomique avalé, je voudrais que vous me conduisiez à un rendez-vous.

François Brial était assis sur son lit, les jambes croisées en tailleur, le dos appuyé à la tête du lit, une perfusion branchée dans la saignée de son bras droit. « Pour atténuer vos douleurs, vous alimenter et vous détendre », avait précisé le médecin. François Brial s'attendait à tout moment à voire débouler les policiers, et qu'ils lui posent des questions sur les meurtres. Il était hors de question qu'il raconte quoi que ce soit, il voulait d'abord savoir ce que connaissaient les policiers des meurtres et de son frère. Il essaya de ramener ses bras, mais par souci de sécurité ses poignets étaient maintenus par des menottes aux montants latéraux du lit.

De temps à autre, un des policiers chargés de la surveillance s'arrêtait derrière le hublot de la porte des chambres qui lui permettait d'observer les détenus. François Brial fixa dans les yeux le policier qui l'épiait de l'autre côté de la vitre. Le regard de Brial glaça le gardien, pourtant en sécurité derrière la porte que lui seul pouvait manœuvrer. Il détourna le regard et poursuivit sa ronde en allant voir d'autres détenus moins terrifiants que celui-ci.

Vers 15 heures passées, le gardien déverrouilla la porte de la chambre-cellule de François Brial. Appuyé contre son lit, il regarda entrer deux policiers qu'il avait déjà entrevus sur les enquêtes des trois femmes qu'il avait assassinées. François Brial se demanda pourquoi le chef n'était pas là.

José Farias posa l'ordinateur portable sur une table et le connecta à son imprimante. Brial perçut le malaise qu'éprouvaient les deux jeunes policiers qui s'obstinaient à ne pas croiser son regard. « *J'ai déjà gagné,* pensa-t-il, déçu, *ils ont peur de moi, de ce que je suis.* » Ingrid Sainte-Rose jeta un bref regard, de moins d'une seconde, sur les poignets de Brial et fut soulagée de le voir attaché. Brial avait capté le regard de la jeune femme.

L'interrogatoire dura à peine une heure. José Farias et Ingrid Sainte-Rose, plus détendus, avaient enchaîné des questions banales. Brial, déconcerté, y répondit facilement et apporta des précisions sur l'état civil usurpé d'Olivier Émery. Farias détacha la main gauche d'Émery qui signa sa déposition. Celui-ci resta dans l'expectative. Aucune question sur sa mère, son frère, les meurtres. Rien. Le chef allait venir.

Au départ des policiers, un infirmier vint ôter sa perfusion. Brial repéra immédiatement la radio que l'infirmier avait dans la poche de sa blouse et la désigna du menton.

— Vous pouvez me la prêter ?

— Non, vous ne pouvez pas avoir des objets de cette sorte à proximité, pour des raisons de sécurité.

— Et si vous la posiez à l'autre bout de la pièce ? Sur la tablette au-dessus du radiateur ? Je ne pourrai jamais l'atteindre, je suis attaché.

L'infirmier haussa les épaules, posa la radio et l'alluma. Un programme où des gens parlaient. Brial interpella l'infirmier au moment où il sortait.

— S'il vous plaît ? Vous ne pourriez pas changer de station ?

— Je m'en fous, qu'est-ce que vous voulez ?

— FIP. Sur 105.1.

L'infirmier manipula la radio et sortit. Brial, un sourire aux lèvres après toutes ces journées de tension, écouta le son de cette radio qu'il connaissait si bien. Il dut attendre une heure pour entendre enfin la voix d'une animatrice, qui usa d'humour pour indiquer que la circulation chargée avait repris possession de Paris, elle enchaîna sur un commentaire d'un disque de jazz. Brial, apaisé, regretta de ne pouvoir téléphoner et remercia par la pensée l'animatrice.

En sortant de son rendez-vous, Mistral se fit déposer devant un grand magasin et une quinzaine de minutes plus tard, l'achat effectué, Roxane Félix redémarra cette fois en direction de la brigade criminelle. Mistral apprécia la conduite tout en souplesse de la jeune femme, il en profita pour écouter pendant une dizaine de minutes le CD de Miles Davis en live au Festival de jazz de Montreux en 1991.

Vincent Calderone et Jacques Thévenot étaient en grande discussion quand Mistral entra dans le bureau.

— Alors, docteur, vous tenez le choc ? Pas trop fatigué ?

— Bien sûr que oui, je le suis ! D'ailleurs, je me demande comment vous faites depuis plusieurs semaines !

— Je n'en sais rien, cette affaire me maintient en alerte, vraisemblablement. On arrive au bout de cette histoire. Dans quelques heures, ce sera fini.

— J'avoue attendre avec impatience de lire l'audition de François Brial. C'est réellement exaltant pour un psychiatre de suivre en temps réel une affaire de ce calibre. Vous pourriez vous en tenir aux éléments de l'ADN ! À leur histoire couchée dans les cahiers ! Ils sont ficelés les frères Brial ! Pourquoi ne le faites-vous pas ?

— Il y aurait comme un goût d'inachevé. Le besoin de savoir aussi que l'on ne s'est pas trompé et l'entendre dire par l'auteur principal. Mais aussi essayer d'apprendre autre chose, des éléments du contexte par exemple.

— À quelle heure allez-vous à Cusco ? demanda Calderone.

Mistral regarda la pendule de son bureau.

— Dans un peu plus d'une heure.

— Quel est l'angle d'attaque que vous avez choisi ?

— Je n'en sais encore rien. D'ici là, je vais prendre du thé, pour changer, et passer quelques coups de fil.

L'état de fatigue dans lequel se trouvait Mistral lui avait ôté toute parcelle d'énergie physique, il semblait évoluer dans un univers de sons atténués et ne percevait plus que décalée l'agitation autour de lui. Mistral était parfaitement incapable d'engager une longue joute avec François Brial. Il ne devait pas laisser apparaître sa faiblesse à Brial qui en profiterait aussitôt.

Mistral prépara ce dont il avait besoin pour l'audition de Brial. Roxane Félix l'attendait dans le couloir pour l'accompagner. Il s'apprêtait à quitter son bureau, quand José Farias entra avec deux documents qu'il posa sur la table de réunion. Mistral regarda les feuilles. Deux hommes absolument identiques, Mistral décela la différence de positionnement des grains de beauté.

— Les jumeaux miroirs, tels qu'ils devraient être, annonça Farias.

— D'où vient ce montage ?

— De chez Morin. Ingrid lui a transmis diverses photos des deux hommes, et il les a retravaillées sur son ordinateur. Dans un premier temps, il a fait en sorte qu'il n'y ait plus de différence de poids aussi importante, ensuite il a enlevé toutes les cicatrices sur le visage de François, et a rétabli leurs coupes de cheveux. Dans la réalité, Jean-Pierre doit peser au moins 50 kilos de plus que François, il est en permanence mal rasé et porte une abondante chevelure. François est maigre, visage anguleux, massacré par des cicatrices, cheveux ras.

— C'est réellement impressionnant de voir un individu en double exemplaire. C'est sciemment qu'ils ont voulu se différencier physiquement, pour nous empêcher d'effectuer un rapprochement. Jean-Pierre passait ses journées à se gaver de sucreries en prison, pendant que François pratiquait des exercices physiques. Ils sont tellement unis mentalement que leur physique ne compte pas. Je téléphonerai ce soir à Morin pour le remercier.

Mistral rangea les deux photos dans sa sacoche, rejoignit Roxane Félix dans le couloir et lui tendit les clefs de sa voiture. La jeune femme s'étonna.

— D'habitude, on y va à pied, c'est à trois cents mètres !

— Oui, je le sais, mais, ce soir, je change d'habitude.

Cinq minutes plus tard, Roxane, n'ayant pas trouvé de place de stationnement, arrêta le véhicule sur un emplacement réservé aux taxis. Elle abaissa la plaque Police pour éviter que la fourrière ne l'enlève. Elle s'apprêta à descendre, Mistral la retint.

— Nous avons encore cinq minutes à patienter.

Mistral alluma la radio et appuya sur la touche préréglée sur FIP.

Roxane Félix était étonnée de la réaction de Mistral. Mistral regarda sa montre et augmenta le son. Alain Bashung finissait sa version de la chanson *Les Mots bleus*. La voix de l'animatrice résonna dans l'habitacle. Une voix feutrée, intimiste :

« Vous êtes des centaines, oui des centaines à vouloir nous parler, mais, chers auditeurs, ce n'est pas possible. Désolée. Ce soir, nous faisons une unique exception à la règle et je m'adresse tout particulièrement à un de nos plus fidèles auditeurs qui se manifeste souvent au standard de FIP, un ami en quelque sorte. François, où vous êtes en ce moment, nous avons une pensée pour vous. »

Mistral éteignit l'autoradio et sortit de la voiture, emportant une mallette contenant l'ordinateur et l'imprimante portables, ainsi que sa sacoche. Roxane Félix, abasourdie, marchait à côté de Mistral.

— C'est pour ça que vous êtes allé à la Maison de radio ?

— Oui, au départ ce n'était pas évident de diffuser un tel message, mais la directrice de la station a vite saisi l'enjeu.

— François Brial n'aura pas pu écouter ce message.

— Il l'a écouté.

— Comment le savez-vous ?

— Parce qu'une radio a été installée dans sa chambre, c'est lui qui l'a demandée.

— Mais ce n'est pas possible !

— Vous avez raison sur le fond. En fait, il a été incité à le faire.

Ils étaient arrivés à Cusco. Le gardien qui avait « prêté » le poste radio attendait Mistral.

— Alors ?

— Il a entendu le message de FIP. C'est sûr ! Depuis, il est sur un nuage.

Mistral jeta un bref coup d'œil à l'intérieur de la cellule médicalisée. François Brial, assis sur son lit, les deux poignets fixés par des menottes au montant du lit, la tête appuyée contre le mur, avait les yeux fermés. Mistral et Félix entrèrent dans la cellule, la radio branchée sur FIP était en marche. Brial ouvrit les yeux, il montra aux policiers un visage apaisé. Quand il reconnut Mistral, il ne put s'empêcher de sourire.

— Voilà le chef. Je me demandais quand vous apparaîtriez. Le séminariste n'est pas là ? Ah oui, j'oubliais, on doit lui recoudre le visage ! Ce doit être douloureux !

Roxane Félix installa l'ordinateur et y connecta l'imprimante. Les mains posées sur le clavier, comme Farias précédemment avec une des sœurs Brial, Roxane attendait que Mistral pose les questions. Mistral alla éteindre le poste radio. Brial haussa les épaules.

— C'est médiocre votre geste. Vous pouvez faire ce que vous voulez, j'ai gagné.

— Gagné quoi ?

— Rien, vous ne comprenez rien ! À vous voir, tenant à peine debout, le teint gris, dans moins d'une semaine vous serez sur un lit d'hôpital.

— Votre frère a été arrêté ce matin.

— Tu parles d'un scoop ! ricana Brial. Je l'ai su avant toi ! Nous sommes tellement liés que nous savons mutuellement ce qui se passe l'un pour l'autre. Alors, ne me fais pas rire avec tes histoires à deux balles. Tu es venu faire le mariolle, mais nous sommes plus forts que toi.

Mistral nota que pour la première fois Brial avait employé le « nous ».

— Votre mère et votre tante sont chez le juge d'instruction. Ce soir, elles dormiront en prison.

— C'est bien fait pour leur gueule. Nous sommes devenus ce que nous sommes à cause d'elles.

— J'ai pioché ici ou là dans vos cahiers, c'est intéressant comme lecture. Combien d'assassinats vous avez au compteur ?

— Nous aimons écrire. Ce n'est que de la fiction.

— La séparation avec votre frère, quand vous n'étiez qu'un bébé, a dû être terrible.

— Tu parles sans rien connaître ! Tu n'imagines même pas ce que c'est que de vivre à moitié, alors que tes jours et tes nuits sont envahis par l'absent ! Tu veux que je te dise, chef ? Sans le savoir, on a fait les mêmes choses au même moment ! Les mêmes conneries, tout, j'te dis ! On a eu le même chien, au même moment, et on a choisi le même nom. Tom.

— Vous avez eu le même chien au même moment parce que votre mère et sa sœur s'étaient mises d'accord pour vous offrir le même cadeau. C'était plus facile pour l'album photo. Regardez !

François Brial regardait l'album photo, qu'il n'avait manifestement jamais vu, les yeux écarquillés, pendant que Mistral tournait les pages. Il leva ses yeux vers Mistral.

— Tu es un vrai salopard.

— Peut-être. Je vous explique qu'il n'y a pas de coïncidence dans le choix du chien, c'est tout. Pour son nom, et tout le reste, je partage votre avis, ça relève du mystère des jumeaux.

— Va te faire foutre !

— Votre ADN est le même que celui de votre frère, et pour cause. Il a été retrouvé contre les portes de vos victimes, Norman, Colomar et Dimitrova. C'est celui de votre oreille. Il y a eu, aussi, du sang lavé vous appartenant, retrouvé dans la cuisine de Legendre, le voisin de Dimitrova. C'est la névralgie d'Arnold qui vous fait saigner du nez ? Le mélange de médicaments pour la schizophrénie ? Le cocktail médicaments-alcool ?

François Brial écouta Mistral les yeux fermés. Il les ouvrit ensuite. Un sourire affreux déforma ses traits. Il parla d'une voix saccadée, forte.

— On s'en fout de ce que tu racontes, t'entends ? T'es hors jeu ! Même si tu veux nous coller ces meurtres sur le dos ! Je ne comprends pas un truc. Avec toutes tes preuves scientifiques à la con, pourquoi éprouves-tu le besoin de nous voir ?

— Pour que vous m'expliquiez les six meurtres. C'est tout.

François Brial se força à rire.

— Non, on ne te croit pas. Tu es un orgueilleux.

— Vous vous êtes aperçu que Dimitrova vous suivait et vous avez inversé les rôles. C'est elle qui est devenue la proie. Je ne pense pas que c'était bien compliqué. Elle n'avait pas d'intention meurtrière comme vous.

— Je ne répondrai pas à cette question.

— Ce n'est pas une question.

— Tu veux nous voir craquer. Mais c'est impossible, surtout aujourd'hui. On avait raison, mille fois raison !

Inconsciemment, d'un coup de menton, Brial désigna le poste radio.

Mistral sortit un dictaphone et le mit en marche. La voix de Brial pendant le meurtre de Dimitrova.

François Brial, les yeux grands ouverts, s'écoutait parler. Mistral posa son cartable au pied du lit, sur la barre transversale où était fixée la courbe des températures, et l'ouvrit. Sur le rabat intérieur était fixé un miroir d'une quinzaine de centimètres de côté. Brial entendait sa voix et s'observait dans le miroir. Il parla d'une voix étrange, se recroquevilla.

— Qui est ce type en face de moi sur le lit ? Qui parle comme cela ?

— C'est vous dans les deux cas, répondit Mistral, en arrêtant le dictaphone.

François Brial ferma les yeux et s'allongea violemment dans le lit, dans un bruit infernal de menottes qui coulissaient sur les montants du lit. Roxane Félix sursauta de peur, Mistral enleva son cartable du lit, s'assit et attendit que Brial se manifeste.

— Vous êtes une véritable ordure, mais nous sommes plus forts que vous !

Mistral ne répondit pas. Il se frotta les yeux et la nuque, complètement épuisé.

— Je vais vous faire écouter quelque chose.

Le lendemain, les trois policiers, Ingrid, José et Roxane, étaient chez Sébastien Morin. Ils partageaient des pizzas et des Coca. Chacun raconta les épisodes qu'ils avaient vécus au cours de cette enquête. Ce fut au tour de Roxane. Les policiers regrettèrent de n'avoir pu assister à la scène.

« Le patron a remis le dictaphone en marche. Cette fois, c'était Mistral que l'on entendait. Il parlait avec des femmes. On les entendait discuter d'un texte qui devait être lu à l'antenne. Une des jeunes femmes, une animatrice de FIP, lut à haute voix, avec plusieurs intonations différentes le message qu'on a écouté avant d'aller à Cusco. Mais le pire est venu après, à la fin, quand cette jeune femme a dit, de sa même voix feutrée : "J'espère que ce dingue va rester en prison longtemps, ça donne froid dans le dos de savoir des monstres pareils en liberté." »

Le calme avant le cyclone. Mistral arrêta le dictaphone. Brial ne bougea pas d'un millimètre. Il releva la tête en direction de Mistral et se déchaîna en hurlant. Il tendit ses bras pour essayer d'arracher ses menottes, se tordait sur le lit. Les menottes frottaient les montants métalliques du lit dans un bruit exaspérant. Roxane Félix se leva précipitamment de sa chaise et s'adossa à un mur, horrifiée de voir l'état dans lequel se trouvait Brial. Mistral ne broncha pas, attendant que l'orage passe. Quatre infirmiers qui prévoyaient la réaction de Brial entrèrent dans la chambre et lui immobilisèrent les jambes avec une sangle, ainsi que les bras pour éviter qu'il ne se cisaille les poignets en tirant sur les menottes.

— Ne me touchez pas avec vos mains immondes, hurlait François Brial.

Un quart d'heure plus tard, Brial, en sueur, haletant, s'arrêta de lui-même, épuisé. Il se remit, sans que Mistral n'y soit pour rien, à parler.

— C'est à cause de femmes comme ça, qui se moquent de nous en permanence, que nous sommes obligés d'agir. Elles ont tourné en ridicule mon frère, elles ont été punies par nous deux. La journaliste avait tout découvert, elle a été punie.

— Pourquoi les autres femmes ? demanda Mistral.

— Elles étaient avec la journaliste et, en plus, elles habitaient le même arrondissement. Nous en sommes sûrs, elle aurait fini par leur en parler. Elles n'arrêtaient pas de rire quand elles étaient ensemble, elles se seraient moquées de nous de la même façon.

Roxane poursuivit sa narration pour ses collègues.

« J'ai cru que le patron dormait, tellement il était silencieux. Brial parlait, j'écrivais les confessions d'un grand cinglé. J'étais contente qu'il soit attaché. Mistral ne relança jamais Brial. Il raconta les errances avec son frère en employant toujours *on* et *nous*. J'avais du mal à suivre. Parfois, il y avait des silences de deux ou trois minutes, et Brial reprenait leurs road-movies d'assassins. Aux alentours de 22 heures, Brial s'arrêta en disant à Mistral : "C'est vous le monstre." »

Mistral se leva de sa chaise et s'étira.

— Nous allons relire votre déposition et vous la signerez.

— On ne veut rien entendre et on ne signera rien. Tu as extorqué nos aveux par la contrainte. Voilà la vérité.

— Comme vous voudrez. C'est sans importance.

En sortant, Mistral ralluma le poste radio.

— Voulez-vous toujours écouter la radio ?

— Tu es vraiment un salopard ! Tu sais pourtant qu'elles nous parlent et tu ne veux pas l'admettre.

Mistral se retourna vers François Brial. Les phrases qu'avait analysées Dalmate résonnèrent. « Un temps pour chercher et un temps pour perdre, un temps pour garder et un temps pour jeter. » Il mesura à quel point la détresse de François était profonde.

— Jean-Pierre, je vais parler au juge d'instruction. Je ferai en sorte de le convaincre de vous réunir dans la même cellule.

Un quart d'heure plus tard, Mistral regagna son service à pied. Il avait besoin de marcher quelques minutes, de respirer l'air de la ville et regarder la Seine qui trimballait ses bateaux de touristes. Balmes l'attendait, il lui raconta en détail l'audition de Brial. Parfois, Balmes ponctuait une des phrases de Mistral d'une tirade, « là c'est un sacré penalty que tu as tiré ». Il quitta le directeur adjoint vers minuit. Mistral, en entrant dans son bureau, trouva Calderone, Thévenot et le reste du groupe assis autour de la table de réunion commentant les déclarations de Brial.

— Bientôt vingt-quatre heures que je suis avec vous ! Je pense qu'il est temps de reprendre le porto là où nous l'avions laissé !

Thévenot alla prendre la bouteille, Calderone rapporta des verres, Galtier et Farias décapsulèrent des canettes de bière.

Vers 3 heures du matin, la tension retombée, le petit groupe quitta la brigade criminelle. Calderone tenait dans ses mains les clefs de la voiture de Mistral.

— Je vous ramène, vous n'êtes pas en état de conduire, dit-il d'un ton qui ne souffrait pas la discussion.

— OK, Lino. Quel jour sommes-nous ?

— Jeudi 28 août, et il est 3 h 10 du matin.

— Parfait. Vous viendrez me chercher lundi.

— La météo annonce de la pluie pour le 29.

— J'aime l'odeur de la terre mouillée.

ÉPILOGUE

29 septembre 2003

L'Airbus d'Air France se posa sur l'aéroport de Sofia à 14 heures. Mistral et Dalmate passèrent la douane. Plusieurs personnes regardaient à la dérobée le visage de Dalmate traversé d'une large plaie en voie de cicatrisation. Les deux hommes avaient un bagage léger, ils repartaient le lendemain par le vol de 6 h 55.

Mistral sentait Dalmate à l'aise, en pays de connaissance.

— Nous allons prendre un taxi. C'est la loterie. Certains sont récents, d'autres n'ont plus d'amortisseurs. Les routes sont défoncées.

Une file de taxis jaunes, tous de la marque Hyundai, attendait les voyageurs. Celui dans lequel les deux policiers montèrent possédait encore des restes d'amortisseurs. Dalmate échangea quelques mots avec le chauffeur et indiqua le lieu où ils se rendaient.

— Alexander Nevski, annonça-t-il au chauffeur. J'ai parlé en bulgare avec le chauffeur pour éviter l'arnaque. Il sait maintenant que je connais la ville et les tarifs, précisa-t-il à Mistral.

L'autoroute chaotique qui conduisait de l'aéroport au centre-ville traversait des zones d'immeubles lépreux et peu entretenus. Le chauffeur se délectait d'une musique folklorique qui sortait plein pot d'un autoradio. La circulation était démentielle et ils mirent plus d'une heure pour arriver à la grande cathédrale orthodoxe Alexander Nevski. Une large place pavée l'entourait, avec tout autour des arbres et des jardins.

— J'ai choisi cet endroit, parce que, souvent, avec Lora, nous parlions de ces lieux qui sont très beaux.

— C'est vrai, la cathédrale est réellement magnifique !

— Nous irons la visiter. C'est un superbe lieu de prière, lumineux.

Dalmate ouvrit son cartable et en tira une pochette transparente dans laquelle se trouvait une feuille écrite en caractères cyrilliques portant la photo de Dimitrova. Mistral le regardait faire.

— C'est la coutume du pays. Quand quelqu'un meurt, on affiche sa photo avec un texte sur un mur ou sur un arbre. Une manière de lui rendre hommage et de lui dire un dernier adieu, ou d'avoir une pensée. Tout à l'heure, quand je vous ferai découvrir Sofia, vous apercevrez ces petits textes, disséminés çà et là.

— Et ensuite ? demanda Mistral.

Dalmate acheva de punaiser l'affichette sur un tronc d'arbre face à la cathédrale Alexander Nevski. Mistral n'existait plus. Il lissa l'affichette du plat de la main, comme une dernière caresse. Paul Dalmate regardait Lora Dimitrova, il s'adressa à la jeune femme.

— Ensuite rien. Plus tard, le vent t'emportera.

Je tiens à remercier ici pour leur aide, leurs conseils et leur amitié, Madame Dominique Duvernier, médecin psychiatre, et Monsieur Yves Schuliar, médecin légiste.

Jean-Marc Souvira

Composé par Nord Compo Multimédia,
7, rue de Fives, 59650 Villeneuve-d'Ascq

Cet ouvrage a été imprimé
en avril 2010 par

CPi
FIRMIN-DIDOT

27650 Mesnil-sur-l'Estrée
N° d'impression : 99866
Dépôt légal : mai 2010

Imprimé en France

FLEUVE NOIR
12, avenue d'Italie
75627 Paris Cedex 13